KB187543

매운국 율한

EPISODE 1

매분구 홍란 1

초판 1쇄 발행 | 2014년 7월 17일
초판 2쇄 발행 | 2017년 10월 25일

지은이 | 월우
펴낸이 | 김형호
펴낸곳 | 아름다운날

주소 | (121-837) 서울시 마포구 서교동 351-10 동보빌딩 202호
전화 | 02) 3142-8420
팩스 | 02) 3143-4154
출판 등록 | 1999년 11월 22일
E-메일 | arumbook@hanmail.net

ISBN 978-89-93876-52-9 (04810)
       978-89-93876-54-3 (세트)

이 도서의 국립중앙도서관 출판예정도서목록(CIP)은 서지정보유통지원시스템 홈페이지(http://seoji.nl.go.kr)와 국
가자료공동목록시스템(http://www.nl.go.kr/kolisnet)에서 이용하실 수 있습니다.(CIP제어번호: CIP2014020533)

마녀봉구 흉왕

EPISODE 1

월우 장편소설

아름다운날

홍란이는 전작 《조선왕비간택사건》에서 철저하게 조연으로 머무른 아이였습니다.

주인공이었던 현무군을 홀로 오랫동안 곁에서 흠모해 왔지만, 결국 주인공인 현무군과 서경의 사랑을 위해 한 발 물러서서 눈물을 흘릴 수밖에 없었던 아이였지요.

그 때문일까요?

《조선왕비간택사건》의 외전 격인 《은호낭자전》과 《진영낭자전》을 쓸 때에도 제 마음속에는 항상 홍란이가 있었습니다. 다른 아이들이 하나 둘씩 행복해지면 질수록 홍란이가 마음이 쓰였습니다.

흠도 많고, 사연도 많고, 그래서 제게는 유달리 더 아픈 손가락이었던 홍란을 행복하게 해 주고 싶다는 욕심 하나로 《매분구 홍란》을 썼습니다.

전작들에 비해 훨씬 더 길고 힘든 과정들이었지만 홍란의 해피엔딩을 바라는 마음 하나로 욕심껏, 원 없이 쏟아부을 수 있었습니다.

덕분에 이제는 홀홀, 홍란을 떠나보낼 수 있을 것 같습니다.

특히 이렇게 아름다운 책으로 홍란을 배웅할 수 있게 되어 더욱 기쁘기 한량없습니다.

온라인에서 연재하는 동안 내내 많은 댓글로 용기를 주시고 함께 울고 웃어 주셨던 독자 분들과 항상 최고의 응원을 보내 주었던 가족들, 그리고 지금 이 글을 읽고 계시는 여러분들에게 진심 어린 감사의 인사를 전합니다.

고맙습니다.

사랑하고 사랑받으며 부디 행복하시길.

2014년 7월 어느 날

월우

등장인물

홍란   한때 도성 최고의 기루였던 '은월각'의 일패기생이었다. 기적에서 이름을 빼낸 후 도성의 큰 상인인 송 대방 밑에서 장사 일을 배우고 있다. 어린 시절부터 임금의 사촌 아우 현무군 이윤과 자신처럼 가난한 양민 출신으로 큰 객주의 행수가 된 무현과는 친구처럼, 남매처럼 자라 온 사이다. 어렸을 때부터 현무군을 홀로 연모해 왔지만 그가 남달리 현명하고 담대한 여인 서경과 혼인을 한 후로 그 마음을 고이 접었다.

이학   조선의 임금. 조실부모하여 대왕대비마마인 할머니의 손에 자랐다. 임금이셨던 아버지가 일찍 돌아가신 후 어린 학을 대신해 숙부가 임금의 자리에 올랐고, 자식이 없는 숙부의 뒤를 이어 학이 임금의 자리에 오를 수 있었다.
착하지만 허약했던 첫 아내는 출산 후유증으로 목숨을 잃었고, 갓 태어난 왕자마저 세상을 떠나고 말았다. 모든 것을 가졌지만, 진정 원하는 것은 아무것도 가지지 못한 가련한 사내.

성 의원   젊은 나이에 이미 만만치 않은 의술을 지녔다고 소문난 의원. 그런 그가 어찌하여 내의원에 있지 않고 동네 약방 의원으로만 살고 있는지, 홀아비인지 아니면 그 나이가 되도록 여태 미장가인지 등등에 대해 아직 알려진 바는 없다. 일견 무뚝뚝해 보이나, 아픈 이를 그냥 지나치지 못하는 의원 특유의 성정을 지니고 있다.

감무현 & 백은호	홍란에게는 친오라버니와 같은 무현은 자객단 출신의 객주 행수로 불미스러운 일에 연루되어 도망 다니던 중 열녀 가문의 딸인 은호와 사랑에 빠지게 되고, 신분의 차이를 넘어 부부의 연을 맺고 살게 되었다. 조선 땅에서는 결코 허락될 수 없는 사이인 까닭에, 또한 무현이 과거의 죄로 나라에서 쫓기는 몸인 까닭에, 사랑의 도피행을 택하여 현재 중국 선양 땅에서 살고 있다.
왕대비 한씨	대군의 부인으로 그칠 줄만 알았던 자신이 어느 순간 교태전의 주인이 되었으나 그 빛나는 자리를 누린 것도 고작 몇 년, 자식 하나 얻지 못한 채 왕대비의 자리로 물러나고 말았다. 하지만 일찌감치 돈과 권력으로 조정 신료들을 장악해 두고, 또한 그 권력을 오래 유지하기 위해 제 친정 가문의 규수를 학의 계비로 삼기 위해 흉계를 꾸민 것이 드러나 모든 권세를 잃고 궁궐 안 가장 초라한 전각으로 쫓겨나, 그야말로 이빨 빠진 호랑이나 다름없는 신세가 되었다.
변 역관	왕대비와 왕대비의 총애를 받는 좌의정을 등에 업고 정승 판서 부럽지 않은 권세를 누렸던 사내. 삼 년 전, 왕대비 일문의 규수를 왕비 자리로 올리기 위해 학의 왕비간택 후보로 오른 규수들을 해치는 데 앞장섰다. 임금의 사촌 아우인 현무군까지 없애려 한 일로 다시는 조선 땅에 되돌아올 수 없는 몸이 되었다. 야비하고 거친 사내인 만큼 은월연에서 만난 홍란을 향한 집착 또한 끈질기다.

차 례

제
1
장 ─ 꽃을 닮은 여자

"또, 또!! 또 틀렸잖니. 이렇게 물건 보는 눈이 없어서야 어찌 너를 믿고 일을 맡기누?!"

"죄송해요."

제법 밤이 깊었다.

후엉후엉, 우는 새소리가 밤거리에 울려 퍼질 즈음, 도성 남촌에 있는 아담한 기와집에서는 노인의 엄한 목소리가 방문을 넘고 있었다.

"내가 몇 번을 일러? 겉모양새만 볼 것이 아니라 직접 만지고 두들겨 보고 네 모든 감각을 일깨워 물건을 봐야 한다지 않아!"

"······잘못했습니다."

"쯧쯧쯧."

머리와 수염이 온통 새하얀 송 대방이 제 앞에 얌전히 머리를 조아린 여인을 보고 못마땅한 듯 혀를 찼다. 한때 조선 최고의 상인이라 불리던 송 대방은 은퇴한 후 아내와 함께 내내 남촌에 머물며 몇몇 상인들의 방문만 받고 있는 터였다.

그런 그의 앞에 머리를 조아리고 있는 젊은 여인은 송 대방의 밑에서 장사를 배우기 시작한 지 얼추 삼 년째가 되어가고 있는, 아직 햇병아리 상인이었다.

"또 틀렸다. 내게 잘못을 고하며 머리를 조아리는 게 중요한 게 아니라 한 번 더 이것들을 눈여겨보고 다시는 틀리지 않도록 해야 할 것이 아니냐."

송 대방이 자신이 여인 앞에 늘어놓은 노리개들을 가리켰다.

"다시 보거라. 이 중에서 가장 질이 낮은 것이 무엇이냐?"

송 대방의 명에 여인이 머뭇머뭇 고개를 들어, 노리개들을 하나하나 살피기 시작하였다. 좀 전에 송 대방이 말한 것처럼 손으로 쓸어도 보고, 손톱 끝으로 두들겨도 보고, 호롱불에 가까이 가져다 대어 빛을 살피기도 하였다.

"혹시…… 이것이 아닙니까?"

여인이 붉은빛 술이 요란하게 달린 단작노리개 하나를 들어 송 대방에게 건넸다.

"어찌 이것이라 생각하느냐?"

"잘은 모르겠지만, 어쩐지 여기 가운데 투호(投壺, 화살을 던져 넣는 병) 모양의 병 가장자리가 매끄럽지 못하고, 또 중앙에 새겨진 당초 조각이 투박해 보이는 듯하여……."

자신감이 없는 탓인지 여인이 말을 얼버무렸다.

"쯧쯧쯧!"

송 대방이 여인이 건네준 노리개를 살피더니 다시 길게 혀를 찼다. 여인이 또 틀린 건가 싶어 다시 고개를 푹 숙이며 어깨를 움츠렸다.

"……죄송합니다. 제가 아직 어리석기만 하여……."

"정답이다."

"예?"

"맞혔단 말이다."

"정말요? 하아……."

정답을 맞혔다는 소리에 여인이 반색을 하며 안도의 한숨을 쉬었다. 일곱 번째만에 처음 맞힌 것이기 때문이었다.

"그리 좋아할 것 없다. 이번도 탈락이니라. 허니, 이번에도 상단에 너를 추천할 수가 없겠구나."

송 대방의 말에 여인은 크게 낙담한 빛을 보였다. 그도 그럴 것이 이번 시험에 정답을 내놓으면 중국 선양으로 향하는 상단에 여인을 추천해 주기로, 송 대방이 단단히 약조했던 때문이었다.

'이번에는 꼭 갈 수 있을 줄만 알았는데……'

"어째서 아니 됩니까? 어른께서 좀 전에 정답이라 하지 않으셨습니까?"

"물건을 파악한 것은 정답이었으나, 거래를 업으로 하는 상인으로는 정답이 아니니 하는 말이다."

"……"

"내 뭐라 했더냐? 상인은 자기가 내놓은 물건에 책임을 질 줄 알아야 하며, 또한 동시에 자기의 물건에 하늘이 두 쪽 나도 흔들리지 않는 자신감이 있어야 한다 하지 않았니? 이것이 정답이라 한들, 너의 그런 유약한 모습을 보면, 누가 이것을 네게서 사려 하겠느냐? 쯧쯧쯧. 아직 멀었다. 한참, 멀었어."

"대강 좀 하셔요."

송 대방이 젊은 여인에게서 등을 돌려 못마땅한 기색으로 얼굴을 찌푸리는데, 인기척도 없이 방문이 열리더니 늙은 여인이 작은 다과상을 들고 들어왔다. 젊은 여인이 얼른 늙은 여인에게서 상을 받아 들었다.

"거기 얼른 좀 치우시구려. 상을 놓을 자리가 없잖아요."

늙은 여인이 나무라자, 조금 전 그리 엄격하게 상인의 도를 말하던 송 대방이 얼른 자리에서 일어나 제가 늘어놓았던 노리개들을 챙겨 상 놓을 자리를 마련하고 나섰다.

"아, 나를 부르라니까? 몸도 성치 않은 사람이 뭐하러 직접 들고 와? 밖에 애들 없어?!"

송 대방이 호들갑을 떨며 제 안사람, 함창댁을 얼른 아랫목으로 앉혔다.

"이만 일도 못 하게 하면 생병 나서 죽어요. 사람이 운신을 게을리하면 저승길이 목전이라 하지 않아요."

송 대방에게 볼멘소리로 응대한 함창댁이 상을 막 내려놓은 젊은 여인에게 마치 친할미와도 같은 다정스러운 웃음을 보냈다.

"홍란아, 이번엔 정답을 내놓았니?"

홍란이라 불린 젊은 여인이 희미하게 웃으며 살며시 고개를 끄덕였다.

"그으래? 그럼 이번엔 선양에 갈 수 있겠구나? 잘됐다. 정말 잘됐어."

함창댁이 제 일처럼 기뻐해 주었다. 홍란이 선양에 왜 가려 하는지 함창댁도 익히 잘 알고 있었기 때문이었다.

선양에는 무현이라는, 홍란에게 있어 친오라버니와 같은 이가 살고 있었다. 어린 시절, 아비의 노름빚에 팔려갈 것을 걱정하여, 먼저 자진하여 기루에 들어간 홍란을 챙겨 주었던 오라버니였다. 이 년 전, 도망치다시피 모습을 감춘 그가 중국 선양 근처의 어느 시골에서 고기잡이를 하며 살고 있다는 소식을 듣게 된 건 불과 얼마 전이었다. 그날 이후 홍란은 선양에 갈 수 있게 해 달라며 송 대방을 졸랐고, 송 대방은 중국 상단에 끼일 만한 솜씨를 익히지 못했다며 내내 시험에 들게 했다.

"아니요. 이번에도 못 갈 것 같아요."

홍란이 서글픔을 감추며 애써 웃어 보였다.

"아직 그럴만한 실력이 못 된다 하셔요."

"누가, 대방 어른이?"

어이없다는 듯, 입을 딱 벌린 함창댁이 이내 발끈하여 송 대방을 돌아보았다.

"정말이셔요? 정말 이 아이한테 실력이 못 된다 그리 대놓고 말씀하셨어요?"

"아니, 그게…… 사실은……."

조선의 장사치들이라면 누구나 어려워하고 무서워하는 송 대방이 제 안사람의 눈치를 보더니 딴청을 피우기 시작했다.

"어이쿠, 화전을 부쳤구려. 임자 화전 솜씨야 두말하면 입 아픈……아야! 임자!"

슬며시 다과상에 놓인 화전 귀퉁이를 뜯어먹는 송 대방의 손등을 함창댁이 찰싹! 소리가 나도록 내리쳤다. 그리고선 앉은 채로 상을 들어 홍란 쪽으로 들이밀었다.

"드시지 마셔요."

"아이, 임자."

"사람이 어찌 이리 무정하십니까? 이 아이가 얼마나 가고 싶어 하는 줄 뻔히 알면서도 매번 이런 심통, 저런 심통을 다 피우면서 훼방이나 놓고. 정말 그러시는 거 아닙니다."

"아직 실력이 안되니까……."

"실력이 안되긴요. 지난번에 객주에 가니 거기 모인 아파들이 입에 침이 마르게 칭찬을 하던걸요. 생긴 것만 고운 줄 알았더니, 심성도 곱고, 심성만 고운 줄 알았더니, 손놀림도 재고, 물건 보는 눈도 좋다고 아주

한나절 내내 칭찬만 합디다."

"그거야 사람들이 제대로 모르고 하는 소리고."

"모르는 게 누군데요? 대방 어른이야말로 연세를 잡숫더니 눈이 흐려지신 것 아닙니까? 어찌하여 이 아이만 보면 그리 못잡아……"

"할머니이."

쌍심지를 켜고 본격적으로 부부싸움이라도 하려는 양 덤벼들려 하는 함창댁의 어깨를 홍란이 얼른 껴안아 말렸다.

"저 때문에 다투지 마셔요. 네? 후후훗."

"뭘 그리 웃니?"

자신의 어깨를 감싸 안고 배시시 웃음을 흘리는 홍란이 이상해 함창댁이 물었다.

"좋아서요. 할머니가 너무 좋아서요."

"뭐?"

홍란이 함창댁의 작은 어깨에 얼굴을 묻었다.

"저를 위해서 화내 주시고, 대방 어른 앞에서 저를 역성들어 주시고, 진짜…… 친할머니 같아서……."

홍란의 말소리에 그새 울음기가 묻어 나왔다. 함창댁이 늙고 야윈 손을 들어 그런 홍란의 고개를 토닥토닥 다독여 주었다.

"불쌍한 것. 딱한 것. 이리 곱고 여리니 세상사가 얼마나 더 고되었겠니? 쯧쯧."

다독이는 함창댁의 주름진 눈가가 어느새 눈물로 촉촉이 젖어들었다.

그 모습에 송 대방은 괜히 제가 두 여인을 울린 것만 같아 어쩐지 마음이 불편해졌다.

"아, 알았어. 알아볼게. 알아보면 될 거 아냐."

"정말요?"

송 대방의 말에 두 여인이 울다 말고 동시에 송 대방을 쳐다보았다.

"그래. 선양 가는 상단에 네가 들어갈만한 자리 하나 있는지 알아볼게. 그럼 됐지?"

"고맙습니다. 대방 어른, 참으로 고맙습니다!!"

홍란이 몇 번이고 거듭 절을 하고, 또 절을 했다. 눈물을 닦을 생각도 미처 못하고 방바닥에 거의 고개를 처박듯이 하며 연신 절을 해댔다.

"며칠 더 묵고 가래도. 이리 가면 또 달포는 안 올 거 아니니?"

다음 날 아침, 도성 외곽에 있는 객주로 향하려는 홍란을 배웅하려 함창댁이 문 앞까지 따라나왔다.

"자주 올게요. 그러니 얼른 들어가셔요. 대방 어른이 목 빠지게 기다리시겠어요. 얼른 들어가세요. 얼른요."

홍란이 걸음이 떨어지지 않는 듯한 함창댁의 등을 애써 떠밀어 안으로 보낸 후 제 갈 길을 향해 걸음을 서둘렀다.

그렇게 두어 식경쯤 걸었을까? 낯익은 이 하나가 불쑥 홍란의 앞을 막아섰다.

"호, 홍란이!"

"오 영감님?"

무릎에 손을 짚은 채 헉헉 숨을 몰아쉬는 이는, 한때 홍란이 기녀로서 몸담고 있던 기루 '은월각'의 행랑아범 오 영감이었다.

늘 외롭고 고단했던 은월각에서 행랑아범 오 영감은 알게 모르게 적지 않은 도움을 주었던 고마운 이였다. 심지어 홍란이 은월각 주인인 행수 하 서방의 심기를 거슬려 매음굴에 팔려가게 되었을 땐, 홍란을 구명하기 위해 동분서주했던 은인이기도 하였다.

"영감님, 무슨…… 일이 있어요?"

"하…… 하 서방이…… 하 서방이…… 죽었단다. 급살을 맞았어!"

"네에? 왜 갑자기?"

"네가 얼른 가야겠다. 네 도움이 필요해. 얼른!"

자세한 사정은 털어놓지도 않고, 오 영감이 다짜고짜 홍란의 소매를 잡아 이끌기 시작하였다.

"……급살을 맞다니요. 왜요?"

오 영감의 걸음에 맞춰 거의 뛰다시피하며 홍란이 물었다.

"글쎄, 보화 년이…… 그 어리석은 것이, 에이구우우."

보화는 홍란을 가장 따랐던 기생 아우 중 한 명이었다. 타고난 애교가 많은 아이였다. 늘 까르르, 아이 같은 웃음을 입에 달고 살던, 그래서인지 기루에 제법 오래 몸담고 있어 그 미색은 화려했어도, 흔히 말하는 닳은 티가 없어 어딘가 여염(閭閻, 일반백성의 살림집)의 처녀아이 같은 소박한 어여쁨이 있는 기녀였다.

"보화가 왜요?"

"일전에 정승 어른들이 은밀히 중국 사신 몇 명을 데리고 온 적이 있었어. 헥……헥…… 고것 뛰었다고 벌써 이리 힘에 부치네. 헥……."

계속 걸음을 재촉하다 말고 오 영감이 늙어 앙상해진 무릎을 짚고 허리를 숙여 혀까지 길게 내밀고는 숨을 몰아쉬었다.

"괜찮으세요?"

"휴우, 휴우. 이젠 나도 이 일을 그만해야 할 때가 된 것 같다. 이리 금방 숨이 차 버리니. 휴우, 휴우……."

한참을 더 숨을 몰아쉬던 오 영감이 마침내 다시 기력을 되찾은 듯 허리를 폈다. 그리고선 하다만 말을 마저 잇기 시작하였다.

"중국 사신 중 하나가 연회에 참석한 보화를 보고선 마음에 들었던 모양이야. 보화를 내어달라 청을 해왔다는구나. 첩실로 중국으로 데려 가겠다고."

"보화는…… 싫다 했겠군요."

"한바탕 난리가 났단다. 안 간다고, 못 간다고 하 서방 어른을 붙잡고 눈물을 철철 흘리며 애걸복걸을 했었지."

좀 더 천천히 걸음을 옮기기 시작하며 오 영감이 늙고 주름진 얼굴을 찡그렸다. 꽃 같은 아이가 흙바닥을 구르며 "못 가요. 아니 가요! 차라리 죽이세요!" 하고 떼를 쓸 때, 자기라도 나서서 보화 편을 들어줄걸, 후회가 들었던 것이다.

"그래도 어디 하 서방이 떼쓴다고 들어줄 사람이더냐? 중국 사신을 따라 가지 않으면, 다른 데로 팔아 버린다 그리 엄포를 놓았단다."

"하 서방 어른께서 막아줄 수도 있는 일이었잖아요. 하 서방 어른도 보화를 꽤나 귀여워하셨잖아요."

"그랬지. 그래도 사신 쪽에서 제법 거한 보상을 해주마 하니 하서방도 달리 거절할 명분이 없었지 뭐. 에휴……."

오 영감이 길게 한숨을 내쉬었다. 이제 와 죽은 이를 탓해 무엇 하나 싶었지만, 그리 고집만 부리지 않았으면 이 사달은 아니 났을 걸 싶어, 원망스러운 마음이 컸다.

"그래서요?"

홍란의 재촉에 오 영감은, 이번에는 중간에 끊는 일도 없이 바로 어젯 밤 은월각에서 있었던 일들을 모두 털어놓았다.

"기어이 가라고요? 저더러 말도 안 통하는 그런 곳에 가서 평생 그 중국 늙은이의 수발이나 들며 살란 말이에요?!"

지난밤, 하 서방은 며칠째 손님방에도 들지 않고 방 안에 틀어박혀 눈물바람만 하고 있던 보화를 찾아갔었다. 혹시나 하 서방이 보화에게 너무 모질게 굴지 않을까 걱정한 오 영감은 마당을 쓴다는 핑계로 보화 방 앞을 서성이며 두 사람의 동태를 살피고 있었다.

"이미 결정된 일이야. 내일이면 사신단 쪽에서 널 데리러 사람이 오기로 하였으니, 어서 갈 채비를 하도록 해."

"버, 벌써요? 안 돼요. 못 가요! 이렇게는 못 가요. 아직, 아직…… 인사도 다 못했단 말이에요. 호, 홍란이 언니도 만나야 하고 또 엄마…… 엄마한테도 중국으로 간다는 소식 한 자 못 전했단 말이에요. 흐흑……."

"그건 네 사정이야!"

제 옷자락을 붙잡은 보화의 손을 하 서방이 모질게 뿌리쳤다.

"중국으로 가게 될 거라고 통보한 지가 언제야? 네가 그럴 마음만 먹었으면 이미 네 어미에게도 연통을 하여 만날 수도 있었을 일이야. 헌데 네가 부득부득 안 가겠다, 못 가겠다 떼만 쓴 까닭에 이리 된 것이 아니냐? 긴 말 할 필요 없어. 어서 짐이나 꾸려! 왜, 내가 도와주랴?!"

그리 말한 후 하 서방은 벽장이며 서랍장들 속에서 보화의 옷가지들이랑 비녀, 가락지 등과 같은 장신구들까지 꺼내 여전히 방 한가운데 엎드려 울고만 있는 보화를 향해 집어던졌다.

"이것도, 이것도, 이것도 모두 가져가거라. 니가 아니 가져간다면 모두 다른 아이들한테 나눠 줄 것이야. 이것도. 이것도!"

어느새 하 서방이 던진 옷들에 파묻히기 시작한 보화가 여전히 눈물로 흐려진 눈을 들어, 하 서방을 원망스럽게 쳐다보았다.

"정말…… 정말…… 야속합니다. 제 마음을 정녕…… 모르시는 거여요?"

하 서방이 들어가며 닫지 않은 방문 틈으로 두 사람의 모습을 지켜보고 있던 오 영감은 순간, 두 사람 사이에 뭔가 묘한 기류가 흐르는 것을 눈치챌 수 있었다.

'저 아이가 설마…… 아니 보화는 그렇다 치더라도 하 서방까지?'

연신 거친 동작으로 짐들을 꺼내 던지던 하 서방이 보화의 말에 얼어붙은 듯 멈춰 섰다. 그리곤 은월각의 문을 연 이래 단 한 번도 본 적이 없었던 침통한 표정을 하고선 지그시 눈을 감았다.

"하 서방 어른……."

하 서방의 흔들리는 마음을 눈치챈 것인지 보화가 일어나 등 뒤에서 와락, 하 서방을 껴안았다.

"제발…… 절 보내지 마셔요. 전…… 하 서방 어른이, 하 서방 어른이……."

보화가 말을 채 끝맺기도 전에 반짝, 하 서방의 눈이 떠졌다. 그 순간, 공교롭게도 조심스러운 눈길로 방 안을 살피고 있던 오 영감의 눈과 마주쳤다. 동시에 하 서방의 얼굴에서 침통함이 사라지고 본래의 뻔뻔스럽고 야비한 웃음이 면상을 가득 채웠다.

"뭐라는 게냐?"

하 서방이 거친 손길로 보화를 우악스럽게 떠밀었다.

"네 그 알량한 미색을 써 나를 현혹시킬 참인 게냐?! 하하하. 네 년 따위가? 고작 얼치기 기생년 따위가 이 나를?! 아서라. 섣부른 기댈랑 갖지를 마. 무슨 일이 있어도, 하늘이 두 쪽이 나도, 넌 내일 사신단을 따라 중국으로 가게 될 것이다!"

방을 나선 하 서방은 뒤도 돌아보지 않고 제 처소를 향해 걸음을 옮겼다. 그 뒤를 오 영감이 얼른 따라붙었다.

처소로 돌아온 하 서방은 술상을 봐 달라 명했다. 따로 안줏거리나 고급 술을 챙길 필요 없이 그저 멀건 탁주에 시금털털한 나물 한 접시면 충분하다고 덧붙였다. 그 명에 따라 오 영감이 들고 온 술상을 홀로 차지한 채, 하 서방은 연신 자작을 거듭하였다. 오 영감이 술을 따라주겠다고 했을 때도 휘휘, 손을 저으며 마다하였다.

"봤나……?"

몇 잔째인가 술잔을 비우다 말고 하 서방이 물었다.

"마음을…… 받아주셨으면 좋았을 것을요."

오 영감이 모른 척 안하고 답했다. 술장사를 하면서도 저 자신은 술을 쉬이 입에 대려 하지 않던 하 서방이 술에 기대려 할 정도면 그 마음도 참 어지간하다 싶었던 때문이었다.

"후후. 그럴 걸 그랬나? 그런데…… 그럴 수는 없는 노릇이잖아. 이 하 서방이라는 놈이, 피도 눈물도 없는 돈밖에 모르는 이 천하의 하 서방이란 놈이 제가 데리고 있는 젊은 기생년에 혹해 장사를 그르친다는 소문이라도 나 봐. 은월각이 망하기를 호시탐탐 기다리고 있는 호사가 놈들이 얼마나 신나하며 입방아를 찧겠어?"

쭈욱, 탁주 한 사발을 비운 하 서방이 다시 제 잔에 술을 따랐다. 그리곤 작은 종지에 담긴 짠 나물 반찬 하나를 입 안에 넣었다 빼고는 "으……" 하며 얼굴을 찡그렸다.

"다른 안주라도 가져올까요?"

"됐어. 뭣하러 내 입에 들어갈 음식에 돈을 써?!"

오 영감에게 그리 면박을 주고는 다시 술잔을 기울이는 하 서방이었다.

"그 아이 하나 가지려면 내가 포기해야 할 게 너무 많아. 비위 상한 어른들은 어찌 달랠 것이며, 명을 따르지 않는 기생 아이들은 앞으로 어떻게 다스릴 수 있겠어?"

"그래도…… 감수할 수 있을 정도지 않습니까?"

"……그렇지. 그렇긴 하지. 하려고만 한다면, 대감, 영감, 땡감 나리들도 기생 아이들도 얼마든지 구슬릴 순 있겠지. 하지만 그게 얼마나 갈 것 같아? 예전에 홍란이 년을 그리 보내준 것 때문에 얼마나 말이 많았는지 잊었어? 작은 틈새 하나가 결국은 만리장성을 무너뜨리는 법이야."

은월각 하나를 성공시키기 위해 꽃 같은 아이들에게 못할 짓도 많이 한 자였다. 색주가에 불과할 수 있었던 은월각을 도성 최고의 번듯한 기루로 성공시키기 위해 숱한 기생들의 눈물을 거름 삼았던 비정한 인간이었다. 하 서방의 손에 인생을 망친 어여쁜 아이들이 너무 많았다.

하지만 그런 비정한 인간조차도 제 마음에 깃든 연정을 못 본 척하기는 저리 힘든 건가, 오 영감은 술에 의지해 시름을 잊으려는 하 서방을 동정하였다.

"……그래서요?"

"오늘 아침에…… 보통 때라면 나와 있을 시간임에도 보이지 않기에 숙취 때문인가 싶어 깨우러 갔었단다."

수십 여 걸음 앞에 높게 솟은 은월각의 대문이 보였다. 그 대문 앞에는 벌써 구름 같은 인파가 몰려들어 안을 들여다보려고 난장을 피우고 있었다.

　"방문 앞에서 몇 번인가, 하 서방을 불렀지. 하지만 대답이 없더구나. 그래서 돌아서려는데 문득, 이상한 냄새가 혹하고선 풍겨 왔어. 내게는 익숙한 냄새였어. 제 잔인한 운명을 비관하며 스스로 저를 찌른 아이들을 더러 봐 왔거든."

　은월각에 좀 더 가까이 다가가기 전, 오 영감이 걸음을 멈췄다.

　"문을 열었더니, 보화가…… 그 어리석은 것이…… 죽은 하 서방을 안고 있더구나."

　오 영감은 아침 나절에 본 그 끔찍한 광경을 다시 떠올리며 고개를 저었다. 전에 본 적 없을 정도로 진한 화장을 한 보화가 한 손에는 피에 젖은 비녀를 든 채, 축 늘어진 하 서방을 품에 안고 있었다. 보화의 비단 치맛자락에는 하 서방이 흘린 피들이 흥건하였다.

　"보, 보화야."

　"할아범…… 난, 난 못 가요. 중국에는 절대로 못 가요."

　보화가 하 서방의 몸을 껴안으며, 피가 콸콸 쏟아져 나오는 하 서방의 목에 제 얼굴을 묻었다. 그 때문에 유난히 새하얗게 분칠된 보화의 뺨에 짙은 핏자국들이 새겨졌다.

　"난…… 은월각에서 살 거예요. 하 서방 어른과 평생 이곳에서 살 거란 말예요."

　"어이구우우!"

　이미 반쯤 정신을 놓은 기생 아이와 그 아이의 손에 목숨을 잃은 은월각의 주인을 보며 오 영감은 방문 안으로 들어서지도 못하고 털썩, 주저앉고 말았다.

"……그래서 지금 보화는요? 벌써 관아에 압송되어 간 거예요?"

어느새 목소리가 잠긴 홍란이 물었다. 제 연정을 감당하지 못해 이리 극단적인 일을 저지르고 만 아우에 대한 연민이 담긴 목소리였다.

"아니. 지금 하 서방 방에 있다. 금소에게 비녀를 겨눈 채……."

"금소라면…… 얼마 전에 은월각에 새로 들어왔다던 그 아이요?"

"그래. 소란스러움에 방을 들여다보는 아이를 낚아채서는 죽이겠다고 겁박하는 중이란다. 가까이 다가오면 찔러 버리겠다고 하니, 관아에서 나온 다모들도 쉽게 접근하지 못하고 있지. 그래서 너를 데리러 온 것이야. 너라면, 분명 그 아이를 설득할 수 있을 테니."

다시 숨을 고른 오 영감이 홍란의 손을 포개어 잡았다.

"홍란아, 다른 사람도 아닌 너니까, 분명 그 아이의 마음을, 지옥에서 헤매는 그 불쌍한 것의 마음을 구해줄 수 있을 것이야."

홍란은 아무 소리도 않고 그저 가만히 고개만 끄덕였다. 그리곤 저만치 앞에 서 있는 은월각을 쳐다보며 각오를 다지듯, 고운 입술을 한 일(一)자로 굳게 다물었다.

"얼른 그 아이를 놓아주게."

"다가오지 마! 누구라도 이 방 안에 한 발자국만 들여놓으면, 이 아이를 찌르고 나 역시 자결할 테니까! 가, 저리 가아악!"

"사……살려 주세요. 살려 주세요……."

사건 현장에 들어서려던 다모들은, 보화가 이미 핏자국이 선연한 날카로운 비녀 끝을 금소라는 어린 기생 목에 들이대는 것을 보고선, 그저 방 입구에서 서성일 수밖에 없었다.

"이보게, 보화. 이리 고집을 부리면 자네 죄만 더욱 무거워질 뿐이야. 어서 그 아이를 놓아주게."

다모를 거느리고 왔던 군관 하나도 말을 거들었지만, 보화는 들은 척도 하지 않았다.

"시끄러! 다들 나가! 꺼지라고!"

세차게 고개를 흔들며 목이 터져라 악을 쓰는 보화의 모습은 아무리 곱게 보아도 정상이 아니었다. 눈에 칠했던 먹은 검은 눈물이 되어 줄줄 흐르고 있었고, 입술에 발랐었을 붉은 연지도 이리저리 번져 마치 입술이 찢어진 것처럼 보일 정도였다. 거기다 목과는 완연히 달라 보일 정도로 새하얗게 분칠한 얼굴에는 죽은 하 서방의 피가 잔뜩 묻어 있기도 했다. 얼마나 기괴한지 웬만한 사내들 두서넛쯤은 손쉽게 제압할 수 있는 다모들 역시 섣불리 덤벼들 수 없을 정도로 악에 치받힌, 흡사 귀신의 형상과도 같았다.

"잠시만…… 들어가겠습니다."

"어허! 예가 지금 어떤 자리라고!! 썩 물러나게!"

"잠시만 저 아이와 이야기를 할 수 있게 해 주세요."

하 서방의 처소 앞을 가로막고 있는 군관들과 다모들의 사이를 비집고 홍란이 들어가려 하였다. 하지만 다모들도 군관들도 쉽게 길을 비켜주려 하지 않았다.

"제가 저 아일 설득해 보겠습니다. 길을 터주시지요."

"어이구우, 나리들. 이 아이에게 한번 맡겨 보시지요. 오랫동안 친동기처럼 지내온 사이니 분명 도움이 될 것입니다."

오 영감까지 나서 허리를 굽실굽실하며 사정을 한 끝에, 비로소 홍란은 하 서방 방문 앞에까지 가 설 수 있었다.

"보화야."

"어, 언니……."

내내 악귀 같던 보화의 표정이, 홍란을 보자마자 일순 누그러지는 듯하였다.

"어, 언니. 홍란 언니. 흐흐흑……."

보화가 검은 눈물을 주룩주룩 흘리며 입술을 삐쭉삐쭉대며 홍란을 불렀다. 보화에게 잡혀 있던 기생아이 역시 홍란을 향해 애원하기 시작했다.

"제발……살려 주세요. 이대로 죽기……싫어요. 죽고 싶지 않아요. 흐어엉!!"

금소라는 기생아이가 홍란을 향해 애절한 시선을 보냈다. 그러자 홍란이 다정하게 웃어 보였다.

"별소리를 다 하는구나. 보화는 널 해치지 않을 거야. 그러니 보화 마음이 진정될 때까지 얌전히 기다려 주렴? 이제 그만 울고."

여전히 공포에 덜덜덜 떨면서도 금소는 홍란의 말에 따라 끅, 끅 소리를 죽이며 울음을 멈추려고 하였다.

"보화야, 그 아이를 봐. 어서?"

홍란이 보화에게 말을 걸며 쓰윽, 눈에 띄지 않게 방 문간 쪽으로 조금 다가섰다. 낮고 차분한, 그리고 다정한 어조였다. 처음 은월각에 들어왔을 때 화장하는 법, 향 쓰는 법을 넌지시 일러주던 언니다운 목소리였다.

"아직 어린 애잖니. 이제 겨우 동기(童妓) 처지에서 벗어나 머리를 올린 어린 아우야. 생각 안 나? 너도 나도 모두 저 아이 같았던 때가 있었잖니."

"……."

"금소라고 했니?"

조금씩 흔들리는 보화의 눈빛을 보고, 홍란은 이번에는 기생아이에게 말을 걸었다.

"……네."

"너는 왜…… 기루에 들어왔니?"

"어, 어머니가 기생이셨어요. 그래서 저도 자연히……."

"올해 몇이니?"

"열……일곱이요."

금소의 대답에 홍란은 쓰린 속내를 들키지 않으려, 눈을 감았다. 어린 티가 제법 난다고는 생각했지만, 생각보다도 더 어린 나이였다. 하긴 보통 동기(童妓)들이 머리를 얹고 본격적인 기녀 생활을 시작하는 건 이르면 열다섯에서 열여섯 정도니 따지고 보면 그리 이상할 일은 아니었다.

그런데도 제 나이보다도 훨씬 앳되어 보이는 얼굴의 아이가 머리를 얹고 진한 분칠을 하며 기루에 몸을 담고 있다는 사실에 홍란은 가시가 박히기라도 한 양, 속이 불편하고 갑갑해졌다.

"그래. 네 꿈은…… 소망은 무엇이니?"

아픈 속내를 애써 누르고 다시 홍란이 물었다.

"……소망이요? 전 그런 건……그저 언젠가 저를 귀애해 주시는 분이 나타나면 그분의 첩실이 되어 평생, 그분만을 모시며 살 수 있었으면……하는 정도밖에……."

금소가 기어들어가는 목소리로 홍란의 물음에 답했다. 금소의 답에, 홍란이 어느새 그렁그렁해진 눈을 하고서 보화에게 말했다.

"보화야…… 기억나? 언젠가 도성에 역병이 돌아 은월각의 문이 닫혔을 때 밤새 이야기를 나누었던 일 말이야. 그때 네가 그랬잖니. 비록 혼인도 못한 채 머리를 올렸지만 사내들에게는 희롱당하고, 여인들에게는 멸시당하는 처지이지만, 언젠가 다정히 대해 주는 임을 만나서 연모하고 괴임받으며 살고 싶다고…… 어쩌면 이 아이가 하는 말이 그때의 우리랑 한 치도 다름이 없는지…… 참으로 신기하지 않니?"

자분자분히 말을 건네는 홍란을 보며, 금소의 목에 비녀를 겨누고 있는 보화의 손이 조금씩 흔들리기 시작하였다.

"언니…… 나는 진즉에 그런 꿈일랑 버리고 살았어요. 그런 분수에 넘치는 꿈따위 애초에 버리고 말았어요. 내가 원했던 건, 그저 살아 있는 동안 내내 이 은월각에서, 하 서방 어른의 지척에서 그분을 보며 살 수 있는 것, 그거 하나였어요. 언젠가 늙어 아무도 찾아 주지 않는 꽃이 되면, 그때는 은월각의 부엌데기가 되리라, 그 어른이 나를 찾지 않아도 그저 그 어른을 보며 살 수만 있다면 그걸로도 족하리라, 그리…… 그리…… 생각했는데……".

또 다시 제 설움에 겨워진 보화가 흐느끼다 말고, 기생아이의 목에 겨누고 있던 비녀를 쥔 손에 다시 힘을 주었다.

"이젠 다 끝났어요! 내 손으로 이미 그분을 죽였으니, 이제 나도 살아 무엇 하겠어요. 이 아이도 마찬가지예요. 어차피 살아남아 봤자 평생 사내에게 희롱당하며 살 뿐, 그깟 소망 따위 절대 이루어질 일이 없는 걸요! 이리 된 것도 이 아이의 운명이라면 운명! 제 저승 행 길동무로 삼고 말겠어요!"

보화가 다시 광기에 차, 두 눈을 번들거리며 비녀를 높이 치켜들었다.

"악! 안 돼에!!"

이제는 죽을 길밖에 남지 않음을 안 금소가 보화의 손에서 거세게 버둥거렸다. 보화가 우악스럽게 금소의 목을 조르며 금소의 반항을 막으려 애썼다. 그 순간, 어느새 발버둥치는 금소의 발 앞까지 다가온 홍란이 몸을 날려 비녀를 쥐고 있는 보화의 손을 잡았다.

"놔!! 이거 놔아!"

보화가 끝이 날카로운 비녀를 이리저리 휘저었다. 홍란이 보화의 손을 쥐고 있었지만, 그 거센 난동을 막기에는 역부족이었다. 방 안의 상황을 살피던 다모들이 우르르 몰려들어 홍란과 함께 보화의 몸과 팔을 누르며 난동을 막으려 하였다.

"윽!"

순간, 비명과 함께 홍란이 뺨을 감싸 쥐었다. 홍란의 손가락 사이로 핏물이 뚝뚝 흐르기 시작하였다.

"꺄아아악!"

어느새 방구석으로 피해 있던 금소가 있는 대로 비명을 질렀다. 보화가 휘두른 비녀, 어찌나 날카롭게 갈아났는지, 거의 비수나 다름없는 비녀가 홍란의 왼뺨을 찢어 놓은 까닭이었다.

"어……언니."

어느새 다모들에게 깔려 버둥거리던 보화가 금소의 비명과 홍란의 상처에 놀란 듯 버둥거림을 멈추고 울상을 지었다.

"괜찮아. 살짝 긁힌 것뿐이야."

"어, 언니…… 난……."

"정말 괜찮대도."

보화의 팔과 다리를 잡아챈 다모들이 보화를 일으켜 세운 후, 오랏줄로 꽁꽁 묶었다.

"죄인을 끌고 가라! 더 이상의 소란은 용서치 않을 것이니, 엄히 단속하거라."

방문 앞에 선 군관이 다모들에게 명을 내렸다.

"예!"

다모들이 일제히 허리를 반쯤 숙이며 명에 답했다. 그리고 여전히 홍란을 보며 눈물을 글썽이는 보화를 거칠게 끌고 나가려는데, 홍란이 그 앞을 막아섰다.

"군관 어르신. 잠시, 시간을…… 단장할 시간을 주시지요."

"무어라? 단장?! 이제 극형을 받아 죽을 일만 남은 살인 죄인에게 단장은 무슨 얼어 죽을 놈의 단장이냐! 비켜라!"

군관의 단호한 말에 홍란이 피가 흐르는 뺨을 감싸고 있던 제 손을 내렸다. 그리고는 치맛자락 앞으로 두 손을 모은 채 정중히 허리를 숙였다 폈다.

"죄인의 피에 젖은 몰골을 보면, 바깥의 사람들도 많이 놀랄 것이 아닙니까? 이 아이에게도 적지 않은 수치가 될 것이고요. 어르신의 말대로 곧 벌을 받아 죽을 목숨이라면 그런 수치나마 줄여 주고 싶습니다. 부디 너른 아량을 베풀어 주시지 않겠습니까?"

"헉……!"

허리를 펴고 자신을 보는 홍란과 마주한 군관은 자신도 모르게 급히 숨을 들이켰다. 여태 보화의 난동에 제대로 보지 못하였던 홍란의 얼굴을 자세히 보게 된 탓이었다.

'이리 고울 수가……! 행색은 비록 누추하나, 미색 하나만큼은 한다하는 기녀들보다 훨씬 윗길(질적으로 훨씬 나은 수준)이 아닌가?'

비록 얼굴에 상처를 입어 피를 흘리고 있긴 하였지만, 그 상처마저도 홍란의 미색을 가리지 못하고 있었다.

"허, 하나. 더는 지체할 여유가 없다. 죄인은 바로 압송될……"

"일각(一刻, 15분), 일각이면 됩니다. 정녕 아니 되겠습니까?"

홍란은 살그머니 눈을 내리깔았다가 치뜨며 애절한 시선으로 군관을 보았다. 그런 행동들이 사내의 눈에 어떻게 비칠지 알면서 행한 것이었다. 기녀에서 장사치로 거듭나면서 다시는 사내들에게 미색을 팔지 않으리라 다짐했던 홍란이었지만, 보화를 위해 이번만은 어쩔 수 없었다.

"끄응. 아, 알았네. 그럼 일각뿐이네. 단, 죄인의 오라를 풀어줄 수도, 이 방에서도 나설 수도 없네."

"넓은 아량에 진심으로 감사드립니다."

군관이 다모들에게 눈짓을 하여 보화에게 물러나라 명했다. 동시에 군졸들을 방에 불러들여 하 서방의 시신을 내어가라고도 명했다.

"영감님……."

홍란은 마당으로 나서 걱정스레 자신들을 보고 있는 오 영감을 불러 필요한 것들을 가져다 달라고 부탁했다.

"네 상처부터 치료해야 하잖니."

"지금은 그럴 시간이 없어요. 어서 야용도구(화장도구)들을 가져다주세요. 어서요."

그때였다. 군관과 군졸들 사이에 섰던 사내 하나가 불쑥 튀어나와 홍란들에게 다가왔다.

"상처를 봐주겠소."

"뉘신지요?"

낯선 사내의 접근에 홍란이 경계심이 가득한 눈빛으로 물었다.

"의원 성가요. 만약의 일을 대비하여 불려온 까닭에 다행히 내게 약들이 있으니, 상처를 봐주겠소."

보화가 금소를 인질로 삼았다는 것을 알고 군관이 불러온 인근의 의원이라 하였다. 창상(創傷)과 자상(刺傷) 등에 좋은 약초 및 약재들을 구비해 왔다 하였다.

"생각보다 깊게 베였구려. 당장의 치료는 가능하나 상처는 오래 남을 것이오."

홍란의 턱을 들어 가까이 들여다본 성 의원이 눈살을 찌푸렸다. 그 소리에 주변의 사람들에게서 일제히 "아이고오," 하는 한탄 섞인 신음이 터져 나왔다. 저마다 홍란의 아름다운 얼굴에 상처가 남게 된 것을 아까워하는 소리들이었다.

"괜찮습니다."

별일 아니라는 듯, 너무도 담담히 답하는 홍란의 태도에 성 의원은 내심 놀라 눈썹을 치켜세웠다. 보통의 여인들은 작은 좌창(痤瘡, 여드름) 하나에도 속상해 하며 안절부절못하기 일쑤인데, 흔히 볼 수 없는 미색을 지닌 여인이 그 고운 얼굴에 상처가 남게 되었다는데도 너무나 태연한 것을 이해할 수 없었다.

"……다 되었소. 침술로 상처를 약화시킬 수도 있으니 나중에 이 앞 삼거리에 있는 약방으로 찾아오시오."

피를 멎게 하는 약과 상처를 아물게 하는 약들을 발라준 뒤 성 의원이 홍란에게 일렀다.

"꼭 오시오. 내일이 아니 되면, 모레, 모레가 아니 되면 글피에라도 꼭 오시오. 알겠소?"

성 의원이 홍란에게 내원하기를 거듭 강조한 것은, 그렇게라도 하지 않으면 필경 약방에 찾아오지 않을 것 같아서였다.

"홍란아, 모두 가져왔다."

성 의원의 말에 홍란이 답을 하기도 전에 오 영감이 기생 처소에서

챙긴 야용도구들을 갖고 나타났다. 홍란에게도 낯이 익은 은월각의 계집종이 깨끗한 물이 담긴 놋대야를 들고 그 뒤를 따르고 있었다.

ﾍ

"네 화장을 도와주는 것도 참으로 오래간만이구나……."

홍란은 예전처럼 다정한 미소와 함께 오라에 묶인 보화의 얼굴을 쓸어 주었다.

그리고선 고운 면수건에 물을 담뿍 적셔 멍하게 앉아 있는 보화의 피 묻은 얼굴을 정성스레 씻겨 주었다. 몇 번을 거듭하여 세심하게 닦고 나서야 보화의 얼굴은 본래의 어여쁜 살색을 되찾을 수 있었다. 그 얼굴에, 수세미 덩굴에서 추출한 미안수를 발라 준 다음, 분꽃 씨로 만든 분을 곱게 칠했다. 목화에 자색 꽃을 태워 유연(油煙,기름연기)에 묻혀 참기름에 갠 미묵(眉墨, 눈썹 화장품)으로 정성스레 눈썹도 그렸다. 평소에는 진한 먹빛으로 가늘게, 그리고 크고 동그랗게 휘어진 눈썹을 그리던 화장과 달리 이번에는 조금은 흐리게 그리고 양 눈썹 끝이 미세하게 아래로 처지게 그렸다. 마지막은 입술 화장이었다. 다른 여인들보다 조금 더 통통하여, 보화를 더욱 어여쁘게 만들어 주던 소녀 같은 입술이었다. 언제나 위로 향하여 기분 좋은 미소를 짓고 있던 입술끝은 이제 기운을 잃고 아래로 축 처져 있는 상태였다.

홍란은 진한 잇꽃 연지를 작은 도자그릇에 덜어낸 후, 그 위에 조금 전 보화의 얼굴에 칠해 주었던 분꽃 가루를 섞었다. 됨직하여 잘 섞이지 않는 그 위에 참기름 한 방울을 톡, 떨어뜨려 윤기를 더하고 섞임을 돕게 하였다. 그리고선 연지용 붓에 찰박하게 묻혀 보화의 입술에 촘촘히 색을 입혔다.

"다 되었다. 한번 보렴?"

홍란이 보화 앞에 경대를 끌어다 주었다. 채 보화가 경대 안의 제 모습을 확인하기도 전에 주변에 경계하고 섰던 다모들 사이에서 "하아!" 하는 감탄의 소리가 터져 나왔다. 단장을 마친 보화의 얼굴이 참으로 고왔던 탓이었다.

보화의 얼굴은 조금 전 핏물과 화장이 범벅이 되어 악귀 같던 얼굴이라고는 상상할 수 없을 정도로 어여쁘게 변신해 있었다. 특히 약간 아래로 처진 눈썹과 복숭아빛을 한 통통한 입술 때문에 보화의 얼굴은 가련한 여인의 것 같기도 했고, 수줍은 소녀의 얼굴 같기도 하였다.

"고마워요…… 언니."

거울 속에 비친 제 모습을 본 보화가 또르르, 눈물을 흘렸다. 화장이 지워지지 않게 홍란이 그 눈물을 닦아 주었다.

"이제 가세."

다모가 보화를 일으켜 세웠다. 홍란이 얼른 따라 일어서며 보화를 가만히 안아 주었다.

"애써 한 화장 지워지면 아까우니까, 이제는 울지 마. 알았지?"

보화가 가만히 고개를 끄덕였다. 하지만 그 눈에는 또 다시 눈물이 차오르고 있었다.

살인을 한 중죄로 의금부에 잡혀간 보화는 결국 오래지 않아 형장의 이슬로 사라지고 말았다. 도성 최고의 기루, 은월각의 아리따운 기생 보화의 살인사건은 여러 가지 이유로 도성 사람들의 입에 오랫동안 오르내렸다. 기생이 기루의 주인을 연모하여 벌인 살인사건이라는 점 외에도 일을 저지른 기생의 미색이 어찌나 청초하고 가련한지, 살인범임에도 그 미색을 아까워하지 않은 이들이 없었다는 점 등이 보화의 일을 오랫동안 회자하게 만들었다.

하지만 다른 일각에서는 전혀 다른 이유로 보화의 사건이 큰 화제를 모았다.

"그리 악귀 같은 형상을 하고 있던 계집을 단 일각 만에 월궁항아처럼 변신시켰다지 뭐예요?"

"그 기생아이가 의금부에 가서도 별반 심한 고신(고문)을 받지 않은 것도 그리 곱게 단장한 덕분이라는 소문이 있더라고요."

"아니 도대체 얼마나 화장 솜씨가 신통하기에요?"

"아주 귀신이래요, 귀신!"

"그래, 그 하늘이 냈다는 재주를 가진 이가 누구라고 합디까?"

"이름이 뭐랬더라? 무슨……꽃 이름 같은 이름인데…… 아, 그래요. 홍란, 홍란이라고 하더라고요!"

소문들이 으레 그렇듯이 살에 살을 덧붙여, 홍란의 이름은 어느덧 팔자를 바꿔 줄 수 있는 신묘한 화장 솜씨를 가진 이의 이름으로 사람들의 입에 오르내리기 시작하였다.

"상처가 낫는 것이 더디구려."

성 의원의 약방 안. 홍란의 상처 주위에 꽂아 넣은 장침을 뽑으며 성 의원이 연신 고개를 갸웃하였다.

"어찌 이리 차도가 없는지 모르겠소. 밤에 열은 계속 나오?"

"간간히 납니다."

"가려움은 어떠하오?"

"견딜 수 없을 정도는 아닙니다."

침을 모두 거둔 후, 성 의원이 깨끗한 약포(藥布, 약을 입힌 천)로 홍란의 뺨 주위를 닦아 주었다. 닿을 듯 말 듯, 홍란에게는 그 느낌조차 전해지지 않는 조심스러운 손길이었다.

"의서들을 더 찾아보겠소. 완전히 씻은 듯이 나을 수는 없겠지만, 어떻게든 크게 눈에 띄지 않을 정도로 약화시켜 보겠소. 계속 치료를 받으러 와 주겠소?"

"……너무 애쓰지 마셔요. 열이나 가려움만 덜해지면 저는 그것으로 족합니다."

"그리는…… 아니 되오. 여인이 이런 흉을 달고 살도록 어찌 내버려 둔단 말이오?"

지레 포기하는 듯한 홍란의 말에 화가 난 것인지, 침착하기 그지없던 성 의원의 눈빛이 거세게 일렁거렸다.

"아닙니다. 어찌 생각하면…… 이 흉이 제게는 오히려 더 고마운 일이 될 수도 있을 것 같습니다."

"무슨 뜻이오?"

이번에도 홍란은 답을 하지 않았다. 기녀로서의 삶에서 벗어난 이후부터 더는 여인으로서의 미추(美醜, 아름다움과 추함)에 신경 쓰지 않기로 했다는 걸 굳이 말할 필요를 못 느꼈기 때문이었다.

"다 마치셨으면 이만."

홍란이 막 자리에서 일어서려던 참이었다.

"홍란이, 홍란이 여기 있는가?"

밖에서 오 영감이 급히 홍란을 찾는 소리가 들려왔다.

"저쪽 방에서 침 맞고 계시오."

약방 하인이 답하는 소리도 들려왔다. 그리고 이내, "들어가겠습니다." 하는 노인의 말소리와 함께 벌컥, 약방의 문이 열렸다.

"영감님, 또 무슨 일이 생긴 거예요?"

이번에도 무언가 엄청 다급한 일이 있는 것 같아, 홍란이 근심하여 물었다.

"네가 요즘 이 약방을 다니며 침을 맞고 있다는 소릴 들어서, 혹시나 해서 와 봤다. 잘 되었다. 너, 오늘은 예서 나가지 말거라."

오 영감이 급히 방에 들어와 앉으며, 일어서 있던 홍란의 팔목을 끌어 제 곁에 주저앉혔다.

"무슨…… 일인데 그러세요?"

홍란의 물음에 오 영감이 침과 약재들을 챙기고 있는 성 의원의 눈치를 슬쩍 본 뒤 홍란의 곁에 조금 더 다가와 은밀히 말했다.

"네 아비가, 나 서방이 왔다. 어디서 딱 저 같은 인간 서너 명까지 대동하고 왔더구나. 하 서방이 죽었다는 소문을 들었는지, 은월각에 쳐들어와 너 있는 곳을 대라고 한바탕 난리를 치고 갔어! 오다 보니 이 앞 삼거리 주막에 죽치고 앉아 눈을 희번덕거리고 있더구나. 지금 나갔다가는 네 아비에게 걸릴 게 뻔해."

오 영감의 말에 홍란은 걸핏하면 은월각에 찾아와 노름 밑천을 내놓으라고 한바탕 행패를 부리곤 하던 제 아비, 나 서방을 떠올렸다. 딸이 술청에 앉아 웃음을 팔아, 영혼을 팔아 벌어들인 돈을, 아비는 의당 받아내야 할 제 빚인 양 의기양양하게 받아가곤 했었다.

몇 년 전이었던가. 아비가 다시 자신에게 손을 벌렸을 때였다. 홍란이 제 스스로와 아비를 위해 더는 노름밑천을 대어줄 수 없다고 했을 때, 아비는 꽃 같은 딸의 얼굴을 매섭게도 후려쳤었다. "배은망덕한 년", "제 아비도 몰라보는 금수 같은 년"이라며 모진 욕설들을 늘어놓고, 홍란의 허리를 걷어차기까지 했었다.

오죽했으면, 기녀의 개인사에는 철저히 무관심하기로 유명한 하 서방이 진노하여 홍란의 아비를 몰아냈을까. 물론 제 장사수단을 보호하기 위해서였겠지만, 하 서방은 그날 홍란이 두드려 맞는 것을 보고는 대로하여 은월각에서 부리는 왈패들을 시켜 홍란의 애비를 사대문 밖으로 쫓아냈었다.

"한 번만 더 은월각 주변에서 얼쩡거리면, 다시는 그 좋아하는 노름도 하지 못하게 그 두 손목을 뎅강 베어 버리고 말겠다"는 겁박과 함께.

그 겁박이 통했는지 홍란의 아비는, 애초에 노름밑천으로 어디 먼 노름쟁이 시골 노인에게 억지로 시집을 보내려했던 잔혹한 아비는, 그것이 죽기보다 싫어 제 발로 기루를 찾아가 "기녀가 되게 해 달라" 자청한 딸아이의 선택에 덩실덩실 어깨춤을 추며 반겼던 속없는 아비는, 더는 홍란을 찾아오지 않았더랬다. 이따금 인편에 슬그머니 돈냥이나 보내달라고 청을 해오긴 했지만, 그것마저도 하 서방에게 들킨 이후로는 다시는 연락 한 번 주지 않았더랬다.

그 아비가 하 서방의 죽음을 알았으니, 이제 더는 거리낄 것이 없어졌을 게 분명했다. 또다시 홍란을 겁박하고 회유하고 때리고 달래며 돈을 내어놓으라 떼를 쓸 것이 분명했다.

'그래도 언제까지 피할 수만은 없는 거겠죠? 그렇지요? 아버지.'

"애…… 홍란아?"

홍란이 자리에서 일어서는 것을 오 영감은 근심 어린 표정으로 보았다.

"한 번은 부딪치고 넘어가야 할 일이잖아요. 가 볼게요."

홍란이 방문을 열었다. 그때, 성 의원이 얼른 다가와 홍란의 소매를 잡았다.

"내가……데려다 주겠소."

"얘, 그러려무나. 너 혼자 가는 것보다는 그래도 나을 것이야. 어?"

따라 일어선 오 영감이 망설이는 홍란에게 말했다.

"나도 따라가긴 하겠지만 이깟 몸이 뭐 얼마나 도움이 되겠느냐. 의원님 신세 좀 지자꾸나, 응?"

"그럼…… 부탁드리겠습니다."

홍란도 더는 고집을 피우지 않았다. 실은 홍란도 여전히 두려웠다. 어릴 때 아비에게 받은 학대의 경험은, 아무리 어른이 되고 굳센 마음을 먹어도 가장 연약한 마음의 틈을 비집고 들어와 두려움을 되살려내곤 했다.

"아이고오, 이게 누구야? 내 딸, 내 어여쁜 딸 홍란아아아!"

홍란이 성 의원, 그리고 오 영감과 함께 막 삼거리를 지나치려 할 때, 주막 마당 평상에 앉아 지나가는 이들을 향해 눈을 부라리던 나 서방이 홍란을 발견하고는 맨발로 뛰어와 덥석, 홍란을 안았다.

"잘 있었더냐? 내 딸. 눈에 넣어도 아프지 않은 어여쁜 내 새끼! 하하하하."

나 서방이 골목이 떠나가라, 버럭버럭 소리를 지르며 요란스레 반가움을 표했다. 홍란은 아비가 안아 흔드는 대로 그저 허수아비처럼 흔들흔들, 움직여지는 대로 몸을 맡기고만 있었다.

"일단, 긴 얘기는 나중에 하고 너 어서 가진 돈 좀 내어놓아라. 여기 주막 것들이 어찌나 셈부터 치러 달라고 쨍쨍거리는지. 내가 니 애빈데 설마 그깟 방값, 술값 안 내놓을까 봐 몸이 달았더구나."

야단스럽게 홍란을 껴안았다가 놓아준 홍란 애비는 돈주머니가 있음 직한 홍란의 허리께부터 더듬어 왔다. 하지만 찾고자 하는 것이 없자 실망한 기색으로 한 발 물러나더니, 이내 무언가를 떠올렸는지 홍란의 저고리 속으로 쑥, 손을 들이밀었다.

"아버지!!"

"아이고, 이러지 마시우!"

"뭐하는 짓입니까?!"

홍란이 가슴께를 두 손으로 가리며 기겁을 하여 물러섰고, 그 몰지각한 행패에 놀란 오 영감과 성 의원 역시 나 서방의 팔을 잡아 말리려 하였다. 하지만 처음부터 나 서방 뒤에서 히죽히죽, 기분 나쁜 웃음을 보이고 있던 험악한 인상의 사내들이 오 영감과 성 의원의 팔을 뒤로 꺾으며 홍란 애비를 방해하지 못하도록 말리고 나섰다.

"돈은 어디다 놨니? 어서 내어놓거라!!"

돈 생각에 눈이 벌게진 홍란 애비가 가슴을 가린 홍란의 손등을 억지로 쥐어뜯고는 저고리 고름이 뜯겨나갈 정도로 우악스럽게 옷자락을 헤쳤다.

"읏!"

얼굴을 일그러뜨리며 홍란이 비명을 삼켰다. 하지만 나 서방은 그것조차도 아랑곳하지 않고 돈 주머니가 어디 있는지 찾는 데만 혈안이 되어 있었다. 이곳이 주막의 마당이고, 행인이며 주막 손님들이 자신들과 하얀 속살이 드러나게 생긴 홍란을 호기심 어린 눈으로 쳐다보고 있다는 것도 상관하지 않았다. 이 모든 일이 실로 눈 깜짝 할 사이에 벌어진 일들이었다.

"이러지 마십시오!"

홍란이 아픔에 인상을 쓰는 모습을 본 성 의원이 어디서 그런 힘이 났는지 급히 팔을 휘저어 제 팔을 꺾고 있던 작자의 턱을 후려갈긴 뒤, 얼른 나 서방을 밀어젖히고서는 홍란을 제 등 뒤로 감추었다.

"괜찮소?"

성 의원이 고개도 돌리지 않고, 묻기만 하였다. 홍란은 옷고름이 다 뜯겨져 나간 저고리 자락을 손으로 여미며, 고개만 끄덕였다. 보지 않는 이에게 그것이 답이 되지 못함을 알지 못하고.

"괜찮……?!"

홍란의 답이 들려오지 않음에 슬쩍 어깨 너머로 뒤돌아본 성 의원은 잠시 숨을 멈추었다. 뜯겨진 옷자락을 여민 홍란의 손이 눈에 띄게 덜덜 떨리고 있었고, 하얗게 질린 얼굴은 끊임없이 흘러내리는 눈물로 흠뻑 젖어 있었다. 창백해진 얼굴 탓에 더욱 붉게 보이는 입술을 깨물고 여러 가지 복잡한 감정에 눈을 내리깔고 있는 홍란의 모습은, 그 뺨에 아직 선연한 상처와 더불어 성 의원의 마음을 아프게 짓눌러 왔다.

이레 전, 은월각에서 보았을 때는 타고난 화려한 외양과 어울리지 않는 소박한 옷차림이 인상적이었다. 침착하게 일을 처리해 나가는 홍란의 모습에, 또한 자신의 상처에 아랑곳하지 않고 다른 이를 먼저 챙기고 보살피는 그 품 넓고 담대해 보이기까지 하는 모습에 내심 감탄했더랬다.

이후 며칠마다 한 번씩 침을 놓아 주면서 찬찬히 살피게 된 홍란의 모습은 어딘가 초연해 보이기까지 하여 그녀가 얼마만큼 힘든 삶을 살아왔는지 짐작할 수 있을 것도 같았다.

하지만 지금 눈앞의 홍란은 달랐다. 갑작스러운 폭우를 고스란히 맞으며 반쯤 꺾여 나풀거리고 있는 들꽃 한 송이 같았다. 제 상처 하나 보듬을 줄 모르고, 그저 가엾게 떨고 있는 작은 꽃 한 송이 같았다…….

"네 이노옴!"

"아이구우우우!"

성 의원에게 턱을 맞고 나가 떨어졌던 놈이 아까보다 곱절은 더 험상궂어진 얼굴을 하고 성 의원에게 덤벼들려 할 때, 바닥으로 나가떨어진 충격에 잠시 말문을 잃고 있었던 나 서방이 버럭 소리를 질렀다. 그리고선 누가 봐도 과장된 동작으로, 엉덩이와 허리를 부여잡으며 엉거주춤 일어서려다 말고 다시 주저앉으며 죽는 시늉을 하였다.

"아이구우! 허리가 부러졌나 보네. 완전 아작이 났어! 이보게들, 나 좀, 나 좀 일으켜 주시게."

그제야 오 영감을 잡고 있던 작자랑 성 의원에게 덤벼들려던 작자 등 나머지 놈들이 일제히 몰려와 역시 눈에 띄게 조심스러움을 가장하며, "어구구구, 조심하게. 조심, 조심……" 하며 나 서방을 부축하여 일으켜 세웠다.

"네 이놈! 네 놈이 뉘기에 애틋한 부녀상봉의 자리를 이리 파투(破鬪) 내는 것이냐?"

"사람들이 이리 많은데도 이런 행패를 부리니, 사람들의 이목이 없는 자리 같았으면 모가지라도 땄겠네그려!"

"두말할 것 없네. 저놈을 당장 관아로 끌고 가세! 생사람의 허리를 부러뜨렸으면 의당 그 대가를 치러야지!"

"좋소! 그럽시다. 관에 가면 여기 주막의 사람들이 모두 지켜본 바를 말하여 줄 것이니, 누구 잘못이 더 큰지 알게 될 것이오!"

작자들에게서 풀려난 후, 쪼르르 달려와 성 의원의 등 뒤에 선 홍란의 어깨를 감싼 오 영감이 소리쳤다. 이제까지 은월각에서 술을 먹이고 달랜 관의 사람들이 족히 수백은 넘었으니, 또 은월각의 손님들 중 고관 대작의 손님들이 적지 않았으니, 저들이 관에 가서 누명을 씌우려 한대 도 무사히 일이 처결될 것이라는 자신감이 있었던 탓이었다.

"아니, 그게 아닐세. 발고하는 게 먼저가 아니지. 일단은 가까운 약방 에 가서 의원에게 보이는 것이 먼저여야 할 걸세."

발고해 봤자 저들에게 이로울 것이 없다는 것을 안 것인지, 작자들이 금세 말을 바꾸었다.

"그러세. 그러고 나면 우리를 때려눕힌 저자에게 얼마를 받아야 할지 셈이 될 걸세."

나 서방의 곁에 선 작자들이 넌지시 나 서방의 어깨를 툭툭 치며, 눈 짓을 하였다. 돈을 우려내라는 신호임을 나 서방도 얼른 알아들었는지 또 다시 야단스럽게 아픈 척을 하였다.

"아이구구! 허리야! 더는 안 되겠네. 어서 약방으로 가세. 이러다가 평 생 운신도 못하고 꼼짝없이 누워 살아야 할 판이네! 아이구우우! 딸년 이 보고 싶어 죽을 것 같아 수천 리 길을 달려왔더니 이게 무슨 꼴인 감?"

온갖 인상을 쓰며 아픈 척을 하던 나 서방은 제 그런 모습에도 눈 하 나 깜짝 않고 태연한 성 의원을 보고서는 입을 삐죽거리더니, 버럭 소리 를 질러 댔다.

"네 이놈! 이리 됐으니 나와 내 동무의 약값, 침값, 뜸값은 네 놈이 다 물어줘야 할 것이야! 아마 다 고치려면 족히 반 년은 걸릴 것이니, 그때까 지 방값, 밥값도 다 네 놈 몫이 될 게다. 그뿐이냐? 내 동무들이 나를 보 살펴 줘야 하니, 내 동무들의 방값이나 밥값도 네가 책임져야 할 것이야!"

나 서방의 말에 곁의 작자들이 "암." "그렇지. 우리가 아니면 누가 보살펴주겠어?" 하며 고개를 끄덕거렸다. 어떻게든 상대를 벗겨먹으려는 모습에 주막 안 모든 사람들이 "쯧쯧쯧" 혀를 차며 손가락질을 하였지만, 작자들이 험악하게 눈을 부라려대자 이내 다들 고개를 돌리며 모른 척하였다.

"둔부와 요(腰, 허리)를 다쳤으면 그리 일어서지도 못하지요. 뿐입니까? 지금처럼 그리 큰 소리도 낼 수가 없지요!"

"내, 내가 아프다는데 네가 뭔데? 니가 뭐기에 니 맘대로 아프다 안 아프다 왈가왈부야!"

"그러게. 괜히 돈 내놓기 싫으니까 지 맘대로 안 아프다고 난리네? 지가 의원이야 뭐야!"

성 의원에게 턱을 맞은 작자가 삿대질을 하며 눈을 부라렸다.

"네."

성 의원이 침착하게 작자의 말을 받았다.

"제가 의원이라 잘 압니다."

"……!"

실컷 떠들어 대던 나 서방도, 그 곁의 작자들도 일순간 말을 잃었다. 그리고는 서로를 마주 보며 멍청한 눈빛을 교환하였다. 큼, 큼, 괜히 민망하여 헛기침도 하였다.

성 의원이 밀친 것을 빌미 삼아 크게 다친 것처럼 위장하여 돈푼이나 끌어내려던 얄팍한 계획이 물 건너갔음을 피차가 모두 알게 된 것이다.

"그래서!"

계속 저를 부축하는 시늉을 하고 있던 동무들을 떼어내며 나 서방이 성 의원을 미심쩍은 눈으로 바라보았다.

"의원이면 남의 부녀 일에 끼어들어도 되는 게요? 몇 년 만에 귀한 딸자식과 만나 회포를 풀고자 하거늘, 댁이 무슨 권리로 우리 부녀 일에 초를 치고 나서는 거냔 말이오!"

"허면, 주막 안팎에 이리 사람들이 적지 않은데, 어찌 사람들의 눈앞에서 그 귀한 딸자식의 옷자락을 뜯으신 겁니까? 세상 어디에 사람들 앞에서 딸자식의 옷을 뜯어내는 아비가 있단 말입니까? 몇 년 만에 만난 귀한 딸자식의 얼굴에 큰 상처가 새겨진 것은 눈에 보이지도 않고, 그저 돈 욕심에 옷섶부터 더듬는 것이 진정 부녀간의 도리인 것입니까?"

"쯧쯧쯧."

"인간 말종일세, 인간 말종이야."

"딸년 등골 빼먹은 아비가 어찌 아비란 말이야? 하늘도 무심하시지. 어찌 저리 고운 이에게 저런 아비를 줘서 한이 서리게 했을고."

멀찌감치 물러서서 소동을 구경하고 있던 주막의 손님들이 성 의원의 지적에 어버버, 입만 벌리고 선 나 서방과 그 동무들을 향해 삿대질을 해댔다. 나 서방의 동무들이 다시 험악하게 눈을 부라렸지만, 이번에는 아까만큼의 효과도 없이 주막 사람들의 주먹감자만 실컷 처먹었을 뿐이었다.

그때 주막 마루에 올라서서 길게 고개를 빼고 멀리를 보고 있던 사람 중 한 명이 소리를 질렀다.

"포졸들이 떴다아!!"

"참 일찍도 떴네. 포청에 발고한 게 언젠데 이제야 기어들 오는 거야?"

혹시나 괜히 제게 불똥이 튈까 봐 부엌문을 닫고 들어가 있던 주모가 그제야 얼른 뛰쳐나왔다.

"이, 이보게. 가, 가세!"

"우리 먼저 가네?"

포졸들이 떴다는 소리에 내내 나 서방 곁에 서 있던 작자들이 후다닥, 주막 바깥으로 뛰어나갔다.

"자네도 감세, 얼른!"

성 의원에게 턱을 얻어맞은 작자가, 여전히 씩씩 거리며 성 의원과 그 등 뒤에 숨어 반쯤밖에 보이지 않는 홍란을 노려보고 선 나 서방의 팔을 잡아끌었다.

"홍란아, 내 조만간 다시 찾아오마. 그때까지 잘, 아주 자알, 있거라!"

홍란 애비가 턱을 치켜세우며 절대 인사처럼 들리지 않는 인사말을 남기고 동무의 손에 이끌려 자리를 뜨기 시작하였다. 허리와 엉덩이를 크게 다친 사람처럼 보이지 않는, 아주 날렵한 움직임으로.

"아이고, 술값! 술가아압!! 이 인간들이! 술값 내고 가야지이이!"

이제는 마당까지 뛰쳐나와 발을 동동 구르는 주모에게 성 의원이 가까이 다가가 무어라 가만히 일렀다.

"그, 그래 주시겠소? 그러면 나야 좋지요. 어이, 거기 홍란이, 이리 따라오게. 옷을 내어줌세."

주모가 아직도 눈을 내리깔고 달달 떨고만 있는 홍란의 어깨를 감싸고는 제 방 쪽으로 이끌었다.

"많이 놀랐나 보네. 얼굴이 백지장 같아. 그래, 요즘 장사는 좀 어떤가? 객주 사람들은 다 잘 있고?"

홍란이 은월각의 기녀일 때부터 이미 오며 가며 안면을 튼 사이인지라, 또 성 의원이 제법 넉넉하게 옷값과 홍란 애비 일행의 술값을 치러 주겠노라 약속한지라, 주모는 여느 때보다 한결 다정한 말투로 이것저

것 안부를 물었다.

그 뒷모습을 성 의원과 오 영감은 물론 주막 안 거의 모든 사람들이 연민의 눈빛으로 지켜보았다. 주막 앞 건너편 골목에서 이쪽을 주시하고 있는 삿갓 쓴 사내가 있다는 것을 아무도 알지 못한 채.

🍃

"쯧쯧쯧! 아직 멀었다. 아직 한참 멀었어!"

주모에게서 옷을 빌려 입고 오 영감과 성 의원의 보호를 받으며 송 대방의 집으로 돌아온 홍란을 송 대방이 나무랐다. 자초지종을 들은 함창댁이 놀란 가슴을 쓸어내리며, 홍란의 손을 잡고 "어유우, 불쌍한 것. 어유우, 딱한 것. 어유우…… 어유우……" 하며 눈물을 흘리는 모습을 보고서도 송 대방은 눈살을 찌푸릴 뿐, 위로의 말 한 마디를 건네주지 않았다.

"한 마디도 못했다고? 그저 울고만 있었다고?"

"……."

"그런 약해 빠진 마음으로 장사는 어찌 계속 하려고?! 언제고 또 무슨 일을 겪을지도 모르는데, 그때마다 울고만 있으면 일이 해결된다더냐?"

"나무라는 건 나중에 해도 되지 않아요. 일단은 가서 쉬라고 하세요. 이대로 쓰러질까 걱정이에요. 얼굴 하얗게 질린 것 좀 봐. 얼마나 놀랐으면……."

"놀랄 것도 많다! 그깟 노름쟁이 아비 하나 감당 못하면서 무슨 장사 치라고!"

한 소리를 더 하려던 송 대방이 하지 말라는 듯 고개를 젓는 아내를 보곤 잠시 숨을 가다듬었다.

"얘, 홍란아."

흥분을 가라앉힌 송 대방이 홍란을 불렀다.

"……네."

"왜 맞서지 못하였느냐?"

"……두려워서요."

"네 아비에게 맞을 것이?"

"……아니요."

"그럼?"

"……아버지를 죽이게 될까 두려워서요."

"아이구우우……."

놀란 나머지 함창댁이 눈을 감으며 신음을 내뱉었다.

"……아직도 제 안에는 아버지의 매질에 아파하던 어린 시절의 제가 있어요. 치가 떨리게 아버지를 증오하면서도 달리 대항할 힘이 없어 그저 죽은 듯이 맞고만 살던, 그때의 제가 이 안에 있어요."

홍란의 눈에서 뜨거운 눈물이 봇물처럼 터져 나왔다.

"보통의 여인네로 살 수 없게 만든 아비에 대한 증오도 있지요. 나를 이 고단한 운명으로 몰고 온 아비에 대한 두려움과 증오가……저를 미치게 할까 봐, 저를 그른 선택으로 이끌게 할까 봐 두려웠어요."

"잘했다. 잘 참았어…… 잘했어."

함창댁이 한 손으로는 홍란의 등을 쓸어 주며, 한 손으로는 홍란의 손을 잡아 주며 연신 고개를 끄덕였다.

"그래서! 앞으로도 평생을 그리 두려움 속에 살 생각이냐?"

"……아니요."

홍란이 고개를 틀어 송 대방을 똑바로 마주 보았다. 그리곤 손을 들어 제 눈에서 눈물의 흔적들을 지워 버렸다.

"대방 어른, 할아버지! 전…… 더는 두려워하고 싶지 않아요. 더는 울고만 있지 않을 거예요. 다시는, 다시는 그렇게 한심하게 살지 않아요. 다시는……."

홍란의 얼굴에, 그 눈빛에 담긴 결연한 의지를 본 송 대방이 눈을 감았다. 그러고는 한참 동안 침묵을 지켰다.

"대방 어르은!"

기다리다 못한 함창댁이 무언가를 재촉하듯 송 대방을 불렀다. 그제야 송 대방이 눈을 뜨고는 품속에서 서찰 하나와 작은 동패(銅牌) 하나를 꺼내어 홍란에게 내밀었다.

"……이것이 무엇입니까?"

"상단에서 연락이 왔다. 한 달하고 보름쯤 뒤에 선양으로 출발하는 상단이 있다고."

"그럼 이게?"

"그래. 경통패다."

경통패(境通牌)는 일 년여 전부터 국경을 통과하는 이들이라면 누구나 소지하도록 법으로 정해진, 일종의 신분증이었다. 사무역이 범람하고, 사사로이 국경을 넘나드는 일이 많아지자 나라에서 이를 엄히 관리하기 위해 만든 것이었다.

국경 통과를 허락하는 패인 만큼, 이 패 하나만 가지고 있으면 중국에서 물건을 사들여오는 일도, 조선에서 물건을 가지고 중국에 파는 일도 가능하였다. 패를 지닌 당사자가 쓸 물건들이라 하면 달리 경계할 방법이 없었기 때문이었다. 그러기에 사무역을 막고자 생겨난 경통패는 도리어 사무역을 가능케 하는 적법한 수단이 되었고, 당연하게도 경통패를 받기 위해 뇌물을 쓰는 이들도 점점 더 늘고 있는 추세였다. 또한, 그 때문에 경통패는 암암리에 기와집 한 채 이상의 값으로 암시장에서 거래가 되고 있었고, 뒤늦게 이를 알게 된 관에서는 경통패 관리에 더욱 엄격해졌다. 경통패를 까다롭게 발급했고, 경통패를 분실한 자에게는 추후 5년 이상은 재발급이 허락되지 않았다.

"소중히 간수하여라. 이것을 잃어버리면 아무리 내가 용을 쓴다고 해도 다시 발급 받기란 여간 힘든 일이 아니야. 알고 있지?"

"……네. 그럼요!"

홍란이 감격에 찬 눈으로 소중히 경통패를 집어 들었다.

'무현 오라버니, 드디어 오라버니를 보러 갈 수 있게 되었어요.'

얼마 전, 중국 선양에 다녀온 이가 소식을 전해준 후부터 홍란은 한시라도 바삐 선양에 가고 싶어 몸이 달았었다. 무현이 목숨보다 사랑한다던, 그 아내 되는 이가 아이를 가졌다고 했다. 그이가 병약하여 무현의 근심이 크다고도 했다. 그래서 홍란은 제가 가야겠다고 마음먹었다. 하여 송 대방에게 선양에 갈 수 있도록 도와달라 청했고, 부러 산파들을 찾아다니며 출산과 해산바라지에 관한 일을 배워 나갔다.

✦

"형님, 요즘 부쩍 잠행(潛行, 임금이 비밀리에 나들이 하는 일)이 느신 것 아니십니까?"

그 밤, 홍란이 경통패를 소중히 부여안고 잠자리에 들 때, 구중궁궐

높은 담벼락 안에서는 조선 최고의 두 남자가 술상을 마주하여 앉아 있었다. 군신의 사이를 떠나 그저 허물없는 형제로서 마주하고 앉은 젊은 임금 학과 그의 사촌 아우인 현무군 이윤이었다.

"잠행이라니? 금시초문이다. 이보게 상선."

시침을 뚝 뗀 표정으로 술잔을 기울인 학이 문 앞에 서 고개를 조아리고 있는 늙은 내시를 불렀다.

"네, 전하."

"내가 요 근래 잠행을 한 적이 있던가?"

"……그런 일은 없으셨습니다."

상선의 답에 만족한 학은 아우의 술잔에 술을 따라 주며, 그것 보라는 듯 눈을 빛냈다.

"거 참, 이상하군요. 그럼 오늘 낮 소인의 궁방에 들러 제 어린 아들놈을 울리고 간 그분은 어디의 누구시란 말입니까? 멀쩡히 잘 놀고 있던 어린놈에게 도깨비 흉내를 내어 기어이 경기를 일으키게 한 그 심술궂은 분 말입니다."

"어허, 그런 일이 있었더냐? 나는 정녕 모르는 일이다만?"

"형니임."

궁에 들기 전, 아내에게서 낮 동안에 있었던 일을 전해 듣고 온 윤이 짐짓 제 눈앞의 형님을 볼멘 얼굴로 쳐다보았다.

"만백성의 어버이이신 형님께서 백성을 굽어살피고자 잠행하시는 것이 어찌 나쁜 일이라 하겠습니까? 다만, 잠행하실 때마다 공연히 저희 집에 들러 어린놈을 울리고 가는 일은 이제 그만 좀 하시지요. 고 조그만 것이 울다 지쳐 잠이 든 모습을 지켜보자니, 아주 마음이 무너질 듯합니다."

"다 그놈 탓이다. 얼굴 본 지 얼마나 지났다고 그새 내 얼굴을 까먹고 낯가림을 하지 뭐더냐. 내, 일전에 지 놈이 내 옷자락에 오줌을 지린 것도 하해와 같은 마음으로 용서해 주었거늘, 그 은혜도 잊어버리고서. 에잉, 나쁜 놈. 몹쓸 놈. 쯧쯧쯧."

입으로는 나쁜 놈, 몹쓸 놈 하면서도 학의 눈에는 그리운 빛이 가득하였고, 입가에는 다정한 미소가 가득하였다. 제 팔 안에서 꼬물거리던 어린것이, 제 장난에 울음을 터트리던 어린것이, 제 어미에게 안겨 고사리 손으로 자신을 가리키며 흐득흐득, 눈물로 하소연하던 그 어린것이 너무도 사랑스러웠다.

"……윤아."

"네, 형님."

"개똥이를 내게 주련?"

"형님?!"

"내 그 녀석을 양자로 삼아, 이 보위를 물려주면 안되겠느냐?"

너무도 갑작스러운 제안이었지만 윤은 놀라움보다는 측은함에 가까운 눈빛으로 형님을 보았다. 몇 년 전, 쇠약해질 대로 쇠약해진 몸으로 아기씨를 낳으시다 중전마마가 승하하셨고, 그 후 며칠이 안 되어 갓 태어난 아기씨마저 명을 달리하셨다. 그 일이 형님에게 얼마나 큰 고통이었는지 알기에, 윤은 제 입으로 형님의 청을 거절할 방법이 없었다.

"아니, 아니 되겠지. 아니 되는 일임을 알아. 무엇보다 조정에서 가만히 지켜보고 있을 리 없겠지……."

학의 눈빛에 금세 씁쓸함이 감돌았다.

두 해 전, 임금 학은 흔히 말하는 '새장가'를 들었다. 계비(繼妃, 임금이

다시 장가를 가서 맞은 아내)는 그저 수더분한 여인이었다. 집안도 미모도 성품도 모두 부족하지도 이렇다하게 튀지 않는, 얌전하고 현숙한 이였다.

하지만 어쩐 일인지 태기가 없었다. 비슷한 시기에 혼인을 한 사촌아우 윤이 혼인한 지 일 년이 안 되어 떡두꺼비 같은 아들을 얻었음에도 불구하고, 중전은 물론 대왕대비의 권유와 신료들의 등쌀에 못 이기는 척 들인 후궁들에게서도 학은 자손을 보지 못했다.

그러기에 학에게 윤의 아들은 좀 더 특별한 의미를 지닌 아이였다. 태어나자마자 명을 달리한 자신의 아들과도 닮은 얼굴이었다. 윤의 아들이 자라는 모습을 보면, 자신의 아이도 살아 있었으면 저런 모습이겠지 싶어, 입 밖에 내지 못한 그리움이 가슴을 무겁게 짓누르곤 했다.

"……개똥이는 많이 놀랐더냐? 어의를 보내 살펴보라 이를까?"

"아닙니다. 애 어멈이 잠시 뿔이 났을 뿐, 아이 녀석은 이내 진정되었다 합니다."

"다행이구나. 그리고 미안하다. 내 고 녀석이 너무 귀여워 장난을 친 것뿐이야."

학이 순순히 윤에게 사과를 하였다. 그 얼굴이 어쩐지 처연해 보여, 윤은 더는 농을 할 생각이 들지 않았다.

"아닙니다. 제가 어찌 감히 그만한 일로 형님을 책하겠습니까? 다만, 그 아이를 보고자 궐을 비우시는 일이 많으니, 소인이 민망하여 그러옵니다."

"개똥이를 자주 부를 수 없으니 내가 나갈 수밖에."

"형님, 아니 전하! 아직 좌상의 잔당들이 모두 추포되지 않았습니다. 혹여 망극한 일이라도 당하시게 되면 어찌하시려고요."

계비 간택령을 내렸을 무렵, 학은 윤에게 내밀한 명을 내린 적이 있었다. 간택령에 간택단자를 내지 않은 규수들 중에서 직접 학의 중전이 될 만한 이를 찾아오란 명이었다.

그때 그 규수들 중 혹자는 목숨을 잃고 혹자는 큰 부상을 입은 사건이 일어났다. 뿐만 아니라 장사치로 변장하여 아파(방물장수)와 함께 왕비감을 살피러 다니던 현무군 윤을 죽이려 한 사건도 있었다. 모두 제일문의 여식을 중전으로 세우기 위해 왕대비 한씨와 왕대비의 심복이었던 좌의정, 그리고 그 둘에게 뒷돈을 대어 주던 역관 변씨가 공모하여 꾸민 일이었다.

다행히 모든 일의 정황이 밝혀지고, 왕대비는 자신의 전각에서 근신하고, 좌상은 먼 곳으로 유배를 떠나는 것으로 일이 마무리되었지만 역관 변씨의 행방은 알 길이 없었기에 그저 안심하고 있을 수만은 없는 상황이었다.

"그땐 약속대로 네가 이 보위를……".

"전하!!"

윤이 기겁을 하여 학의 말을 막았다. 신하로서 임금의 말을 막는 것도, 아우로서 형의 말을 막는 것도 그 어느 쪽도 예에 합당한 일이 아니었으나, 그리할 수밖에 없었다. "만약 내가 후사를 보지 못하고 명을 달리 하게 되거든, 그땐 네 놈이 이 종묘사직을 이어다오"라며 두 해 전, 형님이 제게 내린 하명은 결코 이행되어서는 아니 될 것이었기 때문이다.

"그런데 궁방에서 나가신 후로는 어디를 가셨던 것이옵니까?"

학의 생각을 다른 데로 미치게 하기 위해 윤이 얼른 화제를 돌렸다.

보통의 잠행과 달리 대담무쌍하게도 훤한 대낮에 궐을 비운 학이 한참 만에야 돌아온 것을 걱정하여 물은 것이었다. 자신이 없는 사이 주상 전하가 다녀가셨다는 이야기에, 또 형님의 마음이 적적해진 것인가 하여 서둘러 입궐하였던 윤은 자신보다 먼저 궁방을 나선 형님이 아직 돌아오지 않으신 것에 ─ 물론 상선은 잠행이라는 소리도, 돌아오지 않으셨다는 소리도 입 밖에 내지 않았지만 ─ 잠시나마 근심을 떨칠 수 없었다.

"별것 아니다. 그저 백성들이 어찌들 사나 궁금하여 이리저리 거리 구경을 하였던 것뿐이다."

학은 한 주막 인근에서 자신이 본 광경을 떠올리며 잠시 턱을 쓰다듬었다.

'도대체 무슨 사연이었을까?'

도성 최고의 기루였다는 은월각에서 살인사건이 났다는 것에 흥미를 가진 학은 그 앞 삼거리를 지나다가 소란이 이는 것을 보았더랬다. 어느 여인의 아비라는 작자가 사람들이 보는 앞에서 여인의 옷가지를 벗겨가며 돈을 찾으려 하고, 의원이라는 자가 여인의 앞을 막아서는 것을 보았다. 하지만 학이 내내 그 소란을 지켜보며 서 있었던 것은 그런 사내들의 소란 속에서 입술을 깨물고 눈물을 흘리며 서 있던 여인 때문이었다.

단번에 시선을 끌 만큼 아름다운 여인이기는 했다. 하지만 조선 최고의 미색들이 모두 모인 궐에서 평생을 살아온 학에게 여인의 미색은 그리 놀랄 만한 정도는 아니었다. 다만, 그리 어여쁜 얼굴 한쪽에 나 있는 상처가 어쩐 일인지 학의 호기심을 불러일으켰다. 골목 어귀에서도 알아볼 수 있을 만큼 선연하게 나 있는 붉은, 아직 채 아물지 못한 상처가 이상하게 학의 시선을 끌었다. 그랬기에 그 아비 되는 자가 조금만 더 무도하게 굴었다면, 학은 아마 직접 나서서 그녀를 구하려 들었을지도 몰랐다.

하지만 학이 나설 것까지도 없었다. 여인과 함께 있던 의원이라는 자가 결국 소란을 종식시킨 까닭이었다. 잘 되었다 싶으면서도 어쩐 일인지 아쉬운 ─ 무엇에 대한 아쉬움인지 모르지만 ─ 생각이 들어 학은 내내 구경꾼들로 혼잡한 골목 한귀퉁이에 서서 주막을 건너다보았었다.

"전하, 교태전으로 드시겠사옵니까?"

술 상대를 해 주던 윤이 돌아가고 어느덧 반 시진(半 時辰, 약 1시간) 정도가 지났다. 밤이 한층 더 무겁게 가라앉고 있었다. 어느 전각에서 침수를 들 것인지 대전상궁이 은밀히 물어왔다.

"오늘은 교태전 순이더냐?"

학이 물었다.

"네, 전하."

"알았다. 그리하마."

낮에 본 여인에 대한 미련에 가까운 상념들을 떨치고 학이 자리에서 일어섰다. 임금과 지아비 된 자의 의무를 다하기 위해 교태전으로 향해야만 했다.

꿰

"어떠하니? 이번 참에 아예 정식으로 매분구로 나서 보는 건?"

소란이 있고 며칠 후. 아침이라기보다 아직 새벽에 가까운 시간, 아침 인사를 여쭈러 방에 들른 홍란을 송 대방이 붙잡아 앉히고 다짜고짜 본론부터 내어놓았다.

"전날 은월각의 아이를 돌본 일이 입소문을 탄 것 같구나. 너를 보내 달라며 벌써부터 몇몇 마님들이 연통을 해오고 있다. 그리들 몸이 다셨 으니 제법 큰돈을 내놓으실 게야. 어차피 너도 선양으로 가려면 목돈이 필요할 게 아니냐."

"……."

홍란은 한때 도성 뭇 사내들의 애간장을 녹였던 붉은 입술을 지그시 깨물 뿐 가타부타 말을 하지 않았다. 그저 송 대방의 등너머로 열린 쪽 문을 통해 부엌에서 아침상을 준비하는 함창댁의 얼굴이 사라졌다 나 타났다 하는 것을 보고만 있었다.

"네가 매분구가 되기를 꺼려 하는 건 안다. 하지만 아파와 매분구가 다를 게 무엇이더냐? 네 어설픈 솜씨로 되도 않게 이것저것 다루는 것 보다 네가 무엇보다 잘 아는 것을 다루어 파는 것이 네 전정(前程, 앞길) 에도 좋지 않겠니?"

사실 송 대방은 처음부터 아파가 되고 싶다던 홍란에게 매분구가 되 기를 권했었다. 아파가 화장품을 포함해 집안에서 필요로 하는 다양 한 것들을 파는 장사치인데 반해, 매분구는 오직 화장품과 화장도구 등 여인을 더욱 아름답게 만들어 주는 용품만을 파는 장사치기에 홍란 에게 더 잘 어울리는 일이라 했었다.

"네가 아무리 타고난 눈썰미가 좋고 엽렵하다 할지라도 너는 그리 솜 씨 좋은 아파는 되지 못할 것이야."

언젠가, 셈법을 가르치다 말고 송 대방은 홍란에게 그리 말했었다.

"무엇이든 배우겠습니다. 무엇이든 일러주시는 대로 따르겠습니다. 어 리석다, 둔하다 꾸중하셔도 좋으니, 그저 가르쳐만 주세요."

홍란이 애절한 눈빛으로 간청하는데도 송 대방은 영 미덥지 못한 듯 끌끌, 혀를 찼다.

"네게는 좋은 아파가 되기 위해 꼭 필요한 것이 없다. 그것이 무엇인 줄 아느냐?"

"……무엇입니까?"

"바깥세상을 살아본 경험이다. 어린 시절 기루에 들어간 이후, 네 세상은 오직 그 좁은 기루가 전부였질 않느냐. 그런 일천한 경험은 결국 네 시야를 좁게 하고, 네 소견을 좁게 할 것이다. 장사치에게는 그것이 큰 약점이 되지. 세상과 직접 맞부딪혀 가며 온몸으로 체득한 삶의 경험이 장사치에게는 무엇보다 큰 밑천이다. 네 그런 밑천도 없이 어찌 큰 장사치가 되겠다는 것이냐?"

"……더 배우겠습니다. 지금부터라도 하나하나 세상과 직접 맞부딪혀 가겠습니다. 그래도 아니 되겠습니까?"

"너의 아름다운 용모와 젊음은 아파보다 매분구에게 더욱 적합한 밑천이다. 너처럼 아름다운 아파는 여인들의 경계심을 자극하나, 너처럼 아름다운 매분구는 여인들의 부러움을 사고 너와 같이 되기 위해 기꺼이 돈 주머니를 열게 만들지. 누가 봐도 너는 매분구의 재목이지 아파의 재목이 아니라는 이야기야."

이후로도 몇 번이나 매분구가 되기를 권했던 송 대방이었지만, 그때마다 홍란은 "자신이 없다"며 고개를 가로저어 왔다.

"실은……할멈과 나는 곧 낙향할 생각이다."

"대방 어른……!"

"저 사람 눈이 더 안 좋아졌어."

송 대방이 슬쩍 뒤를 돌아 쪽문 틈으로 함창댁을 보았다.

"한쪽 눈이야 안 보이기 시작한 지 오래됐지만, 나머지 한쪽 눈도 상태가 그닥인 것 같은데, 죽어도 괜찮다고 떼를 쓰고 있어. 이제 저이나 나나 죽을 날만 앞둔 몸, 더는 내 뒤치다꺼리로 저 사람을 고생시키고 싶지 않아. 다만⋯⋯."

송 대방이 짠한 눈빛으로 홍란을 바라보았다.

"네 녀석이 걱정이구나. 아직 한 사람 몫을 하기에는 부족하기만 한 녀인데 그런 너를 두고 갈 생각을 하니, 마음이 편치 않구나."

"대방 어른⋯⋯, 할아버지."

"어설픈 녀석. 아직도 과거에 그리 발목이 잡혀 사니, 더더욱 제대로 된 아파가 되기 힘든 노릇이 아니냐."

송 대방의 말 대로였다. 실은 '매분구가 되라'는, 몇 번이나 거듭되는 송 대방의 제안을 홍란이 계속 거절해 온 것은 그리하면 분명 은월각에서의 일이 내내 자신을 따라다닐 것을 알았기 때문이었다. 지금이야 알아도 다들 모른 척해 주고 있었다. 손님들도 동료 장사치들도 굳이 홍란이 기녀였던 일을 입에 담는 이들은 없었다. 하지만 매분구가 되면 달라질 것이었다. 분명 '은월각의 기생'이었던 과거가 매분구로서의 자신을 설명하는 말들이 될 것임이 틀림없었다. 하루라도 빨리 은월각을, 기녀였던 자신의 과거를 떼어버리고 싶은 홍란이었기에 그런 사정이 반가울 리 없었다.

"입으로 소리 내어 말하지 않는다고 한들, 사람들이 네가 누구인지 모를 성싶으냐? 어찌 얇디얇은 창호지 한 장을 덮고서는 온전히 제 과거를 숨겼다 안심하는 것이냐? 사람들의 눈에 훤히 들여다보이고 있음도 알지 못하고서. 끌끌끌."

"⋯⋯생각해 볼 시간을 주세요."

홍란이 겨우 한 마디를 내어놓았다. 송 대방의 말이 맞다는 것은 자신도 알고 있었다. 아파라 한들, 매분구라 한들 자신이 할 일은 어차피 같을 터였다. 다만 은월각의 기녀였던 과거의 자신을 스스로 드러내느냐, 마느냐의 문제였다.

"알았다. 허면…… 일단 오늘은 남촌 허 참의 댁에 가 보거라. 널 꼭 보내 달라, 지난밤에 사람을 보내오셨더구나."

"……그리하겠습니다."

홍란이 고개를 숙여 보인 뒤 일어나 방을 나갔다.

"싫다고 했잖아요! 하필 사람이 없어서 그런……!"

허 참의 댁에 들어서자마자 안내된 곳은 허 참의의 외동딸인 만희의 방 앞이었다. 대문간에서부터 홍란을 안내한 어린 계집종은 방 안에서 들려오는 날카로운 아가씨의 목소리에 홍란이 왔음을 고하지도 못하고 그저 난처한 얼굴로 발만 동동거리고 있었다.

"솜씨가 그리 신묘하단다. 한번 믿고 맡겨 보자꾸나, 응?"

"싫다고요! 사내들한테 웃음 팔고 몸 팔던 그런 천한 것에게 뭘 기대하……!"

"저, 저기! 마님. 매분구가 왔습니다요."

방문과 홍란을 번갈아 쳐다보며 난처해 하던 계집종이 제 주인 아가씨의 말을 듣다 말고 냅다 소리를 쳐 홍란이 왔음을 고했다.

"……어서 들라 하여라."

당혹스러운 빛이 역력한 참의 댁 부인의 목소리를 듣고 홍란이 마루 위에 올라섰다.

"……내가 뭘요."

"하여간…… 일단은…….'

방에 가까이 다가서자 안에서 쑥덕거리는 두 모녀의 소리가 들려왔다.

"듣겠습니다."

홍란이 차분한 말투로 고한 뒤 방문을 열고 들어섰다. 그리고 각자 호기심과 혐오의 눈빛을 보내는 두 여인의 시선을 받으며 차분히 절을 올렸다. 그런 홍란의 행동, 하나하나를 참의 부인이 찬찬히 살폈다. 만희 역시 몸을 반쯤 틀어 앉은 채였지만, 옆눈으로 홍란의 자태를 살폈다.

"흥! 한때 난다긴다하던 기생이라더니, 절하는 모양새가 제법이네그려."

"얘, 만희야."

첫 마디부터 곱지 않은 딸아이에게 참의 부인이 눈치를 주었다.

"어머닌? 제가 뭘 어쨌다고요. 칭찬이에요, 칭찬."

입을 삐죽거리는 딸아이에게 다시 나무라듯 눈을 부라린 후 참의 부인이 홍란에게 조금은 야단스럽다 싶게 반가움을 표하기 시작했다.

"잘 왔네, 정말 잘 왔어. 자네가 혹시 오지 않으면 어떡하나, 걱정하였다네. 그래, 소문으로 듣던 대로 참으로 곱구먼. 이리 고운데 사람을 단장시키는 솜씨 또한 그리 신묘하다지?"

"……과찬의 말씀이십니다."

"신묘하다느니 뭐니, 다 헛소문이라니까요? 그리 신묘한 솜씨면 제 볼의 상처 하나 어쩌지 못하고 저리 흉하게 드러내놓고 다니겠어요?"

"……쇤네를 찾으신 연유를 듣고자 합니다."

날선 만희의 핀잔을 듣는 둥 마는 둥, 홍란이 참의 부인을 향해 물었다.

"그게 말일세. 실은…… 며칠 후에 이 아이를 보러 매파가 올 걸세. 우리 집안으로서는 놓칠 수 없는 혼담이긴 한데, 하필 이 아이 얼굴이 좀…… 자네가 한번 봐주겠나?"

참의 부인이 여전히 옆으로 틀어앉은 만희에게 눈짓을 하였다.

낭자는 싫다는 듯 인상을 쓰며 몇 번 도리질을 하였지만, 결국 돌려앉아 제 온 얼굴을 홍란에게 보여 주었다. 수치를 견디려는 듯 두 눈을 꼭 감고 입술까지 씹으면서.

"건선(乾癬, 마른 버짐)……이 심하시군요."

그랬다. 정면을 향한 낭자의 얼굴 살갗은 마치 생선의 비늘인 양 허옇게 일어나 있었다.

"네가 그리 신묘한 매분구라 하니, 이쯤은 감쪽같이 가려 줄 방도가 있겠지?"

가려움을 견디지 못하고 벅벅 얼굴을 긁은 후, 자신의 손톱에 묻어난 허연 표피를 들여다보던 만희가 마치 제 건선의 원흉이라도 되는 듯 홍란을 노려보았다.

"의원에게는 보이셨습니까?"

홍란이 따로 허락도 구하지 않고 만희 가까이 다가앉아 볼의 상태를 살피고서는 참의 부인에게 물었다.

"보였다네. 이미 탕약도 여러 제 지어 먹었고, 버짐에 좋다는 건 다 해 보았다네. 육고기와 생선을 먹지 말라 하여 밥상 위에 이를 올려놓지 않은 지도 벌써 수개월이 넘었고, 마늘, 호두, 잣 등 버짐 치료에 좋다는 음식들도 빠지지 않고 챙겨 먹이고 있네."

"국화잎 즙이며, 마늘즙, 복숭아씨 가루로 즙을 내어 바르면 좋다 하기에 그것들도 수차례 해 보았어. 하지만 아직도 이 꼴이야!!"

어머니의 말을 받은 만희가 또 다시 가려운지 제 왼손을 들어 긁으려 할 때, 덥석 홍란이 그 손목을 잡아 제지하였다.

"놔!"

"가렵다고 그리 긁어 대시다가는 영영 지워지지 않는 흉이 생길지도 모릅니다."

"누군 몰라서 그래? 그래도 가렵다고! 가려워서 죽을 것 같다고!"

만희가 홍란의 손을 떨쳐내며 다시 제 볼에 손톱을 대려 하자, 홍란이 다시 낭자의 손을 잡았다.

"이것이 감히?!"

철썩!

낭자가 잡히지 않은 손을 들어 홍란의 뺨을 내리쳤다. 모진 매질에 홍란의 뺨이 금세 벌겋게 부어올랐다.

"아이고, 애!"

낭자의 어미가 기겁을 하여 낭자의 곁에 얼른 다가앉았다.

"네 그 더러운 손을 감히 뉘게 대는 것이야?! 얼른 이 손 놓지 못해?"

파르르, 독이 오른 만희가 여전히 제 손목을 강하게 부여잡고 있는 홍란의 손등을 할퀴었다.

"······이러니 차도가 없으신 겝니다!"

홍란이 제 손목을 할퀸 만희의 다른 손마저 강하게 부여잡고서는 지금까지의 얌전한 말소리와는 달리 거의 윽박지르듯이 큰 소리를 내었다.

"뭐, 뭣이라?!"

"아무리 좋은 약재를 쓰고, 아무리 좋은 처방을 쓰면 무엇 합니까? 이리 화도 많으시고 속 열이 많으시니 버짐이 가라앉을 리 없지요."

"이거 안 놔?! 어머니, 이 천것한테 이 손 좀 놓으라고 하세요. 뭘 보고만 계서요?!"

만희가 가녀린 체구답지 않게 강인한 힘으로 제 두 손을 잡고 있는 홍란과, 그 단호한 기세에 놀라 어쩔 줄 모르고 보고만 있는 제 어미를 번갈아 보며 소리를 높였다.

"이보게, 그 아이도 알아들었을 터이니 이제 그 손을 놓아주게."

"제게 일을 맡기실 요량이시라면 제 뜻을 따라 주시지요."

"놔! 놓으라고!"

손을 빼려고 있는 힘껏 몸을 젖히는 만희에게 밀리지 않으려 애를 쓰던 홍란이 참의 부인에게 일렀다.

"손을 묶을 수 있는 천을 가져다주시겠습니까?"

참의 부인은 감히 제 딸의 손목을 묶겠다는 홍란에게 노여워할 생각도 하지 못하고, 홍란이 이르는 대로 벽장을 뒤져 커다란 홍색 비단 보자기를 꺼내들었다.

"그거면 될 것 같습니다."

"아악! 아파!"

만희가 비명에 가까운 소리를 지르는 것에도 아랑곳하지 않고 홍란은 거의 팔목을 꺾다시피하여 만희의 손을 뒤로 돌린 후, 참의 부인에게 자신을 대신하여 만희의 손목을 잡고 있으라 시켰다. 그리고선 보자기를 만희의 손 위에 덮어씌운 뒤 한데 모인 두 손목을 야무지게 묶었다.

"이게 뭐하는 짓이야?! 당장 안 풀어?! 어머니, 풀어 주세요. 어머니이이이!"

만희가 다시 홍란에게 눈을 부라리다가 제 어머니를 향해 애절한 눈빛을 보냈다.

"이, 이보게?!"

얼결에 홍란이 시키는 대로 하였지만, 제 눈앞에서 딸아이가 포박당한 꼴을 본 참의 부인의 마음이 편할 리 없었다.

"가려움을 참지 못하고 계속 긁어 대시니 버짐이 나을 틈이 없습니다. 불편하시겠지만 이삼 일만 이대로 묶어 두시지요."

"안 긁어! 안 긁으면 되잖아!"

또 다시 만희가 버럭 소리를 질렀다.

"천하의 패권을 다투는 장수들도 갑옷 속에 들어온 작은 벌레 한 마리로 인한 가려움은 견디지 못한다고 했습니다. 창에 찔리고 칼에 베이는 아픔은 견딜 수 있어도 가려움은 참을 방법이 없는 고통이라고 하지요. 귀찮고 번잡스럽더라도 이러는 것이 나을 것입니다."

"만희야, 이 사람 말대로 해보자구나. 무언가 방도가 있어 이러는 거겠지. 아니 그런가?"

"일단 드시던 탕약은 계속 드시지요. 저는 외용(外用, 약물을 먹거나 주사하지 아니하고 몸의 외부에 쓰는 것) 연고가 될 만한 것을 찾아오겠습니다."

"그래, 쓸 만한 것을 알고 있나?"

참의 부인이 기대감에 눈을 빛내며 홍란에게 물었다. 내내 버둥거리며 손목을 풀라고 악다구니를 써대던 만희 역시 연고라는 소리에 소란을 멈추고 홍란을 주시하였다.

"예전…… 기녀 수련을 할 때 기녀들을 봐주던 의녀들에게 몇 가지 배워 익힌 것이 있습니다. 하루 말미만 주시면 마련해올까 합니다."

"그래 주게. 그래만 준다면, 이 혼담이 잘만 성사된다면 내 크게 사례하겠네. 응?"

"단, 제가 돌아올 때까지는 아가씨의 손목을 이대로 두어 주셨으면 합니다. 아가씨 본인께서는 참으실 수 있다 자신하실지 몰라도 무심결에 또 다시 긁으실지 모르는 일이니까요."

"……만희야?"

참의 부인이 그리할 수 있겠냐는 듯, 딸아이의 눈치를 살폈다.

"알……았어. 네 말대로 하루, 아니 넉넉히 이틀은 이대로 있어 줄 것이야. 하지만 이틀 안에 네가 좋은 약을 찾아오지 못할 경우 혹은, 그 연고인지 뭔지를 가져왔는데도 이것을 없애는 데 아무런 도움이 되지 못할 경우, 양반을 능멸한 죄로 네 년을 물고를 내고 말 것이니 그리 알아둬!"

"……알겠습니다."

홍란이 들어올 때와 마찬가지로 사뿐한 몸짓으로 인사를 올린 뒤, 방을 물러나갔다.

"……갑갑할 텐데 잠시 풀어 줄까?"

홍란이 안채를 나가는 소리가 들리자마자 참의 부인이 딸의 눈치를 보더니, 슬며시 물었다. 홍란이 이르는 대로 하겠다고 하긴 했지만 안 보는 참에 슬며시 풀어놓은들 뭐 대수인가 싶기도 했던 탓이었다.

"……괜찮아요. 참을 만해요."

봉변이라면 봉변이라 할 수 있는 일을 당한 모욕감에 턱까지 떨면서도 만희는 손을 풀어 달라 하지 않았다. 자신이 이리 불편함을 견뎌야, 홍란의 처방이 아무런 효과를 낼 수 없을 때 당당히 그 죄를 물을 수 있으리라 생각한 때문이었다.

"그나저나 소문대로 참으로 고운 이가 아니니? 행색이 초라하고 뺨의 상처가 흉하긴 하나, 그마저도 타고난 아름다움을 가릴 수 없을 정도가 아니니. 하아……"

제 딸의 속이 어떤지도 모르고, 그저 순순히 따라주는 것에 마음을 놓은 참의 부인이 좀 전에 보았던 홍란의 미모를 떠올리며 감탄의 한숨까지 흘렸다.

'네. 아주 곱더군요. 지나치게 고왔어요. ……허나 그리 고우면 뭐합니까? 그래 봐야 사내들의 손을 탈 대로 탄, 노류장화일 뿐인 것을요. 흥!'

만희가 홍란이 닫고 간 방문을 이글거리는 눈초리로 쏘아보며 잘근잘근 입술을 깨물기 시작하였다.

양반인 제가 이리 흉측한 얼굴로 벌레처럼 어둠 속에 숨어 사는데, 천한 과거를 지닌 계집 따위가 그것도 뺨에 선연한 상처까지 달고도 그리 어여쁘고 당당하게 구는 것이 만희의 속을 뒤집어 놓고 있었다.

제
2
장 ──

백
악
산

'보자. 학슬이 어디쯤 있을까?'

다음 날 오후, 홍란은 백악산 초입의 숲을 뒤지며 학슬을 찾고 있었다. 학슬은 길쭉한 타원 모양으로 된 잎에, 자루 없이 잎겨드랑이에 흡사 이삭이기라도 한 양 노란색 작은 꽃이 달린 풀이었다. 보통 산 초입의 숲 가장자리나 나무그늘 밑에서 자라는 풀로 약한 독성을 지니고 있어 쓰기에 매우 조심해야 하지만, 여러 모로 쓸모가 많은 약재 중 하나였다. 부러 거리가 제법 있는 백악산까지 온 것은 약방 약초꾼의 충고 때문이었다.

"가까운 산에서는 찾기가 힘들 겁니다. 바로 얼마 전에 학슬이 뱃병에 좋다는 소문이 돌아서 산 인근의 사람들이 죄다 뜯어 갔어요. 구하려면 저어기 백악산까지는 가야 찾을 수 있을걸요?"

하지만 백악산에서도 학슬은 쉽게 눈에 띄지 않았다. 간신히 찾았다 싶어 가 보면 사람들이 뜯고 난 흔적만 남아 있는 경우도 많았다.

'아!'

얼마나 숲을 헤매었을까? 드디어 홍란의 눈에 열 걸음쯤 앞 커다란 아름드리 나무 밑에 희미하게 피어 있는 노란빛의 꽃이 보였다. 학슬이었다. 드디어 찾던 것을 발견한 반가움에 홍란이 얼른 달음박질하여 나무로 다가갔다.

"다행이다. 다행이야! 이 정도 양이면 충분하겠어."

홍란이 얼른 메고 온 주머니에서 호미를 꺼내 조심스레 땅을 파기 시작하였다. 그때 등 뒤에서 저벅, 저벅 하는 무거운 발소리가 들려왔다. 홍란은 그저 지나가는 행인의 인기척이라 생각했지만, 이번엔 좀 더 심상치 않은 소리가 들려오기 시작하였다.

"크르르르."

'서……설마?'

홍란이 두려움에 몸을 굳히고 조심스레 돌아보았다. 그리곤 기겁을 하고 놀라 뒤로 엉덩방아를 찧고 말았다. 홍란의 앞에서 형형한 눈빛을 반짝이며 으르렁거리고 있는 것은, 조금 과장을 보태 거의 집채만 한 크기의, 백호(白虎 흰색 호랑이)였던 것이다.

✤

"어이, 김 서방? 어쩐 일로 아직 여기 있는감? 오늘 칡뿌리 캐러 백악산에 들어간다 하지 않았어?"

성 의원의 약방 마당 안. 너른 평상 위에서 약초 바구니를 털고 있던 약초꾼들이 어깨를 축 늘어뜨린 채 약방을 들어서는 늙수그레한 사내 하나를 맞았다.

"말도 말게. 오늘 내일 백악산 들어가기는 다 글러 버렸네."

"아니 왜?"

"그놈의 호랑이가 또 나타났다질 않아! 에잉!"

김 서방이라 불린 자가 텅 빈 망태기를 평상 위에 내려놓으며 끌끌, 혀를 찼다.

"또? 아니 이번이 몇 번째더라?"

"올해만 벌써 다섯 번째 아닌가?"

"하이고, 저저번달에 나타났을 때 생목숨을 넷이나 해치더니, 이번에는 또 몇이나 죽어날려나?"

"이번에는 부디 상하는 사람 없이, 잘 잡혀야 할 터인데……."

털썩! 약초꾼들이 저들끼리 수군거리다 말고 무언가 넘어지는 소리에 돌아보았다. 막 소피를 보고 온 참인지 허리춤을 잡고 있던 약초꾼 하나가 놀라 자빠져 있었다.

"백악산에 호, 호랑이가 나타났다던가? 어, 언제?!"

"언제긴! 듣자하니 군사들이 백악산을 뒤지기 시작한 게 미시(未時, 오후 한시)무렵부터라던데? 그건 왜?"

"그, 그럼 그 뒤에는 당연히 입산이 금지된 거겠지?"

"아닐걸? 하마터면 나도 아무것도 모른 채 산에 오를 뻔했으니 말이야. 다행히 착호군 나리랑 마주쳤기에 망정이지. 아니었으면 호랑이 아가리로 산 채로 걸어 들어갈 뻔했다니까?"

"아이구우우……."

동료 약초꾼의 답에 바닥에 넘어진 약초꾼의 얼굴이 허옇게 질렸다.

"장 서방, 자네 왜 그러나?"

"이마에서 나는 식은땀 좀 보게. 갑자기 왜 이런대? 넘어지면서 허리라도 삐끗한 건가? 자네 얼른 안에 가서 의원님 좀 모셔오게. 얼른!"

제대로 말도 못하고 그냥 죽을상이 되어 식은땀만 뻘뻘 흘리는 장 서방을 보다 못해 약초꾼 하나가 후다다닥, 진료방 안으로 뛰어들어갔다.

"의원님, 의원니이임!"

"무슨 일인가?"

환자를 보다 말고 약초꾼의 손에 이끌려 마당으로 나선 성 의원이 흙바닥에 주저앉은 약초꾼을 보고 놀라 달려들었다.

"장 서방! 무슨 일인가?"

성 의원이 얼른 장 서방의 다친 구석을 찾아보려 몸 이곳저곳을 살피는데, 약초꾼이 얼빠진 얼굴을 하고선 성 의원의 소매를 잡았다.

"어, 어쩝니까요? 홍란이라는 매분구가……백악산에 갔는데……지금 백악산에 호, 호랑이가……호랑이가 나타났답니다요. 이놈이 괜한 말을 해서……내일이라도 모레라도 내가 따다 줘도 될 것을. 귀찮은 마음에 백악산에 직접 가 보라 한 것인데……어, 어쩝니까요?"

"무슨 말인가? 찬찬히 다시 말해 보게."

"실은 의원님이 안 계시던 차에 그 매분구가 와서 학슬이 있냐 묻기에 백악산으로 가 보라고……."

"알았네."

장 서방의 말을 듣다 말고 성 의원이 벌떡 일어나 방으로 들어가 등짐을 메고는 다시 나왔다.

"혹시 모르니 내 다녀옴세."

"의, 의원님."

"너무 걱정 말게. 이미 학슬을 다 캐어 내려왔을지도 모르는 일이 아닌가? 산에 호랑이가 나타났다고 해서 꼭 호랑이랑 만나게 된다는 법이 어딨겠나? 그래도 만의 하나가 걱정이 되니, 내 얼른 다녀옴세."

성 의원이 마당 한쪽에 매어 놓은, 멀리 급히 진료를 하러 갈 때나 타곤 하는 늙은 숫말 위에 올라탔다.

'아닐 것이다. 그래, 그 너르디너른 산에서 호랑이와 마주칠 경우가 얼마나 되겠는가? 분명 아무 탈이 없을 것이야.'

그리 제 자신을 다잡으면서도 성 의원의 속내는 편치 않았다.

'잠시도 마음을 놓을 수 없는 여인이 아닌가? 매번 이리 소란스러운 일에 휘말리니……'

벌써 세 번째였다. 은월각의 기녀가 휘두른 날카로운 비녀에 얼굴을 베이고, 대낮에 주막 안에서 난폭한 애비의 손에 씻을 수 없는 수모를 당할 뻔도 한 여인이었다. 그런데 이번에는 호랑이란다. 도대체 무슨 까닭에 그 여인에게는 이토록 많은 환난이 닥치는지 성 의원은 도통 이해할 수가 없었다.

"하앗! 핫!"

복잡한 심사를 안고 성 의원이 늙은 말의 옆구리에 박차를 가할 때, 이미 백악산에서는 흑녹암색 철릭(허리에 주름이 잡히고 큰 소매가 달린 옷)을 갖춰 입고, 활집을 차고 전통(화살통)을 등에 멘 학이 말 등 위에 올라 백악산 자락을 누비고 있었다.

"전하, 전하!"

"나를 쫓지 말고, 그 녀석을 쫓아라!"

호위를 겸한 착호군(捉虎軍, 호랑이를 잡기 위해 구성한 특별 군사부대) 군사들이 지엄한 어명을 받잡고 사방으로 요란스레 흩어져들 갔다. 그 모습을 뒤로 하고 학은 연신 박차를 가하며 산길을 달렸다. 벌써 몇 번째인지 몰랐다.

올해 들어 벌써 여러 번 백악산에 나타난 호랑이는 죄 없는 학의 백성들을 여럿 해친 놈이었다. 한동안 잠잠하다가는 또 백악산에 슬며시 나타나곤 하는 놈을 잡으러 몇 번이나 착호군을 출동시켰지만 번번이 코앞에서 놈을 놓치고 말았었다. 그것이 반복되다 보니 이제는 그놈이 저를 놀리려 나타나는가 싶어 학은 내심 바짝 약이 올라 있는 터였다. 그러기에 주강(晝講, 임금이 낮에 경연관을 불러 경전을 강독하고, 정사를 토론함)을 하다 말고 호랑이가 나타났다는 소리에 당장 철릭부터 갖춰 입고 활을 갖춰 궁을 나섰다.

하지만 두어 시간째 산을 헤매도 놈의 모습이 보이지 않았다. 전처럼 또 그리 신출귀몰하게 모습을 감춘 것인가, 낙담한 학이 말의 걷는 속도를 늦추었다. 그리고 여전히 멀리서 부산스럽게 움직이는 착호군의 소리를 들으며 천천히 숲길을 거닐었다.

무성히 우거진 나뭇잎들을 뚫고 햇살이 찬란히 일렁거렸다. 학은 몇 시간 동안 뛰어다니느라 호흡이 가빠진 애마의 갈기를 쓰다듬으며 그 일렁이는 햇살 속을 누볐다.

하지만 그것도 잠시, 어느 순간 말의 귀가 쫑긋 서는 것이 보였다.

"푸르르르."

길게 울음을 내뿜은 말이 슬금슬금 뒷걸음질을 치려고도 하였다. "어찌 이러누?" 하다 말고, 학이 퍼뜩 몸을 곤추세웠다.

'이 녀석이 이리 경계하는 것을 보면 분명?'

학이 조심스레 등에 멘 전통에서 화살을 꺼내어 활에 걸었다. 그리고 시위를 당겨 언제라도 화살을 쏠 태세로 말의 고삐도 잡지 않은 채 툭툭, 말 옆구리를 찼다. 하지만 이미 겁에 질린 말은 헛발질만 거듭할 뿐 앞으로 나아갈 생각을 하지 않았다.

'한때는 그리 용맹스레 범을 쫓던 너였거늘, 어찌 이리 두려움이 많아진 것이냐?'

어쩔 수 없었다. 학은 영 앞으로 나아갈 기미를 보이지 않는 말의 등에서 내렸다. 그리곤 화살을 거두고 칼집에서 장검을 빼어 들었다. 멀리에서 범과 대적할 때는 화살이나 창이면 족했다. 하지만 근거리에서 범과 대적하려면 검을 쓸 수밖에 없었다. 햇살에 비추어 칼날의 날카로움을 확인한 학은 잰걸음으로 숲을 내달렸다.

"그르르르."

숲의 막다른 곳에서 오른쪽으로 막 꺾어들었을 때, 마침내 학의 귀에 맹수가 목을 울리는 소리가 들려왔다.

'오냐, 이놈. 거기 있느냐!!'

장검을 다시 한번 고쳐 든 학은 긴장하여 꿀꺽 침을 삼킨 채 소리가 들리는 쪽으로 몸을 틀었다.

'옳커니!'

스무 걸음쯤 앞에서 커다랗고 허연 짐승의 뒤태가 보였다. 오랫동안 기다리고 기다린 순간이 드디어 도래한 것이었다.

'이놈, 이제야 결판의 순간이 왔구나.'

다시 꿀꺽 마른침을 삼킨 뒤 칼을 치켜들고 놈의 뒤로 다가서던 학은 금세 걸음을 멈추고 말았다. 놈의 커다란 등에 가려져 보이지 않던, 놈이 노리고 있는 먹잇감이 무엇인지 알게 되었기 때문이었다.

'저 여인은……?'

단 한 번 본 여인이었지만 잘못 볼 리 없었다. 공포에 질려 하얗게 변한 뺨 위에서, 더욱 도드라져 보이는 상처가 은월각 앞 주막에서 보았던 바로 그 여인임을 증명하고 있었다.

"나, 나는 네가 원하는 대로 겁먹거나 하지 않을 거야."

홍란은 애써 두려운 기색을 감춘 채 눈 하나 깜빡이지 않고 백호와 눈을 맞추었다.

"나……나는 네가 무섭지 않아. 너보다…… 짐승인 너보다 더 무서운

게 사람이라는 걸 나, 나는 알거든."

두려움에 말을 더듬으면서도, 그 커다란 눈에 어느새 눈물이 가득 찼으면서도, 홍란은 눈을 깜빡이려 들지 않고 시퍼런 호랑이의 안광(眼光)과 당당히 마주하였다.

"그르르르……."

홍란과 눈을 맞추고 있던 백호가 더는 참을 수 없다는 듯, 천천히 한 걸음 한 걸음을 내딛기 시작하였다. 홍란은 여전히 그런 백호와 눈을 맞춘 채 앉은걸음으로 주춤, 주춤 뒤로 물러나려 하였지만, 나무에 가로막혀 더는 퇴로가 없었다.

힐끗, 도망칠 구석을 살피려 뒤를 돌아보았다 다시 정면을 향한 홍란은 어느새 앞발을 크게 들어 저를 후려치려는 백호의 사나운 기색을 보고서는 질끈 두 눈을 감고 반사적으로 두 팔로 머리를 감싸 안았다. 그 때였다.

"네 이놈!"

천둥 같은 고함과 함께 슈욱, 바람을 가르는 칼 소리가 들려왔다. 어느 틈에 나타난 것인지 장검을 든 사내 하나가 칼을 휘둘러 홍란에게 향한 백호의 관심을 제게로 돌리고 있었다. 그 틈을 타 잽싸게 나무줄기 뒤로 몸을 감춘 홍란은 사내와 백호의 혈투를 초조하게 지켜보았다. 사내와 백호는 거의 막상막하였다. 사내가 날렵하게 장검을 휘두르면, 백호는 펄쩍펄쩍 뛰며 사내의 검을 피했다. 백호가 발톱을 세워 사내에게 덤벼들면 사내는 재빨리 몸을 피해 날카로운 검을 들이밀었다.

그리 몇 번의 합을 거듭하던 두 수컷은 잠시 후 서로에게서 조금 떨어져 가쁜 숨을 몰아쉬었다.

"헉……, 헉…… 부디 오늘은 끝을 보자꾸나."

사내가 백호를 노려보며 중얼거렸다.

"그르르르"

백호가 사내를 노려보며 날카로운 송곳니를 드러내 보였다. 서로가 서로를 노려보며, 서로의 틈을 노리는 일촉즉발의 상황이 이어졌다. 그때 저 멀리서 "저기 있다!" "저기 계시다!!" 하는 사내들의 고함이 들려오고 두두두두, 말을 달리는 소리들도 들려왔다. 산을 훑던 착호군들이었다.

"여기다! 어서!"

사내도 뒤를 향해 그리 버럭 소리를 질렀다. 그때였다.

"크와앙!"

사내의 긴장이 잠시 느슨해진 순간을 놓치지 않고, 백호가 뒷발로만 서서 제 날카로운 발톱이 달린 앞발로 사내의 어깨를 내리찍었다.

"으아아악!"

백호의 앞발에 어깨를 찍힌 사내가 아픔을 참지 못하고 비명을 질렀다. 백호는 이제 제 온몸을 앞발에 실어 사내를 꺼꾸러뜨리려 하였다.

"안 돼애!"

나무 뒤에 몸을 가리고 있던 홍란이 두 눈을 꼭 감고서 다짜고짜 손에 든 것을 휘두르며 백호에게 달려들었다. 제 손에 호미가 들려 있는지도 몰랐다. 제가 감히 상대가 안 될 것이라는 생각도 없었다. 그저 홍란의 머릿속에는 저를 구하느라 도리어 위험에 처한 사내를 구해야 한다는 생각밖에 없었다.

"크아아악!"

홍란의 온 힘이 실린 호미에 등허리를 찍힌 백호가 귀가 찢어질 듯한 울음소리를 토해내며, 사내를 찍어 누르고 있던 앞발을 치켜들고 커다란 등허리를 길게 틀었다. 그 바람에 백호의 등에 박힌 호미에 매달려 있던 홍란의 몸이 부웅 하늘로 솟았다, 땅으로 처박혔다.

"받아라, 이노옴!"

그 틈을 노리지 않고 학이 휘두른 시퍼런 장검이 백호의 목줄기에 깊숙이 박혔다. 그와 동시에 어느새 가까이 다가온 착호군 군사들의 휘두른 창검이 하나둘씩 백호의 몸에 박히기 시작하였다.

"끄륵, 끄르륵, 끅!!"

앞발을 하늘 위로 치켜세우고 몸을 뒤틀던 백호가 몇 번의 피울음을 내뱉고는 쿵, 커다랗게 땅을 울리며 바닥으로 쓰러졌다.

"와!"

백호와 학의 주위에 몰려든 착호군 군사들이 저마다 손에 든 무기를 하늘 위로 쳐들며 환호성을 질렀다. 오랫동안 저희들을 약 올리던 맹수를 드디어 해치운 것에 대한 기쁨의 포효였다.

하지만 환호성은 오래가지 못했다. 임금께서, 이제 막 수년 동안 백악산을 어지럽혀 왔던 백호를 친히 토벌하신 용맹하기 그지없는 주상 전하께서, 어두운 낯빛으로 백호의 등 너머에 쓰러져 있는 여인을 향해 움직이셨기 때문이었다.

"전하!"

주변의 장수들이 허둥지둥 학의 주변에 몰려들었다. 학이 정신을 잃고 쓰러진 여인을 친히 안아 들었기 때문이었다.

"소신들이, 소신들이 하겠습니다."

장수 두어 명이 학에게서 여인을 받아 들기 위해 손을 내밀었다. 주상 전하께서 여염의 여인에 손을 대는 건 보통의 일이 아니었다. 하물며 정신을 잃은 여인을 친히 안아 드시다니, 이런 일은 처음 겪는지라 장수들도 주변의 충성스러운 착호군들도 당황스러워 어찌할 바를 몰랐다.

"약방을 찾아라! 의원을 찾아라! 아니 어의, 어의를 불러오너라. 어서!"

학이 여인을 받아들려는 장수들의 손을 무시하고 사방의 군사들에게 명했다. 그리고선 여전히 의식을 찾지 못하고 있는 품 안의 여인을 내려다보았다.

'뭐 이런 여인이……'

참으로 알 수 없는 여인이었다. 전날 주막에서 봉변을 당하는 모습을 보았을 땐, 소리 내어 울지도 못하고 그저 눈물만 뚝뚝 흘리는 그 가련한 모습에, 그 고운 얼굴에 어울리지 않는 흉측한 상처 때문에 눈을 뗄 수 없었다. 그런데 그리 가련하게만 보이던 여자가 생목숨을 몇이나 찢어놓았던 사나운 백호와 대등히 눈을 마주하고, 심지어 백호를 공격하여 자신의 목숨을 구했다.

처음 보았다.

이리도 가련하고, 이리도 용맹하면서, 이리도 어여쁜 여인은 맹세코 단 한 번도 본 적이 없었다. 제 안에서 뜨겁게 용솟음치는 격정에 학이 여인을 좀 더 제 몸 가까이 당겨 안았다. 느린 걸음으로 말 쪽으로 향하는데 뚜그덕, 뚜그덕 발소리를 내며 웬 사내를 태운 늙은 말 하나가 가까이 다가오는 것이 보였다.

"보십시오!"

축 늘어져 학의 품에 안긴 홍란을 본 말 위의 사내가 서둘러 말에서 뛰어내렸다. 학은 그가 전날 여인을 처음 보았을 때, 자신보다 먼저 나서 여인을 구해준 바로 그 의원임을 알아보았다.

"웬 놈이냐!"

학의 좌우에서 장수들이 후드득 튀어나와 의원에게 칼을 들이밀었다. 그 바람에 가까이 다가오지 못한 성 의원이 주춤거리면서도 시선을 학의 품에 안긴 홍란에게 고정시켰다.

"의원되는 자입니다. 그, 그러시는 여러분은 뉘십니까? 이 여인은 어찌하여 의식을 잃은 것입니까?"

"네 이놈! 어서 무릎을 꿇지……"

"됐다. 물러서라."

성 의원을 윽박지르는 군사들을 학이 말렸다.

"착호군이다. 이 여인이 나의 목숨을 살리고 백호에 의해 나가 떨어져 혼절을 하였다."

"잠시……보게 해 주시겠습니까?"

그리고선 성 의원은 눕힐 데가 없나 두리번거리더니 제 도포를 벗어 땅바닥에 넓게 펼쳤다.

"여기 눕혀 주시지요. 살펴보겠습니다."

하지만 학은 제 품의 여인을 내려놓고 싶지 않았다. 그러기에 등짐을 뒤져 침통부터 꺼내 든 성 의원과 단단히 시선을 부딪친 채 가만히 서 있기만 했다. 그 모습에 성 의원의 한쪽 눈썹이 꿈틀거렸다.

"눕혀 주시지요. 상황이 심각할지도 모르지 않습니까?"

낮게 이르는 성 의원의 말에 학은 결국 따를 수밖에 없었다. 학이 마지못해 천천히 안고 있던 홍란을 성 의원의 도포 위에 내려놓았다. 그리고선 제 철릭을 벗어 홍란의 몸 위에 덮어 주었다.

"전하!"

순간 군사들이 일제히 울부짖듯 목청을 높이더니 얼른 학의 곁으로 달려들어 왔다. 철릭의 짙은 빛 때문에 미처 알지 못했던, 호랑이에게 찍혀 크게 다쳐 피를 철철 흘리고 있는 어깨가 드러났기 때문이었다.

"왜들 호들갑이냐?"

성 의원 앞에서 자신을 전하라고 부르며 신분을 노출시킨 군사들에게 짜증을 내던 학이 문득, 제 어깨의 상처를 보았다. 그리곤 그제야 자신이 좀 전에 백호의 발톱에 찍혔던 것을 기억해 냈다. 여인이 자신을 구하고 땅바닥에 나가떨어져 의식을 잃은 것에만 신경을 쓰다 보니 자신이 다친 것도 까맣게 잊어버리고 있었던 것이다.

'전하시라니…… 그렇다면 이분이 주상……전하? 아니, 주상 전하께서 어찌 이런 곳에?'

홍란의 상태를 살피려다 말고 성 의원은 놀라고 당황하여, 자신도 모르게 멍하니 학과 그 주위의 군사들을 바라보았다. 용안을 빤히 바라보는 것조차 죄가 되는 일임은 까맣게 잊은 상태였다.

"그저 긁힌 상처일 뿐이니 다들 소란 떨 것 없……."

말을 하다 말고 학은 급격한 현기증을 느끼며 잠시 비틀하였다. 그 모습에 가까이에 있던 장수들이 일제히 학에게 다가와 앞다퉈 부축을 하였다.

"전하, 어서 말에 오르시옵소서. 급히 환궁하시어 어의에게 성후(聖侯, 임금 신체의 안위)를 살피라 명하옵소서."

착호군의 젊은 부장(副將)이 얼굴이 새파랗게 질려 부축하며 아뢰었다. 그때 성 의원이 제 등짐을 들고 학의 무리들에게 가까이 다가서려 하였다.

"소인에게 지혈초와 약재가 있습니다. 환궁하시기 전에 우선 지혈이라도……."

하지만 채 학의 근처에 가 닿기도 전에 위협적으로 창검을 들이미는 군사들에 의해 성 의원의 발걸음이 멈춰졌다.

"죽고 싶지 않으면 물러나랏!!"

젊은 부장의 날 선 고함이 터져 나옴과 동시에 주변의 군사들이 일제히 학을 둘러싸 성 의원의 시선에서 학을 가렸다.

"소인은 의원입니다. 주상 전하의 옥체를 살필 수 있게……."

스윽! 부장이 칼집에서 장검을 빼어 들고 뛰쳐나와 성 의원의 목에 들이밀었다.

"한 발자국만 더 다가오면 네 놈의 목을 베리라."

"일현!"

군사들의 원 안에서 낮고 존엄한 목소리가 들려왔다. 일현이라 불린 부장이 목소리 쪽을 향해 얼른 돌아섰다.

"예, 전하!"

"그자를 가까이 오게 하라."

"예, 전하!"

일현이 칼을 거두고 성 의원의 목덜미를 잡아 질질 끌듯이 하여 군사들을 헤치고 학의 앞으로 다가갔다. 그리곤 거친 손짓으로 성 의원을 땅바닥에 무릎 꿇린 후, 고개를 조아리게 하였다. 피를 많이 흘린 탓인지 안색이 하얗게 질린 학은 곁에서 부축하는 장수들의 팔을 떨치고, 성 의원에 앞으로 바짝 다가갔다.

"의원, 너는 나의 상처를 돌볼 수 없다."

"전하! 지금은 무탈하다 여기실지 모르오나 혈을 그리 오래 흘리고 계시면 아니 되옵……"

"네가 설령 화타라 할지라도 어의가 아닌 이상 내 몸에 손끝 하나 댈 수 없다. 나의 목숨을 지키고자 하는 일이기도 하거니와, 너의 목숨을 지키고자 하는 일이기도 하다. 알겠느냐?"

"……예, 전하."

성 의원이 더욱 깊숙이 고개를 조아렸다. 학의 깊은 속내에 감탄을 금치 못하면서. 만약 자신이 상처를 돌봤다가 만에 하나 자칫 동티라도 나게 되면 분명 자신은 죽음을 면치 못할 게 분명한 일이었다. 또한 무사히 상처를 돌보았다 하더라도 어의가 아닌 자신이 주상 전하의 옥체에 손을 댔다는 이유만으로도 엄벌을 면치 못할 수도 있었다. 학은 그 일을 염려하여 자신에게 상처를 보여 주지 않으려 한 것이었다.

"그나저나, 의원."

"네, 전하!"

"오늘 이곳에서 나를 만난 일은 절대 입에 담아서는 안 될 것이니라. 알겠느냐?"

"명심하겠습니다."

"물론, 저 여인에게도 비밀을 지켜야 한다."

그 소리에 성 의원이 감히 고개를 반짝 들어 용안(龍顏)을 빤히 바라보았다. 명(命) 안에 담긴 속뜻을 읽고자 해서였다.

"이놈이 감히!!"

성 의원의 무례함에 일현이 다시 칼을 들고 한 발자국 나서려는데, 학이 손을 들어 일현을 막았다.

"너는 내가 누구인지도 알지 못하고, 오늘 이곳에서 나를 만난 적도 없느니라. 알겠느냐?"

"……명심하겠습니다."

"그럼 되었다. 일현!"

"네, 전하."

학이 손짓을 하여 일현을 더욱 가까이 불러들였다. 그리곤 일현의 귓가에 대고, 오직 그에게만 들릴 소리로 특별한 명을 내렸다.

"너는 이 길로 저자를 도와 여인을 약방까지 데려다 주어라. 무사히 깨어나는 것까지 확인하고 와야 할 것이다. 만약 크게 탈이 났다면 어디가 어떻게 탈이 났는지, 어찌해야 고칠 수 있는지 알아보고 와야 할 것이다. 알겠느냐?"

"전하……."

뜻밖의 명에 일현이 놀란 눈으로 저의 주군을 그리고 의식을 잃고 누워 있는 여인 쪽을 돌아보았다. 학이 그런 일현의 시선을 눈치채고 다시 일현의 귀를 가까이 들여 낮은 소리로 속삭였다.

"아무것도 생각지 말고, 아무것도 추측하지 말고, 아무것도 궁금히 여기지 마라. 넌 그저 나의 귀와 나의 눈이 되어 나를 대신하여 살피고 오면 될 뿐이다."

"……명 받잡겠사옵니다."

일현이 머리를 숙여 명에 따를 것을 표했다. 그리곤 아직도 바닥에 엎드려 있는 성 의원 쪽으로 발걸음을 옮겼다.

"어떠한가?"

성 의원이 맥을 짚은 후, 눈꺼풀을 띄워 동공의 상태를 확인하고, 이마를 짚어 열이 있는지를 살핀 후, 종이에 약방문을 써내려 가기 시작했다.

"땅바닥에 떨어진 충격으로 잠시 혼절을 하였으나, 다행히 크게 상한데는 없는 듯싶습니다. 이대로 잠시 쉬게 하면 곧 의식을 찾을 것 같습니다."

"후우!"

성 의원의 말에 일현이 안도의 한숨을 쉬었다. 하지만 그것도 잠시, 일현은 쉴 새 없이 질문들을 쏟아내기 시작하였다.

"언제쯤 깨어날 것 같은가? 깨어나면 뒤탈은 없겠는가? 혹시 치료에 필요한 것이 있으면 뭐든 말해 보게."

"조용히 하시지요."

엄밀히 말해 일현은 자신보다 지체가 높은 사람임이 분명하였지만, 성 의원은 무례하게 들릴 수도 있을 말투로 일현의 입을 막았다.

"놀라 혼절한 이입니다. 예서 소란을 피우시지 말고 밖으로 나가 기다리시지요. 잠시 침을 놓은 후 궁금증에 답을 해 드리지요."

그리고선 강제로 쫓아내듯 하여 일현을 방 밖으로 몰아내고 홍란에게 침을 놓기 시작했다. 왼손으로는 홍란의 손이 움직이지 않게 단단히 잡고 느리고 조심스러운 손길로 침을 놓느라, 다 놓기까지는 여느 때보다 훨씬 더 많은 시간이 걸렸다.

"호랑이에 주상 전하라. 하……."

홍란의 손을 놓을 생각도 않고 성 의원은 씁쓸한 웃음을 지었다.

"이제 다음은 옥황상제랑 엮일 참이오? 도대체 당신이란 여인은……얼마나 더 나를 놀라게 하려 이러는 거요?"

"으음……."

마치 성 의원의 물음에 답하기라도 하듯 홍란이 고개를 가로저으며 가는 신음을 내뱉었다. 성 의원이 그런 홍란의 머리를 다정히 쓰다듬으며 장난 치다 걸린 아이에게 하듯 나무라는 소리를 하였다.

"이제 그러지 마오. 또 한 번 이렇게 놀라게 하면 다음엔 정말 말도 못하게 쓴 약을 지어 줄 것이오?!"

"으으음……."

또 다시 대답처럼 신음을 내뱉고 고개를 돌린 홍란을 보며 성 의원은 괜히 저가 민망하여 피식, 웃음을 흘리고 말았다.

"약조한 날보다 하루나 더 늦었잖아! 장사치가 날짜 약속도 못 지키는데 더 봐서 무얼 해!"

만희의 짜증을 한 귀로 흘려 넘기며, 홍란은 제가 가져온 작은 연지함처럼 생긴 약통을 열어 참의 부인에게 보여 주었다.

"이것만 바르면 이 아이의 얼굴이 깨끗해질 수 있다는 말인가?"

약통 안에는 초록과 노란빛의 약재 비슷한 것이 자작하게 담겨 있었다.

"어찌 이것 하나만 가지고 나을 수 있겠습니까? 다만 당장에 드러나는 버짐을 다스리기에는 꽤나 효과가 좋은 연고이지요."

"그것이 무엇이관데?"

"따끈하니 데운 소세 물과 깨끗한 면포를 들여 주십시오."

만희의 물음에 답하지 않고 홍란이 참의 부인에게 청을 하였다. 참의 부인이 아랫것을 불러 홍란이 청한 것을 가져오라 시켰다.

"무엇이냐고 묻잖아. 내 이야긴 안 들려?!"

다시 만희가 버럭 소리를 질렀다.

"너 때문에 나는 이틀이나 이리 손이 묶인 채 살았어. 그런데도 너는 그저 늦어서 죄송합니다, 달랑 한 마디만 하고 달리 변명도 없잖아!"

"잘 하셨어요."

"뭐?"

"중간에 푸실 만도 한데 지금까지 제 말을 순순히 따라 주셔서 놀랐습니다."

"그, 그거야 네가 꼭 이래야 한댔으니까……."

"그러니까요. 얼굴에 손을 대시지 않은 덕분에 전에 뵈었을 때보다 한결 상태가 나아진 것 같습니다. 지금까지처럼 조금만 더 쉰네의 말을 따라 주세요."

홍란이 그림처럼 어여쁜 미소를 지으며 그리 말하자, 만희는 자신을 며칠이나 갑갑하게 만들고 약속한 시간에 나타나지 않았다는 것도 잊고, 멍하니 홍란의 얼굴을 바라보았다. 그러고선 금세 '핫!' 하며 정신을 차리고선 순간적으로나마 여인의 미모에 넋이 나간 제 자신이 부끄러워 뺨을 붉혔다.

"소세를 하실 때는 너무 뜨거운 물도 너무 차가운 물도 좋지 않습니다. 팔꿈치를 담가 보셨을 때 뜨겁지 않을 정도의 미지근한 물이 가장 좋습니다."

잠시 후, 참의 댁 계집종이 가져온 소세물에 면포를 적신 후 홍란이 만희의 얼굴을 톡톡 두드려 가며 닦아 주었다. 만희는 이미 홍란이 시키는 대로 방 한가운데에 반듯이 누운 상태였다.

"손바닥에 힘을 주어 이마와 눈두덩을 꾹꾹 눌러 주시면 더욱 시원해지실 거예요."

"소세를 하실 땐, 턱 끝에서 뺨을 밀어 올리듯이 하여 지그시 눌러 주세요."

"귀 밑, 턱이 시작되는 부분을 엄지로 꾹꾹 눌러 주시는 것도 좋고요."

홍란이 적당히 힘을 주어 만희의 얼굴 이곳저곳을 만져 주자, 기분이 좋은 듯 만희의 코끝에서는 "흐응" 소리가 새어나왔다.

"얼굴을 충분히 만져 주어 기와 혈을 자극하신 후에는 다시 한 번 깨끗이 닦아 주세요."

홍란이 다시 면포를 물에 담갔다가 꺼내어 쭉, 짠 후에 톡톡 두드리듯이 하여 만희의 얼굴을 꼼꼼히 닦아 주었다.

"그리고 이 연고가 버짐 위를 덮도록 꼼꼼히 도포하여 주시기만 하면 됩니다."

"그래, 이게 뭐라고?"

홍란의 손길에 순순히 제 얼굴을 맡긴 채로 만희 낭자가 다시 물었다.

"학슬의 줄기와 잎, 꽃을 잘게 썰어 기름에 넣고 지진 것입니다."

"이게 정말 그리 용한 것인가?"

참의 부인도 궁금증을 참지 못하고, 무릎걸음으로 다가와 홍란에게 물었다. 참의 부인의 물음에 누워 있는 만희도 호기심 어린 눈빛으로 홍란을 올려다보았다.

"사람마다 차이는 있지만 이것으로 좋아지는 경우를 더러 보았습니다. 지지지 않은 학슬도 가져왔으니 다 쓰시거든 지진 후 식혀 바르시지요."

홍란이 제 등짐 속의 주머니를 꺼내, 참의 부인에게 건네주었다. 참의 부인이 호기심을 참지 못하고 주머니를 열어 그 안의 학슬을 꺼내 냄새를 맡다가 급격히 인상을 찌푸렸다.

"아이구, 이 구린내는 뭔가? 어휴, 어휴!"

참의 부인이 얼른 학슬을 다시 집어넣고는 주머니의 주둥이를 단단히 죄었다.

"워낙이 냄새가 지독하여 여우오줌풀이라는 이름이 붙었지요. 하지만 담을 없애고 몸 속의 열을 내리게 할 뿐 아니라, 지혈이나 해독에 효과가 있는 참으로 사람에 고마운 풀이랍니다."

여우오줌풀이라는 소리에 기겁을 하고 일어나려던 만희가 '사람에 고마운 풀'이라는 홍란의 덧붙인 설명에 민망해 하며 다시 누웠다.

"이제 마른 기가 들거든, 그때 떼어 내시면 됩니다. 그리고 낮 동안에는 두어 식경이라도 좋으니 앞마당에 나가 볕을 좀 쬐시지요. 버짐에는 적당한 볕도 좋은 약이랍니다."

참의 부인은 제 딸의 짜증을 싫다는 기색 하나 없이 묵묵히 감내한, 그리고 귀한 약재를 직접 만들어 가져다 준 홍란에게 제법 감탄한 모양이었다. 미처 처치의 효능을 확인하기도 전에 두둑한 돈 주머니를 안겨 주었고, 점심 끼니를 놓친 홍란을 위해 제법 실한 밥상까지 차려 주려 하였다. 하지만 바로 백악산으로 갈 생각에 홍란은 거듭 사양하고 급한 걸음으로 참의 댁을 나섰다.

'누가 벌써 주워 갔으면 어쩌지?'

참의 댁에서는 애써 평정을 유지할 수 있었지만, 그 집을 나선 이후로는 혀가 바짝바짝 마르고, 입술은 초조함에 까맣게 타들어가기 시작하였다.

'의원님은 분명 싫어라 하시겠지만 하는 수가 없잖아.'

홍란이 마른 입술에 침을 바르며 아직도 조금은 후들거리는 다리에 힘을 주어 갈 길을 서둘렀다.

✳

이틀 전, 내내 앓다가 깨어난 홍란은 눈을 뜨자마자 보이는 방 천장의 모습에 화들짝 놀라 몸을 일으켰다. 객주에 마련된 자신의 방도, 송대방 어른 댁에 마련된 방도 아닌, 전혀 다른 방에 자신이 홀로 누워 있음을 깨달았기 때문이었다.

'여기가 어디지? 아……'.

방 안에는 환히 촛불이 켜져 있었다. 그 불빛에 의지해 사방을 둘러보던 홍란은 방의 풍경이 낯설지 않음을 금세 눈치 챘다. 천장에 대롱대롱 매달린 각종 약재며, 벽 한 면을 온통 채우고 있는 약장(藥欌, 약재를 넣어두는 서랍장)까지 모두 홍란이 익히 아는 곳이었다. 바로 성 의원의 약방이었던 것이다.

'근데 내가 왜 여기에……? 난 분명…… 백악산에서……'.

고개를 갸웃거리다 말고 홍란은 백악산에서 있었던 일을 기억해 내고 부르르, 진저리를 쳤다.

침을 뚝뚝 흘리며 날카로운 송곳니를 드러내 보이던 백호의 형형한 눈빛이 지금 바로 눈앞에 있는 것만 같았다.

'살았구나. 살아남았어…… 그런데 그 군사는 어찌 되었을까? 그쪽도 살아났을까? 아니면……'.

상상하기도 싫은 끔찍한 결말을 떠올리고는 홍란이 얼른 고개를 저었다. 그러다 급히 방 안을 눈으로 훑었다. 백호를 만나기 전 학슬을 따 넣어두었던 짐 보퉁이를 찾기 위해서였다. 다행히 흙물이 밴 짐 보퉁이는 구석에 얌전히 놓여 있었다.

"휴우."

가슴을 쓸어내리며 안도한 홍란은 뼈마디가 삐그덕대는 것만 같은 제 팔다리를 애써 움직여 자리에서 일어났다. 그리고 살며시 제 짐보퉁이를 들어 안고선 방문을 열었다. 송 대방 어른 댁에 가기 위해서였다. 자신이 화를 당한 사실을 누가 알렸건, 알리지 않았건 송 대방 어른은 이미 알고 있을 것이 틀림없었다. 도성에서 일어나는 모든 사건 사고는 송 대방 어른의 귀로 흘러들어가기 마련이었다. 그리 되었다면 송 대방 어른도, 함창댁 할머니도 크게 염려하고 계실 것이 틀림없었다.

'어서 가서 무탈하다는 걸 알려드려야 해.'

그리 생각하며 무거운 몸을 이끌고 마루로 나선 홍란의 눈에 웬 사내 둘이 마루 기둥의 양쪽에서 머리를 기대고 앉아 꾸벅꾸벅, 고개를 떨어뜨리고 있는 모습이 들어왔다. 왼편의 군데군데 헤진 낡은 망건을 한 이는 홍란도 잘 아는 성 의원이었고, 그 곁에 나란히 앉아 졸고 있는 이는 백악산에서 백호와 맞대결을 하였던 사내와 비슷한 옷차림을 하고 있는 걸 보면 군사임에 틀림없었다.

"하암…… 누, 누구?"

"접니다."

자세가 불편한지 고개를 틀다 말고 사람의 기척에 놀라 깬 성 의원에게 홍란이 얼른 자신임을 밝혔다.

"깨어났구려. 아침까지는 못 깨어날 수도 있겠다 싶었는데."

성 의원이 얼른 자리에서 일어나 방문 가에 섰다.

"어디 맥 좀 다시 한번 짚어 봅시다. 그 보퉁이는…… 설마 이대로 약값을 떼어먹고 밤도망을 칠 요량이었소?"

성 의원이 홍란이 품에 안은 짐 보퉁이를 보더니, 짙은 눈썹을 쓰윽 한 번 치켜세우고는 웃음기 없는 담담한 목소리로 물어 왔다. 그 때문에 성 의원의 말은 진담 같기도, 농담 같기도 하였다.

"아니에요. 약값은 방 안에 따로…… 전 빨리 송 대방 어른 댁에 가지 않으면……."

"농이오."

그러면서도 전혀 농담을 하는 얼굴 같지 않게 무덤덤한 표정으로 성 의원이 어서 방으로 들어가라는 듯 고개를 까닥, 거렸다.

의원이 환자의 맥을 짚어 보겠다는데 딱히 거절할 명분이 없었다. 그래서 홍란은 여전히 졸고 있는 낯선 사내를 다시 한 번 내려다보고는 성 의원의 곁을 지나 방 안으로 들어갔다. 성 의원이 그 뒤를 따라 방 안으로 들어선 후 문을 닫았다.

탁, 문이 닫히는 소리가 들림과 동시에 일현이 반짝, 눈을 떴다. 그리고 마치 어둠 속의 고양이처럼 스윽, 소리가 나지 않게 방문 가까이로 다가가 안에서 들려오는 소리에 귀를 기울였다.

"송 대방 어른께는 사람을 보내 큰 걱정을 하지 않아도 된다고 알려드렸소. 대방 어른께서도 몸이 다 나을 때까지는 여기에서 묵는 것이 좋겠다, 그리 말씀하시더이다."

"그래도 그런 폐를 끼칠 수는……."

"쉬…… 잠시만."

성 의원이 홍란의 말문을 막고, 홍란의 가는 손목을 짚어 맥을 읽는 데 열중하였다.

"저녁 나절보다는 한결 맥이 활기를 띠는구려. 그래도 여전히 구맥(鉤脈)이 터질 것 같은 걸 보면 심장이 많이 놀란 것 같으니, 수삼 일은 각별히 안정을 취하는 것이 좋을 듯하오."

"제가 왜 여기 있는 건가요? 의원님이 저를 구해 주신 건가요? 밖의 분은 또 누구시고. 호랑이와 맞서 싸우던 그분은…… 어찌 되셨나요?"

"궁금한 게 뭐 그리 많소? 환자면 환자답게 그저 조용히 몸을 보할 생각이나 하시구려."

성 의원이 다시 홍란의 잠자리를 간단히 봐주고 자리에서 일어났다.

"그럼 한 가지만요. 한 가지만 가르쳐 주세요. 호랑이와 맞서 싸우던 분은 살아나셨나요?"

"……어깨를 다치셨…… 다쳤긴 하나 생사에는 지장이 없소. 무사히 댁으로 돌아간 것으로 아오."

"……다행입니다. 정말 다행이에요."

홍란은 자신도 모르게 가슴에 손을 얹고 안도의 한숨을 쉬었다. 하지만 그것도 잠시뿐, 이내 심상치 않은 표정이 되더니 제 가슴께를 제 손으로 험하게 더듬기 시작했다. 그것도 모자라서 홍란의 돌발 행동에 놀라 멍하니 보고 있는 성 의원에게서 돌아앉아 옷고름을 풀고 저고리 앞섶을 펼치곤, 치마끈 사이로 제 손을 집어넣어 한참을 뒤적뒤적하기까지 하였다.

"뭘……하오?"

"없어요!"

"뭐가?"

"경통패요! 경통패가…… 경통패가 없어요!"

홍란이 심히 당황하여 부르짖더니 옷을 여미는 둥 마는 둥 하고는 방금 전까지 제가 들고 있던 짐 보퉁이를 급히 풀기 시작하였다.

"없어…… 여기도 없어요. 어디, 어디 간 거지? 그게…… 없으면…… 영영 선양에 갈 수 없을지도 모르는데…… 아니, 그게 문제가 아니라 송대방 어른께도 큰 누를…… 핫! 산에, 산에 떨어뜨리고 왔나 봐요."

홍란이 후다닥, 마루로 뛰쳐나갔다. 하지만 마루에서 채 내려서기도 전에 뒤쫓아 나온 성 의원이 홍란의 팔을 잡아챘다. 두 사람 다 어느새 사라지고 없는 일현에 대해서는 신경 쓸 겨를도 없었다.

"이 야밤에 산에 가겠다는 것이오? 그 몸을 하고?"

"다른 사람이 주워 가면 큰일인 걸요. 팔면 큰돈이 되는 걸 아는 사람들이 많으니 한시라도 빨리 찾으러 가야 합니다."

"가더라도 날이 밝거든 가구려. 지금 가 봐야 찾는 것이 무엇이든 얼마만 한 크기든 쉽게 발견하기는 힘들 것이오."

딴은 그 말도 맞기는 했다. 하지만 무엇보다도 방에서 마루까지 몇 걸음 걸은 것만으로도 삭신이 아파 더는 고집을 피울 수 없었다. 결국 홍란은 날이 밝으면 산에 오를 결심을 하고, 성 의원이 시키는 대로 잠자리에 들었다. 방에 따라 들어온 성 의원은 홍란이 깊은 잠에 들 때까지 그 곁에서 가만히 지켜봐 주었다.

만약 다른 사내였다면, 아무리 의원의 신분을 가진 이라 해도 홍란은 순히 잠들지 못했을 것이었다. 하지만 무뚝뚝하면서도 자상하게 살피는 성 의원에게서 선양에 가 있는, 겉으론 늘 무뚝뚝하였지만 속정 깊었던 오라버니가 떠올라 홍란은 모처럼 깊고 단 잠에 빠질 수 있었다.

'그런다고 거의 하루 온 나절을 잠만 자다니, 이리 미련할 데가 있어?!'

며칠 전 자신이 학슬을 발견했던 나무 근처에서 홍란은 잃어버린 경통패를 찾기 위해 풀숲 사이를 꼼꼼히 훑고 있었다.

'안 보여. 어떡하지? 누가 이미 주워간 건가?'

너무 늦게 온 제 자신이 원망스러워 홍란은 눈물이 나올 것만 같았다. 실은 원래대로라면 어제 아침에 와서 경통패를 찾았어야만 했다. 그런데 깨고 보니 날은 또 다시 어두워져 있는 상태였다. 기력이 다해서인지 밤에서 새벽을 지나, 아침을 거쳐, 낮을 지나는 동안 자신은 내내 잠에 빠져 있었다. 거기다 참의 댁 아가씨에게 줄 학슬 약재를 만들 시간도 필요했기에, 결국 어제 경통패를 찾을 기회를 놓치고 만 것이었다.

"여기서 무얼 하오?"

이제는 무릎까지 땅바닥에 대어 거의 기어가는 자세로 풀숲을 뒤지는 홍란의 뒤에서 불쑥 낮고 굵은 사내의 목소리가 들려왔다. 학이었다.

'드디어 왔군.'

홍란이 막 백악산 숲 입구에 접어들었을 때, 학은 얼른 숲의 아름드리나무 뒤에 숨어 홍란의 시선에서 저를 가렸다. 다른 특별한 이유가 있었던 것은 아니었다. 그저 찬찬히, 다른 무엇의 방해도 받지 않고 홍란이라는 여인을 제대로 보고 싶었던 것뿐이었다. 자꾸만 자신의 호기심을 자극하는 여인이었다.

"뺨의 상처는 지난날 은월각에서 있었던 살인사건의 범인인 보화라는 기녀를 달랠 때 생긴 것이라 하옵니다. 원래 은월각의 기녀였던 자로, 이 년여 전부터 장사치로 살고 있다 하였습니다. 최근에는 신묘한 솜씨를 가진 매분구로 이름을 떨치고 있다 하옵니다. ……아뢰옵기 황공하오나……."

학의 눈과 귀가 되어 달란 명에 충실하게 일현은 제가 성 의원의 약방 주변과 은월각 주변에서 얻어 들은 홍란에 대한 이야기들을 모두 전해주었다.

"홍란이라는 그 여인은 기녀 시절 현무군 마마의 애기(愛妓)였다는 소문도 자자했다고 한지라……."

"그만, 물러가라."

일현이 더 아뢰고 싶은 말이 있음을 눈치채었지만 학은 더는 아무것도 듣지 않으려 하였다. 충직하고 강직한 신하이니 일현이 할 말은 듣지 않아도 능히 짐작할 수 있었다.

'그 여인에게 상관치 말라 하고 싶은 것이더냐? 궐 안의 수많은 궁녀와 비빈을 마다하고, 한낱 기녀 출신 장사치에게 괜한 관심을 주어 흉한 이야깃거리에 휘말리지 말라 하고 싶은 것이냐? 허나 일현, 너무 늦었다. 이미 나는 그 여인이 몹시도 궁금해졌다. 이미 그렇게 되고 말았다.'

원래 하지 말라면 더 하고 싶은 게 사람 마음이었다. 하물며 늘 궁 안에서의 생활에 답답증을 느끼며 살아온 학이니, '안 된다'는 제약은 오히려 더 호기심을 배가시킬 뿐이었다. 그것도 자신이 가장 아끼는 아우가 연정을 품었던 여인이라 하니 더욱 더 홍란이 궁금하여 견딜 수가 없었다.

그 때문에 학은 홍란이 잃어버린 경통패를 찾으러 백악산을 다시 찾을 것이라고 알려 준 일현에게, 성 의원의 약방 근처에 사람을 심어 두고 홍란의 거동을 알아오라는 명을 내렸었다.

"지금 막 백악산으로 출발했다 하옵니다. 그리 멀지 않은 곳이니, 반각 정도면 창의문을 통과할 것 같사옵니다."

일현의 보고를 듣자마자 학은 호랑이에게 공격당한 어깨가 심히 아프다는 핑계를 대고, 잠시 강녕전에서 쉬겠으니 아무도 방해하지 말라 명하고 도포 차림으로 변복을 하고서는 대낮의 잠행에 나섰다. 상선에게는 그 누구도, 심지어 중전이나 대왕대비마마가 찾아오더라도 절대 안으로 들이지 말라는 엄명을 내렸다.

경복궁에서 백악산까지는 빠른 걸음으로 반 시간, 말을 타면 거의 일다경(15분) 정도의 거리였기에 학은 홍란보다 훨씬 더 빨리 백악산에 당도했다.

산 아래 주막에 애마를 묶어 놓고 걸어서 산에 올랐다. 그리하여 홍란보다 앞서 숲을 뒤지고, 종당에는 무릎을 땅바닥에 대고 거의 기다시피하여 수풀 사이를 샅샅이 뒤진 끝에 경통패를 찾았을 땐, 자신도 모르게 "아자자자!" 하며 환호성까지 질렀던 학이었다. 태어나서 지금까지무얼 그리 열심히 찾아본 적이 없었기에 경통패를 발견한 기쁨이 더욱 새삼스러웠다.

언제나 무엇을 원한다, 고 하면 그것이 자신의 앞에 놓이지 않은 적이 없었다. 먼저 간 중전과 세상에 오래 머물지 못한 아들을 제외하면 학에게는 결핍이 없었다.

늘 여유로웠기에 늘 권태로웠다.

가장 간절한 것을 제외하면 무엇이든 가지고 지닐 수 있었기에 간절함이 더욱 심화될 뿐이었다. 그래서 직접 땀을 흘려 가며 고생한 끝에 간신히 경통패를 찾은 기쁨은 이루 말로 표현할 수가 없을 정도였다.

'내가 찾았으니, 이것은 이제 내 것이다!'

지존인 자신이 무릎을 꿇어 찾아낸 보물이니 그 여인이 간절히 바랄지라도 순순히 내어주진 않겠다. 학은 몇 년 전 아우에게 난제를 걸고 내기를 하자 했을 때와 거의 비슷한 기쁨을 느끼며 경통패를 꽉 움켜쥐었다.

"여기서 무얼 하오?"

홍란은 불쑥 들려온 낮고 굵은 사내의 목소리에 흠칫 몸을 떨며 얼른 자리에서 일어났다.

"산적이라도 나타나면 어쩌려고 겁도 없이 여인네가 홀로 산을 노닐고 있단 말이오. 무어, 꽃이라도 따고 있는 것이오?"

제법 엄한 소리로 홍란의 부주의함을 꾸짖으며 나타난 이는 청회색 도포에 큰 갓을 쓴 선비 차림의 사내였다. 도포의 앞부분에 희미하게 흙 자국이 남아 있는 걸 제외하면, 갓이며 도포며 신고 있는 가죽신까지 모두 흔히 볼 수 없는 값진 것들이었다. 분명 출사(出仕)한 관리이거나 어느 유서 깊은 집안의 선비임에 틀림없어 보였다.

"잃은 것이 있어 찾는 중입니다. 괘의(掛意, 마음에 걸려 잊지 아니함)치 마시고 가시던 길이나 마저 가시지요."

홍란이 흙이 묻은 제 무릎을 탈탈 터는 척하며 사내와 눈을 마주치지 않고 무심히 답하였다.

"깊은 산중에 여인 홀로 버려두고 어찌 갈 수 있단 말이오? 무엇을 찾는지 알려주면 내 도와주리다."

"산중에서는 호랑이보다 사람이 더 무섭다는 말이 있지요. 선비님이 뉘신지 모르겠사오나, 이대로 못 본 척 저를 두고 가시면 그 또한 덕을 베푸는 일이라 할 수 있을 것입니다."

학은 홍란이 자신을 알아보지 못함에 은근 서운함을 느꼈다. 목숨이 경각에 달린, 백호와 마주한 그 급박한 순간의 대면이었으니 몰라보는 게 오히려 당연한 일일 터였다. 그래도 백악산으로 홍란을 보러 오면서 내심 기대하고 상상했던 장면이 있었기에 학은 서운하고 또 섭섭할 수밖에 없었다.

[그럼 선비님이 바로 그때 백호와 맞서 싸우셨던 분이시라고요? 정말이요? 어머나, 이런 인연이. 그래, 다치신 어깨는 어떠신가요? 치료는 제대로 받으셨나요? 정말 걱정 많이 했습니다. 무사하시길 얼마나 빌었다고요……]

뜻밖의 조우(遭遇, 우연한 만남)에 조금은 반가워해줄 줄 알았다. 그간 걱정했노라는 인사말 한마디는 해줄 줄 알았다. 많이 아프지 않냐고 물으면 "죽을 만큼 아팠지만, 꾹 참았다"며 조금은 생색 내고 싶기도 했다.

'그런데 몰라보다니…… 그냥 지나쳐 가라니. 아무리 짧은 찰나의 만남이었다고 해도, 그때의 복색과 전혀 다른 옷을 입었다고 해도 너무하지 않은가?'

학은 서운한 기색을 표정으로 나타내지 않으려 애쓰며 부러 더 넉살맞게 홍란의 말을 받았다.

"며칠 전에 이 산에 호랑이가 나타났다 하오. 아이구, 무서워라. 댁도 그렇지 않소? 여기 산중에 다른 이도 없으니, 우리 길동무나 하며 함께 산을 내려가지 않겠소?"

"고마우신 말씀이지만 사양하겠습니다. 저는 지금 한시가 급한지라, 그럼."

홍란이 더는 상대하기 귀찮다는 투로 꾸벅 고개를 숙여 보이고는 다시 허리를 굽혀 풀숲을 뒤지기 시작했다. 그 퉁명스러움이 교태보다 더 어여뻐 보이는 까닭에 학이 슬며시 웃음을 깨물고는 다시 천연덕스러운 표정을 지으며 얼른 홍란의 곁에 따라붙었다.

"근데 뭘 그리 찾는 것이오? 산중을 홀로 헤맬 정도면 제법 값나가는 물건인 듯한데, 도대체 뭐요? 알려주면 혹 아오? 내가 먼저 발견해서 댁에게 가져다줄지?"

"신경 쓰지 마십시오. 알아서 찾겠습니다."

홍란이 귀찮다는 듯, 학을 떼어 버리기 위해 걸음의 속도를 빨리하며 앞으로 점점 더 나아갔다.

"그럼, 그게 무엇이든 내가 발견하면, 무조건 내 것이오?"

학이 허리를 펴고는 어느새 제게서 조금 더 멀리 떨어져가고 있는 홍란에게 소리쳤다. 하지만 홍란에게서는 가타부타 답이 없었다.

"어허, 정말로 내가 먼저 찾으면 어쩌려고? 어찌 사람이 한치 앞을 못 보고, 그리 답답할까?"

사내가 자신을 비웃는 소리에도 홍란은 알은체하지 않았다. 낯선 사내와 길게 말을 섞어 봐야 좋을 것이 없음을 너무나 잘 알고 있기 때문이었다. 게다가 사내보다 자신이 한참이나 먼저 와서 샅샅이 뒤지고 있으니, 사내가 자신보다 먼저 경통패를 찾을 방법은 없어 보이기도 했다.

하지만 홍란은 잠시 후 제 생각이 틀렸음을 인정하지 않을 수 없었다.

"어? 그런데 이게 뭐지? 무슨 마패 비슷하게 생긴 것 같은데?"

뒤에서 내내 콧소리까지 흥얼거리며 따라오던 사내가 문득, 홍란이 들으라는 듯이 목소리를 높였기 때문이었다. 그 소리에 급히 돌아본 홍란의 눈에 사내가 풀숲 사이에서 무엇인가를 들어 올려 햇빛에 비추어 보고 있는 것이 보였다. 언뜻 봐도 사내의 손에 쥐어진 것은 분명 자신이 잃어버린 경통패였다.

"그게 어찌……!"

홍란이 한달음에 뛰어와 사내에게 손을 내밀었다.

"제 것입니다. 제가 잃어버린 것입니다. 이리 주셔요."

하지만 사내는 홍란을 멀끔히 내려다볼 뿐, 경통패를 든 팔을 내릴 생각은 없어 보였다. 사내의 고집스러운 행동에 홍란이 까치발을 하여, 사내의 손에서 경통패를 빼앗을 시도도 해 보았지만 고개가 두 개쯤 더 큰 사내, 팔 길이도 비교할 수 없을 정도로 긴 사내가 이리저리 피하며, 높이 치켜 든 경통패는 마치 하늘 한중간에 떠 있는 해님인 양 영영 닿을 수 없을 것만 같아 보였다.

"정말 제 것입니다. 돌려주시지요."

몸싸움에 지친 홍란이 어느새 빼앗기를 포기하고 간청을 하였다.

"조금 전 내가 발견하면 내 것이라 했을 때 들은 척도 하지 않았던 것 같은데?"

"그것은……."

그저 속없이 지분거리느라 그러는 줄 알고, 낯선 사내에게서 떨어지고 싶어서 그랬노라고 말하지 못하고 홍란이 우물거리며 속상한 마음에 여전히 높게 들린 경통패만 보았다.

그때, 경통패를 든 사내의 팔이 내려왔다.

드디어 제게 돌려줄 마음이 든 것인가 싶어 홍란이 반색을 하며 손을 내밀었다. 하지만 사내는 무정하게도, 표정 하나 바꾸지 않고 경통패를 제 품 안으로 깊이 집어넣을 뿐이었다.

"자, 뜻밖의 횡재를 하였으니 그만 하산해 볼까?"

낙망하여, 반쯤 입을 벌리고 어이없어 쳐다보는 홍란을 세워 둔 채 학이 긴 다리를 휘적휘적 저어 숲길을 앞서 걸어갔다. 홍란이 봤더라면 얄미워 견딜 수 없을 만큼 호쾌한 미소까지 지으며.

'자, 어디까지 따라오려나.'

"선비님, 선비님!"

학의 걸음에 맞추기 위해 부지런히 걸음을 놀리며 홍란이 애타게 학을 불렀다.

"돌려주시지요. 제게는 다시 없이 소중한 물건입니다. 좀 전의 무례를 사과드릴 터이니 부디 돌려주십시오."

"내 손에 있는 것을 어찌 자신의 것이라 우기는 게요. 참으로 딱한 사람이 아니오?"

홍란의 간청을 듣는 둥 마는 둥하며, 학은 뻔뻔스럽게도 휘파람까지 불어가며 걸음의 속도를 높였다.

"선비님! 선비님!!"

홍란을 꼬리에 붙이고 학이 다다른 곳은 거의 산 밑 바로 위에 위치한 조그만 계곡이었다. 폭포라고 하기에도 민망한 크기의 물줄기가 높은 곳에서 낮은 곳으로 흐르고 있었고, 사람 발 두어 개 만한 작은 바위들이 듬성듬성 놓인 곳이었다. 계곡물 역시 발을 담가봐야 겨우 발목 위에서 찰랑거릴 정도로 작디 작은 계곡이었다.

"어, 지친다. 예서 잠시 땀을 식히고 가야겠네."

누구 들으라는 듯 혼잣말을 늘어놓은 학이 조그만 바위들 위에 털퍼덕 주저앉고는 제 품 안에 집어넣었던 경통패를 다시 꺼내 계곡물에 대고 설렁설렁 흔들어 씻었다.

숨을 학학대며 학의 뒤를 따라온 홍란도 그 곁에 주저앉았다. 그리고 혹시나 학이 경통패를 물에 떠내려 보낼까 가슴 졸이며 뚫어져라 경통패만 바라보았다.

"……돌려주십시오. 저에겐 목숨만큼 중요한 것이나, 선비님께는 하등의 쓸모도 없는 물건입니다."

보란 듯이 계곡물 속에서 경통패를 흔드는 학에게 홍란이 다시 사정을 하였다.

"어허, 이 사람 참 못쓰겠구려."

"네?"

"내 비록 장사치가 아니라 하나, 이것이 무엇인 줄 모르는 것 같소? 이게 그 말만 잘 하면 수백, 수천 냥은 거뜬히 받아낼 수 있다는 경통패가 아니오?! 헌데도 이것이 내게는 아무 쓸모없는 물건이라 그리 거짓을 말하는 것이오?"

"……거짓이 아닙니다. 경통패가 암암리에 그리 거래되는 것은 맞지만, 국법에 따라 사사로이 사고 팔 수 없는 물건임도 분명한 것을요. 선비님 같은 지체 높은 양반께서 재물을 탐해 국법을 어기시지는 않으실 테니, 선비님께는 그것이 아무 쓸모가 없는 물건이 아닙니까?"

"재물 앞에서 그깟 반상의 귀천이 무슨 상관이 있겠소?"

"……! 허면 저는 내내 선비님의 뒤를 따르다 선비님이 그것을 파신다고 하면, 금부에 가 발고(發告)를 하겠습니다."

"그럼 잃어버린 그대의 잘못도 함께 치죄될 터인데?"

"……어쩔 수 없이 잃어버린 제 죄가 국법을 어긴 선비님의 죄보다 무겁기야 하겠습니까?"

간청하고 애원하는 처지이면서도 따박따박 말대꾸를 하는 홍란을 여전히 무심한 표정으로, 하지만 재밌어 죽겠다는 속내를 가득 담은 눈빛으로 학이 물끄러미 쳐다보았다.

경통패를 얻기 위해 간청은 하고 있지만, 속상하고 약 오른 마음에 홍란의 귀밑이 발갛게 달아올라 있었고, 눈 아래 그림자를 드리울 정도로 길고 긴 속눈썹에는 눈물방울인지 땀방울인지가 몇 방울 아슬아슬 매달려 있었다.

"어이쿠, 이런!!"

그 순간, 학이 물속에서 빈손을 들어 올렸다.

"이걸 어쩐다? 물속에서 패를 놓친 것 같소만……, 저기 떠내려가는 것 같구려."

"네?"

황망히 학의 물에 젖은 빈손과 계곡물을 번갈아 쳐다보던 홍란이 자리에서 벌떡 일어섰다. 그리곤 제 발이, 제 치마가 젖는 것도 아랑곳하지 않고 첨벙첨벙 계곡물 속으로 뛰어들어가 물속을 살피기 시작하였다.

"어딥니까? 어디쯤인지 보이십니까?"

몇 번이나 물속을 더듬고, 계곡물이 흐르는 방향을 유심히 살피다 말고 홍란이 학에게 묻기 위해 뒤를 돌아보았다. 그와 동시에 홍란의 얼굴은 분노로 빨갛게 달아올랐다.

"뭣⋯⋯!"

학이 너무나 얄밉게, 너무나 뻔뻔스럽게 물에 젖은 경통패를 손에 들고 흔들며 어느새 저 멀리 걸어가고 있었기 때문이었다.

"이보셔요!!"

"이걸 돌려받고 싶거든, 글피 해시 정각(亥時 正刻, 오후 9시)에 이 아랫마을 주막으로 오시오!!"

학은 그 한마디만 남기고 재빠르게 홍란의 시야에서 사라져 갔다.

"글피에는, 글피에는 꼭 돌려주셔야 합니다. 아셨습니까? 이봐요! 이봐요!!"

이미 가고 없는 이를 향해 소리친 후, 홍란은 너무도 간단하게 사내에게 속아 넘어간 제 자신의 어리석음에 약이 올라 계곡물 속에서 나올 생각도 하지 못하고 발을 굴러 첨벙첨벙 물장구만 튀겼다.

"글쎄. 돌려받고 싶으면 오랬지, 꼭 돌려준다는 약속은 아니 했는데 이를 어쩌나?"

학은 참으로 오랜만에 놀리는 보람이 있는 상대를 발견한 기쁨에, 거의 뛰는 것과 같은 가벼운 발걸음으로 애마를 묶어 놓은 산 아래 주막으로 향했다. 또 다시 감옥처럼 자신을 짓누르고 가둬 둘 궁에 돌아갈 시간이었다.

한편, 홍란은 백악산 아래 길이 시작되는 곳에서 뜻밖의 사람을 만났다.

"의……원님? 여기는 어찌……"

"물건은 찾았소?"

타고 오던 늙은 말에서 내려서며 성 의원이 물었다.

홍란이 가만히 고개를 저었다.

"찾기는 하였으나, 사정이 있어 지금은 다른 이의 손에 맡겨져 있어요. 완전히 잃어버린 것은 아니니 기뻐해야 하는 것인지, 내 손에 들어오지 않았으니 낙망해야 하는 것인지 갈피를 못 잡겠네요.……그런데 의원님께서는 여기 웬일이신지요?"

"별거 아니오. 그냥 근처를 지나는 길이라오."

성 의원은 혼자 산에 간 홍란이 영 걱정스러워 뒤를 따랐다는 이야기는 하지 않았다. 홍란이 오늘 백악산으로 향할 것이라는 것을 알고 있다 보니, 하루 종일 성 의원은 발바닥이 땅에 닿아 있지 않은 것처럼 불안하기 짝이 없었다. 약방에 찾아온 환자들을 치료하면서도 성 의원의 머릿속에는 홍란에 대한 걱정만이 가득하였다.

혹시 잃어버린 물건을 찾겠노라고 너무 늦게까지 산에서 머무르다 산적패나 산짐승을 만나 또 괜한 봉변을 당하진 않을까, 아직 호랑이 등에서 떨어진 몸의 충격이 완전히 가시지 않았을 텐데 혹시 산을 오르내리다가 기력이 다해 중간에 쓰러져 있진 않을까, 시간이 갈수록 성 의원의 걱정도 점점 더 심해져만 갔다.

'그이의 주변에서는 끊임없이 사건 사고가 터지니 의원으로서 그냥 내버려 둘 수 없음이 아닌가?'

스스로의 마음을 그리 속여도 보았다. 하여 기어이 약방을 찾아오는 환자가 뜸해진 틈을 타 무작정 백악산으로 향했던 것이다.

"어서 타오."

성 의원이 홍란에게 제가 타고 온 말에 오를 것을 권했다.

"아닙니다. 제가 어찌. 의원님께서 타셔요. 저는 천천히 걸어가면 됩니다."

"아직 몸의 상태가 완전치 못하오. 이미 지친 기색이 완연하니 더는 사양치 말고 얼른 타시오. 아, 그 전에 잠깐."

성 의원이 제가 메고 온 봇짐을 풀러 그 안에서 무언가를 꺼내 홍란의 머리 위에 폭 둘러씌워 주었다. 초록색 무명 장옷이었다. 성 의원이 홍란을 생각해 근처 장에서 급히 하나 장만한 것이었다.

"장옷도 아니 두르고 말을 타면, 사람들이 쳐다보지 않겠소."

홍란이 장옷의 앞부분을 여며 제 얼굴을 가렸다. 그리곤 성 의원의 도움을 받아 말에 올랐다.

"떨어지지 않게 잘 잡고 계시오."

성 의원이 말의 고삐를 잡은 채 천천히 걸어가기 시작하였다. 홍란을 등에 태운 늙은 말이 제 주인의 걸음과 맞춰 슬렁슬렁 몸을 흔들며 천천히 걸음을 떼었다.

그날 밤, 송 대방의 집으로 돌아온 홍란은 송 대방과 함께 안채 뒷마당을 거닐었다. 유난히 크고 밝은 달빛이 마당에 내려앉아 따로 등롱이 필요 없는 밤이었다.

"선양에 갈 준비는 조금씩 하고 있느냐? 예정일을 목전에 두고서 부랴부랴 준비하려 하면 놓치는 것이 많은 법이다. 미리부터 차근차근 준비해 놓는 것이 좋을 것이야."

"그러겠습니다."

"마음 같아선 이대로 우리랑 함께 낙향하자고 하고 싶지만, 아직 젊고 해야 할 일이 많은 너를 늙은이들처럼 살라 하는 것도 도리가 아니니……"

송 대방이 품 안에서 무언가를 꺼내 홍란에게 내밀었다.

"받아라."

"이것이 무엇이에요?"

"이 집 문서다."

"대방 어른! 안 돼요. 저 못 받아요. 이러지 마셔요……"

"우리가 낙향하고 나면 끈 떨어진 연이 될 네 신세 때문에 할멈이 걱정이 많아. 현무군 마마와 군부인 마님께서 네 뒷배를 봐 주실 수도 있겠지만 네가 그 집 가서 아쉬운 소리 할 만큼 넉살이 좋은 것도 아니고. 그래도 집 한 칸 지니고 있으면 비상시에 도움이 될 것이다."

"대방 어른……"

"얼른 받으래도? 아, 막말로 도성에 집칸이라도 남아 있어야 중국서 돌아올 생각을 할 것 아냐!"

홍란이 어느새 눈가에 맺히기 시작한 눈물을 닦아 내며 송 대방이 내민 집문서를 받아 소중히 가슴에 품었다.

"그리고 내일 별일이 없으면 할멈이랑 같이 장에라도 가 줘. 좋아할 게다."

"저도…… 언젠가 대방 어른처럼 자상하고 속정 깊은 분께 귀염 받으며 살 수 있을까요?"

"떼끼! 늙은이를 놀리면 못쓴다."

홍란의 물음에 송 대방의 주름진 얼굴에 슬며시 홍조가 비쳤다 사라졌다. 그리고 이내 제 사랑하는 이가 꾸벅꾸벅 졸고 있을 안방 쪽을 향해 서둘러 걸음을 옮겼다.

그 밤, 은월각 앞 주막에 웬 사내가 찾아와 주모에게 몇 푼을 쥐어 주고 무언가를 물었다. 주모는 돈 푼을 확인하더니 삼거리 골목 으슥한 곳을 손짓으로 알려 주었다. 사내가 그곳으로 갔을 때, 골목 담벼락에 등을 기대고 앉은 추레한 중년의 사내가 있었다. 술 냄새와 땀내를 비롯해 온갖 지저분한 냄새를 다 풍기는 거지꼴의 남자는 다름 아닌 홍란의 아비였다. 사내가 그런 나 서방 앞에 서서 툭툭, 그의 발목을 찼다.

"누, 누구요?"

"댁이 홍란인가 하는 여인의 애비요?"

홍란이 소리에 나 서방이 금세 졸린 눈을 끔뻑거리며 사내를 올려다보았다.

"그렇소만, 그쪽은 뉘슈?"

"뵙자는 분이 계시오. 함께 가시오."

"그게 누군데요?"

나 서방이 묻든 말든 사내는 골목 바깥쪽을 향해 손짓을 해 보였다. 그 손짓에 따라 건장한 청년 몇몇이 후다닥 뛰어나오더니, 나 서방의 겨드랑이 아래에 손을 집어넣고 강제로 들어올렸다. 누군가는 그의 얼굴에 두건 같은 걸 뒤집어씌우기도 했다.

"누, 누구시오들? 왜들 이러시오?"

시야가 가려진 나 서방은 애타게 물었지만, 그 물음에 답해 주는 이는 아무도 없었다.

두건이 씌워진 나 서방은 사내들의 손에 한참을 끌려가, 비로소 어느 집인가의 마당에 꿇어앉혀졌다.

"네가 홍란의 아비 되는가?"

두려움 속에 오들오들 떠는 나 서방에게 낯선 여인의 물음이 전해졌다. 차갑고 낮은, 그래서 듣는 것만으로도 등줄기가 삐쭉 서는 그런 목소리였다.

"그렇습니다만. 뉘, 뉘십니까? 소, 소인을 어찌하여 부르신 것입니까?"

"네 일전에 막손이 패에게서 급전을 빌렸다지? 어떠냐. 당장 그 돈을 내어놓을 수 있겠느냐? 아니면 네 살과 피로 그 값을 대신할 것이냐?"

"가, 갚을 것입니다요. 금세 갚을 것입니다요. 갚을 수 있습니다요."

나 서방은 앞이 보이지 않는 와중에도 앞으로 꼬꾸라지듯 엎드려 빌기부터 하였다. 도성에 오기 전, 하동 장터에서 노름판에 끼었다가 적지 않은 노름빚을 진 상태였다. 딸년만 만나면 빚을 갚을 수 있다고 호언장담하여 패들 중 몇몇 놈과 함께 도성으로 왔던 차였다.

은월각 앞 주막에서 간신히 홍란이를 만났다 싶었는데 의원이라는 작자가 나서 홍란이를 보호하는 통에 돈 한 푼 얻어내지 못한 게 화근이었다. 함께 있던 패들은 그나마 갖고 있던 얼마 안 되는 돈까지 다 털어가 버리고 수일 내 돈을 갚지 못하면 목숨으로 그 값을 대신해야 할 것이라고 으름장까지 놓고 갔다.

'헌데 누구기에 막손이 패에 진 빚을 갚으라고 하는 거지?'

의아해 하면서도 일단 목숨부터 건지기 위해 나 서방은 땅바닥에 거의 이마를 문지르기까지 하면서 비굴하게 빌었다.

"따, 딸년이 있습니다요. 그래도 한때 일패기생이었던 년인지라 숨겨놓은 돈푼은 제법 있을 것입니다요. 그러니 잠시만 더 말미를 주시면 이

놈이 어떻게든……."

"……네 놈이 그리 수고할 것까진 없다."

"네?"

"내가 시키는 대로만 하면 막손이 패에 진 빚을 탕감해 주는 것은 물론이요, 네 한 번도 손에 쥐어 보지 못한 거금까지 갖게 될 터이니. 물론 그 빚들은 네 딸년에게서 받아낼 것이다."

"네, 네?"

"잠자코 시키는 대로 할 것이냐?"

"그, 그야…… 당연히 그러겠습니다요. 암요, 그렇고 말고요."

'홍란이 그것을 죽이기야 하겠어? 큰돈을 내놓겠다니, 홍란이 데리고 계집장사라도 할 속셈인가 본데, 힘들게 떠돌아다니며 장사 일을 하는 것보단 그 편이 홍란이 고것에게도 더 좋을 거야. 암, 그렇지 그렇고 말고.'

도대체 무슨 영문인지 알지 못했지만 빚을 없애준 데다 본 적도 없는 큰 돈까지 쥐어 준다니, 나 서방은 두건 속에서 히죽 누런 이를 드러내며 웃었다.

두건을 쓴 채로 바보 같은 웃음소리를 내어놓는 자신을 보는 여인의 눈길이 얼마나 차가운지 알지도 못하면서.

"이젠 밝은 대낮에도 잘 눈에 띄지 않습니다. 일러드린 대로 부지런히 바르신 모양이군요."

참의 댁 안채 마루에 나와 앉은 홍란은 눈을 감고 얼굴을 들이밀고 있는 만희의 얼굴을 햇빛 아래에서 찬찬히 살폈다. 한때 얼굴을 가득 덮고 있던 버짐은 이제 희미하게 살갗이 벗겨진 자국 몇 개만 남기고 사그라져 있었다.

두 여인의 옆에는 깨끗한 면포와 맑은 물이 담긴 놋대야와 몇 가지 미안수가 담긴 야용구들이 가지런히 놓여 있었다.

"이 정도면 앞으로 두어 번만 더 만져드리면 감쪽같이 가릴 수 있을 듯합니다. 아가씨의 살갗을 더욱 보해줄 수 있는 고분주도 만들까 하오니 앞으로 사나흘 후만……."

"됐어. 이제 여기 안 와도 돼."

만희가 홱 고개를 돌려 홍란의 손에서 떨어진 후, 마루 밑에 서 있는 늙은 여종을 손짓했다. 여종이 얼른 마루 위로 올라서서 계속 들고 있던 조그만 비단 보자기를 홍란에게 건네주었다.

"다른 매분구들이 받는 값보다 훨씬 더 넉넉히 넣었다네. 우리 아가씨하고 마님이 이리 후하신 분이니 자네 횡재했네그려."

여종이 고마워하라는 듯 생색을 내다가 만희의 짜증 어린 얼굴을 보고서는 얼른 오종종 입을 다물고 마루 아래로 내려갔다.

"아직 완전히 깨끗해지진 않았습니다. 며칠 더 살피고 만진 후 제가 올릴 고분주를 드시는 것이……."

"됐어. 이젠 아랫것들에게 시키면 그만이야. 뭐 특별한 것도 없잖아. 얼굴을 만지고, 학슬을 지져 만든 연고를 바르고, 햇볕을 잠시 쬐는 것. 그 정도면 네 년 손 따위 안 빌려도 돼."

"얼굴은 잘 만져야 합니다. 무턱대고 힘만 주어 잘못 누르기라도 한다면 도리어 잠자던 좌창(여드름)을 깨워 일으키는 수가……."

"도성 안에 매분구가 어디 너뿐이야?! 하늘 아래 너 혼자만 아는 것인

양 잘난 척하는 것 좀 그만하지?"

여전히 차가운, 아니 처음 만났을 때보다 한결 더 사나워진 만희의 태도에 홍란이 슬며시 쓴웃음을 물었다.

"웃어?"

만희가 홍란의 미소에 더욱 사납게 눈썹을 치켰지만, 홍란은 신경 쓰지 않고 곁에 떠다 놓은 맑은 물에 면포를 적신 후, 만희의 이마에서부터 톡톡 찍어 내듯이 얼굴 전체를 가볍게 두드리며 적시기 시작하였다.

"치워!"

만희가 홍란의 손을 세차게 떼밀었지만, 홍란은 표정 하나 변하지 않은 채 다시 만희의 얼굴을 두들길 뿐이었다.

"혼담이 오가신다면서요?"

무심한 홍란의 질문에 만희의 어깨가 흠칫, 떨렸다.

"뭐, 뭐……?"

"도승지 댁 도련님 말씀입니다."

"너어!"

홍란의 손목을 낚아채며 만희가 눈에 파랗게 이글거리는 불꽃을 담고선 노려보았다.

"나쁜 년…… 처음부터 알고 있었어?"

"매분구든 아파든 매파든 결국 장사치들의 입소문이란 돌고 도는 것임을요. 도승지 댁 도련님과 참의 댁 아가씨 사이에 혼담이 오가는 것은 이미 도성의 웬만한 장사치들은 다 알고 있는 사실이랍니다."

"그런데 여태 모…… 읍!"

홍란이 다른 면포를 맑은 물에 적신 후 넓게 펼쳐 막 입을 뗀 만희의 얼굴 위를 사뿐히 덮었다. 그리고 힘주어 이마와 코의 양옆, 입술의 양끝, 턱선, 귀밑 선을 누른 후, 손바닥을 넓게 펼쳐 만희의 얼굴 전체를 가볍게 꾹꾹 누르며 말을 이었다.

"무얼 걱정하십니까? 도련님은 귀하신 분입니다. 군마마의 처남 되시고, 도승지 댁의 하나밖에 없는 도련님이 아니십니까? 그분이 한때 저를 각별하게 생각하셨던 것은 그저 어린 시절 잠시 도움을 드렸던 것에 대한 고마움과 곤란한 처지에 처한 저에 대한 동정심이 겹쳐 그러하셨던 것뿐입니다."

따지고 보면 질기고 질긴 인연들이었다. 어린 시절부터 홍란이 홀로 연모해 온 이윤과 도승지 영감의 딸이면서도 양반의 신분을 속인 채 아파로 살다 현무군의 짝이 된 군부인, 현무군의 혼인 직전 나쁜 무리들에 의해 납치되었다가 무현과 홍란의 도움을 받아 살아 돌아온 군부인의 아우 승우 도령까지 어느 하나도 예사로운 인연이 없었다.

특히 승우 도령은 홍란에게 최근까지 연모의 감정을 품어 왔더랬다. 결국 그 마음이 자신 혼자만의 마음인 걸 깨달은 후에는 더는 질척한 미련을 품지 않고 깨끗이 마음을 접어 주기까지 하였다.

그런데도 세간에서는 현무군과 홍란, 승우 도령에 대해 질 나쁜 소문들이 떠돌고 있음을 홍란은 알고 있었다. 만희가 처음 저를 봤을 때부터 노골적으로 적의를 드러냈던 것도, 지금도 그리 곱지 못한 태도로 저를 대하는 것도 바로 그 소문들 때문임도 알고 있었다.

"나는 네가 싫어. 정말 싫어!"

만희가 제 감정을 있는 그대로 드러냈다. 홍란은 만희의 얼굴에서 면포를 걷어낸 후 코가 맞닿을 정도로 가깝게 얼굴을 가져다 대고는 웃음기 하나 없는 진지한 얼굴로 마주 보았다.

"마음을 편히 가지세요. 공연히 걱정하고 초조해 하고 근심하는 버룻을 고치세요. 이리 고우신 분인 걸요. 이리 귀한 신분의 아가씨이신 것을요…… 사랑하고 사랑받기에 충분하신 아가씨가 아닙니까?"

"그, 그리 위로해도 소용없어. 너 같은 천하절색에게 마음을 주셨던 분이니 나 같은 흉물이 그분의 눈에 차기나 하겠어?"

"아가씨……."

"뺨에 커다란 상처를 지니고 있어도 너는 이렇게 아름다운데, 도련님이 아니더라도 같은 여인으로서도 이리 부럽고 이리 맘 상할 정도로 네가 고운데, 그분의 눈에 과연 내가 들 수 있겠어? 전부 부질없는 노릇이야. 설령 운이 좋아 내가 그분의 정처가 된다 해도 결국 그분의 마음에는 네가 자리하고 있을 거야. 언젠가는 너를 첩실로 들이려 하실지도 모르지. 그렇게 되면 그때도 너는 이리 내 앞에 마주앉아 나더러 곱다 말할 수……."

"아가씨!"

홍란답지 않은 엄한 목소리가 만희의 말을 잘랐다.

"그래서야 어찌 도련님께 꾐을 받으실 수 있겠습니까?"

엄하기 그지없는 홍란의 말에 놀라 만희가 토끼눈이 되었다.

"여인이 가장 아름다워질 수 있는 방법을 아십니까? 아무리 좋은 화장품을 써도 아무리 열심히 공과 시간을 들여 단장을 해도 스스로를 귀히 여기는 마음이 없으면 절대 아름다워질 수 없습니다. 그러니 아가씨 스스로를 아끼고 귀히 여겨 주세요. 그러면 분명 지금보다 열 곱절, 스무 곱절 이상 아름다워지실 수 있을 거예요."

홍란은 여전히 자신의 눈치를 살피고 있는, 이제는 어쩐지 철없는 아우처럼도 느껴지는 만희를 향해 자신을 믿으라는 듯, 자상하게 웃어 보였다.

"칠석날이 멀지 않았습니다. 그때까지 부지런히 어여뻐지셔야지요. 네?"

✣

"은월각에 새 작자가 나섰다 하오."

침방에 누운 홍란에게 침을 놓으며 성 의원이 지나가는 말처럼 덧붙였다.

"그렇습니까?"

"관에서는 폐관시키려 하였으나, 책임지고 맡아 운영하겠다는 이가 나타났다 하오."

"……네에."

"내가 듣기 싫은 소리를 전해 주는 것이오?"

별다른 표정 변화가 느껴지지 않는 홍란을 보며 성 의원이 넌지시 물었다.

"……아닙니다. 저도 궁금했던 차였습니다. 새 행수는 뭐 하던 이라 합니까? 살인사건이 났는데도 관에서 기루를 그대로 운영하는 것을 허해 줄 정도면 권문세가(權門勢家)와 제법 연이 닿는 분인 모양이지요?"

"듣자하니 이번 주인은 여인네라 하오."

"……여인이요?"

"벌써부터 은월각에 새로운 규율을 세운다며 제법 시끌시끌하다고."

"그래도 다행입니다. 은월각의 아이들이 계속 머물 수 있게 되었으니……."

홍란은 진심으로 안도하였다.

기녀들은 아무리 사적으로 운영되는 기루에 몸담고 있다 하나, 원칙적으로는 모두 관에 소속된 이들이었다. 그러기에 몸담고 있던 기루가 없어지면 본인의 뜻과는 아무런 상관없이 새로운 기루로 뿔뿔이 흩어질 수밖에 없었고, 그리 새로 들어간 기루에서는 대부분 쉽게 적응하지 못하고 한동안은 큰 고생을 하기 마련이었다.

새로운 터전에 적응치 못하고 소란을 일으키거나 몰매를 맞거나, 혹은 스스로 목숨까지 버리는 기녀들도 없지 않았다. 그러기에 기녀들은 새로운 기루에 옮겨가게 되는 것을 누구나 썩 반기지 않았다.

홍란의 낯빛이 눈에 띄게 안도하는 기색을 보이자, 성 의원은 낮에 오 영감에게서 더 들은 소리가 있었지만, 그저 가만히 입을 다물었다. 안 그래도 매번 심사가 복잡다단(複雜多端)한 이 여인에게 또 한 가지 근심을 더해주고 싶지 않아서였다.

"그래, 잃어버린 물건은 어찌하기로 했소?"

"모레 찾으러 가기로 했습니다."

"그때는 나와 함께 가구려."

침을 하나씩 정성 들여 빼며 성 의원이 말했다.

"괜찮아요. 혼자 갈 수 있습니다. 매번 의원님께 폐를 끼치는 일은 이제 그만 해야지요."

"당신이 어찌 될까, 또 무슨 일이 생긴 건 아닐까 걱정하기 싫어 그러오."

성 의원이 무뚝뚝하니 제 할 말을 마치곤, 거둔 침들을 모두 침통에 넣은 후 얼른 자리에서 일어섰다. 안 그래도 커다란 눈을 더 동그랗게 뜨고 자신을 보는 홍란에게서 빨리 벗어나기 위해 서둘러 방문 쪽으로 향했다.

"준비시켜 둔 탕약거리 잘 챙겨 가시오. 모레는 내가 송 대방 어른 댁으로 데리러 가리다."

"……왜요?"

누워 있던 홍란이 자리에서 일어나 성 의원의 뒷모습을 향해 물었다. 성 의원이 문고리를 잡고 문을 열다 말고 휙, 돌아보고선 또다시 아무 표정도 느껴지지 않는 얼굴로 한마디를 덧붙였다.

"알고 이러면 참 못된 사람이고, 모르고 이러는 거면 참 둔한 사람이오. 당신은 어느 쪽이오?"

홍란이 가만히 성 의원과 시선을 마주하다 말고, 문득 무엇인가에 생각이 미친 듯 자신도 모르게 통통한 꽃잎같이 붉은 입술을 멍하니 벌리고 말았다. 이제야 성 의원이 제게 베푼 그 모든 친절의 까닭을 알게 된 것이었다.

"그래도 다행이오. 못된 이가 아니라 둔한 이일뿐이라서."

성 의원이 제 아둔함에 볼이 붉어지려 하는 홍란을 남겨두고서 방을 나갔다.

"효능이 이리 좋을 줄은 꿈에도 몰랐네."

성 의원의 약방에서 나선 홍란이 간 곳은 전부터 제게 노리개며 비단들을 사 주던 단골 중 한 곳인 함 진사 댁이었다. 계집종을 통해 꼭 한 번 들러 달라고 몇 번이나 청해 온 까닭이었다.

"마님이 그리 기뻐해 주시니, 쇤네 역시 기쁘기 한량없사옵니다. 그것은 다 쓰셨나이까?"

"아직 반절 넘게 남아 있다네. 떨어지기 전에 내 다시 자네를 부를 터이니 그때도 잘 부탁하네? 내 이번엔 더욱 후히 값을 치를 테니 말일세."

사실 함 진사 댁 부인은 아직 서른이 채 되지 않은 나이이건만, 처녀 적부터 즐겨 쓰던 분(粉)이 문제가 돼 얼굴에 분자(粉刺, 분독)와 풍자(風刺, 여드름) 등이 생겨 고생해 왔다. 짙은 분칠로 얼굴을 가려오던 중, 홍란에게 마땅한 분을 구해 달라 청한 것이 은월각에서 보화의 일이 일어나기 열흘쯤 전의 일이었다.

"지금 쓰시는 분을 한결 더 질 좋은 분으로 바꿔 쓰시는 것도 중요하지만 그보다 먼저 의원에게 보여 분자와 풍자를 다스려야 하지 않겠습니까?"

"어머님이 허락을 해 주셔야지. 에휴…… 내 시어머님은 내가 설령 죽을병이 든다고 해도, 내외를 따지며 의원을 부르려 하지도 않으실 분이라네."

진사 부인은 길게 한숨을 내쉬었더랬다.

"당초보다 매운 시집살이를 시키시는 분이 며느리 얼굴에 뾰루지 좀 났다고 의원을 부르는 일을 허락해 주시겠나?"

"그래도 보이시고 합당한 처방을 받으시는 것이……"

면포를 물에 적셔 얼굴의 분칠을 깨끗이 닦아낸 까닭에 적나라하게 드러난 진사 부인의 얼굴을 보며, 홍란은 다시 한 번 더 의원에게 보이라 권했었다. 그도 그럴 것이 두꺼운 분을 걷어내고 난 진사 부인의 얼굴은 코와 뺨이 거의 적자색으로 변한 상태였고, 분자와 풍자 역시 잔뜩 성이 나 빳빳이 곤두선 상태였기 때문이었다.

"내 얼굴이 썩어 문드러져야 기뻐하실 양반일세. 그래야 서방님께 첩실이라도 들이라 권할 수 있을 테니 말이야. 에휴우……"

사실 진사 부인은 오랫동안 태기가 없어 더욱 모진 시집살이를 하고 있다고 했다. 그럼에도 불구하고 부인을 극진히 아끼는 함 진사는 따로 작은 부인이나 첩실, 씨받이를 들일 생각을 전혀 하지 않고 있다고 했다.

"어머님은 어떻게든 나를 향한 서방님의 총애가 식기를 간절히 바라는 것일세. 그러니 의원은커녕 자네 같은 아파 하나 집에 들이는 데도 이리 힘이 들지를 않겠나? 자네가 이런 나를 안쓰럽게 생각한다면 부디 이것들을 가릴 수 있는 좋은 분이나 구해다 주게. 서방님에게 이런 흉측스러운 꼴을 보여 드릴 순 없지 않나?"

외출조차 자유롭지 못한, 그래서 마음대로 약방에 한 번 가지 못하고, 그저 집으로 오는 장사치들만을 만날 수 있는 호된 시집살이임에도 불구하고, 남편인 함 진사의 굄만 받을 수 있다면 못 참아낼 것도 없다는 게 진사 부인의 말이었다.

연모하는 이에게 굄 받고, 어떻게든 더욱 곱게 보이고 싶은 여인다운 마음 씀씀이었다. 그 마음이 안쓰러워 홍란은 다음에 들렀을 때 진사 부인이 청한 고급 분 대신 직접 만든 연고(軟膏)를 내밀었다.

"이것이 무엇인가?"

작은 단지에 자작하니 담아 기름종이로 그 주둥이를 봉한 연고를 받아 든 진사 부인이 물었다.

"유황고(硫黃膏)라 하는 것이옵니다. 풍자와 분자가 심할 때, 백약이 무효일 때 쓰는 연고이지요."

유황고는 생것의 유황과 구릿대(산형과의 여러해살이풀)의 뿌리, 하눌타리 뿌리의 기름진 가루에 전갈과 선각(蟬殼 매미허물), 완청(가룃과의 곤충) 등의 날개와 다리를 제하고 가루를 낸 것을 더하여 따로 참기름과 황랍(黃蠟, 벌집을 만들기 위해 꿀벌이 분비하는 물질)을 섞어 기름을 만드는 것처럼 고르게 섞어 불에 녹인 후 약 가루와 잘 섞어 만든 약 연고였다.

홍란이 은월각의 기녀로 있을 시절, 분자로 고생하던 기녀들이 유황고를 바른 후 상태가 몰라보게 호전되던 것을 기억하여 만들어 온 것이었다.

"원래 완청은 독이 있어 임산부와 임신을 하려는 여인네들에게 쓰면 안 되는 약재이지만, 따로 독을 빼어 마련한 것이니 안심하고 쓰셔도 좋습니다. 이것을 매일 주무시기 전 얼굴을 깨끗이 씻으신 후 눈 주위를 피해 바르시지요. 며칠 후면 얼굴의 붉고 푸른 기가 많이 가실 것입니다. 당장의 성난 뾰루지들을 다스린 후에는 좀 더 약효가 여린 것으로 따로 준비하여 드리겠습니다."

홍란이 그리 일렀을 때만 해도 반신반의했던 진사 부인이었지만, 유황고를 쓴 지 며칠이 안 되어 풍자와 분자가 사그라지기 시작한 것을 본 이후에는 눈물까지 흘리며 고마워했다.

"내 자네의 은덕을 결코 잊지 않을 것이네. 그래서 말이네만 자네의 솜씨를 필요로 하는 분이 계시다네. 이름이나 신분을 드러내놓을 수 없는 사정이 있어 내게 대신 청을 해오셨는데……자네가 들어줄 수 있겠나?"

"말씀하시지요."

"좀 더 가까이 다가앉게."

진사 부인은 더없이 심각한 표정이 되어 홍란에게 귓속말을 하였다.

"이럇! 핫!"

해시 정각(亥時 正刻, 오후 9시)을 지나고서야 궁을 빠져나온 학은 급한 마음에 괜히 애꿎은 애마의 옆구리만 연신 걷어찼다. 더 이상은 빨리

달릴 수 없을 정도로 수고해 주고 있는 기특한 놈이지만, 해시에 만나자고 해 놓고, 해시에 출발하게 된 심정으로는 그런 녀석의 사정을 돌아볼 여유가 없었다.

'설마, 기다리다 먼저 가버리진 않았겠지?'

서두르려 하였으나, 사정이 그리 되지 못했다.

석강(夕講, 임금이 저녁시간에 신하들과 함께 강론을 펼치는 것) 시간(신시 반각, 오후 4시~ 술시, 오후 7시) 때부터 학의 마음은 진작 궁궐의 높은 담을 넘어 백악산 밑 주막에 가 닿아 있었다. 하지만 석강을 마치고, 낮 동안 미처 다 읽지 못한 상소를 읽은 후, 대왕대비마마께 문안인사를 드리고 나왔을 때의 시간이 벌써 술시 오각(오후 8시 45분)이었다.

백호와 맞서 싸운 부주의함과 비빈들에게 곁을 주지 않으려 하는 차가운 태도에 대한 대왕대비마마의 꾸지람이 계셨던 탓이었다.

"주상의 마음이 이 궐 안에 있지 않음은 이 늙은 할미도 잘 압니다. 하지만 이제와 어쩌겠습니까? 비록 연정이 가지 않는 여인이라 해도 후비로 들였고 후궁으로 맞아들였으니 마음을 주셔야지요. 곁을 주세요. 어찌 그리 냉담하게 구십니까?"

"부족한 지아비요, 못난 사내라 도량이 넓지 못합니다. 많이 나무라 주시지요. 대왕대비마마."

"주상."

"네, 마마."

"……후사를 보실 마음이 있기는 하신 겝니까?"

희미한 미소로 대왕대비마마의 나무람을 듣고 있던 학의 표정이 일순 굳어 버렸다. 하지만 이내 다시 평소의 얼굴로 돌아와 미소로 답했다.

"어찌 그런 하문을 하시옵니까? 당연하지요. 있다마다요."

"헌데 어찌……."

대왕대비가 무어라 한소리를 하려다 말고, 제 눈을 빤히 바라보며 한껏 너그러운 웃음을 짓고 있는 손자의 얼굴을 보고선 합, 입을 다물었다. 학에게서 그 이상 더는 아무 소리 말라는 무언의 경고를 읽은 것이었다.

"밤에 춥지는 않으시옵니까?"

학이 물었다. 한여름에 추위를 묻는 물음에 대왕대비가 잠시 눈썹을 치켜세웠으나, 이내 그 뜻을 이해하고선 좀 전의 화제에서 말을 돌렸다.

"벽이 얇아 한기가 좀 들어오는 듯하나, 낮 동안에 머무른 열을 식혀주는 정도니 그리 춥지는 않소."

"대왕대비 전 벽에 한기가 스며들어서야 되겠습니까? 조만간 날을 잡아 보수를 해야 하지 않겠습니까?"

"내 중전과 상의하여 전각을 수리할 짬을 내어 볼 터이니, 주상께서는 과히 신경 쓰지 않으셔도 좋소이다."

학과 대왕대비는 대왕대비 전의 이야기를 엿듣고 있는 누군가의 귀를 경계하고 있었다. 궁궐의 벽에는 수백, 수천의 귀들이 숨어들어 있기 때문이었다.

한때는 대왕대비 못지않은 권세를 누리고 살았지만 이제는 세력을 잃고 궁 안 초라한 전각에서 쥐 죽은 듯 엎드려 있는 왕대비의 귀일 수도 있고, 후사가 없는 임금이 다음 후계로 누구를 염두에 두고 있을지를 걱정하는 대신들의 귀일 수도 있었다. 또, 임금의 총애와 그에 따른 권력이 어느 집안으로 갈지, 그리하여 어느 집안과 미리 줄을 대어놓아야 할지 근심하는 이들의 귀가 대왕대비 전의 벽을 가득 채우고 있을지도 모를 일이었다.

그래서 학은 궁궐이 싫었다. 아내와 아이를 한꺼번에 잃은 후로는 더 진절머리가 났다. 자신의 뜻과는 아무 상관없는 낯선 여인들을 비빈으로 맞아, 뜻과는 아무 상관없이 그저 정해진 의무처럼 합방을 하고, 후사만을 기다리는 자신의 신세가 갑갑하기 짝이 없었다.

비빈들의 잘못이 아님을 알면서, 그네들 역시 한편으로는 가련하고 불쌍한 존재임을 알면서도 그네들에게 다정히 대해 주지 못하는 자신에게도 화가 났다.

할 수만 있다면 어떤 핑계를 대서든 궁궐을 빠져나가고 싶었다. 임금이 아닌, 그저 보통의 사내로만 있고 싶었다.

❀

"그리 안달할 것 없어요. 이 정도면 사나흘만 소금물로 다스리면 금세 가라앉을 거예요."

"소금물로 어찌 하우?"

백악산 밑 주막 객방 안. 홍란은 호롱불에 기대어 서른 안팎쯤 되어 보이는 주모 얼굴을 꼼꼼히 살피고 있었다.

해시 정각에 주막에 든 객방 하나를 빌렸을 때, 뺨에 난 상처 자국과 범상치 않은 미모를 보고 홍란이 그 소문의 신묘한 매분구임을 알아챈 주모가 슬며시 제 얼굴의 부스럼을 가릴 묘안이 없겠냐며 물어왔기 때문이었다.

"소금물을 따뜻하게 덥힌 후, 깨끗한 헝겊을 거기에 담가 적셔 얼굴의 부스럼 위에 대어 주기만 하면 돼요. 하루에 다섯, 여섯 번 정도만 그리 하면 금세 가라앉을 거예요."

"에, 겨우 그거요? 뭐 다른 건 없고? 미안수나 그 밖에 뭐 바를 만한 것 좀 내어놓아 보우. 양반 댁 마님만큼은 아니더라도 그만한 정도는 나도 살 수 있으니까, 어?"

너무 평범한 처방에 실망한 기색이 든 주모가 뭐 살 만한 물건이 없는지 넌지시 물어왔다.

"양반 마님이셨다 하더라도 마찬가지 이야기를 해 드렸을 거예요. 이만한 부스럼이라면 잘 씻고, 소금물로 달래 주기만 하는 게 더 좋아요. 괜히 다스리겠다고 이런저런 것들을 쓰면 부스럼만 더 성내게 하기 십상이거든요."

"그러우? 그럼…… 그리 해야겠네. 참, 그런데 말이우. 이런 거 물어도…… 될라나?"

주모가 방을 나갈 생각도 않고 무엇인가를 더 물으려 꼼지락거렸다.

"무엇이요?"

"그…… 듣자하니…… 예전에…… 은월각 기생이었다고 하던데…… 저기……."

괜히 홍란의 눈치를 살핀 후, 주모가 은밀한 웃음을 지으며 홍란의 곁에 바짝 다가앉았다.

"사내들을 홀리는 비방 같은 거 말이우. 뭐, 그런 건 없수? 비약이라든가, 비향이라든가 아니면 특별한 뭐……그런 거 있잖소. 응?"

주모가 다 알지 않느냐며 눈짓까지 해 가면서 홍란의 옆구리를 쿡, 찔렀다. 무례한 청에 홍란이 낯빛을 굳히자 주모가 당황하여 손을 휘휘 내저으며 사정을 털어놓았다.

"아, 아니. 난 딴 뜻이 있어 그런 게 아니라…… 실은, 그저 오래 봐 온 인간이 하나 있어서 말이오. 소금장수 홀아비인데 이 인간이 오며가며 들르기는 중뿔나게 들르긴 하는데 손을 잡기를 하나, 엉덩짝을 치기를 하나, 아무것도 안 하면서 그저 내 국밥만 먹어대니 말이우. 하도 갑갑해서 그쪽이 안 움직이니 나라도…… 뭐…… 다 알잖소."

주모는 술과 밥을 팔며 온갖 장사치들을 상대하는 주막 사람답지 않게 뺨까지 붉히며 괜히 방바닥에 손가락을 가져다 대곤 베베 몸을 비틀었다.

"비향은 따로 없고…… 다만, 이것을 내어드릴게요."

홍란이 제 봇짐에서 여러 겹의 한지로 곱게 싼, 약첩처럼으로도 보이는 뭉치를 꺼내 주모 앞에 내어놓았다.

"이게 뭐이오?"

"모향과 밀초, 침속향, 백단향, 감송향, 팔각향, 정향 등을 거칠게 가루로 내어 용뇌 가루와 섞은 것이에요. 이것을 풀러 한 겹의 종이만 남게 한 후, 항시 쓰는 옷장 제일 깊숙한 곳에 넣어 두세요. 허면 의복과 의복을 걸친 몸에 자연스레 향이 스며들게 할 뿐 아니라 옷을 상하게 하는 것도 방지할 수 있습니다."

"이런 귀한 걸…… 어디 양반 댁에 팔려던 거 아니었소?"

주모가 떨리는 손으로 향재들을 싼 뭉치를 받아 들었다.

"집에 남은 향재들이 있으니, 또 만들어 팔면 됩니다."

"값도 제법 나갈 텐데……?"

주모가 다시 한번 홍란의 눈치를 보며 슬며시 물었다. 향재 뭉치는 이미 제 가슴에 꼭 껴안은 상태였다.

"나중에 일이 잘 되면 소금이나 좀 챙겨 주세요."

"정말 그래도 되겠수? 그럼 나야 고맙지. 아이고, 내가 이럴 때가 아니지. 내 얼른 시원한 막국수라도 말아올 테니 잠시 기다리시오."

주모는 홍란이 사양하기도 전에 벌떡 일어나 방문을 열다가 "엄마얏!" 하고 놀라 소리를 지르고 말았다. 훤칠하니 키가 큰 사내의 등이 방문을 향해 있었기 때문이었다.

"누, 누구십니까? 아니 왜, 손님 든 객방 앞에 그리 서서……."

주모의 비명과 뒤이은 원망 소리에 돌아본 이는 홍란이 만나기로 약조한 그 얄미운 사내였다.

"오셨습니까?"

홍란이 자리에서 일어나 사내를 맞았다. 그제야 주모는 사내가 홍란이 기다리던 객임을 알고서 얼른 방을 나섰다.

선비와 매분구.

전혀 신분이 다른 두 남녀가 한 객방에서 무얼 하려고 하는지 궁금하기 짝이 없었지만, 대놓고 물을 수도 없으니 그저 호기심에 찬 눈으로 사내가 방문을 닫는 모습을 지켜볼 뿐이었다.

"주모에게 뭔가 팔았소?"

늦어서 미안하다는 사과 한마디 없이 학이 홍란의 맞은편에 털썩 앉으며 물었다.

"제 물건은 갖고 오셨습니까?"

"뭘 팔았소?"

"약속한 날짜에, 약속한 시간에 와서 기다렸습니다. 그러니 약속대로 내어주시지요."

"돌려받고 싶으면 오라고 했지, 돌려준다고는 하지 않았는데?"

학이 빙글빙글 웃으며 말하였다. 자신의 말에 금세 파르르 떨며 화낼 홍란의 모습을 기대하며. 하지만 홍란의 반응은 학의 기대와 전혀 달랐다.

"하긴, 그러셨지요. 허면 어쩌실 생각입니까?"

애타는 마음을 이용하여 자신을 놀린 상대에게, 홍란은 약올라 하지도 않았고, 화를 내지도 않았고, 짜증을 내지도 않았다. 그저 가만히 물을 뿐이었다.

"어찌하면 그것을 내어주시겠습니까? 굳이 저를 다시 보자고 한 것은 경통패를 내걸고 제게 무언가를 요구하려 하신 것이겠지요?"

"……그래서? 내가 요구하면 뭐든 다 들어줄 거요?"

"아니요. 들어 보고 들어줄 수 있는 요구라면 들어드릴게요. 무리한 조건이라면, 어쩔 수 없이 포기할밖에요. 그것이 아무리 중한 것이라 하나…… 제 자신보다 중하기야 하겠습니까?"

"……재미없네."

자신의 예상을 배반하는 홍란의 반응에 어쩐지 학은 온몸에서 기운이 빠지는 것 같았다. 화를 내면, 약 올라 하면, 몇 번 더 장난 삼아 놀리고 슬그머니 경통패를 내어줄 작정이었다. 아무 대가 없이 경통패를 돌려주면, 비록 놀린 것에 대해 화는 내겠지만, 그래도 작은 감사 인사 정도는 받지 않을까 생각했다. 그러면, 그리 고마우면, 작은 청 하나 들어주지 않겠냐고 슬쩍 물어볼 생각이었다.

하지만 홍란의 태도는 지난번처럼, 이번에도 또 학의 예상과 기대를 빗나가 버렸다. '들어줄 수 있는 조건이라면 들어주겠으나, 아니면 포기하겠다?' 어쩐지 한껏 맥 빠지는 답이었다.

"……정말 재미없네."

예상과 다른, 하지만 너무나 뻔한 태도에 학은 홍란에 대한 관심이 일거에 사라지는 것만 같았다. 괜히 나왔다 싶기도 하였다.

학은 제 품속에서 경통패를 꺼내 방바닥 위로 툭 던졌다.

"가져."

심드렁하게 말한 후 흐트러진 품새를 바로잡으려던 학의 눈에, 막 경통패를 줍기 위해 뻗은 홍란의 손이 미세하게 떨리는 것이 보였다.

'그럼, 그렇지!'

홍란의 손이 경통패에 막 닿으려는 순간, 학이 잽싸게 손을 뻗어 홍란보다 먼저 경통패를 주워 가로챘다.

"이보셔요!"

방금 막 자기 입으로 가지라고 하고서, 자기 손으로 내어놓고서 다시 가로채 간 사내를 홍란이 어이없어 하며 바라보았다.

"가지라고 하셨잖습니까? 이리 내어놓으셔요."

"그리 간단하게는 못 주지. 그렇게 갖고 싶어 손이 떨리면서도 앙큼떨면서 아닌 척을 해? 그쪽이 그리도 갖고 싶어 하는 거라면 순순히 내어줄 수는 없지."

천연덕스럽게 반말을 늘어놓으며, 학이 홍란을 약 올리듯 경통패를 들이밀었다 다시 거두고, 위로 치켜들었다 다시 내리기를 반복하였다. 마치 먹잇감에 홀린 고양이처럼 학이 움직이는 경통패를 따라 이리저리 시선을 돌리던 홍란의 뺨은 어느새 약이 잔뜩 올라 새빨개져 있었다. 자신이 약 올라 하는 모습을 보이면 사내가 더욱 좋아할 게 뻔하기에 일부러 애써 아닌 척, 침착한 척, 경통패 따위 없어도 크게 상관없는 척을 하려던 홍란의 각오는 이미 무너진 지 오래였다.

"얼른 내어놓으셔요. 제 것입니다."

"가진 사람이 임자인 게지. 뺏고 싶으면 뺏어 보시던가."

또 다시 학이 경통패를 제 눈앞에 대고 이리저리 흔들어 보이자, 홍란이 기어이 참지 못하고 학의 손에서 경통패를 뺏기 위해 덤벼들 듯 다가

앉았다.

"이리, 이리 주셔요!"

"그리 간단히는 안…… 어, 어!"

경통패를 든 손을 이리저리 흔들다 말고, 홍란을 피해 자리에서 일어
서려던 학은 떠밀듯이 덤벼든 홍란을 안고 뒤로 나자빠지고 말았다.

"이리!……?"

넘어졌건 말건, 저희들의 자세가 얼마나 망측하건 말건, 학의 손에서
경통패를 뺏기 위해 경통패를 꼭 쥔 손가락들을 펴려고 애쓰다 말고 문
득, 홍란은 제 아래에 깔린 학을 보았다.

"……!"

사내가 뜨거운 눈빛으로 자신을 올려다보고 있었다. 그제야 홍란은
제가 학의 품에 안긴 모양새임을 깨닫고 얼른 몸을 일으키려 하였다.
하지만 이번에도 학의 팔이 더 빨랐다. 덤벼드는 홍란을 받치기 위해
허리를 쥐고 있던 학이 어느새 팔을 뻗어 홍란의 허리를 더욱 단단히
감았다.

"그대는…… 무슨 향을 쓰지?"

"놓으셔요!"

홍란이 비비적거리며 애써 학의 품에서 빠져나온 후 원망스럽게 노려
보았다.

"힘없는 여인이라 하여 이리 희롱하시는 겁니까?"

머리는 흐트러졌고, 치마저고리에도 제법 주름이 생겼다. 상처는 볼
이 상기된 탓에 더욱 진한 빛을 띠었다.

"문답, 열 개."

몸을 일으켜 앉은 학이 자신을 씩씩대며 노려보는 홍란에게 경통패

를 내밀었다. 갑자기 순순히 경통패를 내어놓는 학의 모습에 홍란이 의심스러운 눈길을 보냈다.

"네?"

"그대에게 질문 열 개를 할 거야. 그 질문에 대해서 오직 사실 그대로만을 말할 것을 약속해 준다면, 정말 그리 하겠다 약조해 준다면……지금 당장 이 경통패를 내어줄게."

"……답 열 가지요?"

"그래."

홍란은 굳게 입을 다물고 사내가 내민 경통패를 빤히 바라보았다. 하지만 망설임이나 주저함은 없었다. 더는 생각하고 자시고 할 것도 없음을 알고 있었다.

"좋아요. 그리하겠습니다"

홍란이 이제는 당당히 제 것이 된 경통패를 받아들었다. 그 순간, 학이 홍란의 소매를 붙잡았다.

"첫 번째 질문."

홍란이 자신의 소매를 잡은 학의 손을, 그리고 자신을 뚫어져라 쳐다보는 학의 얼굴을 차례로 보았다.

"……하시지요."

홍란의 답이 떨어지자마자 학이 쥐고 있던 홍란의 소매를 슬쩍 잡아당기곤 소매와 그 밑의 하얀 손목에 잠시 코를 들이박았다. 흐음, 하며 향을 맡는 학의 태도에 홍란은 자신도 모르게 긴장하여 조금 바짝 마른 입술을 혀로 축였다.

"내 첫 번째 질문은……."

"국수 들어가요!"

학이 질문을 채 입에 올리기도 전에 방 바깥에서 주모의 목소리가 들려왔다. 이내 방문이 열리고 국수 두 그릇과 몇 가지 나물 반찬을 올려놓은 소반을 든 주모가 들어왔다. 물론 홍란과 학은 화들짝 놀라 바짝 붙어 있던 서로에게서 떨어진 상태였다.

"드시면서 이야기들 하시지요."

주모가 방 안의 묘하면서도 어색한 공기를 눈치챘는지 상만 내려놓고서는 얼른 방 밖으로 나갔다.

"안 그래도 목도 마르고, 배도 좀 출출했던 터인데, 잘 되었네. 어디이 집 주모 손맛 좀 볼까?"

학이 얼른 주모가 내려놓은 상 앞으로 다가앉아 수저를 들어 국수 국물부터 한 모금 입에 떠넣었다.

"흐음."

만족스러운 듯, 미소까지 띠우며 국물을 마신 후 이번에는 나물 반찬들을 하나씩 집어 입으로 가져가는 학이었다.

"호오. 이 근처를 오갈 때마다 늘 객이 북적북적 해 보이더니만, 이제야 그 연유를 알겠어. 주모 손맛이 웬만한 숙수(熟手, 잔치 때 음식을 만드는 사람) 저리 가라구먼. 그대도 이리 와 얼른 한 술 떠."

"……질문부터 하시지요."

"별로 식욕이 없나보지? 그럼, 어쩔 수 없지 뭐. 조금만 기다려 줘. 내얼른 이거 한 그릇 뚝딱 비우고, 본론을 이야기해 줄 테니. 그런데 정말안 먹으려나? 국숫발 불면 맛이 없는데……."

"생각 없습니다."

"그럼, 내가 먹어도 되지?"

"드시지요."

홍란의 답이 떨어지자마자 학이 신나게 젓가락질을 시작하였다. 만약 궁궐의 상궁 나인들이나 내시들이 봤다면 기겁할 정도로, 심지어 게걸스럽다고 표현해도 좋을 정도로 먹는 즐거움에 푹 빠진 듯한 모습이었다.

"어…… 배부르다. 참으로 맛나게 자알 먹었다."

홍란의 몫으로 나온 국수까지 다 비우고, 나물 한 가닥 남기지 않고 반찬그릇까지 싹싹 비운 학이 두 다리를 쭈욱 뻗고선, 볼록 튀어나온 배를 통통 두들겨 대며 포만감을 표했다.

"이제, 세 번째 질문을 하시지요."

"세 번째? 어찌하여 첫 번째와 두 번째를 뛰어넘은 것이지?"

무슨 소리냐는 듯 학이 두 눈을 커다랗게 떴다.

"좀 전에 제게 정말 안 먹을 건지 물어보셔서 생각이 없다 답해 드렸습니다. 내 몫까지 먹어도 되냐는 질문에 드시라는 대답도 드렸고요. 이제 어찌하여 세 번째냐는 질문에 이리 답해 드리고 있으니, 다음 질문은 네 번째가 되겠군요."

홍란에게 불의의 일격을 당한 것마냥 황당한 표정으로 학은 쭉 뻗었던 다리를 거둬들여 양반다리를 한 후, 홍란에게 항의했다.

"어허! 그건 아니지. 내가 정식으로 묻는다 하지도 않았는데, 질문으로 치다니. 그런 억지가 어디 있어?"

"억지라 하면, 애초에 제 것이었던 것을 함부로 가져가고, 또 그것을 돌려준다는 명목으로 불러 있는 대로 약을 올린 후, 돌려주는 대가까지 요구하신 분이 더 억지가 아니겠습니까? 참고로, 지금의 것까지 포함하여 총 네 개의 질문에 답해 드렸습니다."

홍란의 담담한, 하지만 좀 전과는 달리 제법 강단 있는 시선을 마주

한 학은 슬그머니 입꼬리가 위로 향하려는 걸 애써 누른 채, 짐짓 서운한 표정을 지으며 입을 뗐다.

"이치가 그러하다……? 훗. 좋아. 이번에는 신중치 못한 내 탓도 있으니 그대의 말을 따르지. 단, 다음부터는 안 돼. 남은 여섯 개의 질문은 아주 신중하게 골라서 할 터이니 분명히 답해 주길 바라."

"……그러지요."

억지라고 따지고 들고 싶은 마음은 굴뚝 같았지만 홍란은 순순히 그러마 하고 답해 주었다. 이제 남은 질문은 여섯 개가 전부였으니까.

"자, 그럼 이제 어떡한다. 이리 허투루 질문 네 개나 버려버렸으니 다음 질문은 아주 신중히 고심해야겠네."

학은 생각에 생각을 거듭하였다. 열 가지에서 순식간에 거의 절반에 가깝게 줄어들었으니, 허투루 그 수를 낭비할 수가 없는 노릇이었다. 하여 학은 머릿속에 제 질문들을 하나씩 떠올려 보았다가 다시 지우기를 반복하였다.

"좋아. 이제, 내 다섯 번째 질문을 하지."

"그럼 하문하시지요."

"……이제 아프진 않아?"

"네?"

얌전히 시선을 내리깐 채, 사내가 또 무슨 짓궂은 질문으로 자신을 놀릴까 온 신경을 곤두세우고 있던 홍란은 뜻밖의 질문에 놀라 사내의 얼굴을 쳐다보았다.

"그게 무슨……?"

"호랑이 등에서 떨어진 충격이 적잖을 텐데, 몸은 이제 완전히 괜찮아진 거냐고. 아, 이건 여전히 다섯 번째 질문이야. 좀 전의 질문과 같은 내용이니까."

학이 덧붙인 물음을 또 하나의 질문으로 칠까 걱정하며 서둘러 말을 덧붙였다. 그러면서도 그런 제 자신이 조금 못나 보여 머쓱한 웃음을 지었다.

"그걸 선비님께서 어찌……? 설마 ……그럼 그날의?"

"흠! 흐음!"

홍란이 제 눈앞의 사내가 혹시 그날 자신을 구하기 위해 호랑이에게 덤벼든 군사인 건지 확인하려는데 밖에서 웬 사내의 헛기침 소리가 들려왔다. 그 소리에 학의 낯빛에서 순식간에 웃음이 거둬졌다.

"벌써 시간이 이리 되었나? 하는 수 없지. 나는 이만 돌아가야 하니 그대의 답은 다음에 듣기로 하지. 그럼, 안녕히."

순간 학이 "아차!" 하더니 제 품에서 무언가를 꺼내 홍란의 손 위에 덥석 쥐어 주었다.

"몸의 기도 보하고, 상처 치료에도 효험이 좋다는 약이라나 봐. 먹든 지 말든지 마음대로 해."

학은 홍란이 무어라 하기도 전에 서둘러 방을 나섰다.

잠시 멍하니, 제 무릎 앞의 약낭(藥囊, 약을 넣은 주머니)을 보고 있던 홍란이 서둘러 방문을 열고 나섰을 때는 이미 주막 마당엔 "하아암!" 하고 하품을 길게 늘어놓으며 평상을 닦고 있는 주모밖에 없었다.

"주모! 손님, 방금 이 방에서 나간 손님은?"

"막 나가셨소만?"

주모가 목을 길게 빼고 바깥을 살피더니 고개를 저었다.

"아니, 걸음이 얼마나 빠르신 게야? 벌써 보이지도 않네? 그나저나, 날도 늦었는데 오늘은 이대로 예서 묵을 거요?"

"아, 아니요. 가야지요······."

홍란이 주막 바깥 어둠 속을 멀리 내다보고선 방에 다시 들어가려다 말고 다시 돌아보았다. 마치 도깨비에라도 홀린 것마냥 조금은 얼이 빠진 표정으로.

"너는 이대로 남아 여인이 무사히 집에 돌아갈 수 있도록 뒤를 봐주어라."

"존명."

주막에서 서른 걸음쯤 떨어진 커다란 나무 밑 어둠 속에서 두 사내가 두런두런 이야기를 나누고 있었다. 한 사람은 막 주막에서 나온 이 나라의 지존이요, 한 사람은 따로 명이 있지 않아도 항상 지존의 주위를 지키는 금군(禁軍)의 젊은 부장 일현이었다.

"그 사내의 일은 어찌 되었느냐?"

"아직, 찾지 못하였사옵니다."

학이 물은 것은 나 서방에 관한 일이었다. 실은 백악산에서 백호의 사건이 있은 직후 일현이 홍란의 주변에 대해 살핀 것을 고했을 때, 학은 홍란 아비의 행방을 알아오라 시켰었다. 하지만 비렁뱅이 꼴을 하고 거리 어딘가에 나뒹굴고 있다던 나 서방은 어느 날 감쪽같이 그 모습을 감추었다고 했다.

"또 무슨 난폭한 일을 저지를지 모르니 계속 행방을 찾아보아라."

"전하, 어찌 그런 사사로운 일까······."

제 주군(主君)의 명에 무어라 말을 덧붙이려던 일현은 단호한 임금의 얼굴을 보고서 입을 다물었다.

"소신, 어명을 받잡겠사옵니다."

일현이 하는 수 없이 답을 하였다. 그리고선 올 때처럼 홀로 말에 올라 궁을 향해 달려가는 임금의 뒷모습을 지켜보다 어둠 속을 향해 휘익! 하고 휘파람을 불었다.

"예, 대장!"

휘파람 소리에 응해, 언제부터 거기 있었는지도 모를 사내 하나가 말을 몰고 나타나 따로 명도 받지 않았으면서도 얼른 저의 주군이 사라진 쪽을 향해 말을 몰았다.

'나왔군.'

먼저 가신 주군에 대한 걱정에, 호위 군사가 뒤따라간 곳을 내내 지켜보고 있던 일현이 주막에서 나오는 여인을 보고 얼른 나무 뒤로 제 모습을 감추었다. 그리고 조심스레 사방을 살피며 여인의 뒤를 따르기 시작하였다.

'전하가 뉘신지도 모르고, 전하가 어찌 마음을 써 주시는지도 모르고 함부로 대하다니, 참으로 원망스러운 여인이 아닌가?'

일현은 학이 홍란에게만 다른 얼굴을 보여주는 것에 거의 질투에 가까운 감정을 느꼈다. 궁에서 보이는 지극히 군주다운 태도와 달리 홍란에게 보이는 모습들은 이제껏 지근에서 모셔온 자신 또한 단 한 번도 본 적 없는 모습이었으니 말이다. 그러기에 만약 학이 제 몫의, 어의가 학의 상처를 낫게 하기 위해 최상의 약재들로만 골라 고심하여 지은 약까지 홍란에게 주고 온 사실을 알았다면 아마도 홍란을 보는 일현의 시선은 더 큰 원망으로 가득 찼을는지도 몰랐다.

'저자는 누구지?'

주막에서부터 내내 홍란의 뒤를 따르며 혹시나 있을지 모르는 불상사를 대비하던 일현은 송 대방의 집 앞에서 등롱을 든 채 홍란을 맞는 이를 보고 얼른 가까이에 있는 나무 뒤로 숨었다.

'그자로군. 성 의원'

"저를……기다리셨어요?"

"……무사히 돌아온 걸 봤으니 됐소. 어서 들어가서 쉬구려. 그리고…… 상처에 들을 만한 고약을 새로 만드는 중이니 수 삼일 내에 한번 약방에 들르시오."

성 의원이 무뚝뚝하니 제 말을 늘어놓고는 어서 들어가라는 듯 문앞에서 비켜섰다.

'저 여인을 내내 기다린 건가? 이 밤까지? 홀려도 단단히 홀렸구먼. 뭐 여인 쪽에서 그만큼 여지를 주었으니 그러는 거겠지만. 저자도 참으로 딱한 자일세.'

일현은 도통 이해를 할 수가 없었다. 도대체 저 여인이 뭐라고 사내들이 저 여인의 주변에서 맴도는 것인지……. 물론 뺨의 상처만 제외한다면 아름다운 여인이기는 했다. 하지만 기루에 가 저보다 아름다운 여인을 찾으려면 얼마든지 찾을 수 있을 터였다. 그런데 어찌하여 제 주군은 물론, 성 의원과 같은 멀쩡한 사내까지 저 천한 여인에게 연연해 하는 것인지 일현은 그저 답답하기만 하였다.

"성 의원 나리요? 어휴, 그런 의원 나리도 없지요. 다른 의원들은 웃돈이라도 쥐여 주지 않으면 우리 같은 상것들은 그저 슬렁슬렁 보아 넘기기가 일쑤인데, 성 의원 나리께서는 웃돈은커녕 우리들 살림살이 걱정하느라 약값도 제대로 안 받는 분인걸요?"

"왜 나라님이나 높으신 분들께서는 성 의원 나리 같은 분께 상찬(賞讚)도 아니 해주시는지 모르겠네요. 지지난해 돌림병이 들었을 때도 성 의원 나리가 아니었으면 이 마을 천것들 반절 이상은 죽어 나자빠졌을 거구먼요."

"평소에는 무뚝뚝하기가 말도 못하는 양반이 환자들한테는 어찌나 사근사근하신지, 저런 의원도 또 없을 거여요."

일현은 일전에 홍란의 주변을 조사할 때 성 의원에 대해서도 조사한 바 있었다. 그 때 열이면 열 사람 모두가 입을 모아 성 의원의 성품과 의술에 대해 칭찬에 칭찬을 거듭했다. 원래부터 미장가였는지, 혹은 상처하였는지는 몰라도, 현재 홀몸인 까닭에 주변에서 제법 혼인을 권하는 경우도 많다고 했다.

"뭐 누가 그러기로는 혼인한 지 얼마 안 돼 일찍 상처했다고도 하고, 또 얼핏 듣기로는 공부하느라 때를 놓쳐 아직 혼인을 못 하였다고도 하더군요. 분명한 건 본인이 여직 혼인에 뜻이 없어 동네 매파들의 청을 다 거절하고 있다는 거지요."

"우리한테는 잘된 일이죠. 만약 안사람이 있었으면 지금까지처럼 그리 약값도 깎아 주고, 없을 땐 퍼 주고 그런 일이 가당키나 하겠수? 욕심 같으면 이대로 내내 장가를 아니 들었으면 좋겠수. 흐흐."

"예끼, 이 사람아. 우리들 좋자고 멀쩡한 의원 나리를 평생 독수공방을 시킬 셈이야? 좋은 임자 있으면 의원 나리도 혼인을 해야지."

일현은 여전히 문 가에 선 채 성 의원을 보며 약방 주변 사람들이 전해준 이야기들을 떠올렸다. 평범한 듯, 단정하게 생긴 사내였다.

제법 훤칠한 키에 어깨도 약방 의원답지 않게 떡 벌어졌다. 귀밑에서 조금 각진 턱은 사내의 고집스러운 성정을 잘 보여주는 부분 같았다. 일전에 봤을 때는 무심히 넘겼지만 가만히 뜯어보면 눈빛이 제법 깊은 게 신중한 이인 듯싶었다.

"어서 들어가오."

성 의원이 홍란에게 또 한번 권했다. 하지만 홍란은 무슨 생각인지 잠시 발밑을 내려다보며 머뭇거리고 있었다. 그러더니 드디어 무언가를 결심한 듯 고요한 눈빛을 들어 성 의원을 빤히 올려보았다. 그 눈빛에 사로잡힌 듯 성 의원도 잠자코 홍란을 내려다보았다.

'저 목석 같은 의원이 어찌 마음이 흔들렸나 했더니…… 이제야 그 연유를 알겠군. 아리따운 여인이, 저리 미련을 듬뿍 담은 눈으로 사내를 보는데 어느 사내의 마음이 안 흔들릴 수 있겠어?'

"…… 의원님, 잠시만, 잠시만 예서 기다려 주시겠습니까?"

"그러리다."

성 의원의 답이 떨어지자 홍란이 얼른 걸음을 서둘러 송 대방 집 안으로 들어갔다.

'혹시…… 한갓진 곳에서 밤 밀회라도 즐기려는 것인가?'

홍란이 무사히 당도한 걸 봤으니 오늘 밤의 임무는 끝이 난 것이었지만 일현은 나무 뒤에서 움직이려 하지 않았다. 기어이 제 눈으로 홍란이라는 여인이 부정을 저지르는 모습을 확인해 둬야겠다는 생각에서였다.

"기다리시게 하여 송구합니다."

안으로 들어갔던 홍란이 짐을 벗어둔 채 서찰 봉투 하나를 손에 들고 다시 나왔다.

"괜찮소. 할 말이 있거든 해 보오."

"이것을……."

홍란이 봉투를 성 의원에게 내밀었다.

"무엇이오?"

'뭐지? 연서(戀書)라도 건네주는 건가?'

"그것은……."

"어, 취한다. 딸꾹! 거기 뭐요?"

일현이 홍란의 이야기에 귀를 기울이려는 순간, 일현의 등 뒤에서 취객 하나가 비틀비틀 걸음도 종잡지 못한 채 소리를 지르며 다가왔다.

"귀신이오? 도깨비오? 사람이오? 사람이면 산 사람이오, 죽은 사람이오? 딸꾹. 왜 거기서 그리 숨어 있는 거요?"

"아무도 아니오."

혹시 취객의 소란에 홍란과 성 의원이 제 쪽을 볼까 염려한 일현이 고개를 푹 숙인 채 빠른 걸음으로 그 자리에서 벗어나려 했다.

"아닌데 왜 도망쳐? 어이, 박가 놈이지? 내 돈 먹고 도망간 박가, 맞지? 야, 이놈아!"

일현이 더 빠른 걸음으로 피하려다 이쪽을 수상하게 쳐다보고 있는 성 의원과 홍란을 보고서는 얼른 취객 쪽을 향해 다시 돌아섰다.

"어어……그래. 날세, 박……가야."

"이노옴! 내 돈 서냥 닷 푼이나 떼먹고 도망간 놈…… 흐흐흐흑……이게 얼마만이냐? 이놈아, 그래 그 돈 갖고 쌀말이라도 팔아먹고 잘 살았더냐?"

"어, 그래. 자네도 잘 있었지? 우리……탁주나 한잔 하러 가세."

일현이 취객의 동무인 양 반가운 척을 하며 취객을 얼싸안은 채, 송 대방의 집 반대편을 향해 멀어져 갔다.

홍란과 성 의원은 취객과 그 동무의 야단스러운 재회에 잠시 시선을 빼앗기기는 했지만 곧 자신들의 일로 다시 관심을 돌렸다.

"이게 무엇이라고 했소?"

"……이 집 문서입니다. 송 대방 어른이 제게 주신 거예요."

"이걸 왜 내게 주는 것이오?"

"의원님께서 맡아 주세요."

봉투를 받아 든 성 의원이 무슨 뜻인지 모르겠다는 듯 한쪽 눈썹을 치켜세웠다.

"실은…… 다음 달이면 중국으로 가는 상단에 끼어 선양으로 갑니다."

"……헌데?"

"먼 길을 가는데 이리 중한 것을 가져갈 수도 없고, 그렇다고 맡겨 두고 가자니 제겐 그럴 만한 연고도 없습니다. 그러니…… 의원님이 맡아 주세요."

홍란의 말에 성 의원은 잠시 깊고 깊은 눈으로 홍란을 내려다보았다. 자신을 믿어 이리 큰 재산을 맡긴다는 것이 기쁘기도 했지만, 한편으로는 만난 지 얼마 안 된 자신에게 맡겨야 할 정도로 홍란의 곁에 사람이 없는 건가 싶어 쓸쓸하게 느껴지기도 했다.

"맡아 두겠소……."

"그리고 저어……."

"음?"

"아, 아닙니다. 고맙습니다. ……그리고 죄송합니다."

감사의 말에 이은 사과의 말에 어쩐지 석연찮은 생각이 들었지만 성 의원은 따로 말을 덧입히지 않았다. 다만 적어도 중국으로 가기 전까지는 뺨의 상처를 마저 다 낫게 해 주어야겠다는 생각에 마음이 더 급해질 뿐이었다.

'어느새 돌아간 건가?'

끝까지 제게 엉겨붙으려는 취객을 멀리까지 가서 떼어놓고 다시 되돌아온 일현은 이미 아무도 없는 텅 빈 집 앞 풍경을 확인한 후 돌아섰다. 여인이 성 의원에게 건넨 서찰은 그 머뭇거리는 모양새나 군이 이 밤에 전해 주려 한 걸 보면 연서가 틀림없다 싶었다.

'한때 도성의 난다긴다 하는 양반들의 넋을 모두 빼놓은 기녀였으니, 문장력은 두말 할 나위도 없겠지. 보나마나 구구절절한 사연으로 사내의 혼을 쏙 빼놓았겠지.'

홍란이라는 여인이 실은 그리 미색만으로 이 사내 저 사내를 홀리고 다니는 여인이 아님은 이미 그 주변을 조사했을 때부터 알고 있는 사실이었다. 기녀 출신답지 않게 잘난 척이나 예쁜 척도 하지 않고 험한 일도 마다하지 않는 아파 겸 매분구라는 평이 자자했던 것이었다. 처음에 장사를 시작할 때만 해도 아파들로부터 적지 않은 경계와 따돌림을 받았었지만, 워낙 천성이 남 어려운 꼴을 못 보는데다 생긴 것만큼 마음씀도 자상하고 고운 여인인지라 결국은 장사치들 중에서도 시샘을 하는 이와 어화둥둥 싸고도는 이가 나뉘게 되었다고들 했다.

'허나 아무리 그래도 엮인 사내들이 어디 한 둘이어야지. 현무군, 도승지 댁 자제, 성 의원이라는 사내까지. 아무리 어여쁜 꽃 주위에 나비들이 저절로 몰려든 것이라 하여도 이건 너무 지나치다. 아니, 좀 전의 모습을 보면 나비들이 저절로 몰려든 것만도 아니야. 꽃이 진한 향기를 내어 나비를 유혹한 것이 아닌가? 오늘은 저 젊은 의원을 유혹했지만 언제 그 향기가 주상 전하를 유혹할 것인지는 모르는 일이다.'

이미 온 방에 불이 꺼진 송 대방의 집 앞에 서서 일현은 어금니를 꽉 깨물었다.

'안 돼! 그럴 수는 없어. 그리 놔 둬서는 안 돼. 주상 전하는…… 하늘이 내신 성군이시다. 그분께 저런 하찮고 요망한 여인이 누를 끼치게 할 수는 없다. 절대, 주상 전하와는 하늘이 두 쪽이 나도 이어져서는 안 되는 연분이야!'

제
3
장 ─ 칠석

마침내 칠석날이 되었다.

홍란은 아침 일찍부터 만희의 집을 찾았다.

실은 만희와 그 어머니가 홍란의 도움을 받아서라도 급히 얼굴의 상태를 호전시키려 한 것은 바로 이날을 위해서였다. 하늘이 정해 준 인연을 만난다는 칠석날, 도승지 댁 자제인 승우 도령과 우연한 만남을 가장하기 위해서였다.

"제가 올린 고본주는 매일 꼬박꼬박 드셨습니까?"

"빈속에 매일 서너 잔씩 마시라 하여 그리하였어."

"잘 하셨습니다. 고본주는 원래 머리털을 검게 하고 허약한 몸을 보해주며, 특히 살결에 윤을 더해 주는 데 특효가 있지요."

고본주는 홍란이 진작부터 만희에게 올리겠다고 했던 약주(藥酒 약술)였다. 각각 심을 제거한 생건지황, 숙지황, 천문동, 맥문동과 백복령, 인삼 등을 자기로 만든 항아리에 채워 넣고 좋은 술 열 병 정도에 사흘 동안 담근 후 센 불과 약한 불을 번갈아 가며 피워 그 술이 검게 변할 때까지 두 시간 동안 끓여낸 것이었다.

"되었습니다. 짧은 시간이라 어느 정도 효과가 있을까 걱정하였더니, 겨우 며칠 만인데도 살갗에 훨씬 윤기가 돕니다."

홍란은 만희의 뺨을 지그시 꼬집었다 놓으며 뺨의 탄력까지 확인했다. 가르마가 곱게 타진 만희의 이마 위에서부터 귀밑에 이르기까지 가만히 머리를 쓸어내리기도 하였다. 그 다정한 손길에 만희는 어쩐지 가슴께가 콕콕 아파 오는 것만 같았다.

"정방(목욕탕) 준비 다 되었습니다."

바깥에서 계집종의 목소리가 들려왔다. 만희는 제가 시키지도 않았는데 무슨 소린가 싶어 갸웃거리는데, 홍란이 답을 알려주었다.

"방에 들기 전 미리 목욕물을 준비해 달라 청하였습니다. 모향(茅香)의 싹과 잎을 넉넉히 가져다주고 그것을 넣어 목욕물을 덥혀 달라 일러두었으니 조금 뜨겁다 싶더라도 족히 두 식경 가량은 차분히 그 물에 몸을 담갔다 오시지요."

홍란의 말대로였다. 만희가 계집종과 함께 정방으로 가니 나무 목조를 가득 채운 더운 물에서는 뜨거운 김과 함께 은은한 향이 가득 피어오르고 있었다.

"어디서 이런 좋은 것을 구해 온 것인지, 전에 쓰시던 것들보다 향이 더욱 깊으면서도 과하지 않네요. 물이 이리 부드러운 것 좀 보세요, 아가씨. 어휴…… 제 손이 다 반질반질해지는 것 같아요."

목욕 시중을 드는 아이까지 목욕물의 향과 질에 반한 듯 연신 감탄을 금치 못했다. 그 때문에 만희는 한결 더 느긋한 기분이 되어 홍란이 이른 것보다 한참 더 목욕을 즐긴 후 방 돌아왔다.

"이젠 얼굴을 만져 드리겠습니다. 자리 위에 누우시지요."

방 안에는 어느새 활활 타오르는 화로와 주전자, 놋대야와 깨끗한 면포들이 준비되어 있었고 홍란이 꺼내 놓은 다양한 화장구들 곁에 요가 펼쳐져 있었다.

만희가 요 위에 눕자 홍란은 만희의 저고리 깃을 접어 안으로 말아넣었다. 그리곤 화롯불로 덥힌 물을 놋대야에 담은 후 미리 준비해둔 깨끗한 면포를 담갔다. 그러고 나서 기다란 나무젓가락으로 그 면포를 들어 올려 마치 약포를 짜듯 젓가락을 좌우로 비틀어 물기를 짜내었다.

"조금 뜨거울지도 모릅니다만, 견디실 만은 하실 겁니다."

홍란이 그리 말한 후 뜨겁게 쪄진 면포를 만희의 얼굴 위로 가까이 가지고 왔다.

"시, 싫어!"

만희는 겁에 질려 저도 모르게 벌떡 몸을 일으켜 반쯤 물러나 앉았다.

"그리 뜨거운 걸 얼굴 위에 놓겠다고? 너는 차마 손으로 집지도 못할 만큼 뜨거운 그것을?"

만희는 흠칫, 어깨를 움츠렸다. 김이 폴폴 올라오는 저 면포를 얼굴 위에 가져다 대었다가는 얼굴 살갗이 훌러덩 벗겨질 것만 같아 두려워졌기 때문이었다.

"제가 얼굴을 상하게 할까 두려우세요? 그리 겁이 나시면서 제가 올린 고본주는 어찌 드셨습니까? 그 안에 내장부터 서서히 썩어 들게 하는 독을 넣었는지도 모르는데."

"서, 설마 너……"

만희는 두려움에 온 얼굴을 일그러뜨리며 뒤로 주춤주춤 물러났다. 그리고는 서안 밑에 보관해 둔 고본주 항아리를 바라보았다.

"하루에 서너 잔씩 사흘만 마시면, 천하가 없어도 그 약을 마신 사람은 죽는다는 맹독을 넣었지요. 약술이 어찌 그리 시커먼지, 드시면서 의심도 안 해 보셨습니까?"

"너…… 너어…… 너어!"

할 말은 많은데 말이 말이 되어 나오질 않고 신음으로, 비명으로 터져 나올 것만 같았다.

'당했구나! 어쩐지 약술 빛이 지나치게 검다 하였더니, 내가 내 스스로 독주를 마셨구나! 그래, 어쩐지 처음부터 너무 순순하다 하였어. 저를 연모하는 남자, 제가 연모하는 남자와 혼인하겠다는 여인이 어찌 곱게 보이겠어. 제 심장이 갈가리 찢겨나가는 고통을 어찌 참고만 있을 수 있었……'

"거짓말입니다."

"뭐, 뭐……?"

두려움과 공포에 떨며 뜻대로 잘 움직여지지 않는 몸을 일으키려던 만희는 홍란의 말에 스르르 주저앉았다.

"무슨 그런 허언을! 미쳤어?!"

놀란 마음이 진정되지 않아 버럭 소리를 지르는 만희의 말을 듣는 둥 마는 둥, 홍란은 어느새 식혀진 면포를 내려놓고 펄펄 끓는 물을 대야에 담아 그 안에 조금의 찬물을 섞어 다른 면포 한 장을 담그며 말을 이었다.

"단순한 허언은 아니지요. 그러려고 마음을 먹었다면 충분히 그럴 수도 있었단 이야기를 드리는 겁니다. 어디 약술뿐이겠습니까? 그 전에 올렸던 연고며, 아가씨에게 발라 드리려 가져온 미안수 등에도 독을 섞으려면 얼마든지 섞을 수 있는 일이지요. 하지만 제게 그럴 이유가 없지 않습니까? 아가씨를 해한다고 해서 제가 얻을 게 없는 것을요."

홍란이 잠시 말을 쉬었다가 고요한 눈빛으로 만희를 바라보았다.

"믿기 힘드시다는 거 압니다. 하지만 매분구를 믿지 못하면서 어찌 얼굴을 맡기시려 하십니까? 무슨 독을 쓰고, 무슨 해를 끼칠지도 모르는데요. 그리 의심이 들면 맡기질 마시고, 맡기실 거면 그저 믿으셔야지요."

홍란은 만희의 손을 지그시 잡아끌어 자리에 뉘였다. 만희는 좀 전의 두려움이 완전히 가시지는 않았지만 홍란이 이끄는 대로 따랐다.

"넌…… 내가 밉지 않아?"

"훗. 전에 제 뺨을 치셨을 때는 저도 사람인지라 조금 원망도 하였지만, 지금은 아니에요."

"……승우 도련님과 내가 혼인한다고 해도?"

홍란이 누운 만희와 눈을 맞췄다.

"그럼 아가씨는 왜 저를 그냥 내버려 두셨습니까? 마음만 먹었다면 천한 쇤네 하나쯤 무슨 핑계를 대서라도 물고를 내실 수 있으셨을 텐데요."

"네가 밉다고는 하나 거짓을 핑계로 공연히 너를 벌할 순 없잖아."

만희가 저를 빤히 바라보는 홍란에게서 고개를 돌리며 답하였다.

"그러게요. 밉건 밉지 않건 공연히 상대를 해하려 하지 않는 건 아가씨도 저도 마찬가지인 거지요. 그러니 안심하세요. 괜한 짓을 하여 아가씨를 해하진 않을 것입니다. 아파로서, 매분구로서 이제껏 그리 살아오진 않았습니다."

차분히 저를 믿어 달라 이야기하는 홍란에게 만희는 부끄러움을 느꼈다. 홍란에 비해 자신이 한참 어리게 느껴지기까지 하였다.

"의심한 거, 미안해. 내 사과할게. 이제 네 뜻대로 해. ……믿고 맡길게."

민망해 하며 사과의 말을 전한 뒤 만희는 얼른 두 눈을 감았다. 그래서 알지 못했다. 그런 자신을 내려다보는 홍란의 눈빛이 다정함을 가득 머금고 있음을.

홍란은 다시 면포를 찐 뒤 만희의 얼굴 위에 올려놓았다.

"으……!"

"많이 뜨겁지는 않으시죠?"

홍란의 물음에 만희가 고개를 끄덕였다.

"조금만 이대로 두겠습니다."

면포가 미지근해질 때쯤 다시 따뜻한 면포로 바꾸기를 두세 번 반복했다.

"이제 미안수와 미용고를 발라 드릴게요."

홍란은 제 짐 속에서 미리 꺼내어 둔 병을 손바닥 위로 기울여 미안수를 쪼르르, 따라내었다. 순간, 꽃향기가 방 안에 은은히 감돌기 시작하였다.

"이건……?"

눈을 감고 있던 만희가 향기를 맡고선 홍란에게 물었다.

"복사꽃잎을 잘게 갈아 쪄서 만든 미안수입니다."

찰박찰박한 소리가 나도록 홍란이 만희의 뺨에 미안수를 톡톡 두드리듯 발라 주었다.

"다음은 미용고입니다."

홍란이 작은 도자 항아리 속에서 무른 고약을 떠내어 만희의 두 뺨과 볼, 눈두덩, 이마, 코 순으로 찍어 발랐다.

"이건 또 뭐야?"

"후훗. 제가 쓰는 것마다 그리 물으시면 준비가 더디 될 것입니다. 아직도 못 미더워 그러시는 겁니까?"

"아니, 난 그저 궁금하여…….."

"때로는 모르고 쓰시는 것이 더 좋을 때도 있답니다."

다른 아파에게서 구한 그 미용고는 사실 돼지비계를 이용하여 만든 것이었다. 돼지비계로 만든 미용고는 겨울철에 살이 얼어 트는 걸 예방해 줄 정도로 살결에 좋은 미용 재료였다. 하지만 대부분의 양반가 여인들은 미용고의 원재료가 돼지비계라는 걸 알고 나면 아무리 효능이 좋다 하여도 쓰기를 꺼리곤 했다.

"이제는 입을 다물어 주시지요."

홍란이 본격적으로 만희의 얼굴을 만져 주기 시작하였다.

손가락 끝을 이용하여 턱부터 시작하여 뺨을 아래위로 문지른 후, 입 아래는 둥글게, 이마는 좌우로, 눈두덩은 밖에서부터 안으로 재빨리 움직이기를 반복하였다. 코의 양옆을 만져 줄 때는 손가락의 힘을 빼어 손끝으로 가볍게 문질러 주었다.

"제가 하는 방법을 잘 기억해 두셨다가 평소에도 자주 쓰시면 살결의 윤기를 돕고 탄력을 회복시키는 데 도움이 될 것입니다."

홍란의 손끝은 마치 얼굴의 이목구비를 재배치하듯 힘 있게 민첩하게 움직였다.

"전보다야 좀 더 나아지긴 하였지만 이런다고 뭐 얼마나 고와질 수 있으려고?"

잠시 후, 경대를 통해 홍란이 족집게로 눈썹의 뒷부분을 깔끔히 제거하고 눈썹용 미묵으로 조금은 넓은 제 이마 선과 옆머리를 꼼꼼히 채우는 걸 보며 만희가 물었다.

"칠석날 밤에 만나시는 게 아닙니까?"

"그래서?"

"때로는 밤이, 어둠이 여인에게는 최고의 단장이 되는 경우가 적지 않지요. 거기다 아가씨처럼 순하게 생기신 분은 작은 단장만으로도 전혀 다른 얼굴로 변신하는 경우가 많으니 이 또한 다행이랄 수밖에요."

홍란이 내내 만희의 앞에 놓았던 경대를 치우고는 한참 동안 만희의 얼굴을 만지고 바르고 칠했다.

드디어 홍란의 손길이 멈추었을 때 만희의 가슴은 마치 거리에서 우연히 승우 도령을 만났을 때처럼 사정없이 두근거리기 시작하였다.

"이제 눈을 떠 보시지요."

홍란의 말에 만희가 조심스레 실눈을 뜨고 거울 속의 제 모습을 확인하고는 화들짝 놀라 두 눈을 크게 뜨고 경대 속의 제 얼굴과 홍란의 얼굴을 번갈아 보았다. 보고도 믿지 못하는 눈치였다.

"이, 이건……?"

"아가씨의 눈에도 제법 어여뻐 보이시지요?"

놀란 만희의 표정을 보고 홍란의 얼굴에 비로소 만족스러운 웃음이 피어났다.

"도, 도대체 무슨 술법을 부린 거야?"

만희가 넋이 나간 듯 경대 속의 제 얼굴에서 시선을 떼지 못한 채 홍란에게 물었다.

"술법이라 부를 만큼 대단한 무엇이 아닙니다. 그저 아가씨의 타고난 바탕 위에 겨우 조금의 붓질을 가미한 것뿐인 걸요."

"겨우 조금의 붓질이라고? 이게?"

만희는 경대 속의 제 모습을 뚫어져라 쳐다보았다. 어쩐지 울컥 눈물이 날 것 같았다. 달라도 너무 다른 제 모습이 몇 번을 고쳐 보아도 믿겨지지 않았다.

건선이 심해진 이후부터 바깥나들이를 통 안했던 탓에 창백한 안색을 지니고 있던 저였다. 속내가 시끄러우니 섭생에도 별다른 뜻을 두지 않았고, 그 때문에 평소의 저보다 한층 더 여위어 있기도 했다. 물론 살결 역시 푸석푸석하여 탄력이라고는 도통 찾아볼 수 없었다. 다행히 홍란이 학슬을 처방해 준 이후부터 건선이 대부분 사라지고 혈색도 많이 돌아오긴 했지만 그래도 창백한 기운은 완전히 가시지 않고 있었더랬다.

하지만 지금, 경대 속에서 저를 마주보고 있는 얼굴은 전혀 달랐다. 어느 미인도 속의 여인인 양 백설처럼 새하얀 살결도 살결이거니와 선명하면서도 가늘고 길게 휘어진 눈썹에, 평소의 제 눈 크기보다 족히 한 갑절 반은 더 길고 여유 있게 뻗은 눈매며 보통의 제 입술보다 조금은 더 작고 탐스럽게 부풀어 오른 것 같은 새빨간 입술, 복숭아빛 혈색이 도는 통통한 뺨, 그러면서도 날렵한 턱선 등은 사뭇 낯설기까지 하였다.

"이게 정말 나라고? 정말?"

"후훗. 기분 전환 삼아 잠깐 집 앞이라도 거닐다 오시겠습니까?"

"응?"

만희는 왜 제게 갑자기 문밖 출입을 권한 건지 이유를 알 수 없었지만 순순히 홍란의 말에 따랐다.

"하이고! 저리 고운 분은 누구신가?"

"이 동네에 저리 고운 낭자가 계셨나?"

"오늘 눈이 호강을 하네."

길을 걷다 만희와 눈이 마주친 이들이 연신 만희의 미모를 칭송하였다. 사내들은 홀린 듯 만희의 얼굴에서 시선을 떼지 못했고, 여인들은 부러움에 차 한숨을 토해 내었다.

그러자 처음에는 사람들의 시선을 겁내며 잔뜩 어깨를 움츠렸던 만희의 등허리가 조금씩 꼿꼿해져 갔다. 그리고 만희는 난생처음으로 제게 쏟아지는 사람들의 칭찬을 기분 좋게 즐기기 시작했다.

쓰개치마를 팔에 걸치고 방에 들어선 만희는 저를 보고 너무 놀라 입을 따악 벌린 어머니에게 쑥스럽게 웃어 보였다.

"어디…… 어디 보자. 이리 가까이 앉아 봐. 자세히 좀 보자. 정말, 네가…… 내 딸 만희니?"

참의 부인이 벌떡 일어나 만희의 손목을 잡고서는 호롱 곁으로 가까이 데려가 앉혔다. 그리고는 새삼 놀란 눈길로 몰라보게 어여뻐진 제 딸의 얼굴을 샅샅이 훑은 뒤, 방문 입구에 얌전히 고개를 숙이고 앉은 홍란을 감격에 찬 눈으로 보았다.

"자네…… 하늘이 내린 신묘한 솜씨의 매분구라더니 그 평이 과한 게 아니었네."

"과찬이옵니다."

"과찬이라니, 아니야. 절대 아니야. 어미인 내가 봐도 내 딸임을 몰라보겠거늘, 이게 어찌 과찬이란 말인가? 세상에…… 사람의 얼굴까지 바꾸는 화장술이라니. 이런 신묘한 솜씨가 있다는 걸 나는 본 적도, 들은 적도 없어."

그리 호들갑을 떠는 어미의 곁에서 만희 또한 홍란에게 친애의 정이 가득한 눈빛을 보냈다.

"도대체 비법이 뭔가? 뭘 어찌했기에 이처럼 딴사람이 된 것인가 말일세."

"……이렇다 할 비결이랄 것이 없습니다."

기대에 차서 자신을 보는 참의 부인에게 홍란이 만희가 확 달라 보이는 까닭을 말해 주기 시작하였다.

"제가 기루에 있을 때…… 어느 화공에게 극세필(極細筆, 아주 가느다란 붓)을 쓰는 법에 대해 배운 적이 있습니다. 바로 이것이지요."

홍란이 제 짐 속에서 만희에게 화장을 해줄 때 썼던 작은 붓을 꺼내 보여주었다. 여느 붓보다 다섯 배는 더 가는 붓의 앞머리에는 머리카락보다도 가는 모(毛)가 여러 가닥 붙어 있었다.

"이 극세필에 미묵을 묻혀 눈매의 앞뒤에 짙고 연한 농담(濃淡)을 주면 평소의 눈의 크기보다 상하좌우로 더 크고 길어 보여 시원하게 보이게 하고, 이 극세필에 연지를 묻혀 입술을 칠하면 더욱 선명한 색이 나게 됩니다."

"오…… 이런 신기한 도구가 있었는가?"

홍란이 내민 극세필을 참의 부인이 신기한 듯 들여다보았다.

"하지만 무엇보다도 이번 변신이 더욱 성공적일 수 있었던 것은 아가씨가 평소에 화장을 그리 하지 않는 분이셨기 때문에 가능했던 것이지요."

"그건 또 무슨 소린가?"

홍란이 들려준 이야기는 이러했다.

보통의 여염집이나 양반 댁에서 하는 화장들은 대부분 미안수를 통해 살결을 깨끗이 정리하고 분을 바르고 진하지 않는 입술 연지를 바르는 담장(淡粧, 엷은 화장)이 전부이지만, 만희에게는 이목구비의 윤곽을 살릴 수 있는 농장(濃粧, 색조화장)의 술(術)을 많이 응용했다는 것이다.

"그러니 자연 다른 분처럼 달라 보일 수밖에요. 마님께서도 아가씨가 이 같은 농장을 하신 것은 처음 보시는 것이 아니옵니까?"

홍란의 대답에 참의 부인이 혀를 내둘렀다.

"내 또 한번 자네에게 감복했네. 대단하이. 참으로 대단하이. 어떠니?

만희야, 이만하면 네 이제 한결 부담을 덜고 금목교로 나갈 수······."

"화장을 지우고자 하네. 도와주겠는가?"

제 어머니와 홍란이 나누는 이야기를 흐뭇한 미소로 듣고만 있던 만희가 홍란에게 제 뜻을 전하곤 자리에서 일어섰다.

"······알겠습니다."

홍란이 그럴 줄 알았다는 듯 선선히 답하며 자리에서 일어났다.

"만희야, 왜?"

"도련님께는 그저 있는 그대로의 저를 보여 드리고 싶습니다."

만희는 이해할 수 없는 답을 남기고 홍란을 데리고 방을 나갔다.

"아니 왜? 그리 어여뻐졌는데, 승우 도령도 한눈에 반하고 말 정도인데, 왜에?"

참의 부인이 서둘러 딸아이의 뒤를 쫓아나가며 물었지만 만희는 그저 제 방 쪽을 향해 걸음을 서둘 뿐이었다.

"화장을 씻어내는 데 쓸 만한 것은 뭐가 있어?"

만희는 제 방에 돌아오자마자 입고 있던 옷을 훌훌 벗어 홍란에게 건네주었다. 만희가 옷을 벗어 속치마, 속저고리 차림이 되는 동안 움직임이 잰 계집종 두 명이 만희의 방 안으로 만희의 얼굴을 씻을 소세 물이 담긴 놋대야와 곡물가루가 담긴 작은 접시와 면포를 올려놓은 쟁반을 들어다 놓고, 경대까지 꺼내 놓은 뒤 물러갔다.

"평소에는 무얼 쓰십니까?"

홍란이 만희에게 물음과 동시에 쟁반 위 곡물가루 접시들을 유심히 보았다.

"율무와 녹두가루네요."

"살결에 좋다고 하여 쓰기 시작한 지 제법 됐어. 왜? 별로 안 좋아?"

소매를 둥둥 걷으며 얼굴을 씻을 준비를 하던 만희가 홍란의 눈치를 살폈다.

"가끔은 쌀뜨물에 끝가루를 쓰기도 하는데……."

"안 좋기는요. 잘 알고, 잘 쓰고 계십니다. 하지만 오늘은 평소보다 조금 화장이 진하니 항시 하시던 방법으로 씻으셔도 깨끗이 지워지지는 않을 듯합니다."

"……그럼 어떻게 해? 좀 더 힘을 줘서 빡빡 닦아내야 하나?"

만희의 물음에 홍란이 제가 들고 온 짐 안에서 손바닥 반만 한 단지 하나를 꺼내어 만희에게 건넸다.

"이게 뭐야?"

"혹시…… 옥용서시산(玉容西施散)을 아십니까?"

"그게 뭔데?"

"구릿대에 가위톱(백렴), 백강잠, 노랑돌쩌귀, 하늘타리 뿌리(과루근),감송, 모향, 방풍, 영릉향, 고분 등 열네 가지 이상의 한약재들을 잘게 가루로 낸 것으로, 옥용서시산을 소세할 때마다 쓰시면 얼굴의 잡병이 없어지고, 그 빛은 옥같이 되어 쓰시는 이의 미모가 서시 못지않게 된다는 말이 있지요."

"아…… 그러고 보니, 나도 얼핏 들은 적이 있는 것 같아. 그런데 그건 재료가 여간 구하기 힘든 게 아니라며?"

"이 조선 땅에도 대부분 있는 재료들이긴 하지만 질 좋은 상등품을 만들기란 여간 어렵지 않거든요."

"그럼 이게 그…… 옥용서시산이라는 거야?"

만희가 혹하는 눈빛으로 조심스레 단지 뚜껑을 들어 올려 보았다. 그 안에는 결 고운 가루들이 얌전히 들어차 있었다.

"아니요. 옥용서시산은 아가씨가 쓰기에는 제법 독한 기운이 많고, 또 당장 구하기 힘든 재료도 많아 제가 직접 새로 만든 세안가루입니다. 백부자와 같은 독성 있는 몇몇 약재들을 빼고 대신 살구씨 기름을 넣고 녹두 가루의 비율을 높여 만든 것이지요. 한번 써 보시겠습니까?"

만희는 홍란이 시키는 대로 가루를 손에 덜어 물을 끼얹은 후 두 손 바닥으로 살그머니 비벼 보았다.

"이건?"

녹두가루나 팥가루를 썼을 때보다 제법 더 풍성한 거품이 생긴 것이 신기한지, 만희는 조심스레 손을 들어 거품에만 살결이 닿도록 얼굴 가까이로 가져가 보았다.

"하아……."

거품을 얼굴에 끼얹는 만희의 입에서 작은 탄성이 새어나왔다.

"이제 손의 힘을 가볍게 뺀 다음, 먼저 눈두덩이 부분에 거품을 묻혀 살그머니 문지르듯 닦아내셔요. 닦아내실 때는 안에서 바깥쪽으로 쓸어내시고요."

만희가 홍란이 시키는 대로 따랐다.

"다음은 입술입니다. 알아두실 건, 오늘처럼 화장을 지우기 위해 소세를 하실 때에는 늘 눈, 입술, 턱과 뺨의 순서대로 씻으셔야 한다는 거예요. 아래에서 위로, 안에서 바깥으로. 화장을 닦아내실 때는 이 점만 명심해 두시면 됩니다. 자, 이제 이마까지 모두 충분히 문지르셨습니까?"

만희가 씻느라 소리 내어 답하지 못하고 그저 고개만 끄덕거렸다.

"손을 이리 내시지요."

만희가 거품이 묻어 있는 손을 내밀자, 홍란이 깨끗한 면포로 그 손을 닦아 주었다.

"이제 다시 얼굴에 물을 묻히시되, 되도록 손이 닿지 않게 가볍게 물을 끼얹듯이 하여 거품을 씻어 내세요. 얼굴에는 오직 물만이 닿는다는 생각을 하시면 좀 더 수월하실 겁니다."

만희가 또 다시 홍란이 시키는 대로 하였다. 이윽고 얼굴에서 거품기를 모두 걷어낸 만희가 푸후, 숨을 뱉는 소리와 함께 숙이고 있던 고개를 들었다. 홍란이 얼른 깨끗한 면포를 들어 그 얼굴을 톡톡 찍어내듯 닦아 주었다.

"이제 다 끝난 건가?"

"아니요. 답답한 가짜 화장을 모두 걷어냈으니, 이젠 진짜 단장을 하셔야 할 시간이지요."

홍란의 손이 다시 분주하게 움직이기 시작하였다.

꽃

"아니 저런다고 연분이 맺어지냐고. 왜들 아까운 신발들만 죄 저리 물에 적시는지. 돌아갈 땐 어쩌려고."

금목교는 도성의 남촌과 북촌 그 중간 지역쯤에 위치한 개울 위의 낮은 다리로 달맞이 행사나 칠석제 행사 때면 반상의 구분이 따로 없이 유난히 많은 인파가 몰려드는 곳이다. 그 때문에 밤이었는데도 유난히 많은 등롱들이 켜져 있어 금목교 주변은 마치 대낮처럼 훤히 밝아 있었다. 번잡스러운 금목교에서 서른 걸음쯤 떨어진 곳에 위치한 정자도 마찬가지였다. 등을 가득 밝힌 정자 안에서 젊은 도령들이 모여 함께 시를 논하고 그림을 그리며 한껏 풍류를 즐기었다. 그들 중에는 벗들의 꼬임에 억지로 불려나온 탓에 그저 이 자리가 재미없어 죽겠는, 승우 도령도 끼어 있었다.

"어때, 자네도 가서 꽃신 좀 주워 보지 않겠나?"

승우 도령의 바로 왼편에 앉아 있던 허 도령이 승우 도령에게 넌지시 물었다.

"나는 됐네. 그리 관심이 동하거든 자네나 가서 실컷 주우시게."

승우 도령이 정자 난간에 팔을 괴어 하늘을 보며 심드렁하니 답했다.

지금 승우 도령은 꽃신을 개울물에 띄우고 줍고 하는 금목교의 풍경이 보이지도 않았다. 근래 들어 자꾸만 혼인을 재촉하는 어머니 때문에 머릿속도 마음도 복잡하기 그지없었던 탓이었다.

"에이, 그러지 말고 자네도 한번 가서 주워 보게. 또 아나? 하늘이 점지해 준 진짜 짝이 나타날는지?"

허 도령이 은밀한 웃음을 흘렸다.

"줍고 싶으면 자네나 가서 실컷 주우래도?"

"아, 나도 맘 같아서는 그러고 싶지이!"

허 도령이 제 허벅지를 철썩 내리치며 아쉬움에 찬 하소연을 하였다.

"그런데 어찌하나? 지난달에 혼약한 처자를 내버려 두고 내가 여기서 꽃신을 주웠다는 소문이라도 나보게! 당장 문중에서 파문될 뿐 아니라 내 아버님에게 다리몽댕이가 부러질 것이야!"

"우리도 마찬가질세. 우리 중에서 아직 혼약도 혼인도 아니 한 사람은 자네밖에 없는 걸 몰라?"

"일 년에 며칠 없는 기횐데 정말 이대로 허비하려나? 아깝지도 않아?"

허 도령의 한탄에 이어 다른 동무들도 모두 질세라 한마디씩을 보탰다. 도령들이 이처럼 안달 내는 데는 이유가 있었다. 이날이 칠석날 밤이었기 때문이었다.

남녀유별이 엄격하기 그지없는 세상이었지만, 그런 중에서도 젊은 남녀가 만나는 걸 슬쩍, 모르는 척해 주는 날들이 며칠 있었는데, 단오나 칠석이 그 귀한 날들 중 하루에 속했다.

원래는 제상을 마련하거나 정화수를 떠다 놓고 여인네들은 바느질 솜씨가 늘기를 빌고, 남정네들은 글 솜씨가 늘기를 기원하는 것이 칠석날의 풍습이었다.

하지만 칠석날 맺은 연분은 천생연분이라는 이야기가 늘면서 이날 우연을 가장하여 혼약을 맺을 규수와 도령이 만나는 일들이 점점 많아졌고, 또 양반이 아닌 이들 중에는 우연을 가장하여 공공연히 은밀한 만남을 가지는 이들도 많아지게 되었다.

처음에는 여인이 실수를 가장하여 신을 개울물에 떨어뜨리면, 사내가 그 신을 주워 주인에게 돌려준다는 명목으로 여인에게 말을 거는 식이었다. 그러던 것이 점차 시간이 지나면서부터는 여인이 제 신 안에 연꽃을 넣어 개울물에 띄워 보내면 미리 약속한 사내가 그 신을 주워 은행 열매와 함께 건네주며 제 연정을 표하게 되었다.

이때 연꽃은 '참 인연'을 뜻하는 상징이고, 은행은 '변치 않는 만남'을 뜻했다. 그래서 칠석날 여인과 사내가 연꽃과 은행을 주고 받으면 서로가 운명의 상대임을 인정한다는 뜻으로들 받아들였다.

"내, 이번엔 특별히 자네를 위해 여기 이렇게 알 굵은 은행까지 준비해왔거늘 정녕 이대로 아까운 기회를 놓치려는 건가? 저기 저 사람들 좀 보게. 저 중에 누구 하나 자네 연이 없으리라는 법이 어디 있는가?"

또다시 자신을 재촉하는 벗을 보며 작게 한숨을 쉬던 승우 도령이 문득 무엇을 보았는지 자리에서 벌떡 일어섰다.

"설마……?"

흐린 눈을 비비고, 고개를 앞으로 쭉 빼어 개울 옆을 살피던 승우 도령이 허겁지겁 정자 아래로 내려갔다.

"이보게, 갑작스레 왜 그러나?"

"어딜 가는 게야?"

동무들의 외침에도 아랑곳하지 않고 승우 도령은 굴러 넘어질 듯 허둥지둥 달음박질을 하며 멀어져 갔다.

"자, 이럼 오늘 우리가 할 일은 모두 끝낸 셈인가?"

"다음은 운명에 맡길밖에. 그러니 우리는 이만 가세나."

승우 도령의 벗들이 한 사람씩 자리에서 일어나기 시작하였다. 사실 이들은 모두 승우 도령의 어머니인 도승지 부인의 청탁을 받고 부러 승우 도령을 만희 낭자와 만나게 해 줄 셈으로 여기까지 끌고 왔던 것이다.

비록 지금 승우 도령이 뛰어간 건 다리 위에서 홍란인 듯한 여인을 본 것 때문이었지만…….

"아!"

홍란과 함께 제 신에 연꽃을 담아 개울물에 띄운 후 금목교 위에 가서 섰던 만희가 갑자기 배를 움켜잡고 아픈 소리를 내었다.

"아가씨!"

"괜찮으세요?"

만희를 따라나선 계집종과 홍란이 동시에 만희의 표정을 살폈다. 잔뜩 찡그린 만희의 얼굴에서는 식은땀이 물 흐르듯이 줄줄 흘러내리고 있었다.

"어찌 그러세요?"

"어휴, 이 땀 좀 보셔요. 흐흐흑."

"아냐. 난……난 괜찮아."

입으로는 괜찮다, 괜찮다 하였지만 허리를 펴려던 만희는 이내 다시 배를 움켜잡고 허리를 숙였다.

"아!"

"어디가 얼마나 아프신 겁니까?"

"아가씨가 원래 뱃병이 자주 나세요. 오늘 하루 종일 드시는 게 영 시원치 않으셨는데 도대체 뭘 잘못 드셔서 이런 걸까요? 흑흑……."

"소란……떨 거 없어…… 별거 아냐. 그냥 신경을 많이 써서 탈이 난 것뿐이야. 하아, 하아. 잠시, 잠시 이대로만 있으면 괜찮아질 거…… 으윽!"

만희가 곁에 선 계집종의 팔을 잡고 제 몸을 지탱하며, 장이 꼬이는 아픔을 참으려 애썼다.

"얼른 약방으로 가시지요. 더는 안 되겠습니다."

순식간에 창백해진 만희의 얼굴을 보며 홍란이 걸음을 도와주겠다는 듯 부축하려 하였다.

하지만 만희는 그 팔을 뿌리쳤다. 그리고는 잠깐 무릎이 꺾여 비틀 하더니 이를 한번 꽉 물고는 천천히 허리를 곧추세웠다.

"됐어. 참을 만해. 참을 거야. 도련님이 오셨다니까…… 난 참을 수 있어."

약방에 가기를 단호히 거부하는 만희의 모습을 보며, 홍란이 잠시 망설이다 다시 말했다.

"약을 가져오겠습니다. 잠시, 예서 기다려 주세요."

"……윽!!"

만희가 홍란의 소매를 잡으려다 또다시 시작한 복통에 허리를 굽혔다. 그 모습을 안쓰럽게 쳐다보던 홍란이 급히 다리 건너편을 향해 걸음을 옮기기 시작하였다. 분명 그쪽 어디쯤에 오래된 약방이 있었던 게 어렴풋하게 기억이 난 것이다.

"……저분은……?"

거의 뛰다시피 하여 다리를 건너가던 홍란은 순간, 맞은편에서 막 다리에 올라서는 사내를 보고 반색을 하였다. 단정한 쑥색 도포차림에 폭이 좁은 갓을 쓴 사내는 지금 홍란에게 있어서 가장 반가운 존재인 성의원이었다.

"의원니…… 합!!"

빠른 걸음으로 아는 체를 하며 다가가려던 홍란은 얼른 입을 다물고는 제 앞에 걸어가는 사람의 등 뒤로 몸을 숨겼다. 성 의원이 의원임이 분명해 보이는, 비슷한 연배의 다른 이들과 동행하고 있었기 때문만은 아니었다. 성 의원의 손에 고운 연꽃이 가득 담긴 신이 들려 있었기 때문이었다. 거기다 늘 무표정에 가깝던 얼굴은 어쩐지 난처해 하는 기색이 역력하였고, 곁의 동행들은 그런 성 의원의 허리를 쿡쿡 찌르며 방금 홍란이 지나쳐 온 어디쯤을 가리키며 저들끼리만 알 법한 느낌의 비밀스러운 웃음을 흘리고 있었다.

"이리 오래 기다리게 하는 건 사내가 할 짓이 아니라니까?"

"이제 자네도 그 지긋지긋한 독방 신세는 면해야지. 자네는 그저 우리가 시키는 대로만 하게."

"이보게들……."

"어허, 사내가 어찌 일구이언을 하려 하는가? 약속을 했으면 의당 지켜야 하지 않는가? 어서 가시게. 어서!"

성 의원이 일행들에게 등을 떠밀다시피 하여 곁을 지나칠 때 홍란은 고개를 외로 돌려 제 존재를 들키지 않으려 애썼다. 그리고는 돌아보고 싶은 마음을 꾹 참고서, 자꾸만 멈칫거리는 발걸음을 재촉하여 얼른 다리 건너편으로 향했다.

날이 날이어서 그런지 약방 안에는 의원을 찾는 환자들로 가득 차 있었다. 그 때문에 약방 문 앞에서 스무 걸음쯤 되는 거리까지 순서를 기다리는 이들이 길게 줄까지 서 있었다. 그 끄트머리쯤에서 홍란은 자신의 차례가 오기를 기다리고 있었다.

그렇게 얼마쯤의 시간이 지났을까, 누군가가 홍란의 어깨를 톡톡 두드렸다.

"저기요……."

홍란이 돌아보자 만희의 시중을 들던 계집종이 한참을 뛰어온 것마냥 허리를 굽힌 채 헐떡거리며 숨을 몰아쉬고 있었다.

"하아, 하아. 아가씨가…… 이제 됐다고 하세요."

"아가씨 배앓이는 나아지셨고?"

"후우, 후우, 거의 혼절까지 하셨는데, 다행히 근처에 의원 나리들이 계셔서서 봐주셨어요."

"그래?…… 다행이네. 도련님, 도승지 댁 도련님은 오셨어?"

"예. 얼마 후에 바로 오셨어요. 후훗."

이제 숨이 안정된 계집종은 이야기를 하다 말고 괜히 제가 부끄러워하며 볼을 붉혔다. 계집아이가 들려준 이야기는 이랬다. 홍란이 약방을 찾아 떠난 뒤 승우 도령이 다리 위로 올라와 누군가를 찾는 듯 한참을 두리번거렸다고 했다. 그러다 땀을 비 오듯 흘리며 창백하게 질린 얼굴로 비틀거리는 만희를 보고서는 걱정스러운지 말을 걸어왔다고 했다.

"그때 도련님 얼굴을 보셨어야 해요. 어찌나 우리 아가씨 일을 근심스러워하시는지, 아가씨가 비틀거릴 때마다 부축할 수도 없고 부축하지 아니할 수도 없어 안절부절못하셨다니까요? 그러다가 마침 행인들 중에 도련님도 아시는 의원이 있었든지 그 의원 나리에게 아가씨를 살펴봐 달라 그리 부탁해 주시더라고요."

"……아가씨는 댁으로 돌아가셨어?"

"도련님과 함께 거기 의원네 약방에 들렀다 가실 건가 봐요. 그래서 아가씨가 저를 살짝 불러 이리로 보내신 거예요. 괜히 헛걸음질하게 해서 미안하시다고. 내일 날 밝거든 꼭 들르시래요."

계집아이는 그렇게 전한 후 얼른 제가 온 쪽으로 뛰어갔다. 어차피 홍란도 그쪽으로 가야 하니 동행을 해도 좋으련만 뭐가 그리 바쁜지, 뒤도 돌아보지 않고 서둘러 뛰어가는 그 모습에 홍란은 저답지 않게 조금 서운한 마음까지 들었다.

"어?"

홍란이 밤길을 되돌아 금목교 인근에 다다랐을 때쯤, 하늘에서 굵은 빗방울들이 후두둑 떨어지기 시작하였다.

"비네! 비님이시네!"

"직녀님도 참, 아직 새벽이 되려면 한참인데 벌써부터 이리 우시는 겐가?"

"어서들 가요. 빗방울이 굵은 걸 보니 밤 내내 내릴 작정인가 봐요."

다리 위를 가득 메웠던 사람들도, 다리 밑 개울가의 사람들도 내리는 비에 서둘러 흩어져 갔다. 눈 깜짝할 새였다. 빗줄기가 더 많이 쏟아지기 시작한 것도, 사람들이 약속이나 한 것처럼 일제히 다리 근처에서 사라져 간 것도.

그리하여 홍란이 잠시 비를 피하기 위하여 다리 밑으로 향했을 때에는 주변에 인기척이라고는 찾아볼 수가 없었다. 사람들이 칠석제를 기념하여 달아둔 등들만이 서글픈 빛을 내뿜고 있었다.

차락 차락 차락. 후두둑.

개울물에 떨어지는 빗방울들이 내는 소리를 들으며, 홍란은 제 주위에 버려진 연꽃들을 보았다. 제 연분을 기다리며 신 안에 곱게 담겼던 연꽃들의 파편이 어지럽게 흩어져 있었다. 좀 전까지의 어여쁜 모양은 찾아볼 수 없고, 사람들의 발자국에 밟히고 찢겨 널브러져 있는 꽃들 중에는 흙투성이가 된 것도 있었고, 짓이겨져 이미 꽃의 형태를 잃어버린 것들도 적지 않았다.

홍란은 잠시 그 꽃들을 내려다보다 말고, 허리를 숙여 짓이기고 찢겨진 꽃의 파편들을 모았다. 다리 밑에서 걸어 나가, 두 손바닥 위에 담아 여전히 빗물이 떨어지는 개울물에 조심스레 흔들었다. 그러느라 제 어깨며 등허리에 빗방울이 떨어져 옷자락들을 온통 적시는 것도 개의치 않았다.

신고 있던 짚신 한 짝을 벗어, 그 꽃들을 담았다.

다시 버려진 꽃들을 주워 개울물에 씻고, 짚신에 담기를 서너 번 반복하자 어느새 낡은 짚신 안에는 하얗고 붉고 푸른, 밟히고 찢기고 짓이

겨져 본래의 아름다움을 잃었지만 그래도 여전히 고운, 연꽃잎들이 가득 찼다.

"고운 신이 아니라 미안하구나."

조금 가늘어지긴 했지만 여전히 빗줄기가 떨어지는 개울물 위에 신을 띄운 후 홍란은 쪼그려 앉은 채로 제 신이, 신 안의 꽃들이 그대로 가라앉지는 않을지 근심하며 신이 흘러가는 모양을 눈으로 쫓았다. 다행히 홍란의 신은 빗줄기들이 제 안에 떨어질 때마다 흔들흔들하면서도 용케 가라앉지 않고 꽃을 태운 채 물길을 따라 흘러가는 듯하였다.

하지만…….

멈추었다 빙그르르 돌고, 그러다 다시 가고 하느라 꽃을 태운 신은 그리 멀리까지 떠내려가지 못하고 있었다. 홍란은 빗줄기를 고스란히 맞으며 내내 그 모양을 보고 있었다.

그때였다.

웬 그림자 하나가 홍란의 뒤쪽에서 푸드득 튀어나오더니, 등롱을 든 채로 개울물 속으로 뛰어 들어갔다. 그리고선 이제 막 물에서 솟아나온 돌부리에 걸려 갈 곳을 잃은 꽃신을 들어 올렸다.

"선비님이 왜……?"

홍란은 꽃신을 들고서 제게로 다가오는 사내를 보며 엉거주춤 자리에서 일어났다. 또 그 사내였다. 늘 도깨비처럼 난데없이 나타나 저를 놀리고 가는 사내.

어느새 물 밖으로 나온 도깨비 사내는 등롱을 팽개치고 홍란의 소매를 잡고는 다리 밑으로 이끌었다.

"쯧쯧. 그 비를 다 맞고 앉았어? 고뿔 들 텐데? 하여간 여인들이란……"

학은 제 도포자락으로 홍란의 젖은 머리와 얼굴을 닦아 주다 말고는 그래도 성에 안 차는지, 도포를 벗어 홍란의 젖은 어깨 위에 걸쳐 주었다.

"아, 그렇지!"

학은 깜빡했다는 듯 홍란의 어깨에 걸친 제 도포의 소맷자락에서 비단 손수건을 꺼내 바닥에 펼치고서는 자신이 방금 물에서 건져 올린 홍란의 신을 그 위에서 뒤집었다.

사라락.

물에 젖은 희고, 붉고, 푸른 꽃잎들이 새빨간 비단 손수건 위에 떨어져 내렸다. 홍란이 그 어여쁜 모양에 눈을 빼앗기고 있자니 학이 마침내 다 비운 신을 홍란의 발 앞에 두었다.

"신어."

홍란이 가만히 고개를 들어 학을 보았다.

"설마 신겨 주기를 바라는 건 아니겠지? 신 정도는 스스로 신지그래?"

신을 신겨 주자면, 자연 무릎을 꿇어야 했다. 허나, 학은 그럴 수 없는 몸이었다. 아무리 자신의 마음을 흔들고 있는 상대라 해도 여인 앞에서 무릎을 꿇을 수는 없는 노릇이었다.

"어떻게 여기…… 계셔요?"

홍란이 발에 신을 꿰며 조심스레 물었다. 어떻게 이 사내는 매번 자신이 있는 곳에 이렇게 불현듯 나타나는 것인지 궁금하기 짝이 없었다.

"그대를 뒤쫓아온 것인지 묻고 싶은 거야? 그랬더라면 더 좋았겠지만 그건 아냐. 비를 피하려고 다리 밑으로 들어왔다 비를 맞으며 청승을 떨고 있는 여인네가 있기에 자세히 본 것뿐이야. 설마 그대랑 여기서 이렇게 만날 줄은 나도 몰랐어."

그랬다.

혹시나 만날 수 있으면 좋겠다 싶어서 학은 미리 일현에게 칠석날 홍란이 어디로 갈 예정인지는 물었었다. 하지만 일현은 알 수 없다며, 아마 장사 일로 바빠서 칠석날 따로 어디 가는 것 같지는 않다고 전해 주었다. 그랬기에 잠행을 나오면서도 학은 크게 기대를 하지 않았다. 금목교로 향한 건, 젊은 청춘남녀들이 칠석날 가장 많이 모이는 곳이라는 이야기를 전부터 들어 알고 있었기 때문이었다. 잠행을 나오려면 미리 대왕대비마마에게 저녁 문후를 드리고 나와야 하는 까닭에, 제법 늦은 시간이었지만 칠석날인 만큼 밤이 늦어도 볼 만한 구경거리는 있겠다 싶었다. 혹시나 금목교 주변에 모인 사람들 중에 자신도 아는 얼굴이 있으면 두고두고 놀림거리로 삼을 작정이기도 했다.

하지만 금목교 근처에 다다랐을 때에는 갑작스런 비 탓인지 이미 다리 주변에는 아무도 없었다. 하여 잠시 다리 밑에서 빗줄기나 피할까 하고 들어서던 학의 귀에 웬 여인의 작은 속삭임이 들려왔다.

"고운 신이 아니라 미안하구나."

'……누구지?'

소리를 향해 고개를 돌린 학의 눈에 비를 맞으며 이제 막, 개울물에 신을 띄워 보내는 여인의 모습이 보였다. 작고 동그란 뒤통수와 어깨선, 웅크리고 앉은 뒷모습밖에 보이지 않았지만 학은 그 뒷모습만으로도 여인의 정체를 알아차렸다.

자신도 왜 그런지 모르겠지만, 그저 머리 뒤꼭지만으로도 그녀가 홍란이라는 걸 알 수 있었다. 이 미처 생각지도 못한 우연과 인연에 학의 가슴은 쿵쾅쿵쾅, 소란스러워졌다.

"자, 여기."

학이 꽃을 품은 비단 손수건을 들어 홍란에게 내밀었다.

"그대를 줄 은행을 챙겨오지 못했으니 대신 이 손수건을 줄게."

홍란이 선뜻 받을 생각을 아니 하고 그 손수건을 가만히 보기만 하였다. 학이 그런 홍란의 손을 잡고 제 맘대로 손수건을 쥐어 주었다.

홍란은 이제 제 손 안에 있는 손수건을 내려다보다 말고, 퍼뜩 지난번 학이 제게 건넨 물음을 떠올리고는 학을 올려다보았다.

"혹시…… 선비님이 그날 백악산에서 백호와 맞서셨던 그 군사님이십니까?"

"준 약은 다 먹었어?"

학이 홍란의 물음에 물음으로 답했다. 그리고선 홍란이 답을 내어놓기도 전에 쓰윽, 자신의 얼굴을 홍란의 얼굴 가까이로 들이밀었다.

"흐읏……."

갑작스러운 접근에 놀란 홍란이 뒷걸음질치려는데, 학이 얼른 홍란의 어깨를 잡아 멈추게 했다. 그리곤 서로의 숨이 닿을 정도가 되도록 다시 얼굴을 들이밀었다.

홍란은 너무 가까이 다가와서 오히려 흐릿하게 보이는 사내의 모습에 저도 모르게 긴장하여 흐읍, 숨을 멈추었다. 사내를 뿌리쳐야 하는데, 그래야 하는 걸 알면서도, 어쩐지 손이, 발이, 몸이 제 맘대로 움직여지지가 않았다.

"제대로 안 챙겨 먹은 모양이네."

사내가 홍란의 어깨를 잡고 있던 한 손을 들어 홍란의 뺨을, 아직도 선연한 상처가 남아 있는 홍란의 뺨을 살며시 쓰다듬었다.

그 조심스러운 손길에 홍란은 처음 상처를 입었을 때처럼, 뺨에 불이 붙는 것만 같았다. 아픔이 사라진 지는 제법 된, 그래서 의식하지 않게 된 지도 제법 된 그 상처가 어쩐지 너무 생생하게 느껴져 저도 모르게 "읏!" 하는 신음을 내뱉고 말았다.

사내가 놀란 듯 얼른 제 손을 물렸다.

"뭐야? 아직도 아픈 거야?"

사내의 눈에 근심스러운 기색이 들어 있었다. 사내가 다시 상처를 자세히 보려는 듯 얼굴을 들이밀려고 하였다.

"윽!"

홍란이 떨리는 손을 들어 학의 가슴팍을 밀었다. 그 탓에 학이 쥐어 주었던 손수건이 떨어지고, 손수건이 품고 있던 꽃잎들도 바닥으로 흩어졌다.

"수상한 짓을 하려던 게 아냐. 난 그냥 상처를……."

학이 허리를 굽혀 다시 손수건 안에 꽃을 주워 담는 동안, 홍란은 갑자기 뛰어 도망치기 시작하였다. 학이 걸쳐 주었던 도포를 벗어던진 채 그저 달아날 뿐이었다.

그래야 했다.

어쩐지 그래야만 할 것 같았다.

학이 얼굴을 가까이 들이밀었을 때, 학의 눈빛에서 저를 걱정하는 기색을 보았을 때, 홍란은 예감했다. 이 사내와 있으면 분명 또다시 마음이 산란(散亂)스러워질 것임을. 그것이 무엇인지…… 무엇의 시작인지…… 홍란은 너무도 잘 알고 있었다.

"잠깐만!"

뒤에서 사내가 부르는 소리가 들렸다. 사내가 쫓아오는 소리도 들렸다. 홍란은 자신이 걸음을 멈춘다고 해서 그가 자신에게 해코지를 하지는 않을 것임을 알았다. 하지만 그럼에도 불구하고 멈출 수가 없었다. 멈추고 싶지가 않았다.

순간, 불현듯 누군가가 홍란의 앞을 막아섰다.

"헉……!"

누구인지 살필 틈도 없이 놀라 몸을 피해 도망치려는데, 그 '누군가'가 말을 걸어왔다.

"무슨 일이오? 누가 쫓아오기라도 하는 거요?"

"……의원님?"

홍란이 얼떨떨해 하며 '누군가'를 보았다. 성 의원이었다.

당황해 하는 홍란의 얼굴을 살핀 성 의원이 들고 있던 우산을 홍란의 손에 쥐어 주고선 제 등 뒤로 보냈다. 그리곤 방금 홍란이 달려온 쪽을 살폈다.

"누구요?! 거기 누가 있소?!"

성 의원이 크게 외쳤다. 하지만 답을 하는 이도, 별다른 인기척도 보이지 않았다.

"괜찮소?"

성 의원이 홍란을 돌아보며 안부를 물었다.

홍란이 말없이 그저 고개만 끄덕여 답을 하였다.

그 밤, 금목교에서 홍란과 성 의원이 만나는 걸 숨어서 지켜본 이는 학뿐이 아니었다. 학의 충성스러운 신하인 일현 역시 어둠 속에 몸을 가리고 있다가 홍란을 데리고 돌아가는 성 의원의 모습을 지켜보았다. 사실 일현이 본 것은 그것만이 아니었다. 다리 아래서 저의 임금과 홍란이 만나는 것도, 주상 전하가 건넨 붉은 손수건을 내던지고 홍란이 달아난 것도, 갑작스러운 성 의원의 등장에 주상 전하께서 어둠 속에 급히 몸을 감추며 조심스러운 시선을 보내는 것도, 그리고…… 두 사람이 나란히 같은 우산을 쓰고 멀어지는 것을 아쉽기 그지없는 시선으로 지켜보다 전해 주지 못한 붉은 비단 손수건을 몇 번이나, 몇 번이나 쓰다듬으시는 것도 모두 지켜보았다.

'전하, 어찌 요사스러운 여인에 홀려 그리 마음 아파하십니까? 전하답지 않으십니다. 전하께 누만 될 여인이옵니다. 전하, 바라고 또 바라옵건데, 부디 성총(聖聰)을 되찾으시옵소서.'

소리 내지 못한 간청을 억지로 목 안으로 쑤셔 넣은 일현은 괜히 주상 전하의 마음을 어지럽게 하는 홍란에 대한 원망 어린 시선으로 어둠 속을 쏘아보았다.

"먼 길 떠날 채비는 다 하였소?"

찰박찰박 물소리를 내며 제 곁에서 걸어가고 있는 홍란에게 성 의원이 물었다.

"가는 길로만 석 달 열흘이 넘는 먼 길이오. 거기다 장사할 물건까지 가지고 가야 하는데…… 내 뭐 도울 일은 없겠소?"

"……걱정하지 않으셔도 됩니다. 대방 어른께서 내려가시기 전에 상단의 어른께 부탁을 해 주신 것을요. 오늘은…… 여러 가지로 감사했습니다. 늦은 밤, 살펴 가시지요."

집 앞에 다다른 홍란은 얼른 문을 열고 들어갔다.

성 의원은 마치 더 이상의 걱정을 사양한다는 듯, 서둘러 제 눈앞에서 닫히는 문을 보고 쓸쓸한 웃음을 짓고 돌아서려하였다. 그때 대문 안에서 홍란의 잔뜩 경계한 말소리가 들려왔다.

"뉘십니까?! 어찌 주인이 없는 집에 들어 계십니까?"

'뭐지?!'

성 의원이 돌아서려던 걸음을 다시 되돌려 홍란네 집 문을 거칠게 밀었다. 다행히 홍란이 닫아걸지 않은 까닭에 대문은 쉽게 열렸다.

"무슨 일이오?"

성 의원은 마당에 선 홍란의 곁에 가 섰다. 홍란이 가만히 손을 들어 마루 위를 가리켰다. 불도 켜지 않아 깜깜한 그곳에 웬 사람의 형상이 어렴풋이 보였다.

성 의원 역시 홍란처럼 바짝 긴장한 기색으로 들고 있던 등롱을 높이 쳐들고 마루에 가까이 다가가려는데, 마루 위에서 웬 여인의 음성이 들려왔다.

"집 주인이 놀란 모양이구나. 불을 켜라."

여인의 말이 끝나자마자, 따닥따닥 부싯돌을 튕기는 소리가 나더니 마루 양쪽에서 웬 사내들이 들고 있는 등롱에 화르륵, 불이 붙여졌다.

"뉘십니까?"

어둠에 묻혀, 있는지도 몰랐던 이들의 갑작스러운 등장에 놀란 성 의원이 홍란의 팔을 끌어 제 등 뒤로 감추었다.

마루 위의 여인은 밤의 어둠으로 충분치 않은지, 검은 너울을 드리워 얼굴을 가리고 있었다. 입고 있는 검은색 비단 치마 저고리에 현란하게 수 놓아진 은사들이 여인의 부유함을 잘 드러내 보였다.

"……거기 등 뒤의 집 주인과 이야기를 하고자 하오."

무슨 까닭인지 한참 동안 성 의원을 본 후에야 여인이 제 본론을 꺼냈다.

"대체 뉘십니까?"

여인의 말에 따라 홍란이 성 의원의 등 뒤에서 한 발자국 나서며 물었다. 성 의원이 소매를 붙잡아 말리려 하였지만 홍란은 괜찮다는 듯,

고개를 끄덕여 보였다.

"어찌 주인도 없는 집에 객이 먼저 들어 계신 겁니까?"

"그건 잘못하였네. 내 사과하지. 갑자기 비님이 오시니 비도 피할 겸, 근처에 마침 자네 집이 있기에 잠시 든 거라네. 헌데 말일세, 문단속이 이리 허술하니 객이 무단으로 들었다 하여도 어찌 객만 잘못했다 하겠는가? 아니 그런가?"

"……알겠습니다. 제 집 단속을 못한 저에게도 잘못이 있으니 무단으로 오신 것에 대해 잘못을 묻지 않겠습니다. 그리해도 제 집에 오신 객이 누구인지 주인으로서 알아야 하지 않겠습니까?"

"소개가 늦었네. 이번에 은월각을 맡게 된 행수, 청향이라 하네."

"은월각의……?"

은월각이라는 소리에, 홍란은 물론이고 성 의원의 얼굴도 새파랗게 질렸다.

"은, 은월각에 새 주인이 나섰다는 이야기는 이미 들어 알고 있습니다. 헌데 이 늦은 밤, 은월각의 행수께서 제 집에 오신 연유가 무엇입니까?"

"내 자네에게 받을 빚이 있어서 말일세."

여인이 마루 아래 선 사내 하나에게 까닥 고개를 끄덕여 보였다. 그러자 사내가 품에서 서찰 하나를 꺼내 홍란에게 건네주었다.

"까막눈은 아니라 들었네. 허니 보면 알겠지?"

홍란이 성 의원이 비쳐준 등롱 빛으로 서찰의 내용을 읽어 나갔다. 이내 서찰을 든 홍란의 손이 덜덜 떨리기 시작했다.

"무슨 일이오?"

성 의원이 입술을 깨물고 있는 홍란의 얼굴을 보며 걱정스레 물었다.

하지만 홍란은 성 의원 대신 마루 위에 서서 자신들을 내려다보고 있는 너울 쓴 여인에게 물었다.

"내 아비에게 어찌 이런 큰돈을 내어주셨단 말입니까? 가진 것도, 갚을 능력도 없는 무능한 아비외다."

"허나 자네라는 딸을 두지 않았는가? 자네를 얻을 수 있다면 그깟 돈 냥쯤 과한 것도 아니란 말이지."

그제야 성 의원은 제가 보지 않은 서찰의 내용도, 마루 위 여인이 하고자 하는 말의 뜻도 알 것 같았다.

"무슨 짓을 꾸미려는 것이오?! 설마……?!"

성 의원은 차마 기녀라는 말을 입 밖에 내지 못했다. 설마 아버지 빚을 핑계 삼아 홍란을 다시 은월각으로 데리고 가 기생 일을 시킬 작정이냐고 묻지 못했다. 대신 누구라도 덤벼들면 아작을 내줄 각오로 홍란의 곁에 버티고 서서 사납게 눈을 빛냈다.

"저는 이제 기녀가 아닙니다. 차라리 이 자리에서 혀를 깨물어 죽으면 죽었지 다시 기녀가 될 생각도 없습니다."

홍란이 떨리는 고개를 애써 쳐들고는 제 굳은 의지를 내보였다.

"하하하하! 하하하하하!!"

홍란의 말이 끝나기가 무섭게 너울 쓴 여인의 신경질적인 웃음소리가 집 안을 가득 채웠다.

"기녀라니? 누구를 말하는 건가? 설마 자네? 내가 자네를 다시 기녀로 만들려고 한다고? 하하하하하하!"

다시 여인의 웃음소리가 길게 이어졌다.

"면경에다 얼굴을 비쳐 보았는가? 그리 뺨에 커다랗게 나 있는 상처는 차치하고서라도 이제 그 얼굴 어디에 기녀로서의 색기가 남아 있단 말인가? 장사치로 나선 지 몇 해가 되었나? 두 해? 세 해?"

"……두 해입니다."

"자네 얼굴이 아직 제법 곱기는 하지만, 이제 더는 기녀의 얼굴은 아니라네. 거기다 자네 나이가 몇이던가? 스물하고도 서넛은 더 되었을 터. 퇴기 될 날이 머지않은 자네를 그리 비싼 값을 주고 사면 무얼 하누? 자네도 한때 기루에서 이름을 날렸던 처지니, 알 법도 하련만, 아직도 자네가 예전 도성 뭇 사내의 마음을 후리던 은월각의 일패기생인 줄로만 아는 건가? 하하하하!"

"그럼 이 빚 문서로 이 여인을 얻겠다는 말은 무슨 뜻이오?"

성 의원이 물었다. 마루 위의 여인은 답을 하지 않았다.

"……제가 무엇을 하면 됩니까?"

이번엔 홍란이 물었다. 그러자 기다렸다는 듯, 여인의 답이 떨어졌다.

"한 달 뒤, 은월각에서 은월연을 열 것이네."

은월연이라는 소리에 홍란이 자신도 모르게 주춤, 뒤로 한 발자국 물러났다.

"이번 은월연에서는 두 동기 아이의 대발(戴髮, 기생이 처음 머리를 얹는 일, 즉 처음으로 남자와 잠자리를 하는 일) 손님을 정하게 될 걸세."

홍란이 두 눈을 감고 입술을 깨물며 터져 나오려는 신음을 속으로 삭혔다.

"자네의 신묘한 솜씨로 그 아이들을 조선 최고의 미색으로 단장시켜 주게나."

여인이 검은 너울 속에서 씨익, 차가운 웃음을 머금었다.

유난히 길고 길었던 칠석의 밤이 끝나가는 순간이었다.

제 4 장 ─ 은월각의 여인들

"가지 마시오. 미심쩍은 것이 한 둘이 아니질 않소. 공연한 핑계로 또 무슨 올가미를 씌울지 너무 걱정이 되오."

칠월하고도 아흐레 날 밤.

저녁 일찍 홍란을 찾아온 성 의원은 은월각에 갈 채비를 하는 홍란을 또 다시 말렸다. 칠석날 밤, 은월각의 새 행수가 다녀간 이후부터 성 의원은 이틀 연속 홍란을 찾아와 마음을 돌리라 설득하였다.

"인연을 끊은 아비라 하지 않았소? 모른다 하오. 갚을 수 없다 하면 될 것 아니오."

처음엔 그리 설득을 해 보았다. 하지만 홍란은 서글프게 웃으며 고개를 저었다.

"그분을 원망하고 증오하는 마음이야 하늘 아래 저보다 더한 사람이 있겠습니까? 허나 아무리 원망스럽고 아무리 미워도 아비인 것을요. 딸이라고 안아 주고 이뻐라 해 준 것도 까마득한 옛날, 아주 어렸을 때 두어 번 뿐이지만 그래도 그때의 아비 품이 아직도 생생히 기억나는 것을요."

홍란이 두 살이었을까, 세 살이었을까. 눈부시도록 햇살이 가득 쏟아지는 집 마당에서 늙은 개의 꼬리를 부여잡고 꼬박꼬박, 고개를 떨어뜨리며 낮잠을 자고 있던 홍란이는 제 머리를 다정히 쓸어 주던 아비의 손길에 잠이 깨었더랬다.

"배 안 고프냐?"

잠에서 깬 멍한 눈으로 자신을 올려다보는 홍란을 아비는 답삭 들어 품에 안고는 가만히 뒤통수를 쓰다듬어 주었더랬다.

"간혹 그때의 꿈을 꿉니다. 햇빛을 받고 섰던 거인 같던 아비의 모습과, 아비의 품에서 맡았던 낡은 옷에서 나는 시큼한 땀 냄새, 그리고 아비의 거친 수염에 쓸려 유난히 볼이 아팠던 것까지…… 그날 그때, 내 오감이 느꼈던 모든 감각들이 몇 번이고 몇 수십 번이고 꿈속에서 되살아나곤 하지요."

홍란은 그 큰 눈에 눈물을 가득 담고 성 의원에게 물었다.

"아비가 원망스럽고 증오스러울수록 그때의 기억이 더욱 그리워지는 까닭은 뭘까요?"

홍란이 그리 나오니, 모른 체하라는 말은 정답이 될 수 없었다.

"그러면 빚을 갚읍시다. 제법 큰돈이기는 하나, 일전에 그쪽이 내게 맡긴 집문서를 팔고 내가 얼마간이라도 보태면, 아니 그래도 모자랄 것 같으면 송 대방 어르신께 도와달란 기별을 넣으면 일이 쉽게 해결되지 않겠소."

그리도 설득해 보았지만 애초에 홍란이 들어줄 것 같지는 않았다. 아니나 다를까, 홍란은 송 대방 어른의 후의(厚意, 두터운 정. 은혜)를 제 아비의 노름빚으로 날려 버릴 순 없다며 완강히 거부하였다.

"그럼 제가 송 대방 어른을, 함창댁 할머니를 어찌 보겠어요? 그럴 수 없어요. 돈을 빌려 달라 청하는 것도 마찬가지예요. 그만한 큰돈을 무슨 염치로, 무슨 면목으로 빌려 달라 하겠어요? 다른 것도 아닌 아비의 노름빚인 것을요."

"그럼…… 내가 변통해 보겠다고 해도 마다할 것이오?"

"의원님이 쉽게 감당하실 만한 금액이 아니지 않습니까? 너무 심려 마세요. 이번 일만 무사히 마친다면 빚을 없었던 걸로 해 주겠다는 문서까지 받아놓질 않았습니까? 고작 열흘이 조금 넘는 품삯으로 그만한 빚을 없앨 수 있다면 그거야말로 천행인 것을요."

그리 말한 홍란은, 여전히 걱정을 떨치지 못한 성 의원이 제 뒤를 따라오는 걸 알면서도 뒤 한 번 돌아보지 않고 은월각을 향해 성큼성큼 걸어갔다.

'모래 한 알만큼의 인연도 남겨서는 안 돼. 그 모래 한 알이 언젠가 큰 바위가 되고, 산이 되어 또 다시 발목을 잡고 말테니……'

두려움에 자꾸만 더뎌지는 걸음을 애써 서두르며 홍란은 일전(一戰, 한 바탕 싸움)을 각오하는 장수이기라도 한 양, 굳게 입을 다물었다.

"어머니, 홍란이라는 그 매분구가 정말 그리 어여쁜가요?"

"그래. 제법 곱기는 하더구나."

"정말요? 세오보다, 연후보다 더요?"

그날 밤. 은월각 행수 청향의 방에는 여전히 검은 너울로 얼굴을 가리고 있는 청향 외에 아직 얼굴에 앳된 티가 가득한 어린 동기(童妓) 둘이 들어 있었다.

그중 한 아이는 너울 아래로 장부(帳簿)를 들여다보고 있는 청향의 등에 제 등을 맞댄 채 앉아 치맛자락을 팔락팔락 뒤집었다 펴기를 반복하며 연신 청향에게 말을 걸고 있었다. 얼굴이 한 줌 정도밖에 되지 않을 정도로 갸름하고 유난히 속눈썹이 긴 아이였다.

"그 매분구가 원래는 여기 기녀였다면서요? 그런데 왜 장사치가 됐대요? 고생스럽게?"

"글쎄다. 기녀보다 장사치로 사는 게 더 좋은 모양이지."

"에이, 그럼 별로 이쁘지도 않은가 보다. 얼굴만 고왔어 봐요. 뭐하러 장사나 하면서 그렇게 힘들게 살겠어요? 정 기루에서 일하기 싫음 어디 대감댁 소실로라도 들어앉을 일이지. 안 그러니, 연후야?"

세오가 제 바로 앞에서, 방바닥에 무보(舞譜, 춤의 동작을 부호나 그림을 사용하여 악보처럼 기록해 놓은 것)를 펴놓고 입속으로 중얼중얼 외며 그림을 보느라 정신이 없는 아이에게 말을 걸었다. 이목구비는 세오보다 또렷하진 않지만 하얀 살빛이 어여쁜 아이였다.

"그러게."

연후라 불린 아이가 건성으로 답하자, 세오가 무릎걸음으로 다가오더니 연후가 보고 있던 무보책을 홱 들어올렸다.

"책 닳겠다. 그만 좀 봐!"

"내놔?! 나 아직 다 못 익혔단 말이야!"

"그것 봐서 뭐하게? 은월연이 뭐 네 춤솜씨 자랑하는 자리인 줄 알아? 춤이건 노래건 그냥 남 보기 흉하지 않을 정도면 돼. 안 그래요? 어머니?"

청향은 아무 말도 하지 않았다. 연후와 세오가 책을 찾으려고, 빼앗기지 않으려고 서로 뒤엉켜 소란을 피우는 것을 빤히 보고만 있을 뿐이었다.

"행수 어른, 세오 좀 말려 주세요. 벌써 이리 저를 방해하는 게 몇 번째인지 몰라요."

"어머니한테 이르긴 왜 일러? 갖고 싶으면 네 힘으로 뺏어 보든가."

"세오, 너. 정말 이렇게 나오기지?"

"그래, 이렇게 나온다 어쩔래? 베에."

세오가 혀까지 내어 보이자 연후는 파르르, 약이 올라 어쩔 줄을 몰라 하며 괜히 발만 동동 굴렀다. 맘 같아선 있는 힘껏 덤벼 온몸을 뜯어 놔도 성이 안 찰 지경이었지만, 괜히 그러다 세오나 저나 얼굴이나 살에 상처라도 냈다가는 은월연에 설 수 없게 될 터이니, 그저 눈물만 그렁그렁한 채 씩씩, 헛숨을 내쉴 수밖에 없었다.

"뺏어 봐, 뺏어 보라니까?"

연후의 모습에 더 재미가 들린 세오가 무보 책을 연후의 눈앞에 흔들어 대며 또 다시 약을 올렸다. 그때, 방 밖에서 오 영감의 말소리가 들려 왔다.

"행수 어른, 홍란이 왔습니다."

어딘가 못마땅한 기색이 잔뜩 서린 목소리였다.

"들라 하게."

청향이 밖을 향해 말한 후 보고 있던 장부책을 탁, 소리가 나게 닫았다.

"앉아라들."

그저 한마디였지만, 그 한마디에 세오와 연후의 표정이 어린 계집아이에서 엄격한 수련을 거친 동기의 그것으로 순식간에 되돌아왔다.

그리고 홍란이 채 방문을 열기도 전에 청향의 좌우에 세오와 연후가 얌전히 치마폭을 펼치고 앉았다.

"들어가겠습니다."

소녀들은 새치름하게 입을 다물고서는 방 안에 들어서 자신들의 맞은편에 자리를 잡고 앉는 홍란의 일거수일투족을 유심히 훑어보았다.

"인사들 해라. 연회에 서기 전 너희들의 단장을 도와줄 매분구니라.

향과 화장의 쓰임새는 물론 의복을 고르는 일부터 머리 단장에 이르기까지, 너희의 발끝에서 머리끝까지를 책임져 줄 이다."

청향의 말이 떨어지자마자 청향의 양쪽에 앉아 있던 두 소녀가 동시에 일어나 치마 양 편에 사뿐히 손을 가져다 대고는 스르르 한쪽 무릎을 세워 앉은 후 가볍게 고개를 숙여 보였다.

"세오라 합니다."

얼굴이 갸름하고 눈코입이 또렷또렷하게 생긴 소녀가 제 이름을 먼저 말했다.

"연후라 합니다."

새하얀 얼굴에 삼단 같은 머리를 땋아 늘어뜨린 소녀가 얌전히 제 이름을 말했다.

"홍란이라 합니다."

"성이 홍 가예요?"

기생절로 인사를 한 두 소녀에게 가볍게 고개를 숙여 보이는 것으로 인사를 대신한 홍란에게 세오가 물었다.

"원래 여기 은월각의 기녀였다면서요? 기명(妓名)은 뭐였어요?"

세오의 물음에 이어 연후의 물음이 따라왔다.

홍란은 두 소녀의 질문에 답하기 전에 정면에 앉은 청향을 보았다. 너울로 얼굴을 가린 탓에 표정은 자세히 보이지 않았지만, 어쩐지 자신이 무어라 답할지 기대하고 있는 것처럼 보였다.

"기명은 따로 없습니다. 예나 지금이나 제 이름은 단 하나, 홍란이라는 이름뿐이지요."

기녀가 되기로 결심한 이후, 홍란은 제 이름 앞의 성(姓)을 버렸다. 따로 기명을 만들지 않고 제 본래의 이름을 기적(妓籍)에 올렸다. 그것이 이름을 지어 준 아비와 운명을 지워 준 하늘에 대한 홍란 나름의 반항이라면 반항의 표시였다.

"내 이름 세오(細嫭)는요, 가늘고 예쁜 여자아이라는 뜻이래요. 여기 어머니가 지어 주신 이름인데, 나한테 딱 맞죠? 그리고 연후(變篌)라는 이름은 아름다운 악기라는……."

"그만."

청량한 음성으로 조잘조잘대는 세오의 입을 청향이 막았다.

"인사를 마쳤으면 너희 방에 가 있거라. 좀 있다 이 사람을 보내 줄게야."

"네, 어머니."

"네, 행수 어른."

두 소녀가 청향을 향해 돌아앉아 가볍게 반절을 해 보이고는 날렵한 몸짓으로 사뿐히 일어나, 발바닥을 사사삭 끌며 방에서 나가 얌전히 방문을 닫았다.

"어떠한가?"

청향이 물었다. 되묻지 않아도 무엇을 물음인지 홍란은 금세 알아차릴 수 있었다.

"열넷입니까? 열다섯입니까?"

"두 아이 다 열다섯이지. 둘 다 아홉 살 때부터 내게 맡겨졌고 그 이후론 먹고, 입고, 보고, 배우는 것, 어느 하나 다름이 없이 자랐네."

"은월연에 서기에는 너무 이르지 않습니까?"

"대발을 하는 데 열다섯이면 차고도 남음이지. 자네도 알고 있을 터인데?"

"하지만…… 은월연은 다르지 않습니까?"

은월연은 원래 그런 것이었다. 아직도 앳되기만 한 소녀들이 뭇 사내들의 앞에 나가 마치 마소마냥 온몸을 샅샅이 훑이고, 그에 따라 몸값을 감정당하고, 가장 높은 값을 부르는 사내에게 인계되는 일을 겪게 될 것이었다. 시작치고는 잔혹하기 짝이 없는 시작이었다.

　원래 대발은 동기에게 있어 가상의 혼례나 다름없는 것이었다. 중신애비나 매파가 뭇 도령들 중 그럴듯한 혼인 상대를 물색하듯이, 기루의 노련한 기녀들이나 행수가 기루의 객들 중 인품이나 성품, 재력 등을 감안하여 그럴듯한 상대를 물색한 후 그들에게 동기의 머리를 올려줄 수 있는지 물어야만 했다.

　그때 상대는 동기의 재주를 선본 후 대발을 할 용의가 있을 경우, 동기에게 치마 한 벌이나 해 주라며 결코 치마 한 벌 값만은 아닌, 대발 값을 넉넉히 지불하면 기루의 가장 안쪽 방을 정성스럽게 꾸미고 길일을 받아, 다른 기녀들의 격려와 축하까지 더해진 후에야 비로소 대발의 의식이 치러지게 되는 것이다.

　허나, 은월연에서 대발의 상대가 정해지면 그 모든 대발의 절차가 깡그리 무시될 것이었다. 인품이나 성품 따위는 상관없이 그저 가장 많은 돈을 내는 자가 동기의 첫날밤을 가지게 될 것이었고, 길일을 선택하거나 기녀 스스로가 마음의 준비를 할 여유도 없이 의식을 치르게 되고 말 일이었다.

　"대발을 그런 식으로 하게 되면……."

　"그것이 무어? 공들여 대발을 하면 기생 팔자가 달라지기라도 하던가? 이러니저러니 해 봐야, 가체 높이 덧드리고 나라님 앞에서 춤을 추는 일패 기생이건 잔돈푼에도 누구한테나 다리를 벌려 주는 주막 들병이건 몸 파는 신세인 건 마찬가지지. 그럴 바에야 하루 빨리 어느 대감

소실로라도 들어앉을 기회라도 잡을 수 있는 은월연에 서는 게 저것들의 복이라면 복일 것이야. 아니 그런가?"

"……하면 제가 할 일은 무엇입니까? 일전에 말씀하신 대로 그저 매분구로서 단장을 도우면 되는 것입니까?"

홍란은 청향과 길게 말을 섞고 싶지 않았다. 그저 청향이 시키는 대로 빨리 일을 시작하여 마무리 짓고 싶은 마음밖에 없었다. 그러고 나면 바로 선양으로 떠날 수 있었다.

"조선 팔도에 솜씨 좋은 매분구가 어디 자네 하나뿐이던가? 아니, 설령 자네 하나뿐이라 해도, 그저 열흘 가량 단장을 돕게 하는 데 그 많은 돈을 들였겠는가?"

"하면……"

긴장으로 온몸을 빳빳하게 굳힌 채 홍란이 청향을 보았다.

"이번 은월연은 일전에 자네가 섰던 은월연과는 달라도 한참이 다르다네. 양반네들뿐만 아니라 중인과 상인, 천민을 가리지 않고 돈 있는 자들이라면 모두 참석할 수 있도록 자리를 만들 셈이지."

"모두가 참석……이요?"

"사람은 반상의 구별이 있어도 돈에는 반상이 구별이 없음이니 그러할밖에. 기루가 어디 양반네들만의 기루던가? 기녀가 어디 양반네들만의 기녀던가? 아니지. 기루든 기녀든 모두 돈 있는 자들의 것이니, 은월연 역시 그리 해야 마땅하지 않겠나?"

"허나 반상의 구별이 엄격한데 양반 나리들께서 함께 하려 하시겠습니까?"

"함께는 왜 함께란 말인가?"

너울 속에서 '흐흐' 하는 작은 웃음소리가 들려왔다.

"귀하신 양반네들을 위한 자리와 돈 있는 아래 손님들을 위한 자리는 따로 마련될 것이야. 저 두 아이들은 각각의 연회에서 가장 높은 값을 매기는 이들과 대밤을 치를 것일세. 그래서 자네의 눈이, 자네의 솜씨가 필요한 게야."

"……저에게 무엇을 바라시는 겁니까?"

"자네가 저 두 아이 중 양반 나리들 앞에 설 아이와 아래 손님들 앞에 설 아이를 골라 줘야겠네. 이 말이 무엇을 뜻하는지 자네도 알겠지?"

너무도 잔인한 선택을 맡기려 하는 청향의 말에 홍란이 질끈 두 눈을 감았다.

"자네의 선택에 따라 장차 둘 중 하나는 일패가 되고, 다른 하나는 창기나 다름없는 삼패가 될 수도 있다는 것이지. 그러니 유심히, 두 번, 세 번 거듭하여 아이들을 살펴보게나."

가무를 선보이고, 시를 논하고, 서화를 자랑하며 주로 양반네들을 상대하는 일패 기생과 달리 삼패는 비참하기 그지없었다. 일체의 가무도 선보일 수 없고 오직 몸을 파는 일만이 허락된 유녀(遊女), 그것이 곧 삼패였기 때문이다.

즉, 은월각의 새 행수 청향은 홍란에게 두 동기의 운명, 기녀로서의 운명만이 아닌 여인으로서의 운명을 결정지을 무거운 선택을 하라, 명한 셈이었다.

꽃

'분명, 오늘도 또 그곳으로 가는 걸 테지?'

일현은 갓을 깊게 내려쓰고 일부러 느린 걸음으로 먼발치에서 홍란의 뒤를 쫓았다. 홍란의 목적지가 어디임을 뻔히 알고 있으니 부러 가까이에서 쫓을 필요가 없었다.

벌써 며칠째, 일현이 지켜본 홍란의 일과는 한결같았다. 장사 일을 하러 나갔다가도 노을이 질 때쯤에는 반드시 집에 돌아와 간단히 저녁 끼니를 때운 후 집을 나섰다. 그리고 어둠이 슬금슬금 빛을 잠식하며 그 기세를 떨쳐나갈 때쯤에는 사람들의 눈을 피해 몰래 그 안으로 들어갔다. 다시 문을 연 지 얼마 안 된 기루, 은월각 안으로.

'예전에 몸담았던 곳인데, 잘도 장사를 하러 가는군. 배포가 큰 것인가, 뻔뻔한 것인가?'

처음 홍란이 은월각 안으로, 그것도 사람들의 시선을 피해 대문에서 벽을 따라 한참 돌아가야 나오는 작은 쪽문을 통해, 들어가는 것을 봤을 때는 그저 매분구로서 물건을 팔러 가는 줄만 알았다.

하지만 다음 날도, 그다음 날도, 또 그다음 날도 매일 밤 똑같은 시간, 똑같은 문을 통해 사람들의 눈을 조심해 가며 은월각으로 들어가는 홍란의 모습은 수상쩍기 그지없었다. 그것도 한 번 들어가면 인정(人定, 통행금지를 알리는 종. 밤 10시 30분 정도)이 울리기 직전까지 나오질 않았다.

'여인이 많이 있는 곳이라 하나 매분구가 저리 매일 드나드는 건 이상하지 않나? 그것도 무슨 볼일이기에 저리 몇 시간씩 안에서 시간을 보내는 거지? 뭐지? 도대체 저 안에서 무얼 하는 거야!'

참으로 괴이하고 수상쩍었다.

자신 같으면 한때 술청에 섰던 제 과거가 수치스러워서라도 기루 쪽으로는 발걸음도 안 했을 터였다. 그런데 매일같이 드나든다? 거기다 때로는 얼굴의 분칠을 채 못 지우고 나오는 경우도 있으니 더욱 수상쩍었다. 들어갈 땐 맨 얼굴이었던 여인이 나올 때는 곱게 화장을 하고 나오니, 일현으로서는 한 가지 생각밖에 들지 않았다.

'설마, 다시 기루에 몸담는 건…… 아니야. 기적에서 한 번 이름을 빼낸 기녀가 다시 술청에 선다는 이야기는 내 이제껏 본 적도, 들은 적도 없어.'

자신이 오해하고 있는 거라 생각을 고쳐먹으려 했건만, 은월각 앞에서 성 의원이라는 자가 홍란을 막아서는 걸 보고 난 후에는 그런 마음마저 사라지고 말았다.

"괜찮겠소? 이제라도 다시 마음을 고쳐먹는 건 어떠시오. 아무리 빚을 갚아야 한다고는 하나 꼭 그런 일까지 할 필요는……"

"……괜찮습니다. 심려하지 않으셔도 됩니다."

"다시 한번, 잘 생각해 보오. 꼭 그대가 아니어도 그 일을 할 사람은 얼마든지……"

"늦었습니다. 그만 들어가 보겠습니다."

홍란은 은월각의 쪽문을 콩콩 두드렸다. 그러자 기다렸다는 듯 문이 열렸고, 홍란은 성 의원을 향해 허리를 숙여 보인 뒤 얼른 그 안으로 들어가 버렸다.

"심려 마라, 심려 마라, 그러면서도 항상 심려할 일만 하는 게 누군데."

성 의원이 혼잣말을 하며 속상해 못 견디겠다는 듯 한 번 쿵, 발을 울리는 것까지 보고 일현은 다른 곳으로 발걸음을 옮겼다. 성 의원에게 저의 미행을 들킬까 염려한 때문이었다.

'분명해. 그 계집이 다시 술청에 서고 있음이야.'

지난밤, 일현은 그동안의 제 생각이 맞았음에 작은 희열까지 느꼈다.

그리 생각하니 다른 이의 시선을 피해 몰래 은월각에 드나드는 것도,

때때로 멀리에서도 맡을 수 있을 정도로 짙은 분 냄새를 풍기던 것도, 성 의원이 말리지 못해 안달이 난 것도 모두 다 이해가 되었다.

'돈 때문에 어쩔 수 없다 하나, 기적에 오르지 않은 계집이 기루의 술 청에 서는 일은 나랏법으로 금지된 일. 내일은 내 눈으로 직접 계집의 음행(淫行)을 확인하고 포도청에 발고(發告)를 할 것이다.'

홍란이 술청에 서는 일을 제 눈으로 똑똑히 확인하려면 은월각에 객으로 드는 수밖에 없었다. 그러기 위해 일현은 제법 적지 않은 돈을 챙겨들고 일찌감치 홍란의 집 앞을 서성이며 홍란이 다시 은월각으로 향해 갈 것을 기다렸던 것이다.

'옳지. 이제야 들어갔군. 그럼 나도 슬슬 들어가 볼까?'

일현은 제 갓을 다시 한번 바로잡고 일부러 골라 입은 비단 도포자락을 휘날리며 은월각의 대문으로 향했다.

"이리 오너라!"

일현이 문 안쪽을 향해 소리를 높였다. 요 며칠 지켜본 바에 의하면, 다른 기루들이 장사를 할 때는 늘 대문을 열어 놓는 것에 비해 은월각은 항시 문을 닫아걸고 있다가 찾아온 손님에게만 열어 주곤 했다. 하지만 제법 큰 소리로 불렀음에도 은월각의 대문은 열리지 않았다.

"이리 오너라!"

대문의 손잡이를 흔들며 일현이 더욱 목청을 높였다.

하지만 그래도 문은 열릴 생각을 하지 않았다. 안에서는 기녀들의 노 랫소리와 웃음소리가 새어나오고 있으니 장사를 하고 있음이 분명했다. 그런데도 문은 여전히 일현을 거부한 채 단단히 닫혀 있을 뿐이었다.

"이것들이?! 이리 오너라! 이리 오너라!"

일현은 은월각 앞을 지나가는 행인들이 문 앞에 서서 쩔쩔매는 저를 보고 킥킥대며 지나가는 것을 보고는 열이 받아, 이번엔 주먹으로 탕탕, 대문을 두들겨가며 안의 사람을 불러 댔다.

"뉘십니까?"

일현의 등 뒤에서 여인의 목소리가 들려왔다. 갑작스러운 인기척에 놀란 일현이 흠칫하며 돌아보니, 두어 명의 종자를 뒤로 하고 무릎께까지 내려오는 푸른빛이 도는 검은 너울을 드리운 여인이 다시 말을 걸어왔다.

"무슨 일이신지 여쭈어도 되겠습니까?"

낮고 무거웠지만 어미가 살짝 들린 목소리는 조금 기묘했다. 어떻게 들으면 쉰이 넘은 노부인의 세파에 지칠 대로 지친 목소리 같기도 하고, 또 어찌 들으면 이제 겨우 갓 스물을 넘은 젊은 여인이 은밀히 낮춘 목소리 같기도 하였다. 보이지 않는 얼굴처럼 정체를 짐작할 수 없는 목소리였다.

"기루의 문을 두들기는 이가 따로 무슨 볼일이 있겠소? 한때 닫혔던 기루가 다시 문을 열었다는 소문을 듣고 찾아온 풍류객이오. 헌데 묻는 이는 뉘시오?"

"이곳의 새 행수 청향이라 합니다."

무릎을 살짝 숙이고, 고개를 보일 듯 말 듯 살짝 옆으로 기울이며 여인이 인사를 하였다.

"어허, 얼굴도 보이지 않고 인사라…… 기방의 법도가 언제부터 이리 무도(無道)해진 것인가?"

일현이 기녀답지 않게 너울로 얼굴을 가린 채 인사를 올린 청향을 책했다. 원래 기녀들은 여염집 여인들과 달리 내외를 하지 않아도 되는 존재였다. 그러기에 애당초 장옷이나 너울을 쓸 필요가 없는 존재이기도 했다. 그런데도 은월각의 새 행수라는 이가 양반이자 객으로 온 자신에게 너울을 걷지도 않고 인사를 올린 것에 일현은 적잖은 모욕감마저 느낀 것이었다.

"뉘에게 드러내 보일 만한 사정이 못 되는지라 얼굴을 가린 것이니 너그러이 용서해 주시지요."

"됐네! 긴 말은 필요 없고 어서 문을 열게. 어찌하여 객이 왔는데 문을 열 생각도 아니 한단 말인가?"

"훗!"

너울을 쓴 여인이 살짝 소리 내어 웃었다. 그 소리에 일현의 노여움이 더욱 커졌다.

"지금 나를 비웃은 것인가?!"

가뜩이나 혈기왕성한 젊은 무관인 일현이었다. 오직 주상 전하를 지근에서 모시고 싶다는 일념 하에 글공부와 무예 공부에 매진한 끝에 비교적 어린 나이에 일찌감치 무과에 합격했다. 무관이 되고, 또 금군(禁軍, 임금의 호위군)이 되면서 혹시 자신의 그릇된 행동이 주상 전하에게 누가 될까 저어하여 남들처럼 이렇다 할 계집놀음 한 번 한 적이 없었고, 기루에 가 본 경험도 손에 꼽을 정도로 적은, 풍류에 대해서는 고지식하다면 고지식하다고 할 수 있는 사내였다. 그런 까닭에 기루의 행수라는 여인이 감히 자신을 비웃었다는 사실에 일현은 귀밑까지 벌개질 정도로 화를 내었다.

"방자한 년이로구나. 기녀 따위가 감히 양반을 비웃어?!"

"비웃다니요. 천부당만부당하신 말씀이옵니다. 어찌 미천한 쇤네가 존귀한 양반 나리를 비웃겠사옵니까? 노여워 마시어요."

마치 음율을 타는 듯 높고 낮음을 매끄럽게 오가는 목소리였다. 일현은 마치 철부지 어린아이를 달래는 듯한 말투에 화가 더욱 치밀었지만, 자를 틈도 없이 이어지는 청향의 말에 입을 다물고 말았다.

"그저, 은월각의 소문을 듣고 오셨다는 분께서 아직도 은월각의 일을 잘 모르시는 것 같아, 어찌 말씀 드릴까 난처하여 저도 모르게 헛웃음이 나온 것뿐이옵니다."

"모, 모르다니. 내가 무엇을 모른단 말인가?"

얼굴을 볼 수 없으니 표정을 읽을 수 없고, 그러니 청향이 저를 놀리는 것인지 진심으로 이르는 것인지 알 수 없어 당황한 일현이었다.

"은월연이 열리기 전까지 은월각은 임시로 문을 연 것뿐, 정식으로 손님들을 뫼시고 있는 상태가 아닙니다. 지금 뫼시는 손님들은 전부터 안면이 있으신 분들로 은월각을 위해 물심양면으로 도움을 주고 계신 분들뿐이지요. 그분들 또한 미리 저희에게 언질을 주시고 방문하오실 시(時)와 날을 알려 주시는 경우에 한해서만 들어가실 수 있사옵니다. 허니, 손님께서 오늘 아무리 은월각의 대문간에서 소리를 높이신다 한들 대문은 열리지 않을 것이옵니다. 그럼."

일방적으로 제 말만 늘어놓은 청향이 다시 무릎과 고개를 함께 살짝 숙여 보인 뒤 일현을 젖히고 대문 앞에 가 섰다. 그리곤 나지막한 소리로 한마디를 내뱉었다.

"날세."

그 소리가 끝나자마자 그동안 굳게 닫혀 있던 문이 순식간에 열렸다. 동시에 치맛자락을 말아 쥔 청향이 높은 대문간을 넘어가려 한 발을 들었다.

"잠깐!!"

"또 무엇이옵니까?"

"홍란이라는 매분구가 이곳을 매일 드나드는 연유가 무엇인가?"

청향의 걸음이 멈췄다. 그리고 사뿐, 우아하면서도 날렵한 몸짓으로 뒤를 돌았다.

"안으로 드시지요."

"……마음이 바뀐 이유가 뭔가?"

"술 손님이 아니시니 마다할 이유가 없질 않습니까? 안으로 드시지요."

청향이 대문에서 슬쩍 옆으로 비껴서며 일현에게 들어올 것을 권했다. 그리고선 방자하게도 일현의 앞에 서서 걸어가기 시작하였다.

밤인데도 대낮처럼 환히 밝혀진 기루의 마당을 흑청빛의 너울이 살랑살랑 흔들리며 가로질러갔다. 일현은 그 흔들림에 시선을 뺏긴 채, 여인의 뒤를 쫓아 걷기 시작하였다.

'여기는 어디지? 행수의 거처인가?'

일현은 제가 안내된 방에 홀로 앉아 방 안을 두리번거리며 생각에 잠겼다. 흔한 화초장 하나 없이 단정하고 깔끔한, 흡사 어느 소박한 여염집 안방이나 다름없는 방 안 풍경은 어쩐지 내내 들뜨고 소란스러웠던 일현의 마음을 차분하게 가라앉혀 주고 있었다.

"들겠습니다."

잠시 옷을 갈아입고 오겠다며 나갔던 청향의 목소리가 들려왔다.

"그러게."

일현의 승낙이 떨어지자 좀 전과 달리 어깨까지 오는 짧은 너울을 드리운 청향이 계집종들에게 작은 술상을 들려 안으로 들어왔다. 흡사 소복에 가까운 미색 치마저고리 차림이 너울의 검은빛을 더욱 도드라지게 하고 있었다.

"술상을 청한 일이 없는데?"

계집종들이 방을 나간 다음에야 일현이 여전히 서 있는 청향을 올려다보며 작게 항의했다.

"이만한 게 술상 축에나 들겠습니까? 다과상이려니 여기시지요."

청향이 일현의 곁에 바짝 다가앉자 일현이 저도 모르게 엉덩이를 떼어 조금 떨어져 앉았다.

"훗."

너울 속에서 청향이 웃음을 흘렸다.

"칼과 활을 다루시는 무관께서 노기(老妓, 늙은 기생) 하나가 그리 두려우시니이까?"

"……내가 무관이라는 건 어찌 알았느냐?"

일현의 얼굴에 의심과 긴장이 서렸다.

"선비님이나 장사치의 손에……."

청향이 일현의 손을 가만히 잡았다. 일현이 흠칫 놀라 손을 빼려 했을 정도로 차갑고 매끈거리는 손이었다. 청향은 제 손에서 도망가려는 일현의 손을 두 손으로 잡고선 엄지의 둥근 부분과 그 아래쪽에 단단히 박혀 있는 굳은살을 쓰다듬었다. 활을 쏘고 또 쏘는 중에 생긴, 그리하여 이제는 본디의 제 살처럼 자리를 잡은 굳은살이었다.

"이런 굳은살이 생길 리 없지 않습니까?"

방문이 열려 있었나 보다. 여인의 검은 너울이 방 안에 스며 들어온 바람을 타고 살짝 춤을 추었다. 일현은 너울의 살랑거림에, 또 제 손을 잡은 여인의 차가운 살 느낌에 어쩐지 입이 바짝바짝 마르는 것 같아

저도 모르게 혀를 내어 입술을 적셨다.

"훗."

너울 속에서 다시 웃음소리가 들려왔다.

"나는……."

"쉬잇."

청향이 제 어깨에서부터 천천히 너울을 걷어 올리기 시작하였다. 여인의 손이 너울자락을 잡고 점점 위로 올라가는 동안, 소맷자락이 아래로 당겨져 손목이 조금 더 드러나 보였다. 나이를 가늠하기 어려운 새하얗고 가느다란 손목이었다.

"나는……."

여인의 손목에 시선을 뺏겼던 일현이 제정신을 차리려 고개를 흔드는데, 너울이 걷힘에 따라 여인의 얼굴이 조금씩 드러나기 시작하였다. 그리고 어느새 드러난 여인의 산앵두처럼 새빨간 입술에 일현의 입에선 "으……" 하는 탄성과도 같은 신음이 새어나왔다.

유난히 긴, 또한 유난히 짧았던 밤이 지났다.

은월각의 높은 지붕에 아침햇살이 걸리기 시작할 즈음, 일현은 곤한 잠에 빠져 있다 바깥 소리에 몸을 뒤척였다.

"흠. 흠!"

누군가가 부러 헛기침을 하며 일현의 잠을 깨우려 하고 있었다.

하지만 일현은 화려한 금침(衾枕, 이부자리와 베개. 침구)에서 벗어나고 싶지 않았다. 간밤의 달콤한 환상에서 깨어나고 싶지 않아 제 옆에 누워 있을 누군가를 향해 손을 뻗었다. 당연히 있어야 할 이를 찾지 못한 손이 허망하게 빈 이부자리 위에 떨어졌다.

"기침하셨습니까?"

일현이 청향의 부재를 아쉬워하며 막 이불 아래에서 제 몸을 일으켰을 때, 또다시 바깥에서 낯선 이의 목소리가 들려왔다.

"으흠!"

일현은 헛기침으로 자신이 일어나 있음을 알렸다. 그러자 바깥의 사람이 다시 아뢨다.

"문을 열겠습니다."

"그리하게."

조심스레 방문이 열리고 머리가 희끗희끗한 늙은 여종이 들어왔다. 여종은 속바지만 걸친 채 저고리도 입지 않은 일현을 보고서는 반쯤 몸을 틀어 머리를 조아렸다.

일현은 늙은 여종이 그러든 말든 신경도 쓰지 않고 태연히 일어나 지난밤 다급하게 벗어던졌던 제 옷들을 찾아 몸을 꿰기 시작하였다.

"청향은 어디 갔는가?"

"행수 어른이 전해 드리라 하신 말씀을 올리겠습니다."

"하게."

"소세나 조반 준비를 하려 들면 나리 가시는 길이 더뎌질 것이니, 그저 일어나시는 대로 나가실 채비를 도와드리라 하였습니다."

말인즉슨, 세숫물도 아침밥도 주지 않을 테니 눈을 뜬 즉시 가라는 이야기였다. 무례하다면 무례할 수 있는 말인데도 일현은 조금도 화가 나지 않았다. 오히려 기녀, 그것도 산전수전 다 겪었을 행수임에도 불구하고 간밤의 운우지정(雲雨之情)을 부끄러워하는 것같이 여겨져 오히려 흐뭇한 생각마저 들었다.

"알았네. 내 금세 다시 올 터이니 자세한 이야기는 다음에 하자 전해 주게."

"그것이 저기……."

도포를 갖춰 입은 일현에게 벽에 걸린 갓을 내려 전해 주던 늙은 여종이 잠시 입을 달싹거리며 난처한 기색을 내보였다.

"또 무언가?"

"행수 어른께서 이르시길…… 어린 철새는 잠시 쉬었다 간 바위를 돌아보지 않는 법이라 하셨습니다."

전할 말을 전부 전한 여종이 조심스레 일현의 낯빛을 살피고는 얼른 뒷걸음질로 방에서 물러났다.

'다시는 찾아오지 말란 뜻이렷다?! 흥! 그리 말하면 안달 나 제게 더 목맬 줄 알고?! 좋아! 누가 다시 찾아오나 봐.'

일현은 입술을 깨물었다. 저를 감히 하룻밤의 유희로 취급한 계집 따위 다시는 떠올리지도 않을 거라 굳게 다짐하면서.

"또 그분이 와 계십니다."

오 영감이 청향에게 고했다.

벌써 며칠째였다. 일현은 번(番)이 아닌 날에는 저녁 일찍부터 은월각의 대문 앞에 와서 서성거렸다. 딱히 문을 열 것을 요구하지도 않고 그저 한참 서성이다가는 그냥 돌아가곤 하였다.

"한번 불러 말씀을 들어보는 게……."

"그럴 필요 없네. 목마른 자가 우물을 파는 법이니, 정 답답하면 대문을 부셔서라도 들어오지 않겠는가? 아직 서성이고만 있는 걸 보면 마음이 아직 거기뿐이라는 게지."

청향이 장부책에서 고개도 들지 않고 차갑게 답했다.

오 영감은 새 행수의 태도에 가볍게 끌끌, 혀를 차며 물러나왔다. 이름도 모르는 젊은 사내가 참 딱하다 싶었다. 기루에서만 수십 년을 보냈기에 오 영감의 눈에는 그 젊은 사내의 앞날이 훤히 보였다.

청향은 당분간은 그 사내를 외면할 것이 분명하였다. 실컷 사내가 안달 내는 꼴을 지켜보다가 제풀에 지쳐 떨어지기 직전, 마치 큰 선심이라도 쓰듯이 단 한 번 만나 주겠다, 그리 말할 것이 분명하였다. 아마도 자신도 그간 못 본 척 외면하는 것이 가슴 찢어지는 아픔이었던 것처럼 눈물 한 방울만 떨어뜨리면, 사내가 무너지는 것은 시간 문제일 터였다. 다시없을 달콤한 쾌락과 예상 못한 차가운 냉대를 연이어 맛본 사내는 다시는 똑같은 냉대를 당하지 않기 위해 스스로 제 돈 주머니를 열고, 스스로 무릎을 꿇어 여인에게 굴복할 것이었다. 그것이 오 영감이 오래도록 보아온, 기루의 여인들이 사내를 함락하는 방법이었다.

"들었어요? 그분이 오늘도 오셨대요."

연후 방에 든 홍란은 동백기름을 발라 가며 참빗으로 천천히 그리고 정성스레 연후의 머리를 빗기고 있었다.

"행수 어른한테 잔뜩 몸이 다셨나 봐요. 후훗, 하긴 행수 어른의 몸태만 보면 누가 서른하고도 둘이나 된 노기라 하겠어요?"

"그래?"

슬쩍 청향의 나이를 일러 주었는데도 별로 관심을 보이지 않고 건성으로 답하는 홍란이 답답한지, 연후가 홍란을 향해 돌아 앉았다.

"근데 그 소문이 사실이에요? 그쪽이 예전 현무군 마마의 총애를 받던 애기(愛妓)였다는 게?"

"아직 다 빗지 않았어. 돌아앉아."

"은월연의 꽃값도 역대 최고였다면서요? 정승 판서를 비롯해 도성의 한다하는 갑부들이 전부 첩실로 들이고 싶어 안달이 났었다는 소문도 들었어요."

"머리를 빗은 다음 새로 지어 온 옷을 입어 보기로 했잖아. 시간 없어. 어서 돌아앉아."

짐짓 제법 엄한 투로 말하자 연후가 살짝 어깨를 으쓱하더니 이내 돌아앉았다. 그리곤 경대를 통해 자신의 머리를 다시 빗기 시작하는 홍란을 보며 말을 이어나갔다.

"난 반드시 이 은월각 아니 조선 최고의 명기가 되고 말 거예요. 그리고 언젠가는 행수 어른처럼 은월각의 행수가 되고 말 거예요. 그러니……."

연후가 살짝 입을 다물더니 홍란이 경대를 통해 자신과 눈을 마주치기를 한참이나 기다렸다. 홍란은 연후가 자신을 기다리고 있는 걸 알면서도 부러 경대 쪽으로는 눈길 한 번 주지 않았다. 대신 특별히 더 공을 들여 머리를 땋은 뒤, 미리 향을 입혀 두었던 댕기를 드려 주었다. 도톰하게 솟아오른 뒤통수부터 얌전히 땋아 내린 머리까지 한번 쓰윽, 쓰다듬고 나서야 경대 속의 연후에게 눈길을 보냈다. 연후에게 물었다.

"그래서?"

"아래 손님들의 연회에 저를 올리라, 행수 어른께 그렇게 여쭤 주세요."

홍란은 무표정을 가장하려 하였지만 잘되지 않았다. 불시에 허를 찔린 기분이었다.

"왜 아랫연회를 자청하는 것인지 물어봐도 돼? 대발을 그리하면 후에 어떤 일이 있을지 알아?"

"알아요."

다시 연후가 홍란을 향해 돌아앉았다. 그리곤 홍란이 만져 주기 시작한 이후 한결 고운 윤을 띠게 된 제 많은 머리를 가슴 앞으로 돌려 그 탐스러움을 손으로 확인하였다.

"아마 당분간은 양반 나리들을 뫼시지 못하는 신세가 될지도 모르죠. 하지만 날 보세요. 내가 어디 그럴 사람으로 보여요?"

연후가 새삼 쭈욱 등허리를 늘인 후 한쪽 무릎을 세우고 앉아 살짝 교태스러운 웃음을 지어 보였다.

"시(詩), 서(書), 화(畵), 악(樂), 무(舞). 지난 육 년 간, 행수 어른은 우리 둘을 나란히 앉혀 두고 당신께서 알고 계신 모든 것들을 가르쳐 주셨어요. 그리고 가장 부지런히, 열심히 배운 것은 바로 나였고요. 지금 당장 나와 세오를 나란히 세워 두고 비교를 한다 해도 백이면 백사람 모두 내가 낫다 할 것이어요."

"그런데 왜 굳이? 혹시…… 동무를 위해 널 희생하려는 거니?"

홍란이 미심쩍어하며 물었다. 스스로의 자질에 대해 이리도 자신만만한 아이가 스스로 험한 길을 자처하는 까닭을 알 수 없었다.

"희생이요? 제가 세오를 위해서요? 하하하! 당치도 않아요."

"그럼 왜……?"

"나라면 아무리 머리를 올려준 이가 하찮은 신분이라 한들 삼패가 될 리 없거든요. 처음엔 한 술상에 앉는 것도 꺼려 하는 양반 나리들이 계실지도 모르지만, 그런 분들조차 언젠가 저를 한 번 만나기 위해 애간장을 태우게 되고 말 거예요. 지금 은월각 앞의 그분처럼 말예요. 하지만 세오는 달라요. 나와 같은 강단도, 나와 같은 재주도 없죠. 앞으로도 내내 동무로 함께 지낼 터인데, 그럴 때마다 그 애의 우는 소릴 듣는

다고 생각하면 짜증 나요. 그러니 그냥 날 아랫연회에 세우라 그리 말씀해 주세요."

연후는 자신이 아랫연회에 서야 할 이유를 길게 설명했지만, 홍란에게는 어쩐지 그것이 선뜻 이해가 가지 않았다. 단지 곁에 있을 동무가우는 소리를 할 게 짜증 나서 스스로 자청하여 험한 운명을 선택한다?아무리 생각해도 납득이 되지 않았다.

그 때문에 세오의 방에 들 때까지 홍란의 얼굴에는 그늘이 잔뜩 끼어있었다.

"얼굴이 왜 그래요? 연후가 뭐라고 짜증이라도 냈어요?"

"아니……."

연후에게 그랬듯, 세오의 머리 역시 단정히 기름질을 들이고자 땋은머리를 풀기 시작하는데 세오가 경대를 통해 홍란의 눈치를 살피고는별 일 아니라는 듯 툭, 말을 내어놓았다.

"아님, 연후가 그러던가요? 자기를 아랫연회에 세우라, 어머니에게 그리 말을 전해 달라고?"

머리를 풀던 홍란의 손길이 멈췄다.

"하여간 깜찍하다니까?"

세오가 혼잣말처럼 빈정거리더니 경대 속 홍란을 보며 환하게 웃었다.

"그 애 말대로 해 주세요. 어머니에게 아랫연회에 설 사람은 연후라고말씀드려 주세요. 후후훗."

"도대체 무슨 일을…… 꾸미는 거야?"

홍란이 아이답지 않게 요사스러운 웃음을 흘리는 세오를 보며 나직한 목소리로 물었다.

"꾸미는 건 내가 아니라 그 애라니까요? 뻔하잖아요. 아직도 모르겠어요?"

"뭘 모른다는 거지?"

"은월연에서 펼쳐질 아랫연회와 웃 연회. 어느 연회에서 더 큰 돈이 쏟아질 것 같아요?"

마치 홍란을 떠보는 것만 같은 말투였다.

"그야…… 아랫연회겠지."

홍란의 답에 거 보라는 듯 눈을 빛내며 세오가 다시 경대를 향해 돌아앉아 풀다 만 머리를 가슴 앞으로 내려 제 손으로 홀홀, 풀어 내리기 시작하였다.

"양반 나리들에게는 저희의 대발연이 뭐 그리 대수로울 게 없겠죠. 대부분의 기루에서, 대부분의 동기들에게 대발의 상대로 짝지어 주는 것은 어차피 다 양반 나리들이니까요. 하지만 아랫연회에 오실 손님들은 다르잖아요?"

세오의 말이 맞았다. 양반들이나 권세가들에게 이번 은월연은 한때 문을 닫았던 도성 최고의 기루 은월각이 다시 문을 열고 새 행수가 직접 키운 동기들의 대발연이라는 것이 중요한 의미로 여겨졌지만, 대부분의 중인이나 장사치, 부농 들에게 이번 은월연은 양반이 아닌 자라도 은월각 동기(童妓)의 머리를 올려줄 수 있다는 것이 더욱 더 중요한 의미로 여겨졌다. 그 때문에 도성 일각에서는 이번 은월연의 아랫연회에서 가장 높은 꽃값을 부르는 이야말로 진정 도성 최고의 갑부일 것이라는 소문도 떠돌고 있었다.

"겉보기로 치면야 돈 욕심 하나 없이 그저 순하고 곱게만 보이지만, 원래 그런 애일수록 더 뒤가 구린 법이잖아요. 걘 벌써부터 머릿속에서 모든 계산이 끝난 거라고요. 어쩌면 다시는 손에 쥐지 못할 엄청난 목

돈을 벌 수 있는 기회, 그리고 어쩌면……."

이젠 거의 풀어진 머리를 쓰다듬으며 세오가 갑자기 입술을 조개처럼 다물었다. 무슨 생각에서인지, 그 다문 입술의 양쪽 끝이 조금 밑으로 향하다가 다시 제 위치에 오는 것을 홍란의 눈이 놓치지 않았다.

"……어쩌면?"

"후훗. 아니에요. 어쨌건 어머니에겐 그리 말씀드려 주세요. 아랫연회엔 반드시 연후가 서야 할 것이라고."

이후 세오는 머리에 기름질을 들이고 얼굴빛에 어울릴 저고리 색깔을 정하는 내내 입을 열지 않았다.

'돈 때문에……? 단지 그 때문이라고?'

세오의 방에서 나온 홍란은 다시 한 번 세오의 거처와 거기서 세 칸쯤 떨어진 곳에 위치한 연후의 거처를 번갈아 쳐다보았다. 연후가 옷자락을 곱게 나부끼며 춤을 연습하는 모습이 방문에 희미한 그림자로 비치고 있었다.

"성님, 성니임!"

기녀들의 처소에서 막 벗어날 때쯤, 누군가의 속삭임이 홍란을 불러 세웠다.

"누구……? 너는?!"

홍란은 반쯤 방문을 열고 저를 향해 손짓하는 기녀를 보고는 반색하여 다가갔다. 기녀들의 처소들 중 가장 외곽에 위치하고, 가장 좁고 허름한 방으로 홍란을 초대한 이는 보화의 일에 연루되었던 기녀, 금소였다.

"네가 어떻게 여기 있어? 회영루로 갔다는 소릴 들었는데?!"

그랬다. 보화의 손에 죽을 뻔한 일로 거의 경기를 일으켰던 금소는 그 사정을 딱하게 여긴 관리들이 부러 은월각에서 가장 멀리에 위치한 회영루로 옮겨 주었다고 했더랬다.

"곧 은월연이잖아요. 그래서 은월각으로 다시 오고 싶다고 아는 나리께 떼를 썼어요."

애써 담담하게 웃으며 말하려 했지만, 금소의 얼굴에는 그간의 고단함이 고스란히 나타나 있었다. 불미스러운 일에 휘말려 다른 기루로 간 기녀 팔자야, 더는 말할 필요도 들을 필요도 없이 뻔한 것이었다. 그래서 그런지 이름처럼 하얗고 곱던 금소의 얼굴은 방의 어두운 불빛 아래에서도 눈에 띌 정도로 거뭇거뭇한 자국이 온통 널려 있었다.

"얼굴이 어쩌다 이리 상했어?"

방으로 들어선 홍란이 등잔 불빛에 금소의 얼굴을 자세히 비춰 보았다. 짙은 분으로 애써 가리려 했지만 눈 밑에는 나이에 어울리지 않는 기미들이 가득하였다. 오히려 진하게 칠한 분이 본래의 나이를 짐작할 수 없을 정도로 노숙해 보이게 만들고 있었다.

"안 그래도…… 성님이 요즘 여길 다니신다는 얘길 들어서……."

금소가 몸을 돌려 낡은 장 안 깊숙이 손을 넣고 뒤적뒤적하더니 작은 주머니 하나를 꺼냈다. 그리곤 주둥이를 몇 번이나 칭칭 감은 끈을 풀어 제 손바닥 위에 기울였다. 어찌나 열심히 닦았는지 반질반질 빛이 나는 은가락지 두 개와, 낡은 청옥 노리개 하나가 금소의 작은 손바닥 위에 떨어졌다.

"이거요……."

금소가 그것들을 홍란에게 내밀었다.

"이건 왜……?"

"이걸로 저 좀 도와주세요. 더 가진 게 있으면 좋겠지만…… 회영루에 있을 동안 손님상에 몇 번 앉지를 못해 가진 게 이게 다네요."

서글프고 애잔한 미소가 금소의 입가에 희미하게 감돌았다.

"회영루의 기녀들은 제가 재수 없다며 한 술상에 같이 앉는 것도 마다했어요. 저 때문에 손님이 죽어 나가면 어쩌냐면서요. 하 서방 어른이 죽은 건 내 탓이 아닌데…… 내가 죽인 게 아닌데…… 흑."

홍란은 새삼 금소의 낡은 입성과 초라한 방 살림을 돌아보았다. 아직 한창 때의 꽃 같은 기녀의 입성이나 방 살림이라고는 생각할 수 없는 초라한 모습들이 그제야 이해가 되었다.

그도 그럴 것이, 벌이를 못하는 기녀는 기루에서 천덕꾸러기가 될 수밖에 없기 때문이었다. 그렇다 보니 혹여 아프기라도 하거나 급히 돈을 쓸 용처가 생기면 기녀는 결국 제가 지니고 있던 것들을 헐값에 팔아서 돈을 마련할 수밖에 없게 된다. 그마저도 없어지고 나면 스스로 삼패로 떨어져 손님을 가리지 않고 받을 수밖에 없어진다.

"필요할 때마다 다 갖다 팔았더니, 남은 건 겨우 이거랑 은월연에서 입을 옷 한 벌이 전부네요."

"그런데 이걸 왜? 갖고 있어. 혹시 급한 용처가 생기면 어쩌려고……."

"실은…… 마지막으로 한 번만, 단 한 번만이라도 성장(盛裝, 화려하게 차려입음)한 모습을 보여주고 싶은 분이 있어요."

금소의 머리를 올려준 이라 했다. 겨우 두 해 전의 일이라고 했다. 비록 큰 재산은 없었지만 인품이 너그럽고 온화하여 전에 있던 기방의 행수가 금소의 대발 상대로 연을 맺어 준 이라 했다.

"항상 약식이며 약과며 과일이며 옷감이며 잊지 않고 보내주셨어요. 그런데 지난번 그 일 이후에는 그저 잘 있느냐는 안부 인사만 딱 한 번 전해 오셨을 뿐, 더는 찾지 않으시더라고요. 그분께 제가 잘 지내고 있

음을, 여전히 그분이 귀여워해 주셨던 금소 그대로임을 보여드리고 싶어
요. 그러니 성님! 이걸로…… 제발."

"……내일 동과주를 가져와 볼게. 며칠만 발라도 기미나 잡티에 효과
가 좋긴 하지만, 워낙 남은 시일이 얼마 되지 않아 어떨지 모르겠다."

"성님!"

금소가 감격에 차 눈물을 그렁그렁하였다.

"일단 그건 넣어 둬. 딴 데 쓰려고 미리 만들어 둔 것에서 조금 덜어
오는 것이니까 따로 돈 드는 일도 아니야."

"그래도……."

"연회가 끝나거든 그때, 응?"

홍란이 제게 내밀어졌던 금소의 전 재산을 다시 금소의 손에 되돌려
주고 방에서 나왔다.

세오의 방을 비롯해 기녀의 방들은 다 불이 꺼져 있었다. 오직 연후
의 방에서만 불빛이 새어나오고 있었다. 여전히 춤사위를 연습하느라
바쁜 듯했다.

방문에 어른거리는 연후의 그림자를 보다 말고, 홍란은 문득 방금 제
가 나온 금소의 방을 되돌아보았다.

'설마……?'

아니, 설마일 건 없었다.

열다섯. 결코 어리기만 한 나이는 아니었다. 충분히 연정을 품고도
남을 나이. 그렇게 생각하면 연후의 결정이 아주 이해할 수 없는 것은
아닐지도 몰랐다. 다만 대발의 상대로 뉘를 마음에 작정하고 있는 것인
지, 아니면 그저 금소처럼 저를 보여만 주고 싶은 것인지, 아직은 알 수
없는 노릇이었다.

꽃

'저기서 대체 뭘 하시는 거지?'

그로부터 며칠 뒤. 평소처럼 은월각의 쪽문을 통해 밖으로 나온 홍란은 나무 뒤에 숨어 은월각 대문 앞의 누군가를 훔쳐보고 있는 사내의 모습을 보았다. 언제나 도깨비처럼 불시에 나타나 제 마음을 흔들고 마는 바로 그 사내였다. 특히 지난번 칠석날의 우연한 만남 뒤로 홍란은 때때로 길을 가는 사내들의 뒷모습에서 그 사내의 모습을 찾고 있는 자신을 깨닫곤 당황한 적이 많았다.

하여 사내의 모습에 반가워한 자신을 깨닫고 홍란은 서둘러 가던 걸음을 되돌렸다. 저 사내와 엮이면 좋을 것이 없다. 홍란은 제 마음을 그리 속였다.

그때, 학은 은월각 앞에서 서성이는 일현의 모습을 한창 훔쳐보는 중이었다. 이 밤, 군주와 신하의 입장이 뒤바뀐 것은 전날 궁에 들른 사촌 아우 현무군 윤이 전해준 말 때문이었다.

"전하, 혹시 은월각이라는 곳을 알고 계십니까?"

평소대로 주위를 물린 후, 개똥이와 부부인, 군부인의 안부를 전하던 윤은 한층 목소리를 낮춘 후 학에게 물었다.

"들어 알고 있다. 일전에 기녀가 행수를 죽인 기루가 아니더냐?"

내내 자애로운 미소를 머금고 있던 학의 얼굴에서 웃음기가 가셨다. 윤이 스스로 은월각의 이야기를 꺼낸 것이 마음에 걸렸다.

"또한 일찍이 네가 붙어살다시피하였다던 곳도 그곳이지? 혼인 전에 너의 총애를 받던 기녀가 있었다던. 왜 새삼 그 일로 군부인이 너를 추궁하기라도 하더냐?"

"그럴 리가 있사옵니까? 은월각에 있었던 이는……."

문득 윤의 눈에 그리움의, 연민의 빛이 떠오른 것을 학의 눈이 놓치지 않았다. 추억을 더듬듯 잠시 말을 멈춘 윤이 어쩐지 얄밉게도 보였다.

"어린 시절을 함께 보낸 동무입니다. ……너무 어여쁘고, 너무 가련하여 늘 안쓰러웠던 누이동생 같은 아이이지요."

'어린 시절의 동무에 누이라. 정말 단지 그것뿐이더냐? 정말 네게 그뿐이기만 하더냐?'

따져 묻고 싶지만 그럴 수 없어 학은 그저 쓰게 입맛만 다셨다. 과거에 두 사람의 사이에 무슨 일이 있었느냐 물으면 분명 윤은 사실대로 고할 것이었다. 윤은 지금껏 자신에게 그 어떤 것도 숨긴 적이 없는 충성스러운 신하이자 다정한 아우였으니까.

하지만 그렇게까지 속 좁은 사내가 되기 싫다는 자존심 하나로 학은 목구멍까지 차오른 질문을 다시 꾹, 가슴 깊숙이 밀어 넣었다. 대신 은월각의 이야기를 꺼낸 이유를 물었다.

"갑자기 은월각은 왜……?"

"그곳에서 얼마 후면 큰 연회가 열린다 합니다. 동기들의 대발연을요. 이제껏 본 적이 없는 어마어마한 규모의 연회가 될 것이라 벌써부터 도성 여기저기가 떠들썩합니다."

"흐흠? 헌데?"

학의 물음에 윤이 문 쪽을 힐끗 돌아본 후 한층 더 목소리를 낮췄다.

"변 역관의 돈들이 그쪽으로 흘러 들어가고 있는 것 같습니다."

"돈이 은월각에?"

그제야 학의 표정에도 아까와는 다른 의미의 긴장이 서렸다.

변 역관은 두해 전, 왕대비와 당시 궁중 실세이던 좌의정의 명을 받아 왕비 후보로 올랐던 양반가의 규수들을 여럿 해친 사건의 주범이자, 학의 명을 받고 은밀히 학의 계비 감을 물색 중이던 현무군 윤을 죽이려 한 중죄인이기도 했다. 조선 최고의 갑부 중 한 명이기도 했던 변 역관은 사건이 발각난 이후로 중국으로 도망갔다는 소문만 들렸을 뿐, 아직도 행방을 찾지 못하고 있는 중이었다. 문제는 변 역관의 남은 재산들마저 그 행방을 알 수 없게 되었다는 것이었다. 어찌된 일인지 군관들이 변 역관의 집에 들이닥쳤을 때는 보통의 세간만 남겨져 있었을 뿐, 흔한 금반지 하나 발견되지 않았었다. 거기다 변 역관이 거느리고 있던 검계(폭력배)들 중에도 종적이 묘연한 이들이 여럿이었다. 변 역관은 물론이요 변 역관에게 가장 큰 힘이 되어 주었던 돈과 칼이 감쪽같이 사라진 것이었다.

하여 정식으로 어명을 받아 변 역관의 뒤를 쫓고 있는 신하들과 달리 윤은 학의 밀명을 받아 오래전부터 변 역관의 잔당과 변 역관이 지니고 있는 것으로 알려진 여러 귀중품들의 흐름을 수소문하고 있던 중이었다.

"소상하게 말해 보아라."

"얼마 전부터 시중에서 전에 없던 고가의 귀중품들이 은밀하게 거래되기 시작하였습니다. 그중에는 왜에서 건너온 칠색 화병도 있었고, 중국 화공인 곽희문이 그렸다던 도원산수도도 있었습니다."

"모두 변 역관이라는 자가 가지고 있었다던 것이냐?"

"예. 벌써 두 해 전에 사라져 자취를 보이지 않던 물건들이 은밀히라고는 하나 근자에 한꺼번에 거래되기 시작한 것이 수상하여 그것들의 경로를 쫓아가 보았더니 은월각의 새 행수라는 자에게 돈들이 흘러들어가고 있었습니다."

원래 은밀하게 거래되는 고가품들의 경로를 쫓는 일은 어렵고도 힘든 일이다. 일종의 점조직(點組織, 점처럼 여기저기 흩어져 서로 연결되지 아니한 조직) 형태를 통해 물건과 돈이 옮겨지는 까닭에 정작 물건을 파는 상인들은 그 물건이 어디에서 흘러나온 것인지, 돈이 어디로 흘러들어가는 것인지 자세히 알지 못하는 경우가 많았다. 그러기에 윤은 자신의 가장 가까이에 있는 이의 도움을 받아 은밀히 나온 물건들 중 하나를 사들이며 미리 작은 흠집들을 내어놓은 은자(銀子)로 그 값을 지불하였다.

　"그리고선 그 은자들이 시중에 되나오기를 기다렸더니 며칠 전 은월각의 연회장이 될 곳을 새로 도색한 칠쟁이들에게 그 은자 중 일부가 지불된 것을 확인할 수 있었습니다. 오늘 아침에 비단장수들에게서 기녀들의 옷을 사가며 지불한 은자 역시 저의 궁방에서 나간 은자가 틀림이 없었습니다."

　"즉, 변 역관의 물건을 내다 판 이가 은월각의 새 행수다?"

　"그런 것 같사옵니다. 거기다 더욱 수상한 것은 대발연을 이리 크게 연다는 점입니다. 어차피 대발식이라 함은 기루 안에서 남의 눈을 피해 은밀히 치러지는 것이 보통이거늘 이처럼 도성 안에 대대적으로 공표하고 누구라도 가장 큰돈을 내어놓는 자들에게 대발의 권한을 준다 하니……."

　"제법 큰돈들이 은월각으로 흘러들어가겠구나."

　"어찌하올까요? 당장이라도 은월각의 행수와 그 수하들을 의금부로 잡아들여……."

　"아니, 그건 아니다. 그보다는 그 행수라는 자의 뒤에 숨어 있는 변 역관과 그 잔당들의 흔적을 찾아내는 것이 급선무다. 그러니 윤아, 일단 너는 지금처럼 은밀히 물자의 흐름을 쫓아 보거라. 단, 어떤 증좌가 발견되든 네가 직접 뒤를 쫓아서는 안 될 것이야. 너의 안위를 위협할 행동은 절대 해서는 안 된다. 알았느냐?"

비록 왕대비 한씨를 근신시키고 그 일족들을 경계하고 있다고는 하나, 워낙 오랜 세월 권세를 차지하고 있던 이들인지라 만약 그들 중 누구라도 다시 변 역관이나 좌의정의 잔당과 손을 잡는다면 또 무슨 일을 꾸밀지 몰랐다. 그 일 때문에 다시 아우를 위험에 처하게 할 수는 없었다. 이미 두 해 전, 자신이 시킨 일 때문에 목숨이 경각에 달할 뻔했던 아우가 아니던가.

"명심하겠사옵니다. 그런데 말입니다, 형님⋯⋯."

충성스러운 신하에서 다정한 아우의 말투로 되돌아온 윤이 잠시 망설이는 기색을 보이더니 입을 열었다.

"금군의 젊은 부장 말입니다."

"⋯⋯일현 말이냐?"

"네. 혹시 부장 일현에게 은월각과 관련하여 따로 하명을 하신 것이 있사옵니까?"

"그런 적 없다. 갑자기 일현은 왜?"

"수하들이 이르기를 요 근자에 일현 부장이 은월각에 자주 걸음을 하는 것 같다 하여서요."

"일현이 왜⋯⋯?"

심각해진 학의 얼굴을 보고 윤이 다시 가벼운 말투로 학의 근심을 달래 주려 하였다.

"뭐, 그 고지식한 무관도 결국은 사내니까요. 은월각에 마음을 둔 기녀 하나쯤 없으란 법도 없을 테니까요. 설마 따로 무언가를 획책하고 있다면 그리 보는 이목들이 많은데 드러내 놓고 은월각에 가기야 하겠습니까?"

일현의 충성심에 대해서 학이나 윤은 먼지 한 톨만큼의 의심도 없었다. 무모하다 싶을 정도로 학의 안위만 바라며 제 몸 힘든 줄 모르고 학의 곁을 지켜 온 젊은 무관의 충정은 따로 말로 하지 않아도 서로가 익히 잘 알고 있음이었다.

그 때문에 오늘 밤 학은 예정에도 없던 잠행에 나섰다. 기루의 문 앞에서 배회한다는 일현의 모습을 제 눈으로 직접 확인하기 위해서였다. 언제나 자청하여 번을 서고, 시키지 않아도 앞장서서 제 일을 찾아 하며, 제 몸과 제 가족보다 학의 안위를 먼저 걱정하는, 어쩌면 금군으로서는 너무 당연한 일일 테지만, 여태 미장가일 정도로 오직 학의 일만 머리에 담고 살던 고지식한 무관이 도대체 어떤 모습으로 기루 앞을 배회하는 것인지 제 눈으로 직접 확인하고 싶었기 때문이었다.

'쯧쯧. 그리 마음이 동하거든 대문간이라도 두들겨 볼 일이지 금군일 때의 용맹함은 다 어디로 가고 저리 서성이기만 하누. 어이구!'

답답해 하면서도 어쩐지 학은 초조하게 서성이는 제 신하의 모습을 훔쳐보는 것이 싫지 않았다. 일현이 서성이다 걸음을 멈춰 대문간을 뚫어져라 쳐다볼 때는 '그래! 지금이야. 얼른 문을 두들기거라' 하고 응원도 했다가, 다시 일현이 고개를 푹 숙인 채 터덜터덜 걸음을 옮기기 시작했을 때는 저 또한 어깨를 축 늘어뜨리고 '에휴,' 하며 가벼운 한숨을 내쉬기도 했다.

'어쩌지? 가서 함께 들자고 권해 볼까?'

하지만 지금 은월각 안에 든 손님들이 누구인지 모르니 그럴 수는 없는 노릇이었다. 만약 제 얼굴을 아는 신하들이 그 안에 들어 있다면 한

바탕 큰 소란이 일 뿐 아니라 차후 변 역관과 관련된 일을 조사하는 것도 어려워질 것이 분명하였다.

하여 학은 일현에게 가까이 가지도 못하고 계속 나무 뒤에 숨어 훔쳐보는데, 갑자기 은월각의 문이 열렸다. 그리고 안쪽에서 늙은 노비가 나와 일현에게 무언가를 말했다. 그들의 말소리는 들리지 않았지만 은월각에서 흘러나온 불빛에 일현의 얼굴이 환하게 밝아지는 것이 보였다. 일현은 곧 늙은 노비의 안내를 받아 안으로 들어갔다.

'드디어 여인이 마음의 문을 열어 준 것인가? 잘 되었구나, 일현.'

흐뭇한 시선으로 일현의 뒤로 문이 닫히는 걸 본 학의 눈빛에 다시 긴장감이 돌았다. 하늘을 찌를 듯이 높이 솟은 은월각의 위용과 벽 너머로 흘러나오는 노랫가락을 들으니 입맛이 씁쓸해짐은 어쩔 수 없었다.

그때, 학의 등 뒤에서 낮은 사내의 음성이 들려왔다.

"뉘시오? 그리 숨어서 무엇을 살피는 것이오?"

말 안에 단단히 가시가 박혀 있었다. 돌아본 학의 눈에 등롱을 든 어린 소년과 검계의 일원으로 보이는 검은 복색의 사내가 허리춤에 찬 칼에 손을 댄 채 날카롭게 노려보는 것이 보였다.

'어찌한다?'

밤이 깊어 인근 삼거리 주막의 불빛도 모두 꺼졌고 행인도 별로 없었다. 원래 잠행 때마다 지근거리에서 자신을 지키던 일현이 은월각 안에 있으니, 다른 호위군이 따라붙었는지 여부도 알 수 없었다. 그래서 학은 제 얼굴에 비굴한 웃음을 띠우고 괜한 너털웃음을 지어 보였다.

"아하하하. 시골서 올라온 이 생원이라 하오. 이곳이 그 유명한 도성 최고의 기루 은월각이라기에 눈보시나 좀 하려고 왔소이다만. 헌데 댁은 누구신지?"

사내가 옆의 소년에게 고개를 끄덕였다. 그러자 소년이 좀 더 다가와 등롱의 빛에 학을 비추어 보였다. 사내가 그 빛의 도움을 받아 갓 끝에서부터 신발 끝에 이르기까지 찬찬히 학의 온몸을 훑더니 비호처럼 빠르게 장칼을 빼어 들고는 학의 목에 겨누었다.

"무, 무슨 짓이오?"

"당황할 것 없소. 나는 이 은월각에 도적이 들지 않게 살피는 자요. 시골 생원이라 하셨지요? 기왕 은월각 문 앞까지 왔으니 들어가서 은월각 구경이라도 실컷 하시구려. 사놈아, 너는 먼저 뛰어가서 손님 맞을 채비를 하라 전하거라."

"네, 형님."

사내의 명에 소년이 등롱을 든 채 쪼르르, 은월각의 쪽문 쪽을 향해 뛰어갔다. 사내가 학의 목에 들이밀었던 칼을 거두어 재빨리 학의 등 뒤로 가서 칼끝을 들이민 채 학도 그 뒤를 따르도록 하였다.

'아뿔싸.'

학은 제 어설픈 거짓말을 후회하였다. 은은한 물색 도포 차림에 한눈에 보아도 새 것 같아 보이는 비싼 태사혜(양반용 가죽신) 등은 시골 양반의 복색으로는 지나치게 화려한 것이다 보니, 눈썰미가 조금만 있는 사람이라면 누구라도 능히 거짓임을 눈치챌 수 있었을 터였다.

'어쩌지? 이대로 순순히 안으로 들어가? 아님?'

슬쩍 고개를 돌려 어두운 밤거리를 돌아보는 학이었다. 다행히 그리 멀지 않은 곳에서 자신을 구하기 위해 칼을 빼어 들고 달려오기 직전의 호위군사 두엇이 보였다.

학이 작은 안도의 한숨을 내쉬는데 사내의 칼끝이 다시 등을 꾸욱, 눌러왔다. 걸음을 재촉하듯.

결국 하는 수 없이 다시 정면을 향하는데, 문득 뒤에서 픽! 하는 소리와 함께 "으악!" 하는 사내의 비명이 들렸다.

"벌써 왔……."

호위군이 벌써 다가와 손을 쓴 줄만 알고 반색하여 돌아본 학은 아연실색하여 입을 딱 벌렸다. 제 등 뒤에서 칼을 겨누고 있던 사내가 땅바닥에 엎어져 쓰러져 있고, 사내의 머리 주변에는 늙은 호박의 파편이 어지럽게 흩어져 있기 때문만은 아니었다.

헉, 헉.

홍란이 땀에 흠뻑 젖은 얼굴로 숨을 몰아쉬며 서 있기 때문이었다.

"으……."

호박에 뒤통수를 강타당해 쓰러진 사내가 머리 쪽에 손을 가져다 대며 정신을 차리려 하였다. 그리고 뒤에서는 갑작스러운 사태에 놀란 학의 호위군이 뛰어오고 있었다.

타타타탁.

사내들의 거친 뜀박질 소리를 들은 홍란이 흠칫, 뒤를 돌아보았다.

그리고선 다짜고짜 학의 손목을 잡아 이끌었다.

"어서 뛰어요! 어서요! 남은 패거리가 있나 봐요!!"

"아니…… 그게……."

"어서 뛰라니까요?!"

홍란의 성화가 어찌나 드센지, 학은 뒤에서 쫓아오는 이가 저의 호위군이라는 사실을 밝히지도 못하고 제 군사들에게서 도망치기 위해 홍란에게 손목을 잡힌 채 뛰기 시작하였다.

"ㅎㅎㅎ. ㅎㅎㅎㅎㅎㅎ."

학의 입에서 실없는 웃음이 자꾸만 새어나왔다. 제 곁의 여인이 저에게 얼마나 한심스러운 시선을 보내고 있는지 뻔히 알면서도 웃음은 쉽게 멈추지 않았다.

이 밤은 학의 호위군들에게 있어 참으로 황당하기 짝이 없는 밤이었더랬다.

늘 그랬듯이 갑작스레 잠행을 나가신 주상 전하의 지근에서 주상 전하의 눈에 띄지 않게 뒤를 따르고 있자니, 은월각이라는 기루로 향하시는 것이 아닌가? 거기다 기루에 들어가지도 않고 인근 나무 뒤에 숨어서 누구의 동태를 살피나 했더니, 저들의 부장인 일현을 엿보는 것에 너무 어이가 없어 말이 안 나올 정도였다. 임금이 호위무사의 뒤를 밟고 숨어서 엿본다는 이야기는 머리털이 난 이래 듣도 보도 못한 일이었기 때문이었다.

그러나 그런 황망함에 사로잡힌 것도 잠시뿐, 칼을 든 낯선 사내가 감히 존귀하신 몸에 칼을 들이밀고 위협을 할 때는 호위군들의 눈에서 불이 일었다. 호위군들은 당장 칼을 빼어 들고 달려가 놈의 목을 베려 할 참이었다.

하지만 호위군들보다 갑작스레 나타난 여인의 행동이 더 빨랐다. 수박 두어 개만 한 커다란 늙은 호박을 가슴에 안고 어둠 속에서 다다다 뛰어나온 여인은 칼을 든 사내가 발소리에 채 뒤돌아보기도 전에 번쩍 호박을 들어선 사내의 머리통을 가격하였다.

"윽!"

사내가 늙은 호박의 일격에 힘없이 단박에 쓰러진 것도 놀라웠지만, 그보다 더 놀라운 일은 따로 있었다. 난데없는 사태에 놀라 주상 전하의 안위를 확인하러 달려가는 저희들을 피해 그 여인이 감히 존귀하고 존귀하고 존귀하신 주상 전하의 어수를 부여잡고 뛰기 시작했다는 점이었다.

'전하!'

혹여 전하의 정체가 드러날까, 이 소란이 사람들의 귀에 들어갈까 저어하여 큰 소리도 내지 못한 채 그저 입 안에서 전하만 부르짖으며 호위군들은 서둘러 그 뒤를 쫓았다.

금세 뛰어 잡으려면 잡을 수도 있었다.

여인의 뜀박질은 여인 치고는 제법 빠르긴 했으나 당해 내지 못할 정도는 아니었고, 주상 전하 역시 평생 뛰어다니실 일이 없는 분이다 보니 여인보다 조금 빠르긴 하여도 평생을 무예로 단련한 저희들보다 빠르지는 아니하였다.

그 때문에 두 사람의 뒤를 쫓기 시작한 지 얼마 안 돼, 두 호위군들은 열 걸음 정도면 두 사람을 잡을 수 있는 거리까지 다다랐다.

"빨리 좀 못 뛰십니까? 이러다 금세 잡히겠어요!"

바로 눈앞에서 달리는 두 사람이기에, 불경스럽게도 여인이 주상 전하를 나무라는 소리까지 들을 수 있었다. 그런데도 주상 전하는 뭐가 그리 좋으신지 여인에게 손목을 잡힌 채 흐흐흐 속없이 웃고만 계셔 두 호위군은 당황스럽기 짝이 없었다.

게다가 여인에게 잡히지 않은 손을 뒤로 하여 휘휘 저으시니 더는 쫓을 수도, 그렇다고 아니 쫓을 수도 없는 노릇이라 호위군들은 잠시 걸음을 멈춘 채 서로를 마주 보았다.

"어떻게 하나?"

"오지 마라 하시니 가지 말……아야 하는 거겠지?"

"그래도 전하의 안위를 지키려면……."

"어? 어딜 가셨지?"

두 호위군은 저들이 잠시 의견을 나누는 동안 감쪽같이 자신들의 시야에서 사라진 두 사람을 찾기 위해 서둘러 사방을 두리번거렸다. 하지만 없었다. 주상 전하도, 불경한 여인도 그림자조차 보이지 않았다.

"전… 아니, 이 생원!"

"이 생원 나리!"

"나리!"

연이은 황망한 사태에 놀란 두 사내가 사라진 자신들의 군주를 찾아 서둘러 밤거리를 뒤지기 시작하였다.

"갔어요?"

홍란이 길게 이어진 낡은 담벼락에 기대어 흐트러진 숨을 가다듬으며 물었다. 학과 홍란은 뒤를 쫓는 자들을 피해 재빨리 좁은 골목 안으로 숨어든 참이었다. 학은 골목 밖으로 슬쩍 고개를 빼어 살피는 척을 하다 "아니"라고 답하며 홍란을 돌아보았다.

"……왜요?"

홍란은 빤히 저를 쳐다보는 학에게서 시선을 돌리며 물었다. 둘의 사이가 지척이다 보니 어쩐지 민망해진 까닭이었다. 학은 아무 말도 하지 않았다. 그 대신 제 옆모습을 뚫어져라 쳐다보는 것이 느껴져 홍란이 다시 물었다.

"왜…… 왜 그리 빤히 보십니까?"

이번에도 학은 아무 말 없이 그저 가만히 홍란의 옆얼굴을 보고만 있었다. 학이 보고 있는 그 얼굴이 점점 뜨거워지는 것 같아 홍란은 더는 외면하고만 있을 수 없어 학을 돌아보았다.

"왜 그러냐고 물었습니다. 말 좀 해 보시어요."

"으응."

학이 조금은 큼지막한 입을 굳게 다문 채 고개를 저었다. 그런데도 양 입꼬리가 조금은 위로 향해져 있는 것같이 보인 건 왜였을까?

"알겠습니다. 더는 할 말이 없으시다면 그만 가시지요. 이제 뒤를 쫓는 사람들도 없어진 것 같으니, 무사히 가시길 빌지요."

홍란이 가볍게 고개를 숙여 인사를 한 뒤 골목 밖을 향해 나가려 할 때였다.

덥석, 학이 홍란의 손목을 잡아끌었다. 갑작스럽게 사내의 힘에 당겨진 홍란이 균형을 잃고 잠시 비틀거렸지만, 학이 얼른 긴 팔을 뻗어 허리를 잡아 준 덕분에 넘어지지 않을 수 있었다.

학의 품 안에 고스란히 담긴 홍란이 놀라 숨을 멈췄다. 홍란의 머리 꼭지에 학의 턱이 닿아 있었고, 홍란의 허리에는 학의 팔이 둘러져 있었다. 치마 속 홍란의 다리와 바지저고리 속, 학의 다리가 서로에게 밀착되어 있었다. 처음부터 서로를 위해 만들어진 양, 학과 홍란의 몸은 그리 한 치의 들뜸도 없이 딱 붙어 있었다.

홍란도 그것을 느꼈고, 학도 그것을 깨달았다. 마음이 어찌 됐건, 두 사람의 몸은 지금 가장 편안한 자리를 찾아들었음을…….

그리고 홍란의 귀에, 학의 귀에 두근두근, 상대의 가슴이 거세게 뛰는 소리가 들려왔다.

"……노, 놓으세요."

의외의 안락함에 놀란 홍란이 학의 가슴을 떠밀자, 그 반동으로 오히려 뒤로 주춤 물러난 홍란의 등이 낡은 담벼락에 부딪혔다.

"이, 이게 무슨 짓입니까? 구해 준 은혜를 이리 갚……."

홍란의 말이 채 끝나기도 전에 사내가 큰 손을 들어 홍란의 입을 가로막았다.

"으읍!"

사내의 손에서 벗어나려고 홍란이 거칠게 몸부림쳤다.

"쉿!"

사내가 고개를 낮춰 홍란의 귀에 가만히 제 입을 가져다 대었다.

"잘 들어 봐……."

은밀하게 목소리를 낮춘 사내의 속삭임에 홍란이 반항을 멈추었다. 하지만 아무리 귀를 기울여 봐도 사내와 저의 숨소리 외엔 달리 들리는 것이 없었다.

"으으읍……."

'도대체 무얼 들으…….'

여전히 사내의 손에 입을 가로막힌 채 눈만 동그랗게 떠 사내에게 항의의 목소리를 전하려던 홍란은 문득 멀리서 희미하게 들려오는 딱, 딱, 소리에 긴장하여 몸을 굳혔다. 그리곤 좀 전과 확연히 다른 눈빛으로 다시 사내를 주시하였다. 그제야 사내가 홍란의 입에서 제 손을 떼곤 한껏 목소리를 낮춰 속삭였다.

"순라군(巡邏軍, 통행금지 시간 도성 안팎을 순찰하는 군사들)이 돌기 시작했어. 인정(人定, 통행금지 시간, 밤 10시)이 지났나 봐."

딱, 딱 하고 들려오는 소리는 순라군들이 순행(巡行)을 할 때 들고 다니며 치는 나무 짝짝이 소리였다. 이는 곧 파루(罷漏, 새벽 4시)를 치기 전까지 이제 두 사람은 순라군들을 피해 몸을 숨겨야 하는 처지가 되었음을 의미했다.

"어디서 몸을 숨기지? 저들에게 들키면 어찌 되는지는 알지?"

학이 자꾸만 올라가려는 광대를 억지로 내려앉히고는 짐짓 걱정스러운 듯 홍란의 귀에 입술을 가져가 은밀히 속삭였다. 홍란은 지그시 입술을 깨물고 난처한 기색으로 어둠 속, 아직 보이지는 않지만 순라군들의 짝짝이 치는 소리 쪽을 향해 시선을 돌렸다. 야밤에 길을 가다 순라군에게 붙잡히게 되면 인근 경수소(警守所, 순라군이 밤에 거처하는 곳)로 끌려가 밤을 지샌 뒤, 날이 밝은 후 순청(巡廳)에서 곤장을 맞아야만 했다.

"그쪽은 착호군이시니 순라군에게……."

홍란이 저도 목소리를 한껏 낮춰 속삭였다. 하지만 너무 작은 속삭임이라 학에게는 들리지 아니한 모양이었다.

"뭐?"

학이 고개를 낮춰 홍란의 입가에 제 귀를 대어 주었다. 그제야 홍란이 다시 한 번 똑같은 내용을 속삭임으로 전했다.

"그쪽은 착호군의 군사이시니 순라군에게 잘 둘러대면……."

말을 하다 말고 홍란이 깜짝 놀라 숨을 들이키며 속삭임을 멈췄다. 제 입에 귀를 대어 주던 학이 얼굴을 돌려 홍란의 얼굴과 정면으로 마주한 까닭이었다.

"계속해 봐."

지나치게 반짝거리는 학의 눈빛을 감당할 수 없어 이번에는 홍란이 고개를 돌렸다. 그리곤 다시 한 번 떠듬떠듬 제 이야길 전했다.

"그쪽은 착호군의 군사이시니……."

"으흠. 그러니 순라군 정도는 무마할 수 있지 않겠느냐는 것이지? 그런데 어쩌지? 실은 말이지, 한 해 전부터 주상 전하께서 순라군들에게 특히 엄명을 내리셨거든. 야밤에 통행하다 발각되는 이는 지위고하를 막론하고 불문곡직(不問曲直, 옳고 그름을 따지지 않음) 무조건 잡아들이라고."

학의 말은 거짓이 아니었다. 실제로 학은 지난해부터 순라군들에게 도성의 방비를 더욱 강화하라 명을 내렸다. 아직 잡지 못한 변 역관의 잔당들을 경계하기 위해서였다.

"즉, 그 말은 내가 착호군이건 금군이건 상관없이 저들에게 발각되면 우리는 곤장 형을 피할 수 없다는 뜻이야. 그뿐인가? 얼마 못 가 도성 사대문 안에 소문이 파다하게 퍼지겠지. 착호군 누구누구와 매분구 어느 누구가 야밤에 함께 있다 붙잡혀 곤장을 맞았다고. 나는 둘째 치고, 그대는 괜찮으려나?"

'이 사람…… 분명 지금 이 상황을 재미있어 하고 있어.'

학의 표정은 조금 전이나 지금이나 한 치도 달라짐이 없었지만, 홍란은 그가 이 상황을 즐기고 있음을 확신하였다. 어쩐지 누군가를 닮은 것만 같은, 긴 눈꼬리를 가진 그 눈이 좀 전보다 훨씬 더 생기 있게 반짝거리고 있었다.

딱, 딱.

순라군들의 짝짝이 치는 소리가 점점 더 가까이 들려오고 있었다. 심지어 그들의 발자국 소리들마저 희미하게 들려오고 있었다.

"주막까지는 거리가 제법 있으니 들킬 터이고, 근처에 내가 아는 의원님의 약방이 있어요. 일단은 거기서 하룻밤을 재워 달라고……."

홍란이 학의 곁에서 떨어져 골목 끝으로 나가 순라군들이 오는지를 살펴보려 하였다.

하지만 이번에도 학의 손이 홍란을 제지하고 나섰다.

"잠깐. 그렇겐 못 해."

"……왜요?"

"내 옷차림을 봐. 달빛이 밝으니 골목을 벗어나자마자 순라군들의 눈에 띄는 건 시간 문제일 거야."

홍란이 제 눈앞의 남자를 아래위로 훑어보았다. 보통의 사내들보다 손바닥 한 장쯤 더 큰 키며, 달빛을 받아 은은히 빛을 내고 있는 물색 비단 도포자락은 어둠 속에서도 그의 존재를 완전히 감출 수 없게 하고 있었다.

"그럼 어쩌지?"

홍란이 난처한 듯 중얼거리며, 골목 안쪽으로 시선을 보냈다. 낡은 담벼락이 이어진 끝에는 작은 기와집이 있을 뿐 더는 갈 곳이 없었다. 그리고 다시 허리를 굽혀 골목 밖을 내다보다 말곤 얼른 학을 돌아보았다.

"그래……! 저기, 저기를 좀 보셔요."

학이 홍란이 비켜준 자리에 서서 방금 홍란의 손가락이 가리켰던 곳을 보았다. 자신들이 있는 골목에서 한 열댓 걸음쯤 앞에는 고만고만한 크기의 민가들이 오종종 모여 있었다.

"저 집들 쪽으로 가자고?"

학의 말에 홍란이 폭, 가볍게 한숨을 쉬었다.

"거기가 아니라……."

홍란이 학의 곁으로 가까이 다가서 허리를 굽힌 채 앞을 응시하고 있는 학의 얼굴을 잡아 좀 전에 제가 가리켰던 곳으로 홱 돌렸다.

"저기 말이어요. 보이십니까?"

홍란이 가리킨 곳은 집들의 끝에 자리 잡고 있는 방앗간이었다. 삼면이 낮은 흙벽과 나무로 얼기설기 메워진 창들로 이뤄져 있고 남은 한 면도 흙벽이 반 이상이고 나머지 반은 휑하니 뚫려 있는 곳이었다. 조금 너른 방 한 칸 크기밖에 되지 않는 조그마한 방앗간이었다.

"동네 아낙들이 모두 함께 쓰는 디딜방앗간 같아요. 저기라면 안쪽까지 들어오지 못할 테니, 저기서 잠시 몸을 피하지요."

발로 디뎌 곡식을 빻는 디딜방아, 그중에서도 다리가 두 개로 갈라진 모양인 두다리방아는 그 모양이 여체를 닮았다 하여 사내들이 만지거나 올라타거나 쫎는 것이 금지되어 있었다. 혹여 사내가 손을 대거나 밟은 것이 들키기라도 하면 망측하다 하여 온 동네 아녀자들의 입방아에 오르내리기 십상이었다.

"됐습니다. 순라군들이 저 안쪽 골목으로 돌아갔으니 지금입니다."

또 다시 고개를 길게 빼어 순라군들이 어디만큼 왔는지 살펴본 홍란이 좀 더 깊게 허리를 숙인 후 다다다 잰걸음으로 달려 나갔다. 워낙 지척에 있던 곳인지라 홍란은 금세 자기가 목표했던 방앗간에 다다랐다.

학은 조금 얼이 빠진 모양으로 멍하니 홍란이 하는 양을 지켜보고만 있었다. 그러다간 금세 고개를 흔들어 제 머리에 든 생각을 떨치고, 조금 전 홍란이 그랬듯 깊게 몸을 숙인 채 사방을 살피며 골목 밖으로 후다닥 뛰쳐나갔다.

"어서 이쪽으로요."

학이 방앗간에 도착하자마자, 홍란이 방앗간 한가운데 위치한 두다리방아 안쪽 구석으로 학을 밀어넣고는 어깨를 눌러 쪼그려 앉게 하였다. 학은 홍란의 거침없는 손길에 놀라기도 하고, 본능적인 반항심이 일어 다시 일어나려 했지만 이내 순라군들의 짝짝이 소리가 바로 지척에서 들려오기 시작했다. 소리가 들려오는 방향을 봐서는 곧 방앗간 앞을 지날 것이 분명해 보였다.

'어쩌지?'

홍란은 잠시 방앗간 안을 휘휘 둘러보고는 마침 대충 접혀 바닥에 널브러져 있는 거적을 발견하고 눈을 빛냈다. 홍란은 재빨리 거적을 머리 위로 들어 올리고는 방앗간 구석으로 다가가 엉거주춤 쪼그리고 앉은 학을 덮치듯이 감쌌다. 그때, 학이 놀라 무어라 말할 틈도 없이 방앗간 가까이로 순라군들이 다가오는 소리가 들렸다.

"분명 뭔가가 보였다니까 그러네?"

"보이긴 뭘 보여? 자네 귀신이라도 본 거 아닌가? 아무도 없지 않어!"

"등롱 이리 내게. 내 들어가서 자세히……."

거적을 덮어쓴 채 홍란은 들려오는 소리에 바짝 긴장하였다. 반면 학은 저를 온몸으로 감싸 거적을 덮어씌운 여인에게만 온 신경을 쏟고 있었다.

"어허! 이 사람, 나중에 무슨 뒷말을 들으려고! 괜히 이 동네 아낙들 눈총 받기 십상이야!!"

"그렇긴 해도……."

"어여 가세. 아직도 세 번은 더 돌아야 하는데 예서 이리 지체할 새가 있는가?"

"……알았네. 하는 수 없지."

처음 말을 꺼낸 사내가 뭔가 아쉽다는 듯 입맛을 쩝쩝 다시는 소리가 들리는가 싶더니, 이내 순라군들의 발소리들이 방앗간에서 차츰 멀어져 갔다. 동시에 순라군들의 짝짝이 소리도 차츰 멀어지기 시작하였다.

"하아……."

그제야 긴장의 끈을 놓은 홍란이 거적을 허리께까지 내린 뒤 물러나 앉아 크게 한숨을 쉬었다. 소리가 날까 걱정하여 내내 숨을 멈추고 있었던 탓인지 하아, 하아 연거푸 숨을 들이쉬고 내쉬는 홍란이었다.

학이 손을 들어 그런 홍란의 어깨를 쓰다듬어 주려다 문득, 동작을 멈췄다. 그리곤 조금 전보다 한층 더 깊어진 눈빛으로 제 앞에서 숨을 몰아쉬는 홍란을 주시하였다.

"웃!"

홍란의 입에서 갑작스러운 신음이 터져 나왔다. 순식간에 학이 제 긴 팔로 홍란의 허리를 안아 저에게로 끌어당겼기 때문이었다.

"뭣⋯⋯!"

학의 품 안에 쓰러지기 전, 홍란은 학의 가슴을 두 손으로 밀며 힘껏 버텼다. 학의 품에서 벗어나기 위해 온몸을 뒤틀기도 하였다. 그런 홍란의 뺨에 학의, 여느 사내들답지 않게 유난히 길고 섬세한 모양을 지닌, 손이 와 닿았다.

"말해 줘. 그대를⋯⋯."

"이게 뭐하려는 거⋯⋯!"

두 사람의 말이 동시에 터져 나왔다. 그 때문에 두 사람이 동시에 입을 다물었다. 잠시 침묵을 머금고, 서로의 눈을 응시하는 사내와 여인⋯⋯.

두 사람 중 먼저 입을 연 것은 이제 더는 제 감정을 숨길 수 없어져 버린 사내, 학이었다. 지그시 붉은 입술을 깨물고 원망스러운 눈빛을 보내는 홍란에게 학이 물었다.

"말해 줘. 그대를⋯⋯ 그대를 가지려면 나는 어찌해야 하지?"

충동적인 물음이었다.

이 밤, 홍란이 아무 거리낌 없이 제 얼굴을 잡고 돌렸을 때부터 학의 가슴은 격하게 고동치기 시작하였다. 세자 시절에는 종종 할마마마이신 대왕대비께서 아비어미 없이 크는 어린 손자를 애달파하며 안아 주시긴 하였지만, 보위에 오른 이후부터는 학의 얼굴에 손을 대시지 아니하셨다. 두 명의 중전이나 여러 빈들도 마찬가지였다. 어느 누구도 학의 허락 없이는 감히 함부로 학의 얼굴에 손을 대지 못하였다. 용안(龍顔)은 원래 그처럼 존귀하고 성스러운 것이었다.

233

그러기에 오래전, 몇 대 위의 중전마마께서는 용안에 손톱자국을 내었다는 명목만으로도 폐비가 되질 않았던가? 그런 것을, 지난 십수 년간 자신 이외에는 누구도 만진 적이 없는 제 얼굴을 그처럼 함부로 대한 맹랑한 여인에게 자꾸만 욕심이 일었다. 단 한 번도 발걸음 한 적 없는 누추하기 짝이 없는 곳에 저를 밀어 넣고 거적으로, 또 제자신의 몸으로 가리려 애쓰며 숨까지 멈춘 채 긴장한 여인을 보며 자꾸만 욕심이 생겼다.

　가지고 싶었다.

　곁에 두고 싶었다.

　언제나 늘 생각지도 못한 일을 벌이며 자신을 자극하는 이 여인만 있으면 그 갑갑한 궁궐 안에서도 드높은 궐 담 안에서도 숨이 쉬어질 것 같았다. 예전처럼, 아주 한때 그랬던 것처럼, 내일이 오길 기다리며 잠들 수 있을 것만 같았다.

　그래서 말하기로 했다.

　내가 이 나라의 군주라고.

　내가 이 조선의 임금이라고.

　허니 그대가 원하는 무엇이든 들어줄 테니, 그대를 가질 수 있는 방법이 무언지 가르쳐만 달라고 그리 말할 참이었다.

　"실은 그대에게 미처 밝히지 못한 게 있어. 나는 사실 이 나라……."

　하지만 조심스레 제 정체를 밝히려던 학의 계획은 무산되고 말았다.

　"왜?!"

　홍란이 울고 있었다. 칼 든 사내의 뒤통수에 늙은 호박을 무지막지하게 내리쳤던 맹랑하기 그지없던 여인이, 어둠 속에서도 그 존재감이 확연히 드러나는 붉디붉은 입술을 깨문 채, 훌쩍이는 소리 하나 내지 않고 그저 진주알처럼 굵은 눈물만 뚝뚝, 흘리고 있었다. 마치 예전, 처음 홍란을 보았던 그 주막에서와 같은 모습이었다. 아버지의 행패를 온몸으로 감내하며 그저 눈물만 뚝뚝 흘려 대던 그때와 똑같은 모습이었다.

"왜!"

학의 손이 제 머리가 시키기도 전에 와락, 홍란을 당겨 제 품속에 담았다. 제 넓은 가슴에 홍란의 고개를 묻게 하고는 큰 손으로 홍란의 뒤통수를 감쌌다. 눈물의 이유를 몰랐고, 눈물을 그치게 할 방도를 몰랐다. 그래서 학은 그저 홍란을 안아 제 가슴으로 홍란의 눈물을 받아낼 수밖에 없었다.

"울지 마. 울지 좀 마. 그대가 우니까…… 뭐가 뭔지 하나도 모르겠어. 아무것도 생각이 안 나. 내가 뭘 잘못했지? 내가 어떡해야 하지? 어?"

학의 한쪽 손은 홍란의 뒤통수를 감싼 채 다른 손은 마치 갓난아이를 어르기라도 하듯 홍란의 등허리를 가만히 쓸어내렸다. 그리고 학은 몇 번이나 연거푸 물었다. 다정하게 물어 주었다. 왜 그리 서럽게 우는 것이냐고. 자신이 무엇을 잘못했냐고. 어찌해야 하냐고.

홍란도 답하려 했다. 답하려고 애를 썼다. 하지만 입술이 떼어지지 않았다. 처음엔 사내의 물음에 화가 치밀었더랬다. 기루에서 보아 온 숱한 사내들과 똑같은 사내의 물음에 결국 그도 지금까지 숱하게 보아 온 다른 사내들과 같은 종류의 사람인가 싶었다.

비웃어 주자 마음먹었다. 뺨이라도 쳐서 톡톡히 매운 맛을 보여 주자 싶었다. 더는 기녀가 아닌 저를 왜 희롱하려 드는 것이냐고 따지고도 싶었다. 헌데 마주한 그의 눈빛에, 끝을 알 수 없는 우물처럼 검푸른 깊은 눈빛에 사내의 진심이 담긴 것을 보았다. 거짓 연정과 허세, 위선이 넘치는 사내들을 넘치도록 봐 온 만큼 진심을 알아보는 눈이 생겼다.

아니, 아니, 아니다.

전부 아니다.

눈앞의 사내가 설령 다른 많은 사내들처럼 자신을 희롱하기 위해 거짓을 입에 담고 있다 해도 홍란은 알아차리지 못할 것이었다. 그의 말 한 마디 한 마디가 진심이기를 너무나 간절히 바라는 까닭에 그저 진심이라 믿는 것뿐이라 해도 좋았다.

그가 자신을 가지고 싶다, 그리 말해 버린 순간 홍란은 더는 제 안의 '목소리'를 모른 체할 수만은 없게 되었다. 조금 전, 은월각에서 행수의 검계 중 한 명에게 칼로 위협당하는 그의 모습을 보았을 때 덜컹 무너졌던 가슴이 말했다.

무예가 뛰어나기로 정평이 나 있는 착호군의 군사이니 자신이 도와주지 않아도 검을 든 사내 하나쯤 너끈히 당해낼 것이라고 그리 생각하고 애써 걸음을 돌리려 하였을 때, 돌려지지 않았던 발걸음이 말했다.

무언가 무기가 될 만한 것을 찾아 두리번거리다 구석이 반쯤 깨어져 길바닥에 나뒹굴고 있는 늙은 호박을 본 눈이 말했다.

남은 패거리들에게서, 순라군들에게서 무사히 벗어날 수 있었음을 안도한 한숨이 말했다.

인정하라고.

칠석날 밤, 그 사내가 찢기고 밟힌 꽃잎을 담은 신을 주워, 흠 하나 없는 새하얀 손을 내밀어 붉은 비단 손수건을 건넸던 바로 그 순간, 너는 그를 연모하고 말았다고.

다른 사내들의 뒷모습에서 자꾸만 그를 찾았던 네 마음은 이미 그를 향해 있었던 것이라고.

그러니 이젠 그만 인정해 버리고 말라고 그리 말했다.

어쩌면 또다시 끝이 빤히 보일지도 모르는, 슬픈 연정에 사로잡히고
만 것이었다. 그것이 서러워, 그것이 기뻐 홍란은 하염없이 울었다. 사내
가 다정한 말로 달래 주는 것이 좋아 더욱 눈물이 났다. 그런데도 사내
에게 줄 것이 아무것도 없는 제 초라함이 서글퍼 눈물이 났다.

"나는…… 흑, 나는…… 흑."

학의 품에 고개를 묻고, 그의 다정한 손길에 위로 받아, 모든 눈물을
다 쏟아 버린 후에야 홍란이 비로소 입을 열었다.

"응?"

학이 홍란에게 다정히 되물었다. 홍란이 제 눈물로 흠뻑 젖은 학의
가슴에서 고개를 들고, 힘겹게 입술을 달싹거리며 다시 말했다.

"나는…… 그쪽에게 줄 처음이…… 아무것도 없습니다. 나, 나는 지
난날……."

"아니."

홍란의 말이 의미하는 모든 것을 알아차린 학은 두 손으로 작은 홍란
의 얼굴을 감싼 채 두 엄지로 쓰윽, 젖은 눈가를 닦아 주었다. 그 때문
에 잠시 멈추는가 했지만 눈물은 다시 후드득 흘러넘치기 시작하였다.

"그대는 내게 너무 많은 처음을 주었어."

학을 위해 호랑이에게 덤벼든 여인도, 학을 위해 칼 든 사내에게 호박
을 휘둘러 준 이도, 학을 위해 거적을 씌워 준 여인도 모두 홍란이 처음
이었다.

"그거 기억해? 내 열 가지 질문 중에서 아직 그대에게 묻지 못한, 그대
가 답하지 못한 여섯 개의 질문이 남은 것을?"

끄덕. 홍란의 고개가 움직였다.

"그럼 이제 나머지 질문을 할게."

그리고선 학이 고개를 낮춰 홍란의 귀에 대고 속삭였다.

"내가 그대를 연모하고 있다는 걸 알고 있지?"

홍란이 보일 듯 말 듯 고개를 끄덕였다.

학이 커다란 미소를 머금은 채 다시 홍란의 귀에 속삭였다.

"그대를 안고 싶어. 허락해 주겠어?"

죽을 것 같은 부끄러움에 홍란은 잠시 머뭇거렸지만 결국 다시 고개를 끄덕이고 말았다. 그리고선 물색 비단 도포자락 아래 붉게 달아오른 제 얼굴을 묻었다.

그날 밤.

학과 홍란에게 각각 다른 의미로 '처음'이 되는 순간들이 찾아왔다.

학이 저를 지켜보는 눈들이 없는 곳에서, 그것도 궁이 아닌 다른 곳에서 연모하는 이를 품에 안은 건 이 밤이 처음이었다.

홍란이 저를 연모하고 제가 연모하는 이의 품에 안긴 것 역시 이 밤이 처음이었다.

하여 두 사람 다 처음엔 그저 머뭇머뭇, 주저주저하였다. 자칫하면 낭패를 당할 수도 있는 사방이 막히지 않은 공간이어서 더더욱 조심스러운 손길들이었다. 하지만 서로를 안고 싶고 서로에게 안기고 싶은 뜨거운 마음들이 부끄러움을 잠시 접어 두고 서로의 몸을 열게 하였다.

처음이었다. 하여 사내의 손은 자꾸만 갈 곳을 잃고 방황하였다.

처음이었다. 하여 여인은 사내의 손이 닿을 때마다 미지에 대한 두려움과 기대감으로 바르르, 몸을 떨었다.

마침내 혹시나 모를 남의 시선을 의식하여 옷을 갖춰 입은 채로, 서로의 존재를 확인한 순간 사내와 여인은 난생처음 맛보는 환희에 짧은 비명을 내질렀다. 그리곤 서로의 어깨에 기댄 채 가쁜 숨을 내쉬며, 좀처럼 쉽게 꺼지려 하지 않는 잔열이 식을 때까지 제법 한참을 기다려야만 했다.

꽃

한편, 그 즈음. 은월각에서는 성 의원이 환자의 상태를 살피고 있었다. 인정이 울리고 난 후, 막 잠자리에 들려던 성 의원은 은월각에서의 부름을 받고 황급히 침구들을 챙겨 은월각으로 왔다. 오는 중에 순라 군들에게 잡히긴 했지만 성 의원을 데리러 온 은월각의 종놈이 슬그머니 미리 준비해 둔 듯한 엽전 뭉치를 찔러준 덕분에 달리 제지받지 아니하고 무사히 은월각에 올 수 있었다. 은월각의 행랑채 가장 안쪽에 위치한 방에는 복색으로 짐작하건데 검계의 일원으로 보이는 사내가 의식을 잃은 채 누워 있었다. 그 곁에는 이제 갓 열 살쯤 돼 보이는 어린 소년이 눈물을 질질 짜며 앉아 있었다.

"우리 형님 좀 살려 주세요. 피도 안 나는데 왜 이렇게 안 깨어나요? 엉엉, 설마 우리 형님 죽는 건 아니겠죠?"

"좀 보자구나."

성 의원은 누운 사내의 눈꺼풀을 뒤집어 동공의 상태를 확인한 후, 사내의 코밑에 손가락을 갖다 대어 숨의 크기를 가늠하며 소년에게 물었다.

"무슨 일이 있었느냐?"

"저도 잘 몰라요. 단지 은월각을 엿보던 수상한 사내를 잡았는데, 저보고 먼저 들어가라고 했는데 그자를 데리고 들어오겠다던 형님이 아무리 기다려도 안 들어오길래 나가 보니…… 형님은 이리 의식을 잃고 계시고, 주변에는 호박…… 호박이 깨져 있었어요."

몸의 여기저기를 살피던 성 의원은 소년의 말이 끝나자마자 얼른 사내의 머리통에 조심스레 손을 가져다 대어 상태를 살폈다.

잠시 뒤, 혹여 안에서 잠든 소년과 환자가 깰까 봐 살그머니 행랑채 방의 문을 닫고 나오던 성 의원은 행랑채 마당에 우뚝 선 그림자를 보고 흠칫 놀랐다. 은월각의 행수 청향이 전에 봤을 때와는 달리 목까지 내려오는 짧은 너울을 쓴 채 서 있었다. 그것도 직접 등롱을 든 채.

"상태는 어떠하오?"

청향이 전과 달리 공손히 말을 걸어왔다.

"후두부(後頭部)에 충격을 받아 뇌진탕이 된 것 같소. 일단은 침을 써 머리 안의 붓기를 가라앉혔으니 날이 밝으면 뜸과 탕제 재료들을 갖고 다시 오겠소."

"늦은 밤에 오시라 하여 참으로 송구하오. 손님방을 봐 줄 터이니 예서 묵고……"

"아니 됐소. 약방이 지척이니 그럴 것까지는 없소."

청향의 제의를 성 의원이 단칼에 거절하였다.

"그럼…… 그리 하시오. 여하튼 늦은 밤 귀찮다 마다 않고 이리 와 준 은혜는 두고두고 잊지 않으리다."

"약방 의원이 환자를 보러 오는 것은 당연한 일. 이만한 일을 은혜로 칭하는 것은 가당치도 않소. 원래 뭐든 이리 침소봉대하오?"

청향의 인사가 그저 의례적인 인사라는 것은 물론 성 의원도 알고 있었다. 허나, 홍란을 다시 은월각으로 끌어들이고 아비의 빚을 담보 삼아 당치도 않는 일을 시킨 작자이다 보니, 의례적인 인사말조차 곱게 받아지지 않는 성 의원이었다.

"······의원이 어떻게 받아들이든, 오늘 밤의 은혜는 내 잊지 않고 셈해 두겠소."

청향이 성 의원에게 들고 있던 등롱을 내밀었다. 하지만 기다려도 성 의원이 받을 기색을 보이지 않자, 청향은 성 의원의 발밑에 등롱을 내려놓은 후 까딱, 고개를 숙여 짧은 인사를 하고서 제 처소가 있는 안채 쪽으로 걸음을 옮겼다. 성 의원은 청향이 두고 간 등롱에는 손 하나 대지 않고 은월각의 대문간 쪽을 향해 마당을 가로질러 갔다. 안채로 향하던 청향이 돌아서 그 뒷모습을 오랫동안 지켜보았다. 드리운 너울이 그리움을 안은 청향의 눈을 가려 주고 있었다.

"여기서 뭘 하오? 잠시만 나갔다 온다더니······."

어느새 청향의 등 뒤에서 나타난 홑겹 저고리와 바지 차림의 일현이 와락, 청향을 껴안고는 너울 아래 새하얀 목에 제 입술을 묻었다.

"보고 싶어 데리러 왔소."

치근대는 일현이 못내 귀찮다는 듯, 청향이 매정한 몸짓으로 저를 안은 일현의 손을 제 몸에서 떼어 놓았다. 그리곤 아무 말도 없이 안채를 향해 먼저 앞장서 걸어갔다.

"······청향, 청향!"

일현은 마치 장터에서 어미의 치맛자락을 놓친 어린아이마냥 겁먹은 눈빛으로 연모하는 여인의 뒤를 따랐다. 다시는 안 볼 것처럼 애간장을 태우다, 다시는 떨어지지 않을 것처럼 격하게 매달리다, 또다시 저를 동네 똥개 대하듯 그리 매정하게 구는 변덕스러운 연인의 이름을 애타게 부르며.

그 밤, 은월각에서 돌아온 성 의원은 어쩐 일인지 한숨도 눈을 붙이지 못했다. 이상스레 잠이 오지 않았다. 피곤하여 눈꺼풀은 내려앉고 팔, 다리는 노곤함에 축 처졌는데도 정신이 말짱하니 잠이 들었다 할 수 없는 상태로 새벽까지 내내 뒤척이기만 하였다.

잠을 못 이룰 정도로 근심되는 일이 있었던 것도 아니요, 뒤가 걱정되는 일이 있었던 것도 아니었다. 어제와 같은 밤, 그제와 같은 밤이었다. 그런데도 이상스레 잠이 오지 않았다. 잠이 오지 않는 이유를 알 수 없으니 더 미칠 것만 같았다.

'제 불면(不眠) 하나 다스리지 못하면서 무슨 남의 병을 고친다고. 훗…… 돌팔이라 불려도 할 말이 없질 않은가?'

결국 떠지지 않는 눈을 억지로 비벼 가며 일어나 앉은 성 의원은 간밤에 만들다 만 약제(藥劑)를 만들러 약재 창고로 향했다. 더는 지체할 시간이 없었다.

은월연의 예정일은 보름 뒤. 그야말로 코앞으로 다가온 것이었다.

은월연의 일이 끝남과 동시에 홍란은 선양으로 떠나기로 되어 있었다. 홍란이 선양으로 떠나기 전 약제들을 완성해야만 했다. 그러기에 성 의원은 벌써 며칠째 환자들을 보다 말고 시간이 날 때마다, 다른 이들의 손을 빌리지 않고, 직접 공과 품을 들여 약제를 만드는 데 열중했다. 약초꾼들이 구해온 약재(藥材)들 중에서 특상질의 것들을 고르고 골라 가루를 내어 꿀과 함께 섞어 반죽한 뒤 골고루 비벼 귀한 금박까지 입혀 약환(藥丸)을 만들고, 약재들이 진득해질 때까지 오랫동안 끓이고 우리기를 반복한 뒤 식혀 뭉글뭉글한 범벅(가루를 된 풀처럼 쑨 음식)처럼 만들어 작은 도기에 굳게 밀봉하여 담고 그 위를 기름종이로 몇 겹이나 감쌌다.

모두가 홍란이 먹을 약제들이었다. 석 달 열흘이 넘는 긴 여행길 중에 몸을 보해 줄 약제들이었다. 늘 사건 사고를 달고 다니니 눈앞에 있어도 안심이 아니 되는 여인이 그 먼 길을, 그 험한 길을 가다 또 무슨 일을 겪을지 걱정이 이만저만이 아니었다.

'다 되었다!'

파루(새벽 4시)를 울리는 종을 치기 시작할 무렵, 드디어 한참의 공과 품이 들어간 일이 모두 끝났다. 성 의원은 제 낡은 망건 위에 홍건히 고인 땀들을 닦아 내며 만족스레 제가 막 만들어낸 약제들을 내려다보았다. 갑작스레 뱃병이 나도, 고뿔이 들어도 그것들만 있으면 크게 앓지 않고 지날 수 있을 터였다. 자신을 대신해 자신이 만든 약제가 아주 조금은 홍란을 지킬 수 있을 것이었다. 그런 생각만으로도 성 의원은 어쩐지 무거운 어깨가 조금은 가벼워지는 것 같은 느낌이 들었다.

'헌데 이걸 언제 전해 준다?'

오늘과 내일은 은월연의 준비로 홍란이 계속 은월각에 있을 것이었다. 자신도 검계 사내의 상처를 마저 돌보기 위해 은월각에 가야 하니 그때 전해 주어도 되지만 어쩐지 사람들의 이목이 많은 곳에서 전해 주기엔 조금 민망할 것 같았다.

'아침에 들러 전해 주고 오지, 뭐.'

성 의원은 제가 만든 약제들을 보자기에 차곡차곡 담기 시작했다.

'아냐. 그러다 괜히 길이 엇갈리면? 약제들의 용도를 설명하려면 직접 봐야 할 텐데.'

성 의원이 약을 챙기다 말고, 창고의 벽면에 붙은 창으로 아직은 어둡기만 한 하늘빛을 응시하였다.

'……지금 갈까?'

이제 겨우 파루를 친 새벽이니 너무 이른 시간이긴 했지만 유달리 바지런한 여인이니 남들보다 훨씬 이른 조반을 들 것이 분명했다.

'일부러 깨울 필요도 없어. 그저 문 앞에서 잠시 기다렸다가 움직이는 기척이 나면 지나는 길인 양 들러 전해 주고만 오면 돼. 급환이 든 환자가 있어 근처에 온 김에 전해 주러 왔다고 하면 되지.'

약 보자기를 싸는 성 의원의 손이 다시 분주해졌다. 여인 생각에 새벽부터 이러는 제 꼴이, 제가 생각해도 참 민망하여 입술 끝이 슬며시 위로 향하였지만, 성 의원은 애써 아닌 척 입꼬리를 내려 눌렀다. 누가 보고 있는 것도 아닌데 어쩐지 세상에 제 속내를 온통 다 들킨 것 같아 쑥스러워진 탓이었다.

'아직…… 깨기에는 좀 이른 시각인가?'

성 의원은 벌써 두어 식경이 넘게 약 보자기를 안은 채 홍란의 집 문 앞에서 서성이고 있었다. 이제 하늘빛은 아침을 맞이하기 위해 파란 물빛으로 변하려 하는 중이었다.

한 사람, 두 사람…… 이른 아침을 맞는 행인들이 성 의원을 힐끗거리며 지나쳤다. 그때마다 성 의원은 괜히 멋쩍어평소보다 배는 더 무뚝뚝해 보이는 얼굴로 사람들을 지나쳐 보냈다.

그때 무슨 까닭이었을까? 어떤 예감에서였는지 성 의원이 시선을 먼 곳으로 향했을 때 자신이 내내 기다리던 이의 얼굴이 눈에 들어왔다.

참 이상스러웠다. 집 안에서 자고 있는 줄만 알았던 여인이 저 멀리에서 다가오고 있었다. 그것도 무엇인가를 소중히 가슴에 품고서, 몇 번이고 몇 번이고 뒤를 돌아보며 느린 걸음으로 성 의원 쪽, 아니 자신의 집 쪽을 향해 걷고 있는 홍란이었다.

"의원님? 의원님이 이 시각에 어쩐 일로……?"

열 걸음쯤 앞에 다다랐을 때, 홍란이 성 의원의 존재를 알아차렸다. 뜻하지 않았던 만남에 조금은 당황스러워 걸음을 멈춘 여인을 향해 성 의원이 성큼성큼 다가갔다.

"……그것이 무엇이오?"

성 의원은 홍란이 소중히 품에 안고 있는 물빛 천을 보고 물었다. 몰라 물은 게 아니었다. 홍란이 소중히 접어 안고 있는 그것은 양반 사내의 도포 이외에는 그 무엇으로도 착각할 수 없는 것이었으니까.

"어쩐 일이셔요? 이런 시간에 무슨……."

홍란은 제 눈을 의심하며 말을 매듭짓지 못하였다.

자신이 늘 보아 오던 성 의원의 얼굴이 아닌 것 같았다. 언제나 어른 스럽게만 느껴졌던, 그래서 도통 나이를 가늠하기 힘들었던 성 의원의 얼굴이 일그러져 있었다. 미간에는 내천(川) 자가 아로새겨졌고 꽉 다문 입술 양끝은 미묘하게 아래로 처져, 웃는 것도 우는 것도 아닌, 화내는 것도 슬퍼하는 것도 아닌, 묘한 표정을 담고 홍란이 안고 있는 물빛 비단 도포를 뚫어져라 보고 있었다.

"……연모하는 분의 것입니다. 그분께 정표를 달라하여 받아 온 것입니다."

잠시 입을 다문 채 말을 고르던 홍란이 마침내 답을 내놓았다. 안고 있는 도포를 다시 한번 꼬옥 껴안으며 담담한 눈빛으로 사실 그대로를 말했다.

설마 했지만, 혹시나 했지만, 홍란이 그리 단박에 못을 박을 줄은 몰랐던 성 의원이 시린 눈빛으로 홍란을 보았다.

"의원님은 아침 일찍 어인 일이십니까?"

차분히 물음을 되돌려 주는 홍란에게 성 의원은 무어라 할 말이 없었다. 내 마음을 알면서 어찌 이리 잔인하게 구느냐, 따지고 싶었다. 이제껏 내내 제 마음을 알면서도 모른 척해 놓고선 갑자기 정인(情人)이 생겼다 대놓고 이야기하느냐며 원망하고 싶었다. 허나 분함도 서러움도 모두 자신이 혼자 감당해야 할 몫이었다. 애당초 홍란과 무엇을 약속한 사이가 아니니 홍란에게 화낼 자격이 자신에게는 없었다.

"후우……"

성 의원은 잠시 깊은 한숨을 쉬었다. 좀 전까지 조금의 무게도 느껴지지 않던 약 보자기가 어쩐지 천근만근이나 되는 바위인 양 무겁게 느껴져 보자기를 들고 있던 손을 허리 밑으로 축, 늘어뜨렸다.

"의원님?"

"약을 좀 만들어 왔소. 은월연 준비로 바빠 따로 줄 기회가 없을 것 같아 생각난 김에 가져다 주려…… 도기에 든 것은 배앓이나 두통, 동통(疼痛, 몸이 쑤시고 아픔) 등에 한 수저씩 퍼 먹으면 효험이 있을 것이고, 환약은 기운이 급히 쇠하였을 때, 심히 놀랐을 때 하나씩 먹으면 제법 도움이 될 것이오. ……약들마다 어디에 쓰면 좋을지 간략하게 적어 놓았으니 참고하면 될 것이오. 그럼."

성 의원이 들고 있던 보자기를 홍란에게 내밀었다가, 홍란이 쉬이 받으려 하지 않자 홍란의 발 앞에 내려놓았다. 무거워진 마음만큼 무거워진 발길을 돌려 제 집으로 향하기 시작하였다. 그러면서도 뒤에서 홍란이 저를 불러 주진 않을까 기대하고선, 또 어른답지 못한 그런 제 기대에 실소하기도 했다.

'욕심 내지 말자. 저이가 좋은 사람을, 좋은 연분을 만났다면 그걸로 된 것이야. 현명한 여인이니 분명 좋은 사람을 선택했을 터. 그러면 됐다. 기꺼워해 주자. 마음으로 축하해 주자. 저이의 상처가 아물 수 있다면, 기대어 울 수 있는 품이 있다면 그걸로 족하다. 그 상대가 꼭 내가 되어야 할 이유는 없지 않은가? 되었다. 모두 잘 되었다.'

성 의원은 그리 제 마음을 다잡아 봤지만, 자꾸만 어깨가 처지는 것은 어찌할 도리가 없었다. 후우, 후우 크게 숨을 쉬어 봐도 무언가 명치에 딱 얹힌 듯 속이 갑갑하기만 하였다.

그런 성 의원의 뒤에서 홍란이 깊게 허리를 숙였다. 미안함과 고마움을 담아 오랫동안 허리를 숙여 인사를 고했다.

홍란도 알았다. 필시 언젠가 지금의 제 선택이 그른 것이었음을 알게 될 것을. 양반과 매분구의 연정 따위 어차피 끝이 뻔히 보이는 일임을.

그래도 지금만큼은, 지금만이라도 연모의 감정에 이성을 잃은 어리석은 계집이고만 싶었다. 눈앞의 일만 생각하고, 오직 연모하는 감정 하나만 생각하는 그런 여인이고만 싶었다.

"상선."

"네, 전하."

"오늘은 부쩍 죽이 묽구나."

침전에서 자릿조반(初早飯, 아침 일찍 간단히 먹는 요기)을 받은 학은 한 수저 뜨다 말고 제 곁의 늙은 상선에게 전에 없는 불평을 늘어놓았다. 그도 그럴 것이 자릿조반으로 나온 흑임자죽이 평소보다 두어 배 이상 묽어 수저로 휘휘 저어 봐도 딱히 걸리는 무엇 하나가 없었기 때문이었다.

"전하, 소인이 부러 수라간에 일러 그리 마련하라 한 것이옵니다."

"부러?"

"네. 전하께서 밤새 불면에 시달리시어 한숨도 못 주무셨으니 소화를 위해 그리 하라 일러 두었습니다."

"어, 흠. 흠. 그, 그렇지? 고마우이."

죽이 아니라 거의 숭늉에 가까운 묽디묽은 죽은 지난밤 잠행을 나가 조금 전에야 돌아온 젊은 임금을 나무라는 상선의 잔소리인 셈이었다.

그를 알기에 학은 더는 달리 불평하지 않고 멀건 죽을 억지로 한술 떠 후루룩, 마셨다.

"그나저나 아침 경연은 어찌하올까요? 밤새 한숨도 못 주무셔 옥체가 미령하시니 오늘의 경연은 파하는……."

"상선."

젊은 임금이 입가에 은은한 미소를 띠우며, 늙은 상선을 보았다.

"네, 전하."

"내가 잘못하였다."

"전하, 어찌 소인에게……."

"잘못하였어. 너희에게 걱정을 끼친 걸 알아."

"전하, 소인은 단지 전하의 안위만을……."

"안다지 않아."

나무라는 투가 아니었다. 근심과 걱정으로 지난밤 저야말로 한숨도 이루지 못한 탓에 얼굴이 까맣게 죽은 늙은 상선을 달래는, 자상한 어투였다.

"다시는 그리 아니 하마. 허니 잔소리는 이제 그마안, 응?"

다정한 주군의 이름에 늙은 상선이 바닥에 머리를 조아렸다.

"죽여 주시옵소서. 이놈의 방자함이 하늘을 찔렀사옵니다."

"진심으로 그리 생각하느냐?"

"네, 전하!"

"허면 죽 말고 뭐 가볍게 먹을 약과나 국수라도……."

"그리는 아니 되옵니다."

방금 전까지 임금께서 미천한 제게 미안하다 하심에 송구하여 몸 둘 바를 몰라 하던 상선이 다시 평소의 깐깐한 얼굴로 되돌아와 용안을 뵈었다.

"밤을 새우셨으니, 아침 일찍 배를 채우시면 속이 부대끼실 것이옵니다. 수라간에 일러 아침 수라는 조금 일찍 들이라 전하겠사오니, 당장은 그것으로 족하여 주시옵소서."

"상선이 그리 말하면…… 따라야겠지? 알았느니."

배가 주려 마음 같아선 돌이라도 씹어 먹을 것 같은 학이었지만 제 안위를 염려하여 그리 말하는 상선의 뜻을 꺾을 수는 없었다. 하여 다시 수저를 들어 멀건 죽을 뜨다 말고, 학은 문득 제가 떠나온 여인의 일을 떠올렸다.

새벽녘, 멀리서 은은하게 파루 치는 소리가 울렸을 때였다. 방앗간 벽에 기대어 앉은 학의 품 안에서 깜빡, 잠들어 있던 홍란이 눈을 뜨고는 몽롱한 눈으로 학을 올려다보았더랬다.

"가셔야 하지 않습니까?"

"어디로……?"

"댁으로……."

그리 말하면서도 홍란은 학의 품으로 더욱 미끄러져 들어갔다.

"어서 가셔요."

말은 그리 하면서도 홍란은 학의 품에서 고개를 들려 하지 않았다.

"가지 말까?"

학이 홍란을 안은 팔에 힘을 주며 속삭였다.

"……가셔요."

다시 한번 그리 말해 놓고도 아쉬움이 가득하여 학의 품에서 떨치고 일어나지 못한 홍란이 억지로 일어나 앉아 흐트러진 제 옷매무새와 머리를 가다듬었다.

"곧 날이 밝을 것입니다. 제가 먼저 나가 밖을 살필 터이니 나오셔요."

일어나 밖으로 향하려는 홍란의 손목을 학이 잡았다. 그리고선 와락, 그 손목을 당겨 다시 제 품에 홍란을 담았다.

"그대에게…… 할 말이 있어."

학이 홍란의 귀에 속삭였다.

"저도…… 드릴 말씀이 있습니다."

홍란이 한 손을 들어 학의 뺨을 감쌌다.

"제가 먼저…… 꼭 드려야 할 말씀이 있습니다. 허니, 다시 만나러 오겠다…… 그리 말씀해 주셔요. 내내 그러했듯이 도깨비처럼 불쑥 다시 오겠다, 그리 말씀해 주셔요."

학이 제 뺨에 닿은 홍란의 손을 잡았다. 그리고 그 손바닥에 이어 손목에 이어 얇디얇은 팔목까지 뜨거운 입술을 눌러 그러마 하는 제 대답을 대신하였다.

"전……하? 전하!"

상선은 수저를 들다 말고 멍하니 상념에 빠진 저의 주군을 불렀다. 죽이 다 식어 가는 것도 모르고 계속 빈 수저를 들고만 계시니 그 모습을 뵙기가 민망해서였다.

"상선."

상념에서 깨어난 학이 엷게 웃음을 띠고 있던 낯빛을 바꿔 진지한 낯빛으로 늙은 상선을 보았다.

"네, 전하."

"만약에 말이다."

"네. 전하."

"내가…… 여염의 여인을 후궁으로 맞겠다고 하면 어찌 되는 것이냐?"

"……여염이라 하시면 혹시?"

상선이 바짝 긴장하여 조심스레 되물었다. 여태 어느 비빈에게도 특별히 관심 한 번 주지 않았던 주상 전하셨다. 그저 정해진 날짜가 되면 순서가 정해진 비빈의 처소에 들러 밤을 보내셨을 뿐, 여태 어느 비빈이나 어느 궁녀에게 다정한 눈빛 하나 건넨 적이 없으셨던 분이셨다. 그런 분의 입에서 여인의 이야기가 나오니, 그것도 후궁으로 삼으시겠다는 이야기를 하시니 그야말로 경천동지할 일이 아닐 수 없었다.

"그래, 양반이 아니다."

학의 답에 놀라 상선은 잠시 숨을 멈추었으나 이내 평정을 되찾고 주군의 하문에 자분자분 제가 아는 대로 아뢰기 시작하였다.

"만약 양반가의 규수시라면 후궁 간택의 절차를 밟으셔야 하나, 여염의 분이시라면 대왕대비마마와 중전마마의 뜻을 물으시어 먼저 궁인으로 입궐케 하시면 되옵니다. 하여 특별상궁으로 봉하신 후, 회임하셨을 때 숙원의 첩지를 내리시오면 되옵니다."

"회임이라…… 만약 회임이 아니 된다면 내내 특별상궁으로만 있어야 하는 것이더냐?"

몰라서 물은 게 아니었다. 학도 내명부의 품계가 어찌 정해지는지, 승은을 입은 특별상궁이 어떤 절차를 거쳐 후궁이 되는지는 묻지 않아도 이미 알고 있었다.

그런데도 물은 것은 홍란에게 할 수 만 있다면 정식 후궁의 자리를 주고 싶었기 때문이었다. 연모라는 감정 하나 없이 그저 정치적, 정략적 계산들에 의해 얻게 된 다른 후궁들의 아랫자리에 홍란을 두고 싶진 않았다.

상처가 많은 만큼 더 귀히, 더 소중히 아껴 주고 싶은 여인이었다. 숙원(종4품)이요, 소용(정3품)이요 하는 품계의 과정을 뛰어넘어 당장이라도 귀인(종1품)이나 빈(정1품)으로 삼아 지근에 두고 싶었다. 중전마저도 함부로 대할 수 없는 귀하디 귀한 여인으로 삼아 마음껏 어여삐 해 주고 싶었다.

"그것은 소인이 아니라 대왕대비마마와 중전마마께 의논을 구하시면 달리 방도가 있으실 것이옵니다. 선선대의 전하께서도 궁녀 김씨를 총애하시어 특별상궁으로 삼으신 후에 연이어 숙원과 숙의의 직첩을 내리신 전례가 있사오니……."

상선이 그리 고할 동안 침전 밖의 궁녀와 내시들 사이에는 은밀한 눈짓들이 오갔다. 이후 얼마 안 돼 그들 중 몇몇은 조심스레 뒷걸음질친 후 저희가 충성을 맹약한 이들의 처소를 향해 잰걸음으로 달려들 갔다.

"주상 전하께서 여염의 여인을 후궁으로 맞으시려 한단다."

그날 아침, 침전에서 자릿조반상이 물러나기도 전에 궁인들의 입에서 입으로, 귀에서 귀로, 어심(御心)에 관한 소문들이 파다하게 퍼지기 시작하였다.

"누구라더냐?"

"밖에서 도대체 뉘를 만나셨기에?"

거의 비슷한 시기에 입궐한 두 명의 후궁인 소용 정씨와 숙의 진씨는 저마다 명망 있는 가문, 허나 근자에 들어서는 이렇다 할 세도를 누리지 못하고 있는 집안의 여인들이었다. 중전 심씨 또한 마찬가지였다. 할아버지가 겨울 두어 달 남짓 판서 자리에 있었달 뿐, 아버지 되는 이는 겨우 진사 자리에 머무른 지극히 평범하기 그지없는 집안의 여인이었다.

그러기에 여인들은 자신들의 입궁 후 눈에 띄게 달라진 가문의 입지를 실감한 친정 집안에서 여러 차례 독촉 아닌 독촉을 받아 왔던 터였다.

"원자를 생산하셔야 합니다."

"아들을 낳으시옵소서. 그 길만이 우리 집안의 반석이 세워지는 길일 것이옵니다."

"먼저, 다른 분들보다 먼저 떡두꺼비 같은 아기씨를 생산하셔야 합니다. 그리만 하신다면 중전의 자리에는 못 올라도 대비의 자리에는 오르시지 않으시겠습니까?"

다들 속 모르는 소리였다. 임금께서는, 하늘 같은 주상 전하께서는 차가운 분이셨다. 냉대는 아니 하였지만 정도 아니 주셨다. 그저 정해진 순서대로 전각에 오셔서 주무시기는 하였지만 지극히 형식적인 잠자리에 그쳤다. 두 번도 세 번도 없었다. 그저 정해진 날, 정해진 잠자리 딱 한 번. 그것이 전부였다.

"어찌 소첩을 이리 대하시오니까?"

어느 밤이던가. 매번 생각보다 말이 먼저 튀어나오는 탓에 늘 뒤늦게 후회하곤 하는 숙의 진씨가 여느 때처럼 의무적인 밤일을 마치고 떨치고 일어나는 학의 바짓가랑이를 잡고선 따져 물었던 적이 있었다.

"어찌 이리 차갑게 구시옵니까? 어찌 이리 무섭게 구시옵니까? 소첩은 단지 전하의 아기씨를 낳기 위한 수단일 뿐이옵니까? 소첩도 여인이옵니다. 전하의 여인이옵니다. 굄 받고 싶고, 사랑 받고 싶사옵니다. 소첩을 이리 대하지 마오소서. 이리 무정하게 굴지 마오소서."

학은 그런 숙의 진씨를 무례하다 나무라지 않았다. 주제넘다 꾸짖지도 않았다. 그저 애틋한 눈길로 바라봐 주었을 뿐, 달리 아무 말도 하지 않고 그저 침전으로 돌아갔을 뿐이었다.

숙의 진씨는 몰랐다. 그 밤, 학이 술상을 앞에 놓고 밤 내내 홀로 자작을 하며 술잔을 기울였음을. 학 역시 마음 없이 애정 없이 되풀이되는, 그것도 어느 여인에게서든 아기씨를 볼 때까지는 결코 그만둘 수도 없는, 잠자리 의무에 깊게 상처받은 사내임을. 애정 없는 잠자리는 여인에게도 사내에게도 그저 치욕적인 의무에 불과할 뿐임을.

그녀도 궁 안의 다른 어느 여인도 알지 못하였다.

꽃

"이게 동과주야. 동과 살, 그리고 동과 씨앗을 넣어 술과 물을 반 되가량 넣고 자작하게 달인 것인데, 만드는 게 어렵지 않으니 다 쓰거든 직접 만들어 쓰도록 해. 틈틈이 눈 밑에 바르면 눈에 띄게 좋아질 거야. 그리고 이건 분이고. 보통의 것보다 훨씬 가루가 잘고 촘촘하니 잡티 자국을 가려주는 데 도움이 될 거야."

금소에게 동과주 병과 분통 등을 건네준 다음, 홍란은 다시 보자기

하나를 슬쩍 내밀었다.

"이게 뭐예요?"

"열어 봐."

홍란의 말에 금소가 보자기를 조심스레 끌렀다. 그 안에는 하늘빛을 닮은 선명한 푸른 빛깔의 치마와 새하얀 저고리가 얌전히 개켜져 있었다. 그리고 머리꽂이며 비녀, 노리개 등과 같은 장신구들도 몇 가지 놓여 있었다.

"이건⋯⋯?"

"옷 사러 나갈 시간이 없을 것 같아 마련해 왔어. 어울릴 것 같은 것으로 골라 봤는데 마음에 들어?"

"⋯⋯성님."

금소가 감격에 차 눈물이 그렁그렁한 눈으로 보다 와락, 홍란의 품에 안겼다.

"고마워요. 정말 고마워요. 죽어도 이 은혜, 이 신세 잊지 않⋯⋯."

그때 인기척도 없이 갑자기 낡은 금소의 방문이 확, 열어 재껴졌다.

"예서 뭐하는 거예요?"

세오였다.

세오는 홍란의 품에 안긴 금소를 보곤 입을 삐죽이며 '흐응' 하는 콧소리를 냈다.

"왔으면 내 방으로 오지 않고요. 왜 여기서 노닥거리는 거예요? 명심하라고요. 어머니가 댁에게 시킨 건 어디까지나 나와 연후의⋯⋯."

조잘조잘 입을 놀리며 방 안 곳곳을 살피던 세오의 건방진 시선이 이내 바닥에 놓인 보자기 쪽으로 향했다.

"그게 뭐예요?"

세오가 가벼운 몸놀림으로 성큼 방 안으로 들어왔다. 따로 말릴 새도 없이 보자기 속의 옷가지들을 꺼내 제 몸에 대어 보았다. 노리개도 제 가슴 앞에 대어 보고는 높이 들어 올려 사라락사라락 술을 흔들며 그 움직이는 모양을 즐겼다.

"하아, 이뻐라. 이게 다 웬 거예요?

"그건……."

"금소가 내게 주문한 것이야. 이리 내."

금소의 말을 가로막은 홍란이 세오에게 눈을 부라려 보이고는, 얼른 옷가지와 노리개를 빼앗아 금소에게로 돌려주었다.

"내일 연회 전에 잠깐 와서 봐 줄게. 이제 그만 울고. 어여뻐 보이려면 기쁘고 즐거운 일만 생각하는 거야. 알았지?"

홍란이 다정히 금소의 머리를 쓰다듬어 준 뒤 세오의 등을 떠밀다시피하여 방에서 나왔다.

"저치가 바로 그치죠? 예서 살인사건 있었을 때 죽을 뻔했다는 그 기생."

"치가 뭐야. 성님이라고 불러야지."

세오의 버릇없는 말본새에 홍란이 눈썹을 찌푸리며 말했다.

"홍. 곧 섬으로 갈 인사 따위에게 성님은 무슨……."

치맛자락을 팔락팔락 날리며 앞으로 걸어가던 세오의 입에서 새어나온, 그야말로 들릴락 말락할 정도의 작은 중얼거림이 홍란의 귀에 와 닿았다. 놀란 홍란이 세오의 팔을 거칠게 잡아 그 걸음을 멈추게 하였다.

"아! 아파요! 이게 뭐하는 짓이에요?!"

"방금 뭐라고 했어?"

"뭐가요!"

"섬……? 분명 섬이라고 했지?! 그게 다 무슨 소리냐고!"

홍란이 방금 제가 들은 이야기를 확인하려 되묻자 세오의 얼굴에 잠시 난처한 빛이 어렸다. 아차, 싶은 건지 입술을 오종종 모아 오물오물 움찔거리기도 하였다.

"무, 무슨 소리예요? 난 아무 말도……"

어설프게 시선을 돌리던 세오가 홍란의 눈치를 살피며 조심스레 물었다.

"들었어요?"

"……그래."

"못 들은 척해 주면 안 돼요?"

홍란이 잡고 있는 세오의 팔에 더욱 힘을 주었다.

"아! 아! 알았어요. 알았다고요! 말하면 되잖아요!"

"얼른 말해."

"여기선 안 돼요!"

세오가 불안한 시선으로 주위를 두리번거렸다. 먼지가 뽀얗게 일어나도록 분주하게 마당을 쓰는 사내종이며, 무릎을 꿇고 두 손으로 빡빡 밀어 마루를 닦고 누각의 기둥을 닦아 내는 여종들까지 연회를 앞두고 은월각의 곳곳을 쓸고 닦는 이들로 가득하였다. 그들 중 몇몇은 마당 가운데 서서 실랑이를 하는 홍란과 세오를 별스럽다는 듯 흘낏거리기도 하였다.

"이제 말해. 섬이라니, 그게 다 무슨 소리야?"

세오 방에 들어서자마자 홍란이 물었다.

"그 전에 한 가지만 확인해 줘요."

"뭘?"

"아랫연회에 서는 건 연후가 맞는 거죠? 어머니에게 꼭 그리 말해 줄 거죠?"

"아직 안 정했어."

"그럼 나도 말 못 해요."

고개를 돌리는 세오를 노려보며 홍란이 세오에게 한 발자국 가까이 다가갔다. 세오가 주춤 한 걸음 물러났다.

"뭐, 뭐요? 그리 노려보면 누가 말할 줄 알고요? 하나도 안 무섭네요."

"……너와 연후 중 누구를 아랫연회에 세우라고 할지는 아직 결정 안 했어. 천지신명께 맹세해도 좋아. 하지만…… 네가 지금 내가 궁금해 하는 답을 알려 주지 않는다면 기필코 너를 아랫연회에 세우라 그리 전할 거야. 잘 생각해 봐. 어느 쪽이 네게 더 이로울지."

홍란이 저답지 않게 목소리까지 내리깔며 무서운 눈빛으로 동기 아이를 윽박지르는 것은 무언가 짚이는 구석이 있어서였다.

"섬이라니, 그게 무슨 소리야?"

"알았어요. 말할게요. 말하면 되잖아요!"

그러고서도 한참을 더 머뭇거린 후 세오가 제가 귀동냥으로 들어 알고 있는 것들을 늘어놓았다.

"은월연이 끝나면 저 금소라는 사람, 서해 어느 섬에 있는 기루로 보내질 거라고 했어요. 뱃사람들과 중국 상인들을 상대로 하는 은밀한 기루가 하나 있다나 봐요. 말이 좋아 기루지 거기로 간 기녀들은 다시는 뭍을 밟지 못한 채 평생을 거기서 썩어야 한다고 하던데 거기를 가겠다고 스스로 자청했대요. 저 금소라는 사람."

"자청……? 금소가 왜!!"

"나도 자세한 건 몰라요. 그저 전에 있던 기루에서 은월각으로 돌아오는 조건으로, 은월연에 참석하게 해 주는 조건으로 그리하게 되었다고……."

세오의 말이 끝나기도 전에 홍란이 서둘러 방을 뛰쳐나갔다. 그리고 좀 전에 자신이 나온 금소의 처소 쪽으로 뛰어갔다. 당장이라도 그 어리석은 아이의 멱살을 잡고 흔들어서 마음을 고쳐먹게 만들 심산이었다. 하지만 청향이 마음 급한 홍란의 앞을 막아섰다.

"무얼 그리 서두르는 겐가?"

"금소, 금소 그 아이를 다른 기루로 보낸다는 것이 사실입니까?"

"……또 어린 것이 입방정을 떤 모양이군."

청향이 멀찌감치에서 이쪽을 바라보고 있는 세오를 본 뒤 다시 홍란 쪽으로 고개를 돌렸다.

"그 말이 맞아. 은월연의 말석에라도 앉혀 달라며, 금소 그 아이가 스스로 청해 온 것일세. 그렇지 않다면 퇴기보다 못한 신세 뭐 하러 거두었겠어?"

"그리 마시지요. 아직 어리지 않습니까? 굳이 멀리 보내지 않아도 어여쁘고 심성이 착하고 다재한 아이이니 기녀 한 사람 몫은 충분히 하고도 남을 것입니다."

"그거야 내가 알아서 할 노릇이고. 내 자네에게 은월각 기녀 아이들의 처우까지 맡긴 기억은 없는데?"

"……얼마입니까?"

"무어가?"

"얼마면 저 아이를 섬에 보내지 않으실 거냔 말입니다. 어차피 돈벌이를 위해 보내려는 걸 테니 합당한 가격만 치른다면……."

"하하하하하하!!"

하늘을 찌를 듯한 요사스러운 청향의 웃음소리가 홍란의 말문을 막았다.

"어찌 웃으십니까?"

"돈을 치러 금소를 구하겠다? 할 수 만 있다면 해 보게나. 허면 금소 대신에 보내질 다른 아이는? 그 아이 역시 선의를 베풀어 구해 주려는가? 뭐, 그것도 좋겠지. 허면 또 그 아이를 대신해 보내질 아이는? 그래 좋으이. 자네가 억만금을 가지고 있어 이 은월각의 기녀 아이들을 모두 구해 준다고 치세. 허면 다른 기루의 아이들은? 경기도, 경상도, 전라도, 아니 조선 팔도의 모든 기녀 아이들은? 그들까지 모두 살 수 있겠는가?! 아님, 다른 이들은 자네와 일면식 하나 없으니 그저 누군가는 그 지옥 구렁텅이에 빠질 것을 알면서 모른 척하고 말 터인가?!"

홍란은 답할 말을 찾지 못했다. 그런 홍란에게 얼굴을 들이밀며 청향이 나지막이 속삭였다.

"그나저나 세오와 연후, 두 아이의 운명은 결정지었는가? 자네의 선택에 따라 한 아이는 내내 삼패로 비참하게 살다 조만간 그 섬으로 팔려가게 될지도 모른다네. 그 아이는 또 어찌할 텐가? 그때도 내게 이리 와서 얼마를 주면 그 아이를 구할 수 있는지 물을 터인가? 핫하하하하하!"

청향이 웃음소리를 드높이며 돌아섰다.

"그래도!!"

홍란이 청향의 등 뒤에 대고 외쳤다.

"모든 기녀를 구할 수 없다 하여서 당장 내가 도와줄 수 있는 아이를 외면할 수는 없지 않습니까?! 금소를, 금소를 구할 수 있는 방법을 알려 주십시오!"

"자네가 대신하여 가면?"

걸음을 멈춘 채 청향이 답했다. 그 말에 홍란의 얼굴에서는 일순간 모든 핏기가 가셨다. 그리고 잠깐, 아주 잠깐이나마 홍란은 정말 그러할까 하는 생각을 하기도 했다. 하지만 그럴 수는 없었다. 만약 어제 낮에 똑같은 이야기를 들었다면, 그저께 똑같은 이야기를 들었다면 고민을 했을 수도 있었다. 하지만 이젠 홍란에게도 작은 욕심이 생겼다. 보통의 여인들처럼 작은 꿈이 생겼다. 그것을 모두 모른 척할 자신이 없었다.

"하하하하! 농일세."

청향이 돌아보지도 않고 등 뒤의 홍란에게 제 뜻을 전했다.

"저 아이를 대신해 자네 같은 걸 보내면 오히려 이쪽이 욕을 먹을 참이야! 그러니 괜한 생각에 시간 낭비 하지 말고 세오와 연후에 대한 일이나 잘 마무리하게. 당장의 은월연에 그 아이들의 미래, 그리고 우리 은월각의 미래가 달려 있음이야!!"

"만약!"

청향이 다시 우아하게 걸음을 떼려는데, 홍란이 가까이 다가와 청향의 소매를 잡았다.

"만약! 은월연에 오신 손님이 금소를 마음에 들어 하여 첩실로 들어앉히겠다고 하시면? 그땐 어찌하시겠습니까? 자고로 은월연에서는 합당한 대가만 치르면 손님의 청은 무조건 들어주는 것이 법도임을 새 행수도 잘 알고 계시겠지요?"

"……흥!"

청향이 마치 거머리라도 되는 듯 제 소매를 잡은 홍란의 손을 떨쳐내며 홍란을 향해 돌아섰다.

"은월연에 서 본 자로서의 경험담이라 이건가?"

"……."

"좋네. 그리 하세. 만약 내일 은월연에서 금소를 보고 마음에 들어 하는 손님이 있다면, 그 손님이 일금 일천 냥 이상을 내시겠다 그리 하시면 내 기꺼이 금소를 그 손님의 첩실로 보내드릴 것이야."

"……분명 약조하였습니다?"

"흠!"

확인고차 따져 묻는 홍란에게 무어라 한마디를 더 하려던 청향은 문득 멀리에서 다가오는 성 의원의 모습을 보고서는 얼른 걸음을 빨리 하여 제 처소 쪽으로 향했다.

"대신하여 섬에 가라 하시지 그러셨습니까?"

내내 두세 걸음쯤 떨어져 따르던 검계 중 하나가 얼른 청향의 곁에 나란히 따라붙으며 말했다.

"금소라는 아이보다 저 매분구가 섬 쪽에서는 더……."

"후환을 어찌 감당하려고!"

청향이 제 수하에게 나지막한 목소리로 윽박질렀다.

"그분이 아셔 봐. 자네 목은 물론이요, 내 목 또한 성치 않을 걸세."

"아니 저깟 매분구가 뭐라고……."

투덜거리던 사내가 청향이 그만하라는 듯 팔락, 치맛자락을 날리자 금세 입을 다물었다.

"……그나저나 그쪽 준비는 다 되었나?"

"웃돈을 요구하긴 했지만 손을 써놨으니 더는 아무 말도 않을 것입니다."

"그럼, 되었네. 말이 새어나가지 않도록 두 배, 세 배 각별히 조심하는 것 잊지 말고."

"옙!"

한편, 청향과 그 수하의 사내가 무엇인가를 숙덕거리며 멀어지는 것을 본 성 의원은 그 반대쪽에 홍란이 서 있는 것을 보고 잠시 걸음을 멈추고 돌아서려다 체념하고는 홍란에게로 다가갔다.

"무엇을 그리 골똘하게 생각하오?"

"여긴 어쩐 일로……?"

흠칫, 놀라는 홍란의 얼굴을 보며 성 의원은 쓴웃음을 입에 물었다. 너무 빠른 재회였다. 그리 거북한 이별을 하고 채 반나절도 안 되어 다시 얼굴을 맞대는 건 피차에게 거북하기 짝이 없는 일이었다.

"지난밤, 은월각의 경비를 보던 사내 하나가 괴한에게 급습당해 머리를 다쳤소. 어제는 너무 늦어서 제대로 처치를 못하여 오늘 다시 상처를 봐주러 온 길이오."

"예에…… 그럼 일 보시지요."

홍란이 성 의원과 시선을 아니 마주치고 고개 숙여 꾸벅 인사를 하였다. 그리곤 대여섯 걸음 앞에 있는 방을 향하여 종종거리며 뛰어갔다. 그 뒷모습에 아쉬움에 찬 시선을 던지고, 성 의원은 왔던 길을 되돌아 상처 입은 사내가 누워 있을 바깥 행랑채로 향했다.

"정말요?"

홍란이 들려준 이야기에 금소의 얼굴에 환한 빛이 들었다.

"정말 행수 어른이 그래도 된대요? 정말요?"

"그래. 그러니까 그분 댁이 어딘지 내게 알려 줘. 그리고 서찰 한 장 써 주고. 내 그분께 전해서 너를 구해 달라 그리 말씀드려 볼게."

"성님!"

금소가 홍란의 두 손을 부여잡았다. 눈에는 찰랑찰랑 호수물이 들어 찼고, 흥분과 감격에 온몸은 부들부들 떨리기까지 하였다.

"고마워서, 고마워서 어떡해요? 성님한테 난 아무것도 해 드린 게 없는데, 따지고 보면 성님한테 전…… 아무도 아닌데…… 저한테 이렇게 많은 걸 해 주셔서 어떡해요? 어떻게 이 은혜를 다 갚아요?"

"자자, 은혜 갚을 방법은 나중에 이야기하고, 얼른 서찰이나 써."

"에휴…… 내 정신 좀 봐. 잠시만요, 성님 잠시만 기다려 주세요?!"

그러더니 금소는 정신없이 낡은 장과 서랍들을 뒤지기 시작하였다. 하지만 낡은 처소 안에 제대로 된 지필묵(紙筆墨)이 있을 리 없었다.

"어, 어쩌죠? 지필묵이……지필묵이 없는데?"

금소가 금세 다시 울상이 되어 홍란을 돌아보았다. 홍란이 얼른 제 소매에서 장부를 적을 때 쓰는 붓 갑과 묵호(휴대용 붓통, 먹통)를 꺼내 금소에게 건넸다. 그러자 금소는 잠시 두리번거리더니 얼른 제 치마를 홀러덩 걷어붙인 뒤, 드러난 속치마의 아랫단을 이로 물어 부욱, 찢어내었다. 방바닥에 속치마 자락을 펼치고, 그 위에 한 자, 한 자 정성스레 서찰을 써내려가기 시작하였다. 그리고선 행여나 붓질이 번질까 걱정하며 입으로 후후, 불어 가며 글씨들을 말리는 금소였다. 그 모습을 지켜보다 말고 홍란도 함께 후후, 입바람을 불어 가며 글씨들을 말렸다.

"후훗."

입바람을 불다 말고 금소가 홍란을 돌아보며 웃었다.

"왜애?"

"그냥요. 좋아서요."

배시시 웃음을 깨문 금소가 볼을 붉힌 뒤 다시 후후, 열심히도 입바람을 불었다.

홍란이 남 생원 댁에 당도한 것은 그로부터 약 한 시진(時辰, 2시간) 뒤였다. 예전에 몇 번 남 생원의 얼굴을 먼발치에서나마 보고 싶어 걸음한 적이 있다는 금소가 알려준 곳이었다.

홍란은 잠시 대문 앞에서 머뭇거리다 마침 빗자루를 들고 나오는 사내종을 보고는 얼른 다가가 말을 붙였다.

"남 생원 나리 댁에 계시오?"

"……댁은 뉘시오?"

사내종이 의심스런 눈길로 홍란의 행색을 아래위로 훑다가 홍란의 얼굴 ― 비록 상처가 선연하기는 하지만 ― 을 본 후에는 눈에서 긴장이 가셨다.

"안에 계시오만, 무슨 일로 우리 주인마님을 찾으시오?"

"서찰 심부름을 왔소이다. 말씀 좀 전해 주시겠소?"

"심부름이오? 그럼 잠시 예서 기다리시구려."

사내종이 헤실헤실 웃어 가며 응대한 뒤 얼른 쪼르르, 안으로 뛰어들어갔다. 그리고선 무얼 어떻게 전했는지 들어간 지 얼마 안 되어 금세다시 나와서는 "어서 들어오라"며 서둘러 홍란을 안으로 이끌었다.

"흐음……."

사내종의 "왔습니다" 하는 고함에 이어 사랑채 방에 들어선 홍란의모습을 남 생원임에 분명한 자가 고요한 눈빛으로 찬찬히 살폈다.

"서찰 심부름을 왔다고? 어디의 뉘에게서?"

홍란이 여전히 헤실헤실 웃으며 제 곁에 선 사내종을 보았다. 그러자남 생원이 그를 향해 휘휘 손을 저어 물러가게 하였다.

"가까이 와서 앉거라. 서찰 심부름을 왔다고? 어디의 뉘가 보낸 서찰이더냐?"

"은월각의 금소라는 이가 보낸 서찰이옵니다."

홍란이 제 소매에서 곱게 접은 금소의 서찰, 글씨를 써 넣은 속치맛자락을 꺼내 두 손으로 서안(書案, 책상) 위에 사뿐히 내려놓았다.

"치우거라!"

홍란이 채 서안에서 물러나기도 전에 남 생원이 더러운 무엇이라도 되는 듯 손가락 끝으로 금소의 서찰을 들어 올려 방문 쪽을 향해 휙, 던져 버렸다.

"네 이년!! 이 무슨 무도한 짓거리더냐?! 기루의 일을 사대부의 집 안으로 끌어들이는 것이 금지되어 있음을 알지 못하더냐?! 네 어찌 이런 무도한 짓으로 사대부의 면을 깎으려 드느냐! 고얀 것! 썩 물러가거라!"

남 생원이 단호하게 말하고선 외로 돌아앉았다. 그러면서도 궁금하기는 한지, 곁눈질로 홍란이 방구석에 떨어진 금소의 서찰을 줍는 것을 훔쳐보았다.

"……금소를 아껴 주셨다 들었습니다."

방 한가운데 우뚝 선 채 홍란이 남 생원을 내려다보며 말했다. 목소리는 낮고 갈라져 있었다.

"나는 처음 듣는 소리다."

"……금소를 모른다, 부정하시는 겁니까?"

"밖에 함 서방! 함 서방 없느냐!"

남 생원이 밖으로 향해 버럭 소리를 질렀다. 그러자 이내 "네" 하는 사내종의 목소리가 들려왔다. 하지만 홍란은 그에 상관없이 다시금 남 생원을 추궁하였다.

"금소의 머리를 올려주며 언젠가 소실로 들어앉혀 주마 약조하셨다 들었습니다."

"기억에 없다. 함 서방! 얼른 들어와 이 고얀 것을 끌어내거라!!"

"네, 대감마님!"

말이 떨어지기가 무섭게 조금 전 홍란을 안내했던 사내종이 뛰어 들어오더니 얼른 홍란의 소매를 잡아끌었다.

"볼일이 끝나셨거든 얼른 나가시오."

"회영루에 옮겨 갔던 금소가 은월각으로 다시 돌아온 이유를 아십니까?"

홍란이 사내종에게 끌려 나가지 않기 위해 힘을 주어 버티며 남 생원을 향해 버럭 소리를 질렀다.

"이……이!"

"나리 때문에, 은월연에 참석하기 위해, 무엇을 걸고 돌아온 건지 아십니까?"

"얼른 쫓아내지 않고 무엇을 하느냐? 혼자 힘으로 안 될 것 같거든, 다른 것들을 더 불러오든가!"

남 생원이 홍란에게 모질게 대하지 못하는 사내종을 향해 쯧쯧, 혀를 차고는 버럭 소리를 질렀다. 사내종이 예, 예, 머리를 조아리며 얼른 제 동료들을 부르기 위해 뛰쳐나갔다.

"이대로 나리가 모른 척하시오면, 그 아이가 장차 어찌 되는지는 아십니까?"

"어찌 되건, 그것이 나랑 무슨 상관이더냐?"

밖으로 뛰쳐나갔던 사내종이 동무 하나를 데리고 들어와 홍란의 어깨를 양쪽에서 부여잡고는 방에서 끌어내리려고 하였다.

"그러고도 사내이십니까? 그러고도 사대부이십니까? 정을 준 여인 하나 지켜 주려 하지 않으면서……!"

홍란이 질질 끌려 나가며 남 생원에게 부르짖었다.

"정을 주다니! 기루의 계집과 잠시 몸을 섞었다 하여 그것을 어찌 정이라 부를 것이냐! 기루의 계집에게 훗날을 기약하는 쓸개 빠진 사대부가 어디 있다 하더냐?! 베갯머리에서는 무슨 감언이설을 못할고! 쯧쯧쯧!"

남 생원은 홍란의 모습이 보이지 않을 때까지 비웃음이 섞인 호통을 친 후, 눈을 감고 자신이 제일 좋아하는 중용의 한 구절을 읊었다. 누가 보는 것도 아닌데 괜히 흠흠거리며 애써 태연한 척을 하면서.

"중니 왈, 군자중용, 소인반중용 (仲尼 曰, 君子中庸, 小人反中庸. 공자 가라사대, 군자의 행위는 중용을 지키고, 소인의 행위는 중용에서 어긋나노니.)"

"얼른 썩 꺼지쇼!"

두 사내종이 대문 밖으로 홍란을 팽개치듯 떠밀었다. 그 바람에 바닥에 털썩 주저앉은 홍란을 처음의 사내가 잠시 안쓰러운 시선으로 보긴 했지만 이내 쾅, 소리 나게 대문을 닫고 안에서 빗장까지 걸었다.

'……그렇네요. 내가 잠시 잊고 있었네요. 기녀의 순정 따위는 양반의 체면 앞에서는 발에 차이는 잡초만도 못하다는 걸 까맣게 잊고 있었네요.'

홍란이 바닥에 주저앉은 채로 원망 어린 눈길로 대문을 노려보았다. 남 생원이 이리 나올 줄 꿈에도 짐작 못 했던 제 어리석음도 함께 원망하는 눈길이었다.

'아니. 이러고 앉아 있을 때가 아니다. 이대로 포기할 순 없어. 어떻게든 해야 해. 하고 말 것이야.'

홍란은 벌떡 일어나 어딘가로 급히 걸음을 옮겼다.

다음 날이었다.

남 생원은 잠시 한낮의 더위도 씻을 겸 잠시 바람이나 쐬지 않겠냐는 벗의 전언을 받았다. 홍란이 왔다 간 일로 열이 올라 있던 남 생원은 기꺼이 벗의 부름에 응해 전언을 가져다 준 사내종을 따라 집에서 조금 떨어진 한적한 물가를 찾았다. 제법 물이 깊고 맑은 개울 옆에 정자까지 마련되어 있어, 여름 한낮의 무료함을 달래기엔 맞춤인 듯한 곳이었다.

"어유, 먼저들 와 계셨소이다?"

정자에는 이미 서너 명의 생원이며 선비들이 모여 있었다. 모두 그리 멀지도 않고 가깝지도 않은 고만고만한 지체의 그저 명목상의 벗들이라 할 만한 자들이었다.

"오셨소이까?"

하인을 보내 나들이를 청한 오 생원이 건성으로 남 생원에게 아는 척을 하고는 길게 고개를 빼어 무언가를 보고 있었다. 아니 오 생원만이 아니었다. 정자 위의 사내들은 모두 똑같은 광경을 보고 있는 듯하였다. 한 명은 침까지 꿀딱꿀딱 삼키며 얼굴도 벌겋게 달아올라 있었다.

"무얼 그리들 재미있게 보십니까?"

남 생원이 모두에게 말을 걸며 그들 곁에 엉덩이를 비집고 들어앉았다.

"뭘 보기는요. 흠흠!"

남 생원의 물음에 잠시 멀리의 '무엇'에서 애써 시선을 떼었던 사내들이었지만 그것도 잠시 뿐이었다. 자꾸만 눈길이 돌아가는 걸 참지 못하겠다는 듯 슬며시 곁눈질을 하던 사내들은 어느 누가 먼저랄 것도 없이 다시 일제히 한 곳으로 시선들을 보내었다. 조금이라도 더 자세히 보기 위해 고개를 길게 뺀 모양들이 조금은 우습기도 하여, 남 생원도 그들이 보는 방향으로 고개를 돌렸다.

"아니 도대체 무엇을……헉!"

남 생원은 사내들의 시선 끝에 있는 '무엇'인가를 보고선 놀라 크게 숨을 들이마셨다.

남 생원이 왔던 방향의 정 반대쪽, 그러니까 개울의 위쪽 어디쯤에 전모(氈帽, 작은 우산 갓 모양의 쓰개.기녀들이 외출할 때 주로 사용하였다.)를 비스듬히 눌러쓰고, 눈이 확 뜨이게 하는 샛노란 저고리에 홍색 치마를 왼편으로 바짝 둘러 호리병 같은 육감적인 몸매가 고스란히 드러나는, 누가 보아도 기녀임이 분명한 여인 하나가 누군가를 기다리고 있기라도 한 듯 초조하게 서성이고 있었기 때문이었다.

조금 떨어진 곳에 있어 얼굴은 확실히 보이지 않았지만 여인다운 선이 돋보이는 몸태며 마치 나비의 날갯짓처럼 가벼워 보이는 걸음걸이는 사내들의 애간장을 녹이기에 충분하였다.

"도, 도대체 저이가 누구요?"

남 생원이 여인에게서 시선을 떼지 않고 누구에게랄 것도 없이 물음을 던졌다.

"우리도 모른다오. 한 식경 전부터 늙은 할멈 하나를 데리고 와서 저리 누군가를 기다리고 있지 뭐요?"

"도대체 저리 꽃 같은 여인을 이리 오래도록 기다리게 하는 무정한 사내가 누구인지, 끄응."

사내들 중 누군가의 답을 들으며 남 생원은 마치 홀린 듯 여인의 자태에서 눈을 떼지 못했다. 그때 막 여인이 이편을 돌아보고는 살짝 전모를 치켜올렸다. 순간, 누가 먼저랄 것도 없이 사내들이 정자의 기둥에 일제히 매달려 하아, 하는 한숨들을 토했다. 모두들 풍류를 즐긴다면 즐겨 온 사내들이었건만, 전모 아래 드러난 여인의 얼굴은 지금껏 단 한 번도 본 적 없는 미색, 그 자체였기 때문이었다.

여인은 전모를 조금 치켜 든 채 무언가를 살피다 말고 정자 쪽을 보았다. 사내들은 일순 당황해 하며 시선을 돌린다, 정자 기둥 뒤에 몸을 가린다 부산을 떨었지만, 정작 여인은 태연히 무릎을 살짝 굽히고 고개를 까딱, 하며 인사를 올렸다.

그리고선 다시 전모를 반쯤 기울이고는 조금 떨어진 곳에 앉아 무릎을 통통 두들기고 있는 수발 할멈에게로 걸어갔다. 무엇을 속삭였는지 할멈이 드러내놓고 싫은 기색을 보이더니 허리를 잡고 끙차, 하고 일어서서는 좀 전까지 여인이 살피던 곳을 향해 길게 목을 빼고 살피기 시작하였다. 그리고 여인은 그런 할멈을 뒤로하고 나비 날개 같은 사뿐한 걸음으로 개울 옆 울창한 나무가 만들어낸 그늘 밑으로 걸음을 옮겼다.

"하아~"

정자 안 사내들 중 누군가가 또 한숨을 내쉬었다. 여인이 나무에 기대어 손으로 후적후적 부채질을 하다 말고 엄지와 집게로 살짝 저고리 깃을 집고서는 옷 속으로 바람을 넣으려는 듯 팔락팔락 저고리 깃을 들었다 놓았다를 반복하였기 때문이었다. 그 때문에 샛노란 저고리 깃 사이로 새하얀 여인의 속살이 보였다, 아니 보였다, 보였다, 아니 보였다를 거듭하였다.

스무 걸음, 아니 서른 걸음도 넘게 떨어진 거리임에도 불구하고 정자 위의 사내들의 눈에는 바로 코앞의 모습인 양 그 유혹적인 자태가 뚜렷이 보였다.

그뿐이 아니었다. 전모 아래 유달리 도드라져 보이는 새빨간 붉은 입술이 마치 접문(接吻, 입맞춤)을 유혹하는 양 조그맣게 오므라든 채 앞으로 쭈욱 내밀어져서는 후, 후, 한숨을 닮은 입바람을 내불고 있었다.

"아흐흐, 나는, 나는 더 이상은 못 참겠소."

남 생원의 곁에서 정자의 기둥에 매달려 그 모습을 보고 있던 오 생원이 못 참겠다는 듯 도포 자락을 떨치고 일어났다.

"사내가 평생의 정인이 될 여인을 만났으니 어찌 주저앉아 있으리오!"

마치 저 자신에게 이르듯 그리 부르짖고는 오 생원이 정자에서 거의 뛰어내리는 것처럼 서둘러 내려가 양반 체면에 부끄러운 줄도 모르고 여인 쪽을 향해 뛰어가기 시작하였다.

"아니 저이가 왜 저러시나?"

"엄처시하에 고생한다는 이야길 들었는데 나중에 어찌하려고?"

"양반 체면에 저 꼴이 다 무언지. 할 말이 있으면 아랫것을 보내지 않고. 에잉, 쯧쯧쯧."

남은 사내들은 저마다 체신 없는 오 생원의 행동을 비아냥거렸지만, 내심 속으로는 오 생원의 행동력을 부러워하고 있었다. 물론 남 생원도 마찬가지였다. 체신이나 체면을 염려할 때가 아니었다. 기루에 다녔다면 다녀 본 남 생원마저도 처음 접하는 놀라운 미색의 여인이었다. 멀리에서도 눈, 코, 입의 윤곽이 그리 선명하게 보였을 정도니, 가까이서 봤더라면 분명 그 미색에 눈이 멀고 말았을지도 모를 일이었다. 하지만 설령 눈이 멀지라도 조금 더 가까이에서 보고픈 게 바로 사내의 본성일 터였다.

그러기에 남 생원을 비롯해 다른 사내들은 모두 입으로는 오 생원의 흉을 보면서도 눈으로는 오 생원의 모습을 좇으며 누가 먼저랄 것도 없이 스르르, 자리에서 일어들었다. 만약 여인이 오 생원에게 곁이라도 보일 것 같으면 얼른 뛰어가 말 한자락이라도 섞어 보고픈 생각에서였다.

마침내 여인에게 가까이 다가간 오 생원이 여인과 인사가 나누는 모습이 보였다. 여인이 붉은 입술을 벌려 새하얗고 조그만 이를 보이며 자그맣게 미소 짓는 모습도 보였다.

그 후 두 사람은 한참 동안이나 무언가를 두런두런 이야기 나누며 정자 안 사내들의 질투심을 불러일으켰다. 그러더니 무엇인가 이야기 끝에 여인이 까닥, 고개를 끄덕이는 모습이 보이더니 오 생원이 "와하하하" 크게 너털웃음을 터뜨리는 것이 아닌가?

"뭐, 뭐요? 저 천하절색 미인이 오 생원에게 넘어간 것이오?"

"에이, 설마요. 오 생원이 뭐 볼 게 있는 사내라고."

"우, 우리도 저기 함께 가 보는 건 어떻겠소?"

서로의 눈치를 살피며 남 생원과 사내들이 의견을 나누는데, 문득 오 생원이 얼굴에 커다란 웃음을 띤 채 이쪽으로 다가오는 모습이 보였다. 그 뒤에서 여인은 다시 한 번 정자의 사내들을 향해 까닥, 고개를 숙인 후 어여쁘게 웃어 주었다.

"아니 왜 그냥 오시오? 여인이 저기 저렇게 서 있는데?"

잔뜩 배를 내밀고 팔자걸음으로 으스대며 다가온 오 생원을 내려다보며 정자 위의 사내들이 물었다.

"어서들 내려오시지요. 아주 좋은 이야기가 있습니다!"

오 생원의 성급한 손짓에 내려간 양반 사내들에게 오 생원은 정말로 '좋은' 이야기를 전해 주었다.

"저이는 얼마 전에 개성에서 도성의 기루로 옮겨 온 자인홍이라는 기녀라고 하더이다. 아까부터 누구를 저리 기다리나 했더니, 같은 기루의 기녀들과 예서 만나기로 했다지 뭐요? 피접을 겸하여 기녀들끼리 작게 물놀이나 즐기러 왔다 하더이다."

"물놀이요?"

"그래서 동무들이 오면 합석하자 청하였습니다. 다들 불만은 없으시지요? 저기 나무 그늘이 제법 넓으니, 자리를 가져다 깔고 아랫것들 시켜 인근 주막에서 술상이나 봐 오라고 하면 웬만한 선유(船遊, 뱃놀이)보다 낫지 않겠습니까?"

"거 좋지요. 좋다마다요. 개울물에 발을 담그고 미인을 벗 삼아 시화(詩畵)를 논하는 것도 군자의 풍류일 테니까요!"

남 생원이 반색을 하며 찬동을 하였다. 그때부터는 속전속결이었다. 오 생원과 양반 사내들이 서로의 의견을 나누는 동안 서너 명의 어여쁜 기녀들이 저마다 계집종이나 할멈들을 달고서는 개울가에 나타났다.

그들이 당도하자마자 오 생원은 다시 그들에게 다가가 함께 물놀이를 즐길 것을 제의하였고, 여인들의 흔쾌한 허락이 떨어진 뒤로는 정자 밑에 대기하고 있던 아랫것들을 시켜 정자 위의 자리를 나무 그늘로 옮겨 펴도록 하고선, 다른 이를 시켜서는 인근 주막에서 술상을 봐 오라고도 전하였다. 그리곤 먼저 일을 도모한 상(賞)이라기도 한 양 오 생원이 자인홍이라는 기녀의 옆자리에, 다른 기녀와 짝을 이룬 남 생원이 그 맞은편에 자리를 잡고 앉았다.

"혹시…… 우리가 어디서 본 적이 있는가?"

남 생원이 여전히 반쯤 전모를 기울이고 있어, 제 쪽에서는 똑바로 얼굴이 보이지 않는 자인홍을 향해 은밀히 물었다. 분명 여인은 이제껏 단 한 번도 보지 않은 미색이긴 하였지만 어쩐지 분위기나 달리 표현할 수 없는 그 무엇이 낯설지 않게 느껴진 까닭이었다.

"남 생원!"

자인홍이 무어라 말을 하기도 전에 오 생원이 심히 불쾌한 기색으로 상 너머로 몸을 들이밀었다.

"주연(酒宴, 술잔치)의 도가 이것이 아니지요. 어찌 남 생원의 곁에 있는 이를 두고 제 곁에 앉은 이에게 그리 관심을 보인단 말이오?"

"그러게요, 나리. 왜요, 제가 자인홍보다 못하여 이러시는 겁니까? 흥!"

남 생원의 곁에 앉은 기녀 역시 저에게는 눈길 하나 주지 않고 계속 자인홍의 모습만 주시하는 남 생원의 모습에 쌜쭉하니 입을 삐죽여 보였다.

"아, 아니. 난 그런 것이 아니라 어디서 본 것 같은 기분에……."

"어흠, 어흐음!"

"그럴 리가 없지요. 저 아이 이제 도성에 온 지 겨우 이레밖에 되지 않았는걸요. 거기다 기루에 익숙해질 때까지 행수가 외출도 금지하여 바깥 나들이를 한 것도 이번이 처음이랍니다."

오 생원이 헛기침으로 말을 가로막고 곁의 기녀가 자인홍을 대신하여 말을 하니, 남 생원도 더는 자인홍에게 말을 붙일 수가 없었다.

그 뒤로 기녀들이 소리를 한다, 가야금을 한다, 춤사위를 선보인다 하며 한 자락씩 각자의 재주를 선보일 때도, 그에 화답하여 양반 사내들이 목소리에 힘을 주어 시(詩唱)를 읊을 때도 남 생원은 그냥 자인홍의 얼굴만 흘깃거리며 연신 술잔만 들이켰다. 곁에 앉은 기녀가 남 생원의 폭주(暴酒)를 거들었다. 술잔이 비려고 하면 잽싸게 술을 채우고, 또 술잔이 비면 얼른 술을 넘치도록 가득 따랐다.

술잔이 차면 남 생원이 술잔을 비웠다. 술잔이 비면 기녀가 술잔을 채웠다. 그것이 몇 번, 몇 수십 번이 반복되었다. 그래서인지, 아님 다른 이유가 있었던 까닭인지 남 생원은 주연을 시작한 지 채 반 시진(한 시간)도 안 되어 술상에 얼굴을 박은 채 곯아떨어지고 말았다.

'누구……?'

남 생원은 잠결에 제 이마에 와 닿는 차가운 느낌에 슬며시 눈을 떴다. 순간, 근심스러운 빛을 띠고 저를 내려다보고 있는 몹시도 어여쁜 여인의 눈과 마주쳤다.

"자……인……홍?"

제가 부르자, 어쩐지 여인의 눈빛은 서글프게 바뀐 듯도 싶었다.

"그대는 분명 자인홍이 아닌가?"

남 생원이 몸을 일으켰다. 그리곤 그제야 제가 방금 전까지 자인홍의 무릎을 베고 누워 있었음을 깨달았다.

'잠시만 더 누워 있을걸 그랬나?'

아쉬워하면서 주변을 둘러보니 술상 여기저기에는 이미 곯아떨어진 양반 사내들과 그 곁에서 졸고 있는 종복들만 있을 뿐 기녀는 한 명도 보이지 않았다. 다만 걱정하는 눈빛으로 뚫어져라 제 얼굴을 보고 있는 자인홍만이 술자리에 남은 단 한 명의 여인이었다.

"모두들……돌아간 건가? 근데 왜 그대는……?"

"저도 돌아가려 하였으나 나리가 제 치맛자락을 이리 잡고 계시니……."

자인홍이 눈짓으로 남 생원의 손을 가리켰다. 그제야 남 생원은 제가 자인홍의 치맛자락을 꽉 움켜쥐고 있었음을 깨닫고 허둥지둥 놓아주었다.

"무례를 범하였네."

"아닙니다. 밤이 늦었으니 소녀는 이만……."

일어나던 자인홍의 움직임이 멈췄다. 남 생원이 조금 전 제가 놓았던 치맛자락을 다시 움켜쥐었기 때문이었다.

"놓아 주시지요."

"잠시만…… 잠시만 더 곁에 머물러 줄 수 없겠나?"

"기루에 늦게 들어가면 벌을 받사옵니다. 그러니 이것을…… 놓아 주시지요."

"어느 기루인가? 내가 데려다 줌세."

서둘러 일어나려던 남 생원이 비틀거리다 어이쿠, 하며 다시 주저앉았다. 참 별스러운 일도 다 있었다. 오래 기루에 다니며 술상을 접했지만 깨고 나서도 이리 몸을 못 가눌 정도로 대취한 적은 처음이었다.

"괜찮으십니까?"

자인홍이 얼른 남 생원을 팔을 안아 부축하였다. 그런 자인홍의 허리를 남 생원이 안아 제게로 이끌었다.

"어디로…… 어느 기루로 가면 그대를 만날 수 있겠는가?"

"어찌하여 저를 다시 만나고 싶사옵니까?"

"모르겠어…… 왜 일까? 분명 그대와 같은 절세가인은 난생처음 보는데도, 어쩐지 그대가 낯설게 보이지 않으이. 이 궁금증을 풀지 않고서는 숨이 쉬어질 것 같지 않으이. 자인홍…… 그대는 누구인가?"

"머지않아 다시 만나게 될 것입니다. 그땐…… 모든 것을 아시게 될 것입니다."

자인홍이 떨리는 손을 들어 남 생원의 뺨을 쓰다듬으려다 말고 손을 거두었다. 그리고 달빛을 닮은 새하얀 미소를 남기고 마치 환영인 양 소리도 내지 않고 남 생원의 곁에서 사라져 갔다. 마치 여우인 양, 선녀인 양 제 마음을 온통 흔들고 간 여인의 뒷모습을 눈으로 좇으며 남 생원은 아주 오랜만에, 마치 이십여 년 전 처음 여인을 연모하기 시작했던 그때처럼 설레는 것을 느끼며 손을 제 가슴께에 놓았다. 두근두근, 두근두근. 자인홍으로 인해 남 생원의 가슴이 벅차게 뛰고 있었다.

하지만 두어 식경 후, 집으로 돌아왔을 때 그 가슴의 고동은 전혀 다른 의미의 것으로 변하고 말았다. 집 안에 들어서니 평소엔 얌전하기 그지없던 남 생원의 부인이 온갖 세간을 마당으로 집어던지며 통곡을 늘어놓고 있었기 때문이었다.

"아이고, 아이고, 억울해서, 억울해서 나는 못 사오! 기생년 치마폭에 싸여 몇 년을 내 속을 썩이더니, 이제는 기어이 기생놀음에 집안 전답까지 다 말아먹는구려. 아이고오!"

"부, 부인? 이게 다 무슨 일……?! 으악! 부, 부인 그 목침, 목침은 내려놓으시구려. 부인, 부이인!"

결국 그날 밤, 남 생원은 언제나 현숙하기 그지없었던 부인이 던진 목침에 맞아 또 한 번 정신을 잃고 말았다.

"호호호호…… 아마, 지금쯤 마나님께 흠씬 얻어터지고 있을 거야?"

"그러게. 사내들이란 그저 좀만 예쁘다 하면 흐물물, 해서는 술에 독을 탄 건지, 약을 탄 건지 분간도 못하고 주는 대로 넙죽넙죽 받아 먹는다니까?"

"그래서 남 생원 네에서는 얼마나 뜯어낸 거야?"

"한다하는 일패기생 다섯을 저녁 내내 데리고 놀았으니 작은 집 한 채 값은 뜯어냈겠지?"

남 생원이 정신을 잃고 있을 때쯤, 홍란의 집 안방에서는 저녁 내내 사내들의 혼을 빼놓고 술잔을 권하기에 바빴던 기녀들이 배꼽을 잡고 웃으며 통쾌해 하고 있었다. 하지만 그들 중 단 한 명, 금소만은 슬픈 얼굴로 가만히 침묵을 지키고 있었다.

"그럴 거 없어. 사내들이란 원래 그런 족속들이야. 치마 한 장 벗기려 들 때는 온갖 다정한 말에 맹세를 다 해도, 결국 한 베개를 베고 눕고 나면 언제 그랬냐는 듯이 안면을 바꾸는 인사들이지."

"그래. 기껏 홍란이 성님이 이리 곱게 꾸며 줬는데…… 좀 웃어."

기녀들은 금소의 속을 알면서도 부러 금소의 기분을 달래기 위해 가벼운 어투로 말을 걸었다. 하지만 금소의 기분은 조금도 달라지지 않았다.

그날 밤, 본래의 제 모습으로 돌아간 금소를 은월각의 처소까지 데려다 준 홍란은 그저 아무 말 없이 금소를 다정하게 껴안아 주기만 하였다.

"정말 이래도 되는 걸까요?"

홍란의 품에 안겨 금소가 걱정스레 물었다. 사실 홍란과 기녀 패거리들이 한 일은 죄라면 큰 죄였다. 오 생원들에게는 남 생원이 청한 양 꾸미고, 남 생원에게는 오 생원이 청한 양 꾸며 그들을 냇가의 정자로 모이게 한 건 홍란이었다. 또한 홍란은 전날, 부지런히 도성의 기루들을 돌아다니며 전에 은월각에 있던 기녀들을 만나 자신과 금소의 일을 도와주기를 청했다. 모두 처지는 제각각 다른 이들이었지만 금소의 마음을 모를 리 없기에 선뜻 도움을 줄 것을 약조했다.

술에 약을 섞어 정신을 잃게 한 후, 비몽사몽간인 남 생원에게 술값과 기녀와의 놀음값을 적은 약속어음에 수결(手決)을 하게 한 것도 기녀들의 도움이 있었기에 가능했던 일이었다. 취기 때문에 날림글자가 되긴 하였어도 덕분에 어음에는 남 생원의 이름 석 자가 뚜렷이 적혀 있었다. 기녀들은 또한 보증인으로, 마찬가지로 술과 약에 곯아떨어진 오 생원의 수결을 받아내는 것도 도왔다. 홍란은 그것들을 들고 남 생원의 집으로 가 홍정 끝에 어음의 7할 가격에 해당하는 전답 문서를 받아내 왔다. 남편이 직접 수결하고 보증인의 수결까지 있는 약속어음을 남 생원의 부인은 모른 척할 수 없었던 것이다.

"기루의 행수께서 단단히 화가 나셨습니다. 미리 약속되어 있던 연회에 참석하기로 한 기녀들을 이 댁 어르신과 동무들께서 밤늦게까지 차지하고 계셨던 터라……. 기녀들은 모두 벌로 광에 갇히고, 제게는 당장 연회값을 받아오라 성화를 하셔서 이리 야심한 밤에 결례인 줄 알면서도 찾아뵙게 되었습니다."

"……밝은 날 다시 오게. 내 바깥어른께 여쭤 본 후 일을 처리하겠네."

"그게…… 행수께서 이르시길 만약 제가 값을 받아 오지 못하면 내일은 행수께서 직접 오늘의 연회에 참석했던 기녀 아이들을 모두 대동하고 찾아뵙겠다고 하셨습니다. 혹여 이 댁 어르신께서 모른 척하시면 곤란하다며……."

"지, 지금 나를 겁박하는 겐가?"

남 생원 부인의 얼굴이 새파래졌다. 기루의 사람들이 술값을 갚지 않는 사대부들에게 망신을 주기 위해 일부러 한길가에서 대놓고 아는 척을 하고, 외상을 갚아 달라고 넌지시 조르는 일이 있음은 부인도 익히 알고 있는 사실이었다. 그런데 그것도 모자라 당장 내일 기녀들을 모두 대동하고 외상값을 받으러 오겠다니, 정말 그리 된다면 다시는 이 북촌 바닥에서 얼굴을 들고 다니지 못할 일이었다.

"그럴 리가요. 소인 역시 일이 그리 되기를 원치 않사옵니다."

결국 남 생원 부인은 자신이 혼인할 때 친정에서 받아온 전답 문서를 내어놓을 수밖에 없었다. 당장은 부인이 내어놓을 수 있는 문서가 그것밖에 없었기 때문이었다.

"남 생원 댁 마님께는 나 역시 미안한 마음뿐이야. 그분에게 무슨 잘못이 있겠어. 하지만 이번 일이 오히려 그분께는 더 잘된 일일 수 있어. 그러니 너무 심려 마. 넌 그냥 내일 있을 일만 생각하면 돼. 알았지?"

홍란은 금소에게는 말하지 않았다. 실은 남 생원의 부인에게 전답문서만 받아온 게 아니라 모종의 밀약이 하나 더 있었음을⋯⋯.

마침내 은월연의 날이 닥쳤다.

홍란은 새벽 일찍부터 일어나 단장에 필요한 야용구를 비롯해 여러 짐 꾸러미를 싸느라 여념이 없었다. 은월연에 설 기녀들의 단장을 돕고 나면, 금소와 세오와 연후의 일이 모두 마무리되고 나면, 할 일이 많았다. 오래 비워 둘 집도 한번 더 구석구석 쓸고 닦아 놔야 했고, 요즘 걸음이 뜸했던 사문객주에도 들러 인사를 전해야 했다.

하지만 무엇보다도⋯⋯ 언제나 도깨비처럼 불현듯 나타나는 제 정인(情人)에게 다녀오겠다는 인사를 전해야 했다. 언제 어디서 어떻게 만나자는 약조도 아니 했지만, 어쩐지 홍란은 그가 오늘 내일 내로 자신을 만나러 올 것이라는 예감이 아니 확신이 들었다.

그날 은월각은 낮부터 소란스럽기 짝이 없었다. 아랫연회와 윗연회가 열릴 곳들에 각각 깨끗이 손질된 병풍과 단아한 자기들, 색색가지 방석 등이 연신 날라졌고, 기녀들과 아랫것들이 뒤섞여 마당을 오가며 각자의 일로 바쁘게 움직였다.

그런 앞마당과 달리 안채, 기녀들의 처소에서는 먼저 얼굴 단장을 마친 세오가 가만히 입을 다물고서는 연후의 얼굴에 화장수를 듬뿍 발라 주고 있는 홍란의 모습을 지켜보고 있었다. 홍란은 찰박찰박 소리까지 내며 연후의 얼굴을 만져 주다 말고, 문득 뭔가 짚이는 점이 있어 한쪽 눈썹을 치켜세웠지만, 이내 아무 내색도 않고 연후의 얼굴 단장을 계속하였다.

"아, 답답해. 이젠 그만 말해 주죠? 누굴 아랫연회에 세울 건데요?"

"두어 시진(4시간) 후면 은월연이 시작됩니다. 이제 정하신 바를 우리들에게도 알려 주시지요."

눈썹을 그린 데 이어 색 붓으로 입술 연지까지 고르게 칠한 후에 잠시 멀리 떼어 연후의 얼굴을 살피는 홍란에게, 더는 참지 못하겠다는 듯 세오가 말을 걸어왔다. 이어 연후 역시 경대에 제 고운 얼굴을 살피는 둥 마는 둥 하고서는 홍란에게 물어왔다.

"그 전에 두 사람에게 들려줄 이야기가 있어."

"이야기는 무슨…… 그냥 결정이나!"

"알았어요. 무슨 이야긴지 들어나 보죠."

툴툴대는 세오의 말을 막고 연후가 긴 이야기를 들을 자세를 취하듯 조금 더 편히 앉았다. 홍란이 옆으로 치워 놓은 찻상을 가져와 두 사람 앞에 놓고 찻주전자를 들어 쪼르르, 찻물을 따랐다.

"옛날 옛적에 아리따운 한 기녀가 있었지. 그 여인은 대발을 한 이후, 자신의 머리를 올려주신 분을 내내 사모해 왔어. 그러던 어느 날 기녀는 알게 된 거야. 자신이 그리 오래도록 연모해 온 이가 실은 자신을 너무도 하찮게 여기고 있다는 걸. 여인이 간절하게 도움을 구할 때 사내는 손쉽게 도울 수 있는 처지인데도 자신의 체면을 생각하여 차갑게 외면해 버렸거든. 그래서 여인은 야속한 정인(情人)을 속일 수밖에 없었어."

금소의 이야기였다. 홍란은 금소의 이름을 대지 않고, 전날 금소와 남 생원, 그리고 남 생원의 부인에게 있었던 일을 두 동기(童伎)에게 들려주었다. 처음엔 심드렁하니 듣던 세오는 이야기가 계속되면 계속될수록 그 홍미로움에 점점 눈을 빛냈다. 하지만 연후는 달랐다. 이야기가 계속 될수록 연후의 눈빛은 점점 어둡게 가라앉고 있었다.

"잘 됐다, 잘 됐어요! 그래서 그 기녀는 어떻게 됐어요? 그렇게 뺏은 돈으로 잘 먹고 잘 살았대요?"

기녀가 정인을 속이고, 또 다시 계집종으로 변신하여 정인의 아내를 찾아가 큰돈을 빼앗는 대목에서 세오는 옳다구나, 하며 손뼉을 치고서 는 제 일처럼 기뻐하였다.

"글쎄? 아마도 그러지 않았을까?"

"……그 이야기를 들려준 까닭이 뭐예요?"

이야기가 계속되는 중에 계속 침묵하고 있던 연후가 홍란에게 물어 왔다.

"두 사람에게 묻고 싶은 게 있어서. 두 사람은 말이야, 이 이야기에 나 오는 사람들 중 누가 제일 불쌍하다고 생각해?"

홍란이 두 사람의 답을 기다리며 긴 이야기에 식어 버린 찻잔을 들어 한 모금 입에 물었다.

"감쪽같이 속아서 돈도 잃고 앞으로 평생 그 일로 부인에게 추궁당하 며 살게 된 생원이라는 작자가 아닐까요? 후후후. 아, 아니다. 그 작자도 불쌍하긴 하지만 그래도 그 부인이 더 불쌍하겠죠? 남편이라는 작자가 다른 여자한테 한눈 팔고 집안 재산까지 축냈으니 얼마나 속이 쓰리겠어요. 그래요. 역시 그 부인이라는 여자가 제일 불쌍한 것 같아요."

홍이 나서 조잘조잘 입을 놀리는 세오와 달리 연후는 입을 꾹 다문 채 눈을 내리깔고 있었다. 세오가 그런 연후의 옆구리를 쿡, 찔렀다.

"넌 왜 가만히 있어? 너도 내 생각이랑 같지?"

"아니 난…… 난, 그 기녀가 제일 불쌍한 것 같아."

"정인에게 배신당해서? 그야…… 좀 불쌍하긴 하지만 그래도 제법 큰 돈을 챙겼잖아. 그리고 구해 달라는데도 외면한 그런 나쁜 작자면 연정이 안 이뤄졌다고 해서 불쌍할 것도 없잖아. 오히려 그런 작자의 진면목을 알고 헤어질 수 있었던 게 더 잘된 거 아니야?!"

"그 작자가 그리 나쁜 사람인 줄, 그 기녀는 정말 몰랐을까? 그저 좋은 점만 보고 자신에게 잘해 주는 것만 보고 연모했을까? 아니…… 아닐걸? 아마 모르긴 몰라도 그 기녀도 도움을 요청할 때, 그때부터 어쩌면 눈치채고 있었을지 몰라. 자신의 정인이 제 부탁을 거절할지도 모른다는 걸……."

연후의 말에 문득, 홍란은 속치맛자락에 서찰을 쓰며 제게 이유 없이 웃어 보였던 금소를 떠올렸다. 연후의 말을 듣고 보니 어쩐지 그 웃음의 끝자락에 쓸쓸함이 묻어 있었던 것 같기도 했다.

"그래서? 그럼 오히려 더 잘된 거잖아. 나쁜 작자라는 걸 알고 있었고 속 시원히 복수도 했으니 그보다 잘된 일이 없는데, 왜 불쌍하다는 거야?"

"……이래서 네가 아직 어리다는 거야."

"야, 너!"

"때로는 알면서도 속고 싶을 때가 있는 법이야. 다 알면서도 속아 주고 싶을 때가 있는 법이야. 자신에 대한 연정이 모두 거짓이었다는 진실 대신 그런 거짓에 더 위안 받고 싶은 때도 있……!"

말을 하다 격해진 제 자신을 깨달은 연후가 흠칫, 놀라 입을 다물고 는 방에서 뛰쳐나갔다.

"얘, 어딜 가?! 연후야!"

세오가 그리 목청껏 부르는데도 연후는 뒤도 한 번 돌아보지 않고 마 당을 가로질러 뛰어가 버렸다.

감정이 격해져 뛰어나간 연후의 발걸음이 가 닿은 곳은 행수 청향의 처소로 이어지는 평대문이었다. 그 대문에 반쯤 제 몸을 가리고 누군가 를 찾는 연후의 애절한 시선이 마침 방으로 들어가는 행수의 뒷모습에 고개를 숙여 인사를 하고 있는 검은 복색의 사내에게 가 닿았다. 늘 행 수의 명을 목숨처럼 받드는 젊은 무사 중 한 명이었다.

"……!"

사내가 문간에 반쯤 문을 숨긴 채 서서 저를 바라보는 연후와 눈이 마주치자 흠칫 놀라 얼른 외면을 하였다.

"가진 오라버니……."

연후가 나지막하게 사내의 이름을 불렀다. 사내가 잠시 멈칫거렸지만 이내 모른 척하고선 반대편 후원으로 이어지는 평대문 쪽으로 걸음을 옮기려 하였다.

"……오라버니!"

사내의 외면에 서운해진 연후가 눈물을 글썽이며 조금 더 큰 소리로 사내의 이름을 불렀다. 그제야 사내가 소리가 나지 않는 빠른 걸음으로 행수 방 앞에서 잠시 안의 기척을 살핀 후 얼른 연후 쪽으로 다가왔다.

"……이리로 와!"

가진이 연후의 손을 잡아 끌고 평대문 옆으로 이어진 담벼락을 따라, 뒷마당에 늘어선 꽃나무들 곁으로 갔다. 그리고 자신은 그 나무들의 뒤편, 나무들과 담벼락 사이에 생긴 짙은 어둠 속에 몸을 숨겼다. 멀리서 보면 연후 홀로 꽃나무를 구경하는 모양새나 다름없었다.

"행수에게 들키기라도 하면 어쩌려고 그래. 오늘따라 왜 이리 조심성이 없는 거야."

새삼 주변을 둘러본 후, 가진이 목소리를 잔뜩 낮춰 연후를 나무랐다.

"……오늘이니까, 그러니까 연회 전에 한 번 더 뵙고 싶어서……."

"겁쟁이. 떼쟁이!"

그리 말하면서도 가진의 말투에는 나무람이 아니라 다정함이 잔뜩 묻어 있었다.

"어휴, 겁이 그리 많아서 어떡할래? ……돌아서 봐."

가진의 속삭임에 연후가 시무룩해진 얼굴로 뒤로 돌았다.

"누가 오는지 잘 봐."

"……네."

연후의 답이 떨어지자마자 나무 뒤에서 사내의 손이 불쑥 튀어나와 연후의 새하얀 손을 잡았다. 그리곤 만지는 것조차 아깝다는 듯, 조심스럽게 연후의 손등을 어루만졌다. 그와 동시에 연후가 가만히 눈을 감았다. 누가 오는지 살피라는 명을 받았지만, 가슴 깊은 곳에서부터 차오르는 눈물을 참으려니 눈을 감고 있을 수밖에 없었다.

"연후야…… 나는 언제나 이렇게 네 곁에 있을 거야. 지금 네 눈에 보이지 않는다고 해서 내가 네 곁에 없는 게 아니잖아. 난 늘 네 뒤에 있어. 걱정 마. 아무것도 두려워 마. 오늘 밤, 너를 안을 사람은 바로 나야. 너는 분명 나와 함께 있을 것이야."

"……만약, 일이 잘 안되면요? 그럼 어떡해요?"

연후가 등 뒤의 가진을 향해 속삭였다.

"만약 나를 사는 그 누군가가 오라버니가 준비해 둘 합환주에 입도 안 대면요? 우리가 준비한 그 모든 계획을 망쳐 버리면요?"

"……그땐 내가 그 사람을……!"

"오라버니!"

연후가 기겁을 하여 가진이 있을 어둠을 향해 돌아섰다. 가진이 끝맺지 못한 말의 의미를 알고 있었기 때문이었다.

"그리고 우린 도망치는 거야. 어쩌면 그게 더 좋은 방법일 수도 있어. 예전에 소문을 들었어. 검계 출신의 한 사내가 양반가 여인과 밤도망을 하여 중국으로 도망쳤다고 하더군. 우리도 그러지 못하란 법 없잖아? 연후야. 그러니 아무 걱정 마. 네가 근심하는 일 같은 건, 절대 일어나지 않을 테니까."

연후와 세오, 둘 중의 한 사람이 아랫연회에 서게 된다는 걸 알았을 때부터 가진은 연후에게 "꼭 아랫연회에 네가 서야만 한다"고 신신당부를 하였다. 양반들만 참석하는 웃 연회보다 아랫연회가 일을 성사시키기에 훨씬 더 좋기 때문이라 하였다.

자신은 경비가 허술해진 틈을 타, 아랫연회에 쥐도 새도 모르게 섞여 들어가 연후의 방에 들어갈 술병에 약을 탈 것이라고 했다. 사흘 동안 죽은 듯이 잠만 자게 되는, 깨어나서도 꿈과 현실을 구분 못할 약이니 뒤탈은 없을 거라고도 했다.

그 때문에 연후는 조금 전 홍란의 이야기에서 기녀가 술에 수면약을 타는 대목이 나왔을 때 심장이 멈추는 것만 같았다. 혹시나 저와 가진이 꾸미는 일을 알고, 홍란이 부러 이러는 것은 아닌지 잠시 두려워하기도 하였었다.

"넌 두려워할 거 아무것도 없어."

"오라버니……!"

"너는, 그냥 오늘 연회에서 최고의 모습을 보여 줘. 오직 나만을 위해 최고의 춤을 보여 줘. 내 여인이 얼마나 아리따운지, 내 정인이 얼마나 고운 여인인지 내게 보여 줘. 응?"

"오라버……."

"거기 연후니?"

가진의 속삭임에 두 눈을 적시며 미소 짓던 연후가 등 뒤에서 들려오는 소리에 돌아보고는 얼른 다시 몸을 되돌렸다. 홍란이 저 앞, 곳간채로 이어지는 월문(月門, 입구가 동그랗게 뚫려 있는 문)쪽에서 연후 쪽을 향해 다가오고 있었기 때문이었다. 연후가 얼른 고개를 외로 꼬아 두 손으로 서둘러 제 눈물자국을 지웠다.

"여긴…… 웬일이에요?"

"너를 찾으려고 왔지."

"나를 왜요?"

"해 줄 말이 있어서."

"무슨 말이요?"

홍란과 연후가 퐁당퐁당 말을 주고받았다. 물음도 빨랐고 답도 빨랐다.

"……아랫연회에 서겠다는 네 생각 말이야, 정말 변함없는 거니?"

이번에는 조금 시간이 걸린 뒤 물음이 왔다.

하지만 답은 여전히 빨랐다.

"없어요."

"아직 연회까지는 시간이 있으니 조금 더 천천히 다시 생각……."

"몇 번을 말해야 알아들을 거예요! 내가 아랫연회에 선다잖아요!"

이번엔 질문이 오기 전에 답이 먼저 나갔다. 그것도 제법 신경질적인 어조로. 연후의 날선 말투에 홍란의 눈빛에 의아함이 담겼다. 그제야 연후는 제 태도가 이상하게 보일 수 있음을 깨닫고 다시 목소리를 낮춰 차분히 답했다.

"죄송해요. 자꾸만 똑같은 걸 물으니까 그만…… 짜증이 나서. 세오를 생각해서라도 제가 아랫연회에 서는 게 맞아요. 그러니 행수께 얼른 저를 아랫연회에 세워야 한다 그리 말씀해 주세요."

연후는 홍란의 시선을 피하며 그리 말하였다. 어쩐지 홍란의 깊은 눈을 마주보면 제 진짜 속내가 들킬 것만 같았다.

"지금은 그래두 혹시…… 생각이 바뀔 수 있으니 네게 한 번 더 생각해 볼 기회를 줄게."

"그게 무슨……!"

"내 말 잘 들어."

홍란이 침착한 어조로 연후의 말을 막았다. 그리고 한 발자국 더 가까이 다가가 연후의 작은 어깨를 잡고 눈과 눈을 맞추고는 경고와 비슷한 말을 전했다.

"연회를 반 시진 앞두고, 행수가 나와 너희를 부를 거야. 그때 난 너희에게 제비뽑기를 시킬 거야. 자색 끈과 홍색 끈을 내밀어 너희에게 끈을 선택하도록 할 거라고. 안쪽에 표식이 되어 있는 색 끈을 뽑은 사람이 아랫연회에 서게 돼! 만약 그때까지도 네 생각에 변함이 없다면 자색 끈을 선택하도록 해. 자색 끈이 아랫연회의 표식이 되어 있는 색 끈이란 말이야. 알았니? 만약 혹시라도 마음이 바뀌어 윗연회에 설 생각이 든다면 그때는 홍색 끈이고! 잊지 마. 자색이 아랫연회야? 절대 헷갈려서는 안 돼!"

그리 말하고 돌아서는 홍란을 연후가 불러 세웠다.

"잠깐만요! 그걸 왜…… 나한테 알려 주는 거죠? 나더러 윗연회에 서라는 뜻인가요?"

"아니."

홍란이 돌아보았다.

"네 스스로 네 운명을 선택하라는 것이야. 일단 기녀가 되고 나면…… 스스로 선택할 수 있는 기회 같은 건 그리 많지 않거든."

연후가 다시 물었다.

"왜 내게만 그런 기회를 주겠다는 거죠? 세오는요. 세오는 어쩌고요!"

"글쎄…… 왜일까? 어쩌면 너도 이미 알고 있지 않을까?"

홍란이 알 듯 모를 듯한 답을 내놓은 후 다시 돌아섰다. 그리고 아직 마치지 못한 일을 하기 위해 기녀들의 처소로 향했다.

"오라버니……."

홍란이 멀어지는 모습을 본 후 연후가 나무를 향해 다시 돌아섰다. 하지만 좀 전까지 나무 그늘 속에 있던, 바라보는 것만으로도 가슴이 벅차 눈물이 나는 고운님은 이미 자취를 감추고 난 후였다.

"자색과 홍색…… 이래요."

연후는 벌써 색 끈을 쥐고 있기라도 한 양, 어느새 힘이 꽉 들어간 채 주먹을 쥐고 있는 손을 천천히 펴 보았다. 텅 빈 손바닥 위에 색 끈의 환영이 보이는 듯했다.

하지만 그게 자색인지, 홍색인지 어쩐지 잘 구분이 가지 않아 연후는 한참이나, 한참이나 그 자리에 서서 손바닥을 내려다보고 있었다.

그날 저녁. 본격적으로 은월각의 재개(再開)를 알리는 풍악소리가 마당 안팎을 고루 채웠다. 그리고 활짝 열린 은월각의 문 안으로 도성의 사내란 사내들이 모두 쏟아져 들어오는 듯하였다. 아직 은월연이 열리기까지는 반 시진도 더 남았는데 사내들은 각자 자신의 신분에 맞게 아랫연회장과 윗연회장으로 몰려들었다. 그중에는 먼 친척 고모인 남 생원 부인의 청에 마지못해 은월각에 발을 디딘 정 선비도 있었다.

"알았니? 오늘 네가 할 일은 이 돈을 가져가서 은월연의 금소라는 아이를 불러달라고 하는 거야. 그렇게 한 시진 정도만 나란히 앉아 술을 마신 뒤, 그 기루의 행수라는 자를 찾아 금소가 마음에 드니 소실로 들이고 싶다고만 하면 돼. 기루의 행수에게 그리마, 하는 허락이 떨어지거든 그 기녀에게 약조한 것을 받아오너라. 그리만 해 준다면 내 섭섭지 않게 성의를 표할 것이다."

집안이 그리 넉넉한 편이 아니니 고모이신 남 생원 부인이 주겠다는 섭섭지 않은 성의를 마다할 수 없었던 정 선비였다. 그러기에 지금껏 단 한 번도 가 본 적이 없었던 기루라는 낯선 공간에 성큼 발을 들일 수밖에 없었다.

"금소라는 아이를 불러 주게."

정 선비는 남 생원 부인이—실은 홍란이 그러하라고 한 것이었지만—시킨 대로 자신을 술자리로 안내해 준 늙은 행랑아범에게 그리 청했다. 벌써부터 손님들이 가득한 술자리에는 객과 기녀들이 한 자리씩 차지하고 앉아 정담을 나누고 있었다.

"금소가 확실합니까?"

행랑아범이 다시 한번 정 선비에게 물었다.

"왜, 금소라는 기녀가 이 기루에 없는가?"

정 선비는 행랑아범의 되물음에 혹시 자신이 무얼 잘못 말한 것인지 두려워하며 큰 눈을 끔벅거리기만 하였다.

"아닙니다. 잠시만 기다리시지요."

행랑아범이 주름살 가득한 얼굴에 인자한 미소를 띠우고는 얼른 자리에서 물러나갔다. 그로부터 잠시 후, 주변 사람들의 부어라 마셔라 하는 잔치 분위기에 어울리지 못하고 머쓱하니 고개만 숙이고 있던 정 선비는 "왔습니다" 하는 행랑아범의 소리에 고개를 들었다가 그만 그 자세로 그대로 얼어붙고 말았다.

기녀라기에는 너무나 청초해 보이는, 주변의 다른 기녀들처럼 높이 치솟아 활처럼 휘어지는 눈썹과 색기를 강조하는 붉은 입술 대신 검은 눈동자를 돋보이게 하는 맑고 하얀 살빛과 그저 붉은 꽃잎을 한 번 머금었던 입술인 양 살짝 붉은 기가 도는 입술을 가진 앳된 여인이 늙은 행랑아범의 곁에 서 있었기 때문이었다. 모두 오랜 시간 공들여 담장(淡粧, 여염집 여인용 엷은 화장)과 농장(濃粧, 기녀들의 진한 화장)의 장점만을 살려 단장해 준 홍란의 솜씨였지만 사내는 그것을 알 리 없었다. 물론 알 필요도 없었고.

"금소라 하옵니다."

"……정 가라 하오."

금소가 정 선비의 곁에 반절을 하며 제 이름을 밝혔다. 정 선비가 그런 금소의 행동에 황송해 하며 서둘러 맞절을 하고선 제 성을 밝혔다. 그러자 주변에서 그 모습을 지켜보던 다른 기녀와 객들이 모두 웃음을 터트렸다.

"살다살다 기녀에게 맞절하는 손님은 또 처음 봅니다. 호호호호."

"저 얼치기 선비, 저러다 기녀한테 껍데기까지 홀랑 다 벗겨지겠네."

"이보게, 젊은 선비. 전대 털리지 않게 꽉 잡고 노시게. 하하하하"

그들의 비웃음에 정 선비가 당황해 하며 볼을 붉히곤 얼른 제 앞의 술병을 들어 제 술잔에 술을 따랐다. 하지만 당황한 손놀림 탓에 술은 술잔이 아닌 술상 위에 따라졌고, 이내 바닥까지 줄줄 흘러내렸다.

"어, 어이쿠!"

정 선비가 당황하여 술병을 내려놓는데, 엎친 데 덮친 격이라고 급한 손놀림으로 던지듯 내려놓다 보니 술병이 술상 위에 엎어져 조금 전보다 더 많은 술들이 줄줄, 바닥으로 흘러내리고 말았다.

"하하하하. 저 꼴 좀 보시게들!"

"아직 본 연회는 열리지도 않았는데 이렇게 재미난 일투성이니, 역시 은월각은 은월각이구려! 하하하하하!"

"이, 이걸 어쩌나?"

주변에서 들려오는 비웃음 소리에, 어여쁜 여인 앞에서 바보 같은 실수를 저질렀다는 자책감에 얼굴이 온통 붉어진 정 선비가 급한 마음에 손으로 바닥의 술들을 훑었다. 하지만 맨손으로 해 봐야 아무 소용이 없음을 알고 소맷자락으로 술을 닦으려는데, 문득 누군가가 그런 정 선비의 팔을 잡았다. 금소였다.

"그리 마시지요."

금소는 망설이는 기색도 없이 제 치맛자락으로 바닥의 술을 훔쳐 내기 시작하였다. 오 영감이 그 모습을 보다 말고 얼른 연회장 밖으로 뛰어나갔다. 닦을 것을 가지고 올 요량이었다.

"아, 아니 그러면 그쪽 옷이 버리질 않소."

정 선비가 어느새 비웃음을 멈추고 조용히 저희들을 지켜보는 좌중을 눈치채지 못한 채 허둥지둥 금소의 손을 잡고선 말리려 하였다.

"선비님의 옷자락이 술에 젖는 건 큰 흠이 되오나, 기녀의 옷자락이 술에 젖는 건 흠도 무엇도 아닌 것을요."

금소가 보일 듯 말 듯 설핏, 미소를 지어 보이곤 다시 제 치맛자락으로 바닥을 닦아내는 데 열중했다.

이윽고 오 영감이 계집종에게 시켜 걸레를 들고 연회장에 들어갔을 때 정 선비와 금소의 주변의 손님들과 기녀들은 저마다 이런 이야기들을 나누고 있었다.

"대체 저 아이가 누군가?"

"새로 온 기녀 아인가?"

"처음 보는 얼굴인데…… 저리 고운 아이가 있는 줄은 몰랐습니다."

"새로 오긴요. 저 아이가 바로 그 아이가 아닙니까? 예전 행수 하 서방이 죽을 때 한 자리에 있었다던……."

"그 사건 때문에 다른 기루로 갔다가 최근에 다시 돌아온 아이인 것을요."

"그럼 저 아이가 금소라고? 그 아이라면 나도 몇 번 본 적이 있었지만, 그 아이가 저리 고왔단 말인가?"

"곱구나. 참으로 고와. 내 왜 진작 저런 미색을 몰라봤을고?"

하지만 그런 급변한 주변 사람들의 태도보다 오 영감을 더 흐뭇하게 했던 건 바로 얌전히 술을 닦아내고 있는 금소를 보고 있는 젊은 선비의 눈빛, 아무리 둔한 이가 보아도 이미 연정에 빠졌음을 익히 짐작할 수 있는 뜨거운 눈빛이었다.

그리고 잠시 후, 청향의 부름에 행수의 처소로 향하려던 홍란은 오 영감의 귀엣말을 전해 듣고는 깊이, 깊이, 깊이 한숨을 내쉬었다. 남 생원의 부인이 약속을 지켜준 것에 대한, 그리고 생각보다 일이 훨씬 더 잘 되어 가는 것에 대한 안도의 한숨이었다.

"이제 자네의 답을 들려주게."

홍란이 청향의 방으로 들어섰을 때, 방 안에는 이미 세오와 연후가 들어 있었다. 한 식경 전 홍란의 손으로 마지막 단장을 마쳐 준 두 동기는 지금 당장이라도 연회에 나갈 수 있는 차림으로 방의 양옆에 나란히 무릎을 세우고 그 무릎 위에 얌전히 양손을 포개고 앉아 눈을 내리깔고 있었다. 그들의 곁에는 지키기 위한 이들인지, 아니면 감시하기 위한 이들인지는 알 수 없었지만 각각 검은 복색의 청년 두 사람이 무릎을 꿇은 채 양 허벅지 위에 주먹을 올리고 있었다. 그들에게 무심한 눈길을 보낸 뒤, 홍란이 차분히 앉자마자 청향이 다짜고짜 용건부터 꺼내들었다.

"그래, 둘 중 누구를 윗연회에 누구를 아랫연회에 세우면 되겠는가?"

"우선 묻겠습니다. 제가 어떤 선택을 하든 그대로 따르실 건가요?"

"물론."

"그렇다면 제가 어떤 방법으로 선택을 하든 상관이 없다는 뜻이겠지요?"

"그 또한 물론."

"……알겠습니다. 허면 이제 제 답을 말씀드리지요."

방 안 모든 사람들의 시선이 홍란에게 향했다. 내내 아래만 보고 있던 세오와 연후도 마찬가지였다. 그들의 시선을 받으며, 홍란이 왼쪽 소매 안에서 작은 무명 손수건을 꺼냈다. 그것을 제 앞에 얌전히 펴 놓고선, 오른쪽 소매 안에서 무언가를 꺼내 그 손수건 위에 놓았다. 끝이 세모꼴로 접혀 있는, 각각 자색 비단과 홍색 비단으로 만들어진 두 가닥의 색 끈이었다.

"그것이 뭔가?"

"이 두 가닥의 색 끈 중 하나는 접힌 세모 부분 안에 작은 표식이 하나 그려져 있습니다. 표식이 그려진 끈을 선택하는 이를 오늘 아랫연회에 세우시고, 아무것도 그려져 있지 않은 끈을 선택하는 이를 윗연회에 세우시지요."

"이게 자네의 방식인가?"

"……네."

"운명에게 맡기겠다. 그것도 나쁘지 않겠군. 세오야, 연후야, 어디 너희의 운명을 시험해 보자구나. 각기 나와서 하나씩 골라 보렴."

청향의 말에 조금은 긴장된 기색의 연후와 세오가 방 한가운데로 나와 앉았다.

"어머니, 고르기 전에 저도 하나 여쭤 봐도 돼요?"

문득 세오가 청향을 돌아보며 물었다.

"물론."

"결정되고 나면 절대 번복되는 일은 없는 건가요?"

"왜, 너로 결정되면 한 번만 다시 하자고 조르려고? 호호호."

"아이, 안 그래요."

"……그런 일은 없을 것이야. 절대로."

청향이 웃는 낯을 거두고 진지하게 말했다.

"다시 한번 말하마. 결정은 절대 번복되지 않을 것이야. 그러니 너희도 신중하게 고르도록 해. 그 끈 한 가닥에 장차 기녀로서의 너희 운명이 걸려 있으니 말이다."

그 말에 내내 색 끈을 보고 있던 연후가 흘낏, 방 한쪽에 앉아 있는 가진을 쳐다보았다.

'오라버니, 내 선택이…… 정말 바른 걸까요?'

연후의 얼굴에 두려운 심경이 그대로 떠올랐던 모양이었다. 청향의 앞이라 내내 무표정을 가장하고 있던 가진이 보일 듯 말 듯 살짝 입꼬리를 올리더니 두 눈을 꿈쩍거려 보이기까지 하였다.

"제가 먼저 고를게요. 제가 고를 끈은……."

연후가 나란히 놓인 두 개의 색 끈 중 하나로 손을 가져갔다.

처음엔 자색 끈이었다. 하지만 집을 듯 집을 듯하던 연후의 손은 끝내 자색 끈을 집지 않았다. 다음은 홍색 끈 쪽으로 손을 가져갔다. 하지만 역시 집지 못했다. 대신 연후는 다시 한 번 흘낏 가진의 얼굴을 보았다. 가진은 눈을 휘둥그레 뜨며 그러지 말라는 듯, 다급하게 고개까지 저었다.

'오라버니…….'

가진의 표정을 본 뒤 제 마음을 가다듬은 연후가 다시 한번 홍색 끈 쪽으로 손을 뻗었다.

그때, 세오가 다급히 연후의 손을 밀쳐 냈다. 그리곤 누가 뭐라 할 새도 없이 홍색 끈을 답삭 집어 들었다.

"흥! 내 이럴 줄 알았다니까?"

"세, 세오야……."

"결국은 너도 아랫연회에는 서기가 싫었던 거지? 거봐요, 오라버니! 내가 오라버니 말만 믿고 가만히 있었으면 어쩔 뻔했어요?"

세오가 가진을 보며 흥! 하고는 콧대를 세워 보였다.

"오라버니……?"

얼굴이 흙빛이 된 연후가 가진을 보았다. 가진이 면목이 없다는 듯 고개를 돌려 연후의 시선을 피했다.

"······왜?"

연후가 입을 달싹거리는데 세오가 득의양양한 목소리로 연후의 말을 가로막았다.

"이래서 넌 나한테 안된다니까? 기녀가 소리만 잘한다고, 춤만 잘 춘다고 명기(名妓)가 되는 줄 알아? 따로 교태를 부리지 않아도, 다른 술수를 쓰지 않아도, 그저 가만 있는 것만으로도 사내의 마음을 후릴 수 있는 게 진짜 명기인 것이야. 아니 그래요, 어머니?"

"글쎄다······."

청향이 급격히 어두워진 연후의 얼굴과 그런 연후를 측은하게 보는 홍란의 눈빛을 보고는, 흥미롭다는 듯 세오에게 물었다.

"왜 홍색 끈을 선택했지?"

"그야, 아랫연회에 설 표식이 새겨진 게 자색 끈이니까요."

세오의 답에 연후가 흠칫, 어깨를 움찔거렸다.

"너는 그걸 어찌 알았는데?"

"저 매분구와 연후가 미리 짜고 벌이는 일을 어느 낯새가 듣고는 제게 전해 주었거든요."

세오가 연후의 시선을 피하다 저와 눈이 마주친 사내에게 눈부시도록 고운 미소를 지어 보였다. 처음 청향이 연후와 세오 중 한 사람을 아랫연회에 다른 한 사람을 윗연회에 세울 것이라고 알려 준 것은 바로 가진이었다. 갑작스러운 이야기에 놀란 세오의 작고 하얀 손을 잡고는 "걱정 말고 나만 믿어" 하며 달래 준 것도 가진이었다.

"걱정 마. 널 어떻게든 윗연회에 서게 해 줄게. 네가 이 은월각 아니 도성 최고의 기녀가 되는 그날까지, 난 언제나 네 곁에 있을 거야. 그림자처럼, 바람처럼, 눈에 뵈지 않아도 난 언제나 네 곁에 있어."

하지만 세오에겐 그런 가진의 연정 따위는 거북살스러울 뿐이었다. 권세도 없고 돈도 없는, 그저 기루를 지키는 검계 따위, 제게는 엽전 한 닢 정도의 가치도 없었으니까.

동기가 되면서부터 세오가 꿈꿔 온 미래에는 가진 같은 사내와 나눌 단 한 톨의 짬도 없었다. 세오는 기녀로서 마음껏 사치를 누리고, 한다 하는 양반 영감들의 어여쁨을 받은 후, 어느 영감의 소실로 들어앉아 한 평생 귀염 받으며 떵떵거리며 살 것이었다. 그 외의 미래는 꿈에도 생각지 않았다. 그러기에 자신을 윗연회에 세우기 위해 가진이 무엇을 꾸미는지 알고 싶지 않았고, 또 알려고도 하지 않았다.

단지 조금 전, 먼저 단장을 끝낸 후 홍란이 연후의 단장을 끝내기를 기다리며 마당에 나와 섰을 때, 가진이 슬쩍 마당 구석으로 저를 불러 전해 준 이야기에는 놀라지 않을 수 없었다. 홍란이 연후에게만 살짝 색 끈의 비밀을 알려 줬다는 뜻은, 결국 연후를 윗연회에 세우고 자신을 아랫연회에 세우겠다는 뜻이었기 때문이다.

"그럼 어떡해요. 연후가 홍색 끈을 선택할 게 당연하잖아요. 그런 법이 어디 있어. 그런 불공평한 법이 어디 있어요."

울상이 되어 발을 동동 구르며 청향에게 가서 일러야겠다는 세오를 가진이 설득했다.

"아니. 그 애는 절대 그러지 않을 거야. 연후는 분명 자색 끈을 고를 테니까…… 그리만 하면 윗연회에 서는 건 네가 될 테니까. 나만 믿어. 나를 믿고 그냥 지켜만 봐. 응?"

너무도 확신에 찬 말이었기에 세오도 결국은 그러겠다고 하였다. 그러면서도 반신반의했었다. 돈 욕심이라면 또 몰라도 연후가 스스로 자색 끈을 고를 이유가 없어 보였기 때문이었다. 그런데 조금 전 연후가 가진을 보는 눈빛을 보고서 세오는 마침내 모든 걸 알아버렸다.

연후가 가진을 연모하고 있었던 것이었다. 이미 오래전 제게 연모를 고백하고, 자신을 위해서라면 간도 쓸개도 빼어 줄 준비가 되어 있는 사내를 연후가 깊이 연모하고 있었다. 그리고 그 사내를 위해, 스스로 아랫연회에 서려고 하고 있었던 것이다.

'그랬니? 그랬었던 거야? 그런데 어쩌니? 그 남자는 나를 연모하는데, 네가 아닌 내가 좋아 못살겠다는데. 후후훗.'

그렇게 승리감에 도취되어 연후가 자색 끈을 집어 들기를 기다리던 세오는 연후가 마음을 바꿔 홍색 끈을 집어 들려는 걸 보고는 깜짝 놀랐다. 결국 마지막의 마지막은 남자보다 제 인생을 선택한 연후의 결정이 당연하다 싶으면서도, 그런 연후에게 제 운명을 뺏길 수는 없다 싶어 서둘러 연후의 손을 쳐내고 제가 홍색 끈을 집어 들었던 것이었다.

"날 원망하기 없기다? 그동안 내내 아랫연회에 서겠다고 말해 왔던 것도 너였고, 먼저 기회가 주어졌는데 선택하지 못하고 꾸물거렸던 것도 너였으니까."

세오가 마지막으로 제 승리를 확인하기 위해 홍색 끈의 끝부분, 세모로 접힌 부분을 펴며 이야기했다. 물론 연후를 향한 말이었다.

"어머니, 오해할까 봐 말씀드리는데, 전 가진 오라버니에게 아무런 관…… 이, 이게 뭐야?!"

세오가 놀라 제가 들고 있던 끈을 눈앞에 바싹 대고 다시 살폈다. 거기에 있어서는 안 될 표식이 있었다. 분명 아무것도 없이 깨끗해야 할 그곳에 작은 원이 겹쳐 그려져 있었다.

"왜……? 왜에! 이럴 리가 없어! 이럴 리가 없잖아!!"

세오가 연후의 손에서 흘러내리기 직전의 자색 끈을 빼앗아 들고는 끝부분의 세모로 접힌 부분을 펼쳐 보았다. 거기엔 아무런 표식도 없었다. 아무 흠집도 없는 매끈한 천이었다.

"왜? 왜에?! 오라버니!"

세오가 자신만큼이나 놀라고 황당하여 뒤로 주저앉은 가진에게로 덤벼들었다. 탁, 탁. 가진의 어깨를 치고 가슴을 치며 따지고 들었다.

"홍색 끈이라며! 분명 홍색 끈이랬잖아! 이게 뭐야! 이게 뭐냐고!"

"분명…… 분명…… 홍색 끈이 맞는데? 그럴 리가 없는데……?"

잔뜩 얼이 빠진 가진이 답이 되지 않는 답을 중얼거렸다.

"몰라! 오라버니가 책임져요! 나 어떡해, 이제 나 어떡해!"

세오가 으앙, 울음을 터뜨렸다. 저 역시 당황하여 눈앞이 하얘진 가진은 그런 세오를 안아 주지도 달래 주지도 못한 채 어쩔 줄을 몰라 하고만 있었다.

"시끄럽다!"

마침내 청향의 입에서 날카로운 일성(一聲)이 터져 나왔다.

"그 울음, 닥치지 못하겠니!"

"어, 어머니. 전…… 훌쩍. 어머니……끅!"

세오가 청향을 돌아다보며 다시 눈물바람을 하려다가 말고 얼음장처럼 차가운 청향의 시선에 급히 울음을 그쳤다. 하지만 금세 다시 입이 삐쭉삐쭉하더니 흐흑, 하고 울음을 터뜨리며 두 손으로 얼굴을 가리고 방에서 뛰쳐나갔다.

"세오!"

가진이 엉거주춤 일어서 그 뒤를 쫓으려는데 청향이 "앉아!" 하며 날카로운 명을 내렸다.

"두호야, 네가 나가 봐. 일단 청양댁한테 데려가서 얼굴 좀 씻겨 달라고 해. 조금 있다 여기 매분구를 보내준다고."

"넵."

가진의 맞은편에 앉아 있던 사내가 청향의 명을 받고 세오의 뒤를 쫓아나갔다. 세오의 울음소리가 점점 더 멀어졌고 어느새 청향의 방에는 고요함이 가라앉았다.

"자, 이제 이게 다 무슨 일인지 누가 이야기를……"

"저기…… 행수 어른!"

청향이 연후와 홍란에게 묻는 중에 청향의 방 밖에서 오 영감의 목소리가 들려왔다.

"무슨 일인가?"

"손님이 좀 뵙자 하십니다."

"손님……? 뉘신가?"

"금소의 일로 의논할 것이 있다 합니다."

"금소……?"

오 영감의 전언에 청향이 조금 전부터 입을 꾹 다물고 한 마디도 하지 않고 있는 홍란을 보았다.

"자네, 오늘 참으로 많은 일을 했나보이."

의미심장한 한마디를 던지고 청향이 자리에서 일어났다.

"내 잠시 다녀올 테니 예서 기다려 주시게. 연후랑 가진이 너도 마찬가지야. 두 사람에게 물을 것이 있으니 예서 기다리고들 있거라."

청향이 방을 나갔다. 그와 동시에 가진이 벌개진 눈으로 연후를 노려보며 이죽거렸다.

"그러니까 넌…… 내 거짓말 따위는 진작부터 꿰뚫고 있었다 이거지? 그래서 나한텐 감쪽같이 숨기고 이런 일을 꾸몄다는 거네? 그렇지?"

"오라버니를 연모했었어요."

연모가 과거형이 되었다.

"오라버니를 연모했었기에, 오라버니의 시선 끝에 누가 있는지 알아채는 건 어렵지 않았어요. 그래도 저를 연모한다 하셨을 때, 저를 지켜 준다 하셨을 때, 저와 함께하고 싶다 하셨을 땐 믿고 싶었지요. 믿으려고도 하였지요."

연후는 떨지 않았다. 울먹이지도 않았다. 내어 놓는 말은 빠르지도 느리지도 않았고 애달픈 한숨이 섞여 있지도 않았다. 그저 담담, 그 자체였다.

"믿어 주지 그랬어!"

탁! 가진이 주먹으로 방바닥을 내리쳤다. 말도 안 되는 억지를 쓰며 소리를 질렀다.

"속아 주지. 좀 믿어 주지 그랬어!"

"오라버니도요."

"……뭐?"

"오라버니도 절 믿어 주지 그러셨어요."

"널 믿었어! 비록 나는 널 속였지만, 너를 속이려 하였지만 너는 믿었어."

"거짓말. 또 제게 거짓말을 하시네요. 오라버니……."

"거짓말이 아냐! 난 진짜!"

"그럼 세오에게 아무 말 마시지 그러셨어요. 그 아이가 가로채지만 않았다면 제가 홍색 끈을 집었을 터이고, 오라버니가 그토록 바라시는 대로 아랫연회에 서는 것은 제가 됐을 텐데 말예요."

"그, 그것은……."

"연후 이 아이는 그쪽도 본 대로, 조금 전 제 손으로 홍색 끈을 집으려 하였소. 내 미리 자색이 아니라 홍색 끈에 표식을 하였다고 일러 주었는데도, 스스로 아랫연회에 서려고 했단 말이오."

"연⋯⋯후."

가진의 얼굴에 충격이 스쳐 지나갔다. 그러고 보니 세오가 가로채지만 않았다면 연후가 홍색 끈을 집어 들었을 것이었다.

"세오가 홍색 끈을 가로챈 것은 그쪽이 세오에게 자색 끈에 아랫연회의 표식이 되어 있다 그리 언질을 준 때문이 아니오. 그쪽이 정말 이 아이를 믿었다면, 연후가 스스로 아랫연회에 서려 한 그 뜻을 믿어 주었다면, 세오에게는 아무 말도 말았어야 했소. 아시겠소? 세오가 아랫연회에 서게 된 것은 결국 이 아이를 믿지 않은 그쪽 탓이란 말이요!"

"그, 그런⋯⋯!"

정곡을 찔린 충격 탓인지 가진이 뒷말을 잇지 못했다. 자신이 무슨 짓을 한 건지 비로소 깨달은 듯싶었다. 혹시나, 만에 하나를 대비하여, 연후가 마음을 바꿀 것을 걱정하여 세오에게 귀띔을 해 준다고 한 것이, 내심 세오를 위해 제가 이런 일까지 하고 있음을 으스대기 위하여 언질을 준 것이 결국 이런 결과를 초래한 것임을 깨닫고 만 것이었다.

"크흐흐흐흐."

충격이 너무 큰 탓인지 가진이 고개를 숙여 웃음인지 울음인지 모를 소리를 내더니 비틀대며 일어나 발바닥을 질질 끌며 방 밖으로 향했다.

그날 밤. 은월각에서는 두 개의 연회가 열렸다.

윗연회에는 연후가 참석하여 당대 최고의 문장가(文章家)와 풍류객을 자처하는 선비와 학자들, 대감들 앞에서 이백과 두보의 시조를 줄줄이

읊고, 오래 수련하여 온 다양한 가무를 선보이며 시서화(詩書畵)와 가무악(歌舞樂)에 모두 능통한 명기(名妓)의 재목이 나타났다는 찬사를 한 몸에 받았다.

하지만 아랫연회의 분위기는 사뭇 달랐다. 연후만은 못하다 하더라도 오랜 시간 청향의 밑에서 기녀로서 시서화(詩書畵)와 가무악(歌舞樂)을 모두 익혀온 세오였지만 아랫연회의 손님들은 그 어떤 재주에도 심드렁한 반응을 보일 뿐 그저 빨리 꽃값을 매기고, 대발의 상대가 누가 될지를 정하는 데만 연연해할 뿐이었다. 처음으로 상민들에게도 은월각 동기의 대발 기회가 주어진 만큼, 도성 안의 한다하는 부호들은 적지 않은 돈을 부르며 좌중들에게서 저의 부를 과시하려 들었다.

결국 세오는 마치 우시장에 끌려 나온 소처럼 좌중(座中)에게 그저 생긴 그대로만을 평가받고 값을 매김 당하는 신세가 되었다. 그중에는 값을 매기려면 확인해 봐야 하지 않겠냐며 치맛자락을 들추려하는 짓궂은 이들도 적지 않았다.

그 수모들 끝에 마침내 세오의 대발 상대가 된 이는 돈 되는 일이라면 백정 일에 사기, 공갈도 마다 않는다는 소문이 자자한 일흔 넘은 늙은이였다. 아랫니의 반절은 시커멓게 썩고, 윗니의 반절은 뭉텅이로 빠져 나가 푸푸, 숨을 쉴 때마다 그 빈 잇새로 마치 두엄이 썩는 것 같은 입 냄새를 풍기는 늙은 사내는 합환주를 나누는 등의 모든 과정을 생략하고, 그저 가장 가까운 방에 들어 제 욕심을 채우기에 바빴다.

그리하여 세오가 치솟아 오르는 눈물을 애써 감추며 대발의 의식을 치르는 동안, 은월각의 바깥사랑채에서는 가진이 제 동무들에 의해 어깨를 눌려 주저앉혀져 두 손과 두 발이 꽁꽁 묶인 채, 사로잡힌 들짐승마냥 비명을 질러야 했다. 혹여 가진이 세오의 침방(寢房)에 뛰어들어 대발의식을 망치려 할지 몰라 청향이 시킨 일이었다.

"자! 자네 아비의 차용증일세."

풍악 소리에 섞여 희미하게 들려오는 가진의 피울음 소리를 들으며 홍란이 차용증을 받아들었다.

"이제 더는 제게 볼일이 없으시겠지요?"

"금소는 정 선비라는 이의 소실로 들여보내기로 하였네. 물론 자네는 이미 알고 있는 일이겠지만."

"……약조를 지켜 주셔 감사합니다."

홍란이 고개를 숙여 인사를 전한 뒤 자리에서 일어났다.

"아, 그런데 가기 전에 한 가지만 알려 주겠는가?"

"무엇을……?"

"마지막에 예정된 색 끈을 바꾼 이유는 뭔가? 혹시 가진 그 아이가 세오에게 알려 줄 것을 미리 알았던 것인가?"

"아니오. 순전히 실수에서 비롯된 일입니다."

정말 어이없는, 왜 그런 일이 생겼는지도 모르는 실수였다.

청향의 방에 들기 조금 전, 홍란은 연후 방 앞의 툇마루에서 자색 끈에 표식을 하려고 하였다. 자색 끈에 표식을 넣는 일은 이미 정해진 일이었다. 그저 색 끈 끝에 살짝 먹을 찍어 표식만 하는 간단한 일이기에 홍란은 그 일을 따로 서두르지 않았다. 하루 중 언제고 잠시 짬이 나면 찍으리라, 그리 가볍게 생각한 것이었다. 하지만 예상과 달리 홍란에겐 좀처럼 짬이 나지 않았다. 세오와 연후의 몸단장, 얼굴 단장뿐 아니라, 금소의 단장 그리고 달리 도움을 청해 온 다른 기녀들의 몸단장 등을 돕다 보니 차분히 앉아 한숨 돌릴 겨를도 없었다. 하여 마지막으로 연후의 단장을 마치고 나왔을 때, 홍란은 마루 위에 자색 끈과 홍색 끈을 급히 펼쳐둔 후 묵호(휴대용 먹통)에 늘 갖고 다니는 작은 붓을 넣었다 뺏다. 그때였다.

"에취!"

무슨 까닭에서인지 갑자기 재채기가 튀어나왔다. 어쩌면 이전 날 뜻하지 않게 방앗간에서 새벽까지 한뎃잠을 자고 또 금소의 일 때문에 밤늦게까지 종종거리며 뛰어다닌 탓에 고뿔이 든 것인지도 몰랐다.

"왜 아직 안 가고 여기서……?"

홍란의 재채기 소리가 제법 컸는지 방 안에서 마음을 다잡고 있던 연후가 마루로 나왔다. 그 순간 연후도 홍란도 보고 말았다. 묵호에서 꺼내진 붓끝에서 튀어나온 먹물들이 마루 위로 점점이 튄 것을. 그리고 그 먹물 중의 하나가 기이하게도 하필 한 곁에 펼쳐져 있던 홍색 끈의 끝부분에 튀어버린 것을.

"색 끈은 이것들밖에 없어. 넌 이제 어떡할래?"

홍란은 다시 한 번 연후에게 자신의 운명을 선택할 기회를 주었다. 하여 막상 선택의 순간이 다가왔을 때 연후는 고민할 수밖에 없었다. 그러나 세오의 타고난 조급함이, 남을 믿지 못하는 옹졸한 성정이 결국 저와 연후의 운명을 가르고 말았다.

"하하하핫! 재미있군. 참으로 재미있어. 결국 사람이 아무리 안간힘을 써 봤자, 하늘이 정한 운명에는 못 당한다는 뜻이 아니던가."

청향이 제 방문을 활짝 열어젖힌 채 어둠 속에서 점점 멀어져가는 홍란의 뒷모습을 지켜보았다.

"참으로 궁금하구먼. 내 지켜보겠네. 자네의 운명은 자네에게 어떤 요사스러운 장난을 치게 될는지……."

❦

집으로 향하는 홍란의 마음은 착잡하였다. 집까지의 길이 어쩐지 평
소보다 배는 멀게 느껴졌다. 그만큼 걸음도 평소보다 배는 무겁게 느껴
졌다.

오늘 밤, 기녀로서 새 인생을 시작할 두 아이의 일을 생각해 보면 마
음이 편치 않았다. 모두 가련한 아이들이었다. 누가 더, 누가 덜이라 할
것도 없었다. 그런 만큼 아랫연회에 세울 아이를 정하는 것은 처음부터
홍란에게는 난제라면 난제라 할 수 있었다. 하지만 두 아이를 단장하면
서 깨닫게 된 것이 하나 있었다.

더 어른스럽고 더 강단 있다고 생각한 연후가 은월연이 가까이 오면
올수록 더 많이 고민하고 심란해 하고 있다는 점이었다. 매일매일 살결
의 윤기를 더해 줄 화장수들을 발라 주는데도 어쩐지 손끝으로 느껴지
는 미묘한 거침이 심란한 연후의 마음을 대변해 주고 있었다. 스스로
아랫연회에 서겠다고 고집을 피우는 점도 어쩐지 선뜻 이해가 되지 않
았다. 그러기에 금소의 이야기를 들려주어 연후의 마음을 들여다보려
했던 것이었다.

"하아……."

무거운 걸음을 잠시 멈추고, 홍란이 깊게 한숨을 내쉬었다. 제법 걸어
왔다고 생각했는데도 아직도 멀리서 은월각의 풍악소리가 들려오고 있
었다. 그 소리가 어쩐지 두 아이의 눈물소리, 곡소리처럼 들렸다. 정인의
거짓을 알고도, 정인의 배신을 알고도, 웃으며 사내들 앞에 서야 하는

연후의 일도, 첫 시작치고는 순탄치 않은 상대를 대발의 상대로 삼아 앞으로도 쉽지 않은 길을 걸어가야 할 세오의 일도 홍란의 머리에서 떠나지 않았다. 그리 복잡한 생각에 자꾸만 더뎌진 걸음 때문에, 홍란이 집에 다다랐을 때는 이미 인정(人定)을 치기 시작한 후였다.

"후우."

그래도 집에 왔다고 조금은 마음이 편해진 것도 같았다. 홍란이 다시한 번 깊게 한숨을 내쉬었다. 근심과 안도가 뒤섞인 한숨이었다.

"도성 사내들의 밤잠을 모두 설치게 할 참인가?"

낮은 목소리가 등 뒤에서 들렸다. 홍란이 돌아보았다. 채 열 걸음도 떨어져 있지 않은 거리에 웬 사내가 서 있었다. 삿갓을 깊게 내려써 얼굴을 가렸어도 그가 누구인지 홍란이 모를 리 없었다. 도깨비 같은 제 남자가, 또 다시 도깨비처럼 소리도 내지 않고 제게 와 주었던 것이다.

"인정을 치기 시작했으니 곧 순라군이 돌 텐데, 잠시 몸을 피하게 해주……?"

내내 얼굴을 가리고 있던 삿갓을 반쯤 들어 올리던 학이 말을 마저 잇지 못했다. 홍란이 들고 있던 등롱이며 짐들을 모두 땅바닥에 내팽개친 채 후다닥 뛰어와 덥석, 학을 안았기 때문이었다.

"……!"

기대 이상의 환대에 학의 가슴이 격하게 고동쳤다. 저를 이리 온몸으로 반겨준 사람은, 이렇게 거침없이 뛰어와 제 품에 안긴 사람, 아니 저를 안은 여인은 홍란이 처음이었다.

"내가 그리 보고 싶었어?"

학이 농으로 제 떨리는 속내를 감추며 저를 안은 여인의 허리에 팔을 둘렀다. 조금 무릎을 굽혔다 펴며 힘을 주고선 홍란의 얼굴이 제 얼굴

높이까지 닿을 수 있도록 번쩍 들어 올렸다.

"내가 그리워 얼마나 수척해졌는지 한번 볼까?"

하지만 홍란은 학의 목에 팔을 두르곤 학의 어깨에 제 고개를 묻어 얼굴을 보여주려 하지 않았다. 허공에 뜬 두 발은 어느새 학의 허리를 감싸고 들었다. 마치 어린아이가 어미의 목에 매달려 떨어지려 하지 않 듯이 두발을 엇갈려 단단히 학의 허리를 조이려 들었다.

"……무슨 일 있었어?"

홍란이 고개를 저었다.

"기껏 단장해 준 야용(冶容)이 마음에 안 든다고 누가 뭐라고 한 거 야?"

홍란이 고개를 저었다.

"그럼 누가 줘야 할 돈을 떼먹고 안 주기라도 한 건가?"

학의 목을 감싸고 있던 손이 학의 등짝을 철썩, 때렸다. 자꾸 딴소리 하지 말라는 듯이.

"그럼 내가 너무 반가워서?"

다시 홍란의 손이 학의 등짝을 철썩, 때렸다. 뻔히 알면서 묻지 말라 는 듯이.

"어허, 묻는 말에 답도 없이 그저 때리기만 하니 이리 야속할 데가 있 나? 안되겠는데? 이리 매정하게 대하니 오늘은 이대로 돌아가야겠네."

짐짓 서운한 척을 하며 학이 홍란을 내려놓으려 했다. 하지만 홍란이 조금 전보다 더 크게 고개를 저으며 학의 목을 더 꽉 껴안았다. 이제 학 과 홍란의 사이에는 작은 먼지 한 톨 하나 들어갈 틈이 없었다. 학은 제 가슴으로 홍란의 심장고동을 느꼈다. 홍란 역시 제 가슴으로 학의 심장 고동을 느꼈다.

"……들어갈까?"

불현듯 치솟아오른 욕망에 갈라지기 시작한 목소리로 학이 홍란에게 물었다. 그리고선 대답도 듣기 전에 홍란을 안은 채로 성큼성큼 긴 다리를 움직여 홍란의 집 안으로 들어갔다.

※

숨김이 없는 밤이었다.

두 사람 모두 그 어느 때보다 서로에게 솔직한 밤이었다.

사내도 여인도 서로의 옷고름을 풀 때만 잠시 주저하였을 뿐, 이후로는 주저함도 망설임도 없이 서로의 마음이 시키는 대로, 감정이 시키는 대로 움직였다. 입은 옷가지는 홍란이 많았지만 학의 다급한 손길 덕분에 학과 홍란이 서로의 맨살을 드러낸 것은 거의 동시였다.

그리고 이 밤, 학은 처음으로 제 정인의 타고난 그대로의 아름다움을 눈에 담았다. 처음엔 제 늘씬한 팔과 다리를 꼬아 학의 눈길을 피하려 했던 홍란도 잠시 후엔 모든 수치심을 내려놓고, 모든 부끄러움을 벗어 던지고 있는 그대로의 제 생김을 고스란히 보여 주었다.

"숨이…… 막힐 것 같은 아름다움이라는 건, 아마도 이런 걸 말하는 거겠지?"

어여쁜 얼굴만큼, 어여쁜 마음만큼, 어여쁜 몸이었다. 단 한 곳도 아름답지 않은 곳이 없었다. 단 한 곳도 마음에 차지 않는 곳이 없었다. 홍란이 보여준 '홍란'은, 학이 그리던 '홍란'과 다른 점이 단 한 군데도 없었다. 마치 학의 은밀한 상념들이 발현된 것 같은 몸, 그것이 바로 홍란의 몸이었다. 그 완벽한 아름다움에 경배하기 위해 학은 임금인 자신을 잊고 기꺼이 무릎을 꿇었다. 그리고 문자 그대로 홍란의 발끝에서 머리끝까지 마음에 담고, 눈에 새겼다. 학의 눈이 지나친 곳을 이내 학의 길고 늘씬한 손가락들이 뒤를 이었다.

"하아……"

새하얀 허벅지 안쪽을 가르며 달려드는 손가락들의 공세에 홍란은 제 얼굴을 가리며 한숨을 토했다. 이어 단단한 학의 긴 다리가 홍란의 늘씬한 다리 사이를 비집고 들어왔다.

"어떡하지?"

이미 모든 준비를 마친 것을 알면서도 원하는 것을 주려 하지 않으며 아슬아슬 애를 태우던 학이 홍란의 길게 뻗은 목덜미에 진한 입술 인장을 찍은 후 물었다.

"무엇……을요?"

학의 어깨를 끌어안으며 욕망에 흐려진 목소리로 홍란이 물었다.

"오늘 밤 난 절대 이성적이지 못할 것 같거든."

"그게 무슨……"

멍한 머리로 학의 말이 잘 이해되지 않아 되물으려는 홍란의 입술을 이미 한껏 달아오른 학이 입술이 덮쳤다. 그리곤 마치 평생 기다린 것 같은 착각마저 들 정도로 애가 타 제 다리에 다리를 휘감아오는 홍란의 안으로 자신을 밀어 넣었다.

"읏!"

예상보다 더 큰 희열과 더 선정적인 움직임에 홍란은 입술을 깨물었다. 학이 조금 몸을 일으켜 홍란의 어깨를 잡고 더 성급한 움직임을 하려 할 때는 처음 느끼는 지나친 쾌락으로 인해 거칠게 고개를 좌우로 틀었다. 학의 빠른 움직임 탓에 미끄러진 손은 갈 데가 없어 그저 제가 깔고 있는 요를 거칠게 움켜만 쥐었다.

그렇게 부끄러움을 잊은 정인의 밤이 흐르고 있었다.

얼마나 시간이 지났을까?

홍란은 제 주위에 아무렇게나 펼쳐져 있는 속치마와 적삼을 나른한 팔을 뻗어 그러모았다.

"왜?"

몸을 가릴 생각도 않고, 홍란 또한 가리지 못하게 한 채 팔을 괴고 누워 미련에 가득 찬 손길로 홍란의 매끄러운 살갗을 지분거리던 학이 서운함을 가득 담고 물었다.

"정방에요…… 씻고 올게요."

일어나 앉아 학에게 매끄러운 등을 보이며 대충 속치마와 속적삼만을 몸에 걸친 홍란이 방에서 나갔다. 잠시 섭섭한 듯 그 모양을 보고 있던 학이 심술궂은 웃음을 입에 물고는 서둘러 역시 제 주위에 흩어져 있는 속바지만을 꿰어 입고 상체에는 아무것도 입지 않은 채 방을 나섰다.

"……왜요?"

정방 안채 쪽에서 막 물을 덥히려던 홍란이 벌거벗은 것이나 다름없는 학의 몸에 당황해 시선을 피하며 물었다.

"나도 씻고 싶어서."

그때부터 나머지 일은 모두 학의 차지였다. 누가 귀하게 자란 양반 아니랄까 봐 학은 어설픈 솜씨로 물을 덥히고, 정방의 목통에 물을 나르기를 거듭 반복하였다. 전부 홍란이 하나하나 하는 방법을 가르쳐 준 덕분이었다.

그렇게 땀을 뻘뻘 흘리며 목통에 가득 물을 채운 학은 "먼저 들어가라"는 홍란의 말을 들은 체 만 체하고는, 부끄러워 마다하는 홍란의 손을 잡고 목통 안으로 들어갔다.

뜨거운 김이 모락모락 피어오르는 목통 안에 먼저 자리를 잡고 앉은 건 학이었다.

"이리 와."

다리를 넓게 벌려 앉아 홍란의 자리를 마련해 준 학이 목통 안에 여전히 어정쩡하게 서 있는 홍란을 향해 팔을 벌렸다.

"어서?!"

학이 재촉하자, 홍란이 뜨거운 목욕물 때문에 더욱 붉어진 볼을 감싸고 학의 품 안에 들어가 앉았다.

물에 젖어 맨살에 찰싹 들러붙은 속치마와 속적삼은 아무것도 가리지 못했고 어느 것도 막지 못했다. 하여 학은 젖은 홍란의 목에 다시 한 번 뜨거워진 입술을 찍어 누르며 제 품 안에 들어온 정인의 곳곳을 손끝으로 더듬어 확인하였다. 좀 전에 방 안에서의 지나친 희롱 탓에 훨씬 더 민감해진 가슴을 지나쳐 살집이라고는 조금도 느껴지지 않는 매끄러운 배를 지나 물에 젖은 속치맛자락이 휘감고 있는 은밀한 부위에 이르기까지 어느 곳 하나 무심히 지나치지 않았다.

홍란은 학의 손길이 제 곳곳을 스칠 때마다 바르르, 어깨를 떨었고 그때마다 또한 점점 노골적으로 제 존재를 드러내는 학에게서 벗어나고자 조금 앞으로 나가 앉으려 했다. 하지만 학의 단단한 팔이 그것을 용납하지 않았다. 매끈한 배를 강하게 휘감아 제 안으로 좀 더 깊숙이 홍란을 끌어들이기 시작하였다.

"흐읏!!"

"란, 란……!!"

정방 안에, 조금 전 방에서 그랬던 것처럼 남녀의 어지러운 신음소리가 흐드러지게 피어났다.

"그대에게 할 말이 있어."

찰박찰박. 홍란의 벗은 어깨에 물을 끼얹으며 학이 운을 떼었다. 더는 망설일 것이 없었다. 더는 홍란이 한숨을 쉬게 하고 싶지 않았다. 홍란에게 제 정체를 밝히고 입궐해 달라 그리 청할 참이었다.

"……저도요."

나른함에 젖어 학의 품에 제 등을 기댄 채 눈을 감고서 학이 준 여운을 즐기던 홍란도 말했다.

"그대가 내……."

"잠시만요."

홍란이 욕조 안에서 몸을 돌려 학을 보았다.

"제 이야기를 먼저 들어 주셔요."

"……그래."

학의 허락이 떨어졌다. 그리고 동시에 학의 시선이 홍란이 숨 쉴 때마다 작게 오르내리는, 그래서 물 위로 살짝 보였다 다시 사라지는 쇄골의 아랫부분을 향했다.

"뭐……뭘 그리 빤히 보시는 겁니까?"

학의 시선에 부끄러워진 홍란이 학의 얼굴에 물을 끼얹었다. 그리곤 얼른 다시 돌아앉았다.

"푸푸, 아직도 그대에게 부끄러움이 남아 있다니, 오늘 밤 내 모든 노력이 참으로 허무하게 느껴지잖아."

얼굴에 튄 물기를 쓸어내리며 학이 빙긋이 웃었다. 그리곤 제 눈앞에 놓인 하얗고 둥근 홍란의 어깨에 쪽, 입을 맞췄다.

"하고 싶은 이야기가 뭐야? 얼른 해. 나도 더 이상은 기다릴 수 없는
이야기가 있으니……."

"……경통패를 보셨으니 짐작하고 계셨겠지만, 전 곧 중국으로 가야
합니다."

"안 돼."

쪽. 학이 홍란의 어깨에 다시 다정하게 입을 맞추며, 하지만 단호하게
답하였다.

"꼭 가야 할 일이 있어요."

"허락 안 해."

학이 등으로 늘어뜨려진 홍란의 머리채를 어깨 한쪽으로 치우고 드
러난 목덜미에 입술을 묻었다.

"아무 데도 못 가. 그대는…… 영원히 나랑 있을 테니까."

물론 학도 홍란이 조만간 중국으로 갈 것을 알고 있었다. 그러기에 언
젠가 홍란이 가야 한다고 하면 가지 못하게 붙들 작정이었다. 정 고집을
피우면 잡아 둘 참이었다. 제 품에 여인을 가두고 단 한 발자국도 저에
게서 멀어지게 하지 않을 참이었다.

"가야만 해요."

마치 떼쓰는 어린아이를 달래듯 사분사분, 홍란이 말했다.

"다녀오게 해 주셔요. 선양에 함께 자란, 친정 오라비 같은 이가 있습
니다."

"……그자를 연모했어?"

"후후훗."

학의 물음에 질투가 섞인 것이 기뻐 홍란이 웃음을 흘렸다.

"친정 오라버니 같은 이랍니다. 아비 복도 어미 복도 없는 제게 친구가 되어 주고 오라버니가 되어 주셨던 분이에요. 헌데…… 일전에 소식을 들으니, 그 오라버니의 아내가 아이를 가졌다더군요. 먼 이국땅에서 일가붙이 하나 없는 외로운 해산이 될 거라고 해요."

"석 달을 가야 하는 먼 길이야. 오며 가며 거리를 따지면 족히 반년은 더 떨어져 있어야 하잖아. 그럴 순 없어. 그렇겐 못 해."

학이 와락, 홍란을 껴안았다. 그리곤 홍란의 조그만 턱을 잡고 제게로 향하게 했다.

"어서 안 간다고 말해. 나는 집착이 심한 사내야. 그대가 가겠다고 계속 고집을 부리면 나는 어쩔 수 없이……."

"많이 아프시다고 해요."

홍란이 학의 말을 끊었다.

"그 아내 되는 분이 원래 몸이 많이 약하시대요. 의원은 아이를 가져서는 안 되는 몸이라고도 했대요. 그래서 오라버니의 근심이 큰 모양이에요. 제가 가야만 해요. 해산도 도와야 하고, 산바라지도 해 주려고 해요. 산모와 아이가 모두 무탈할 수 있도록 도와야 해요. 그러니 가게 해 주세요. 제가 가야만 해요."

"……"

학은 아무 말도 하지 않았다. 홍란의 어깨에서 고개도 뗴었다. 들리지 않는 답에, 제가 고집을 너무 피워 마음이 상한건가 걱정하며 홍란이 돌아보았다.

놀랐다. 무엇에 초점을 맞추고 있는지 모르는 사내의 눈빛에 너무 깊은 고통이 스며 있어서, 붉게 충혈된 눈에는 눈물까지 비치는 듯하여 홍란은 놀랄 수밖에 없었다.

"왜, 왜 그러셔요?"

"으흠, 아무것도 아냐. 그대 탓이 아냐. 그저…… 잠시……."

잠시 말문을 잇지 못하던 학이 목통에서 몸을 일으켰다. 그리고 그날 밤의 마지막이 될 질문을 던졌다.

"언제 간다고……?"

🦗

며칠 후였다. 중국으로 향하는 상단의 일원으로 짐들을 이고 진 상인들의 뒤를 따르던 홍란은 예상치도 못했던 이를 보고는 놀라고 말았다.

"의원님……? 의원님이 왜 여기에……?"

"차차, 이야기하겠소."

'누구지? 이들 중에서 누가……?!'

성 의원이 얼른 홍란의 곁에 붙어서는 주변의 사람들을 하나하나 살펴보았다. 조선 땅을 벗어나는 즉시 홍란을 납치하라는 밀명을 받은 자가 분명 그들 중에 숨어 있을 터였다.

"의원! 의원 나리 계십니까?!"

이틀 전 밤이었다. 성 의원의 약방을 일찍부터 두드린 이가 있었다. 성 의원도 얼굴을 익히 아는 동네 걸패(거렁뱅이패, 거지무리) 중 한 명이었다.

"무슨 일이오?"

"급히 좀 와주셔야겠습니다. 어서요!"

무엇인가에 쫓기는 듯, 혹은 무엇인가를 두려워하는 듯 급박해 보이는 그가 사람들의 시선을 피해 가며 성 의원을 이끌고 간 곳은 동네 외곽에 있는 걸패들의 움막 중 한 곳이었다.

"……!"

안내를 받아 움막으로 들어간 성 의원은 기겁을 하였다. 저마다 울상을 한 걸패들에 둘러싸인 채 한가운데 누워 있는 이는 성 의원도 너무 잘 아는 얼굴이었기 때문이었다. 바로 은월각의 행랑아범 오 영감이었다. 얼굴은 온통 상처투성이였고, 이마 한쪽은 깨어져 피를 잔뜩 흘리고 있었다. 피를 흘린 지 제법 된 탓인지 핏자국은 얼굴이며, 목, 심지어 누워 있는 주변까지 흥건하게 적시고 있었다. 머리를 산발하고 땟국물이 줄줄 흐르는 걸인 여인이 눈물을 흘리며 더러운 천으로 연신 오 영감의 이마에서 핏물을 닦아 내려 하고 있었지만, 피는 멈출 줄 모르고 계속 흘러나오고 있었다.

"이게 도대체 무슨 일이오?!"

성 의원이 얼른 달려들어 오 영감의 상처부터 살폈다. 피와 머리카락이 엉겨 붙은 이마의 상처는 단순히 찢어지거나 베어서 난 상처가 아니었다. 무언가 둔탁한 흉기, 이를테면 철퇴(鐵槌, 쇠뭉둥이) 비슷한 것으로 이마를 가격당한 듯싶었다.

"안 되겠소. 얼른 약방으로……."

성 의원이 의식이 없는 오 영감을 안아 일으키려는데, 오 영감이 힘겹게 눈꺼풀을 들어올렸다.

"의……원님……!"

"영감님, 정신이 듭니까? 잠시만, 잠시만 기다리시오. 얼른 약방으로 옮겨……."

"아……니오. 소인은…… 이미…… 천명(天命)을 다했습……으……

흐……다."

"그런 소리 마오! 얼른 지혈을 하고 약을 쓰면……"

"……의……원님……호, 호, 홍란일……그……불, 불쌍한 아이를……구, 구해……."

얼마 남지 않은 생명의 기운을 쥐어짜는 듯, 오 영감이 간신히 입술만 달싹여 무언가 말을 하려 하였다. 바로 곁의 성 의원조차 귀를 기울이지 않으면 제대로 들리지 않을 정도의 소리였다. 하지만 그런 와중에도 '홍란'이라는 이름만은 또렷이 성 의원의 귀에 와 박혔다.

"대체 그게 무슨 소리요? 영감은 또 누가 이랬소?"

"……행수가…… 중국……. "

"뭐라고요?!"

성 의원이 오 영감의 입에 제 귀를 가져다 대었다. 오 영감의 말소리는 점점 더…… 알아들을 수 없을 정도로 작아지고 있었다.

"행수가…… 거, 검계…… 호, 홍란이……납…… 변역……."

거기까지 간신히 말을 이은 오 영감의 몸이 갑자기 성 의원의 품에서 튀어오르듯 퍼드득, 거렸다. 하지만 그것도 잠시뿐. 이내 오 영감은 "흐어억……!" 하는 짧은 비명을 지르고선 성 의원의 품 안에 축, 늘어졌다. 놀란 성 의원이 얼른 눈꺼풀을 뒤집어 보고, 코 밑에 손을 가져다 대어 보았지만, 이미 오 영감의 몸에서는 모든 생명의 기운이 빠져 나간 후였다.

"……돌아가셨소."

이미 온 얼굴을 일그러뜨린 채 저를 쳐다보는 걸인들에게 성 의원이 침통한 목소리로 오 영감의 죽음을 고했다.

"하이고오!"

"영감님아!"

"흐어어어억!"

걸인들의 통곡 소리가 터져 나왔다. 깐깐하고 때로는 매정한 소리를
할 때도 있었지만, 그래도 찾아갈 때마다 넌지시 남은 안줏거리며 음식
들, 기생들이 입다 버리는 옷가지들을 잘 모아 뒀다 내준 고마운 이였다.
보릿고개 철에 농군들은 굶어 죽어도 이 동네 걸인들이 굶어 죽지 않은
건, 은월각에 인심 넉넉한 행랑아범 덕분이라는 걸 모르는 걸패들이 없
었다.

그런 오 영감의 마지막 가는 길에 곡소리밖에 해 줄 것이 없어 서러워
진 걸패들은 여느 때보다 더 구성지게, 더 걸게 곡소리를 내고 또 낼 뿐
이었다.

'은월각의 행수가 검계 중 누군가에게 시켰다? 조선 땅을 벗어나는 즉
시 홍란을 납치하여 변 역관에게 데리고 가라 했다고?! 도대체 누구? 누
구란 말인가?!'

이럴 줄 알았으면 낮에 작별 인사를 하러 온 홍란을 붙잡을 걸 그랬
다며 성 의원은 후회하고 또 후회했다.

'어떻게 하지? 어떻게 해야 하지? 관아에 발고를 하나? 아냐. 증좌도
증인도 없이 누가 믿어 줄 것인가? 그럼…… 어떡하지? 방법이…… 그 여
인을 구할 방법이……'

다른 방법이 없었다. 다른 방법이 생각나지 않았다. 자꾸만 마음에
걸리는 여인, 그 여인을 지켜야 한다는 생각밖에는 아무 생각도 나지
않았다.

성 의원은 마침 중국으로 향하는 상단들 중 예전 자신에게 학질을
치료 받았던 문 대방(大房, 상단 경영인)의 상단이 있음을 알고는 문 대방
을 찾아가 중국까지 동행할 상단의 의원으로 저를 고용해 달라 청하였

다. 다행히 솜씨 있는 의원, 특히 약재에 능한 성 의원의 실력을 아는 만큼 문 대방도 선뜻 성 의원을 고용해 주었다.

하여 그 밤, 성 의원이 중국으로 떠나기 위해 분주하게―약방을 대신 맡아 줄 이를 급히 수배하고, 제게 찾아오던 환자들이 대신 찾아갈 약방까지 급히 수배하는 한편, 중국으로 갈 여장을 꾸미느라―움직일 때, 은월각과 궁궐에서는 두 사내가 각각 저의 주인에게 밀명을 받고 있었다.

"반드시 그 계집을……."

"반드시 그 여인을……."

한 명은 제 주인에게 조선 땅을 벗어나는 대로 계집을 납치하여 오매불망 기다리고 있을 변 역관의 손에 건네주고 오라는 밀명을 받았다. 한 명은 제 주인에게 조선 땅으로 무사히 돌아올 때까지 여인을 지키라는 밀명을 받았다.

"네 목숨을 걸고 완수해야 하는 명이다. 명을 완수할 때까지 너의 존재는 그 누구에게도 알려서도 아니 됨을 잊지 말거라."

두 명의 주인이 두 명의 심복에게 그리 단단히 일렀다.

그렇게 떠나는 사람들의 밤이 시작되었다.

제
5
장 ― 각자의 밤

"전하, 밤이 늦었사옵니다. 옥체를 생각하시어 이만 침수에 드시옵소서."

임금께서는 오늘 밤도 또 취로정(경복궁 안 정자) 인근을 서성이고 계셨다. 벌써 며칠째, 임금께서는 취로정 앞을 거닐다가 문득 눈을 들어 취로정 뒤의 백악산을 물끄러미 바라보시곤 하셨다. 도대체 무슨 상념(想念)이 그리 깊으신지, 무슨 일로 근심하시어 용안이 그리 어두우신지 한 마디라도 해 주셨으면 좋으련만 임금께서는 몇 번을 여쭈어도 그저 "아무것도 아니다." 한 말씀만 하실 뿐이었다.

밤마다 취로정으로 나서실 때도 그저 "답답하다. 바람이나 쐬어야겠다"라고만 말씀하실 뿐이었다.

"전하, 밤이……."

"그래, 자야지. 그래야 내일이…… 좀 더 빨리 내일이 올 것이 아니더냐."

상선이 다시 한번 아뢰려는 찰나, 임금께서 누구에게랄 것도 없는 혼잣말을 하시더니 걸음을 돌리셨다.

"함인당으로 가시겠나이까?"

상선이 슬쩍 임금의 눈치를 살피며 조심스럽게 여쭈었다.

"오늘은 정 소용의 순이더냐?"

"그러하옵니다, 전하."

"김 상궁."

부름을 받은 김 상궁이 얼른 임금의 곁으로 가 깊게 허리를 숙였다.

"예, 전하."

"함인당에 가서 기다리지 말라, 그리 전하고 오너라."

"예, 전하."

어명을 들은 김 상궁이 얼른 잰걸음을 놀려 함인당 쪽으로 향했다. 임금의 뒤에 나란히 늘어선 궁녀들이 그 모습을 보며 서로 심상치 않은 눈짓을 주고받았다.

"상선."

임금께서 이번엔 새삼 상선을 부르셨다.

"예, 전하."

"강녕전으로 갈 것이니라."

"전하, 대왕대비마마께서 꼭……."

"강녕전이다."

"……예, 전하."

늙은 상선이 허리를 숙여 어명을 받잡겠노라는 뜻을 보였다. 하지만 그 주름진 얼굴에는 수심이 가득하였다. 벌써 여러 날, 보다 정확히 말하면 열흘째였다.

임금께서 소용 정씨의 처소인 함인당과 숙의 진씨의 처소인 영화당은 물론이요, 중전마마가 계신 교태전에도 걸음을 하시지 않은 지 어느덧 열흘이나 되셨다. 열흘 전, 잠행을 나가 또다시 새벽녘에야 들어오신 그 날 이후로는 어느 전각에도 들르지 않고 내내 강녕전에서 홀로 침수에 드셨다. 물론 그 전에도 교태전이나 후궁전을 찾는 일을 기꺼워하시지는 않으셨다. 정이 아닌 의무감으로 전각을 찾아가는 걸음은 늘 무겁기 짝이 없으셨다. 헌데 열흘 전부터는 그런 걸음마저 딱 끊으신 것이었다.

"상선은 대체 뭐하는 작자란 말이던가?!"

임금께서 중전을 위시하여 다른 후궁들도 찾지 않으신다는 이야기를 들으신 건지, 얼마 전에는 대왕대비 전에 불려가 호된 꾸지람을 당하기도 한 상선이었다.

"왕자 생산이 하루가 시급한 이 시기에 어찌하여 주상께서 내내 홀로 침수에 드신단 말이더냐?"

"황공하옵니다."

"무슨 수를 쓰더라도 홀로 침수 드시지 못하게 하여라."

"마마, 무슨 수를 쓰오리까?"

무례한 줄 알면서도 상선은 그리 물을 수밖에 없었다. 임금께서 내켜하시지 않는 잠자리 문제를 한낱 상선인 자신이 뭘 어찌할 수 있냐는 되물음이었다.

"쯧쯧쯧. 이렇게 아둔해서야. 조선 천지에 여인이 어디 중전과 후궁뿐이라더냐?"

"하오시면……?"

"궐 내에서 미색이 출중하고 자태가 음전한 아이를 골라 주상의 시중을 들게 하면 될 일을!!"

대왕대비마마의 말씀인즉, 기회를 봐 젊은 궁녀로 하여금 승은을 입을 수 있게 하라는 것이었다.

"주상도 사내렸다. 사내가 어찌 열 계집을 마다하겠느냐? 이 궁궐 안의 수많은 계집들 중 주상의 마음 하나 사로잡을 계집 하나쯤은 있지 않겠느냐?! 그래도 없다면 새로운 궁녀를 맞아들이면 그뿐일 터! 아니 그러하냐?!"

'새로운 궁녀…… 결국 그것이셨사옵니까? 마마.'

대왕대비마마의 입에서 나온 '궁녀'란 말에 그제야 상선은 자신을 불러들여 꾸짖는 대왕대비마마의 진의를 알 수 있었다. 일전에 임금께서 상선에게 하문하신 일에 대해 돌려 답하신 것이었다.

"내가 여염의 여인을 후궁으로 맞겠다고 하면 어찌 되는 것이냐?"

임금의 하문에 상선은 "여염의 분이시라면, 대왕대비마마와 중전마마의 뜻을 물으시어 먼저 궁인으로 입궐케 하시면 되옵니다" 하고 답을 올린 적이 있었다. 대왕대비마마는 그에 대한 답을 하신 것이었다. '주상의 뜻이 그러하다면 그 여인을 궁녀로 입궐시켜도 좋다'라고.

단, 임금과 상선이 그런 문답을 나눈 것은 어디까지나 비밀—물론 궁궐 안의 모든 사람들이 다 알고 있기는 하지만—이었기에, 또한 아직 임금께서 대왕대비마마에게 입궐에 대한 어떤 의논도 구하지 않으셨기에 먼저 나서서 답을 내릴 수 없는 처지이신지라 괜히 상선을 꾸짖으며 일을 진행시키라는 뜻을 비추신 것이었다.

"분부, 명심하겠사옵니다."

그리 선선히 답은 올렸지만, 어쩐지 상선은 자신이 없었다. 무엇보다도 어심(御心)을 종잡을 수가 없었다. 일전에 하문하신 대로 여염의 여인을 마음에 두고 계시다면 전보다 잠행이 잦으시거나 혹은 궁녀 입궐에 대한 명이 있으셔야 했다. 하지만 열흘 전부터는 잠행도 아니 나가시고 궁녀라든가, 입궐에 대한 이야기 또한 일절 꺼내지 않고 계셨다. 애초에 하문하신 적도 없었던 것처럼.

'도대체 무슨 일이오십니까? 어찌하여 그리 그리운 눈빛을 하시옵니까? 어찌하여 그리 깊은 한숨을 쉬시옵니까?'

강녕전으로 걸음을 옮기다 말고, 문득 고개를 돌려 다시 어둠 속에 솟아 있는 백악산을 올려다보시는 임금께 여쭙지 못한 물음이 늙은 내시의 목구멍 끝까지 치밀었다 무겁게 가라앉았다.

　한편, 그 밤 은월각에서는 청향이 죽은 오 영감을 대신해 은월각의 일을 봐 주고 있는 장 서방을 불러 나무라고 있었다. 장 서방은 청향이 부리는 검계의 수장격인 자로, 오 영감이 청향의 밀명을 엿들은 것을 알고 오 영감에게 철퇴를 휘두른 작자이기도 했다.

　"아직도 연락이 없나?"

　"너무 심려 마십시오. 벌써 명은 전하고도 남았을 것입니다. 명을 전하는 즉시 돌아오라 하였으니 조금만 기다리시면……."

　"얼마나 더 기다리라는 거야! 뒤쫓으라 한 지 한참도 더 지났어! 그럼 벌써 되돌아왔어야지!"

　청향이 연신 왔다갔다 또 괜히 주먹을 폈다 쥐었다 하며 초조함을 달래려 애썼다.

　"분명히 전하라 한 거지?!"

　벌써 수십, 수백 번째의 똑같은 질문을 하였다.

　"네. 무슨 일이 있어도, 설령 그 계집을 놓치는 한이 있어도 그자에게는 손을 대지 말라 그리 전하라 하였습니다."

　장 서방도 수십, 수백 번째의 똑같은 답을 하였다.

　"그래, 그 계집이 죽고 사는 건 내가 상관할 바가 아냐. 죽으면 죽은 대로 시체라도 가져다 드리면 그뿐. 하지만 태겸인…… 그 아인 안 돼. 절대! 무슨 일이 있어도 손끝 하나 건드려서는 안 돼! 절대, 절대로…… 절대로 안 돼."

청향이 했던 말을 또 다시 반복하며, 너울 아래로 제 손을 가져가 손톱 끝을 물어뜯었다. 설마 성 의원이, 태겸이 홍란이를 따라나설 줄은 몰랐던 제 아둔함을 원망하며, 혹시나 제가 시킨 일로 인해 태겸이 괜한 화를 입는 것은 아닌지 두려운 마음에 손끝이 아리도록 죄 없는 제 손톱만을 물어뜯었다.

※

"이것 좀 받아주우."

홍란이 객방에서 이부자리를 펴고 잘 준비를 하고 있자니, 한 방을 쓰는 진안댁이 작은 소반을 들고 들어왔다. 진안댁은 상단의 행수 중 한 명인 목 행수의 딸 상지낭자를 보살피기 위해 상단에 합류한 이였다.

"이게 다 뭡니까?"

얼른 소반을 받아 내려놓으며 홍란이 물었다. 소반 위에는 은은한 붉은빛의 음료가 찰랑거리고 있었고 작은 접시 위에는 꿀을 곁들인 대추 조각들이 가지런히 줄 맞춰 있었다.

"누가 그쪽이랑 마시라고 전해 줍디다."

"누가요?"

"그리 눈치가 없소? 댁에게 이런 걸 전해 줄 사람이 또 누가 있겠소? 그 훤칠한 사내 말이오."

진안댁이 말하는 이가 누군지는 금방 알 수 있었다. 전날 홍란과 성의원이 이야기를 나누는 모습을 보고 누구냐며, 어떤 사이냐며 꼬치꼬치 캐물었던 진안댁이었기 때문이다.

그래서 홍란은 선뜻 소반에 다가앉지 못했다. 성의원의 마음을 알면서 모른 척하며 그가 베푸는 선의를 계속 받아들이는 게 어쩐지 내키지 않았다.

"조심하시오. 혹여 어떤 수상한 자가 접근하려 하면 꼭 내게 일러 주고. 알겠소?"

문 대방의 상단에 합류하기로 한 동무가 갑자기 집에 급한 일이 생긴 탓에 대신하여 왔다는 성 의원의 말은 아무래도 영 믿기지가 않았다. 거기다 몇 번이나 거듭하여 몸조심을 시키니 궁금증은 더욱 커져만 갈 뿐이었다.

"먼 길 가는 중에 여인 장사치만을 노리고 덤벼드는 악한들이 있다는 이야기를 들어 그러오. 그러니 각별히 조심하여 나쁠 게 없잖소."

더는 자세한 걸 묻지 말라는 듯 그렇게 말을 자르고선 성 의원은 무뚝뚝한 얼굴로 돌아섰었다. 열흘 동안 늘 그런 식이었다. 문득 시선을 느끼고 고개를 돌려보면 먼발치에서 성 의원이 지켜보고 있었다. 며칠에 한 번씩은 슬그머니 떡이나 약과 등을 쥐어주고 가곤 했다. 그 때문에 두 사람을 지켜보는 눈들도 조금씩 더 늘어가는 걸 느낄 수 있었다. 그 중에는 눈에 띄게 불편한 기색을 보이는 사람도, 노골적인 호기심을 보이는 사람들도 있었다. 진안댁도 그런 호기심을 보인 사람들 중 한 명이었다.

"여기 주모에게 일부러 만들어 달라한 것 같은데, 그 성의를 봐서라도 한 모금 드시우. 그래야 나도 맛 좀 볼 거 아니우?"

진안댁이 침을 꼴깍꼴깍 삼키며 권하니 하는 수 없어 홍란은 대추차 한 모금을 마셨다. 시원하면서도 달짝지근한 음료가 후덥지근한 밤의 열기를 일순 식혀 주는 듯하였다.

"어디, 어디 나도."

홍란이 마시기를 기다렸다는 듯 얼른 진안댁이 자기 몫의 차 사발을 서둘러 입가로 가져갔다.

"캬아! 뭔 놈의 대추차가 이렇게 혀에 착착 달라붙으우? 아이구, 그쪽 덕분에 내 입까지 호강하는구려. 어디 요 대추절임도 한쪽 먹어 볼까? 아유유유······요건 또 요거대로 별미네, 별미!"

진안댁이 몇 조각의 대추절임을 연신 집어 먹다 정작 홍란은 입에도 아니 대는 걸 보곤 멋쩍은 듯 웃어 보이곤 다시 한 조각을 더 입에 집어 넣었다.

"근데······ 둘은 무슨 사이요?"

"아무 사이도 아니에요. 그저 그분 도움을 몇 번 받은 적이 있을 뿐."

"의원이라고 했소?"

"예······ 문 대방 어른 상단의 의원으로 따라오셨다고 들었습니다."

"흐음. 가솔은 어쩌고?"

"예?"

"아니 의원 말이오. 저 나이쯤 되었으면 장가도 갔고 식솔도 있을 거 아니요?"

"글쎄요. 거기까지는 저도 잘······."

자꾸만 캐어묻는 진안댁이 불편한 듯 홍란이 말꼬리를 흐렸다.

"전 다 먹었으니 나가서 입이나 닦고 올게요. 더 드시겠어요?"

"어유. 아직도 많이 남았는데? 상은 그냥 두시우. 내 마저 먹고 치울 테니까."

홍란이 남긴 대추차를 아깝다는 듯 바라보며 쩝쩝 입맛을 다시는 진안댁을 두고, 홍란은 객방 앞 좁은 툇마루에 나가 앉았다. 문득 하늘을 올려다보니 별도 별로 없는 칠흑 같은 밤하늘에 초승달만이 외롭게 빛을 발하고 있었다.

"무정한 여인이라 욕하시고 계시지요?"

초승달의 휘어진 모습이 어쩐지 툴툴대고 있는 정인(情人)의 옆모습인 것 같아 홍란은 달빛처럼 은은한 미소를 머금었다. 그리고 잠시 조심을 기하고자 주변을 두리번거린 후 품에서 붉은 비단 주머니를 꺼내어 살그머니 쓰다듬었다. 이별을 아쉬워한 학이 건네준 귀주머니(양옆이 각이 진 주머니)였다. 칠석날 건네주려 했던 그때의 붉은 비단으로 만든 것이라 했다.

"이 안엔 아주 중요한 게 들어 있어. 그대가 내게 돌아오는 날, 이것은 그대의 것이 될 것이야. 그러니 그때까지 열지도, 잃어버리지도 말고 고이 간직해 주지 않겠어?"

"중간에 열어 보면 어쩌시려고요? 열어 보고도 아니 열어 본 척하면 어쩌시려고요?"

홍란이 그리 물었을 때, 학은 장난스럽게 너털웃음을 웃었다.

"아마……그럴 순 없을걸? 그 안에 든 걸 보고 나면, 그대는 절대 못 본 척을 할 수 없게 될 테니."

며칠 후 저녁이었다. 홍란들이 묵는 객방으로 상지 낭자가 찾아와 진안댁을 찾았다.

"진안댁! 혹시, 진안댁 어디 간 줄 아는가?!"

근래 들어 피곤이 누적된 탓인지 행중의 고단함이 가시지 않아 툇마루에 엉덩이를 붙이자마자 지친 다리를 주무르며 쉬고 있던 홍란이 얼른 일어서 낭자를 맞았다.

"잠시 조카를 보고 온다고 한 것 같은데요."

비단 장수 밑에서 일을 배울 겸 장삿길에 따라나섰다는 진안댁의 조카는 행동이 둔하고 어리석어 진안댁이 항시 걱정하는 청년이었다.

"수평이 놈? 이제 다 큰 놈. 제 앞길 제가 알아서 하게 냅둘 것이지. 뭐가 그리 걱정이 된다고 끼고 못 살아 난린지. 쳇!"

볼을 부풀리며 툴툴거리던 상지 낭자는 혼잣말로 "어쩌지?" 하며 발을 동동 굴렀다.

"뭐 필요하신 거라도 있습니까?"

"아니 진안댁한테 부탁할 게 있어서……."

입을 댓발로 내민 채 웅얼거리던 낭자가 돌아서다 말고 걸음을 멈추고 돌아보았다.

"자네, 매분구라 했던가?"

"예."

"그럼 자네 혹시…… 향주(香酒)를 좀 만들 줄 아는가? 아니면 향차라도? 매분구나 아파들은 본디 향을 쓰는 일에 익숙하다면서?"

"어떤 향주를 찾으시는 겁니까? 누가 드실 향주이신지?"

설마 어린 낭자가 제가 마실 술을 찾을 리는 없을 터이기에 홍란이 물었다.

"내일 귀한 손님을 대접하려고. 아, 너무 강한 술은 안 돼. 차향같이 은은한 향이 나는 향주가 필요해. 자네가 구해줄 수 있어? 내 값은 후하게 쳐 줄게."

"그런 거라면 감국주(甘菊酒)가 적당할 듯한데, 일단 객주의 주모에게 물어보겠습니다. 갓 익기 시작한 술이 있는지."

"감국주? 그거 내일 오시까지는 준비될 수 있을까?"

"하룻밤이면 술에 향을 배게 할 수 있으니 걱정 마시지요."

"정말? 고마워. 정말 고마워! 자네 덕분에 내 한시름 놓았네. 정말 다행이야!"

상지 낭자가 요란스레 와락, 홍란을 껴안았다.

홍란이 낭자의 청을 들어주기로 한 것은 별다른 이유가 있어서는 아니었다. 그저 남의 청이라면 쉽게 거절 못하는 타고난 천성 탓이었다. 하지만 선의에서 받아들인 이 일이 어떤 위험을 초래할지, 그때의 홍란은 알지 못하고 있었다.

"어휴, 이를 어쩌나? 지금 우리도 술이 떨어질락 말락 하는 중인데? 갓 익은 술은커녕, 시금털털해진 잡주 한 사발도 궁한 처지라오."

객주 안의 주모는 술상을 옮기다 말고 갓 익은 술을 찾는 홍란에게 엄살을 부렸다. 딴은 이해가 갈 만도 하였다. 상단의 장사치들은 객주에 묵을 때마다 탁주 한 사발에 하루의 고단을 씻는 것이 일과니 미리 넉넉히 준비를 못 해놓은 주막이면 술이 떨어지는 게 당연할 터였다.

"허면 혹시 다른 주막이나 술도가에서 술을 받아올 수 있을까요?"

"에이그, 그랬으면 좋겠는데 지금 보다시피 남아 도는 손이 하나도 없어서."

"주모! 술 한 상 받기가 이리도 어렵소?!"

"주모! 국밥 시킨 지가 언젠데 아직도 안 나오나?!"

"주모!"

"어이 주모!"

주모가 홍란에게 답하는 와중에도 사방에서 주모를 찾는 소리들이

빗발쳤다.

"아유, 갑니다요. 지금 가요!"

주모가 객들에게 소리 높여 답한 뒤 홍란에게 급히 고갯짓으로 문 너머를 가리켜 보였다.

"저쪽으로 반 식경(15분) 정도만 가면 옥루교가 나올 거요. 그 다리만 건너면 제법 큰 술도가가 하나 나올 터이니 거기 가서 구해 보시구려."

"고맙습니다."

홍란은 문득 노을이 지기 시작한 저녁 하늘을 보고선 잠시 망설이다 주막 싸리문 밖으로 걸음을 옮겼다.

'오며 가며 한 식경 정도면 그리 많이 어두워지진 않을 터이니, 얼른 갔다 오면 되겠지?'

하여 홍란은 등롱도 아니 들고 술도가를 찾아 나섰다. 실제로 술도가는 어렵지 않게 찾을 수 있었다. 주모가 일러준 대로 반 식경 정도를 걸었더니 이내 다리가 나왔고, 그 건너편에 제법 규모가 되는 술도가가 있었다. 하지만 정작 있어야 할 주인장이 없었다. 대여섯 명의 도가 일꾼들이 연신 술항아리를 닦고 옮기고 하는 일에 여념이 없을 뿐이었다.

"주인장은 안 계시오?"

"기루에 술을 가져다주러 가셨소."

개중 젊은 축에 속하는 더벅머리 일꾼이 음흉한 눈길로 홍란을 훑어보고선 곁의 툇마루를 가리켰다.

"저기서 기다리고 있으쇼. 아마 두어 식경이면 오실 거요."

"근데 어디 주막에서 왔는가?"

행주로 술항아리의 물기를 닦아 내던, 조금 더 나이가 들었음직한 일꾼도 말을 거들었다.

"이 근처에서는 못 봤던 얼굴이네?"

"……급히 술이 필요해서 그런데 새 술 한 동이 살 수 있습니까?"

"그건 안 되지. 주인장 허락 없이는 술 한 방울도 못 내가는 게 술도 가의 법이니 말이네."

"그럼 혹시 인근에 다른 술도가는 없습니까?"

사내들만 있는 곳에서 불편한 시선을 받으며 있기가 싫었던 홍란이 다시 물었다. 두어 식경 동안 기다리느니 차라리 가까운 술도가가 있으면 거기에 가서 술을 받아 오는 게 빠를 것도 같았다.

"다른 술도가라…… 있기는 한데……."

처음에 말을 걸었던 일꾼이 슬그머니 홍란 곁으로 다가와 홍란이 왔던 반대쪽, 멀리서 산등성이가 막 시작되는 곳을 손으로 가리켰다.

"저 산 밑에 제법 오래된 술도가가 하나 있수. 규모는 그리 크지 않으나, 그 때문에 거의 매일이다시피 조금씩 새 술을 빚으니, 어렵지 않게 술을 구할 수 있을 거요. 아니면 그냥 여기서 주인장 오실 때까지 기다리든가."

홍란이 잠시 미간을 찌푸리며 일꾼이 가리키는 곳을 보고 날이 더 어두워지기 전에 다녀올 수 있을지 가늠해 보았다. 그 사이 이젠 거의 일손을 멈추고 저를 보고 있는 사내들의 눈빛에 점점 마음이 불편해졌다.

"알려 주셔서 고맙습니다."

짧은 인사를 남기고 홍란이 술도가를 나섰다. 그리고 왔던 방향의 반대편으로 뻗어 있는, 인적이 드문 길을 향하여 발걸음을 서둘렀다.

"참 곱네. 여기 처자는 아닌 것 같은데 어디서 온 거지?"

"뭐 인근에 새로 온 들병이쯤 되겠죠."

"어, 근데…… 강 서방네 술도가가 아직 문을 열고 있던가? 술맛 변했다고 지난달에 작파한다 하질 않았나?"

일꾼 중 한 명이 고개를 갸웃거렸다.

"어, 그래요? 난 몰랐는데? 어휴…… 안되겠네. 얼른 쫓아가서 바로 일러 줘야지."

홍란에게 다른 술도가의 위치를 일러 준 놈이 제 곁의 놈이랑 슬며시 눈을 맞춘 후 얼른 일어나 홍란의 뒤를 쫓아나갔다.

"후아아암! 저는 이참에 잠깐 허리 한번 펴고 올게요."

조금 전 눈을 맞췄던 젊은 놈이 부러 기지개를 길게 편 후, 슬그머니 제 동무가 간 뒤쪽을 쫓아갔다. 남은 일꾼들이 그 뒷모습들을 제각각 다른 눈길로 쳐다보았다.

"저것들…… 괜히 일치는 거 아냐?"

"에이, 설마. 별일이야 있을라고? 저리 고운 처자니 그냥 말 한번 붙여 보고 싶은 모양이지. 예전에 우리들은 안 그랬게?"

"정말…… 괜찮겠지?"

"아따, 근데 곱기는 정말 곱지 않던가? 뺨에 흉터가 있어서 그렇지, 생긴 거 하나만 따지면 한다하는 여기 기생들보다 훨씬 곱더구먼."

"……그래서 더 걱정이네. 안 쫓아가 봐도 되려나?"

"에이구, 괜한 참견 말아. 젊은 것들 눈 뒤집히면 같이 일한 정리(情理)고 뭐고 따지지도 않고 그냥 덤벼들 텐데, 감당해 낼 수 있겠어?"

"그, 그렇겠지?"

젊은 것들이 부릴 행패가 걱정되어 엉거주춤 허리를 펴고 일어나려던 늙수그레한 사내가 동무의 핀잔에 다시 제자리에 주저앉았다.

'여기가…… 맞나?'

산등성이 밑 술도가 앞에 다다른 홍란은 고개를 갸웃거렸다. 닫힌 문 앞에 술항아리가 여기저기 나뒹굴고 있는 걸 보면 술도가가 맞기는 한 것 같은데, 술 향기도 나지 않는 것 같고 불빛도 인기척도 없고 어쩐지 스산한 느낌까지 들고 있었다.

'여기가 아닌 건가? 아님, 주인장이 집을 비운 건가?'

돌아설지, 잠시 기다려 볼지 망설이던 홍란은 결국 돌아가기로 하였다. 이미 많이 어둑해졌으니, 조금 더 지체하다가는 금세 밤이 되고 말 것이었다.

'가는 길에 아까 술도가에 다시 들러 보면……'

"허억!"

돌아서던 홍란이 놀라 비명을 삼켰다. 바로 눈앞에 조금 전 술도가에서 보았던 젊은 두 사내가 능글맞게 웃으며 서 있었기 때문이었다.

"무, 무슨 일이오?!"

홍란이 한 걸음 뒤로 물러서며 물었다.

"아니, 길을 못 찾을까 걱정돼서 말이야. 그래도 잘 찾아왔네?"

"근데 왜 안 들어가고? 그냥 가려고?"

어느새 자신에게 반말을 해 대는 사내들을 보며 홍란이 미간을 찌푸렸다. 그들의 말에 담긴 심상찮은 기색을 눈치챈 때문이기도 했다.

"……사람이 없으니 돌아가려고 하오."

퉁명스레 내뱉은 홍란이 걸음을 떼었지만 놈들이 홍란의 진로를 막고 나섰다.

"어딜 가려고? 술도가까지 왔으면 술은 받아 가야지."

"여기 주인장이 잠깐 나간 모양인데 들어가서 기다리면 금방 올 거네."

흐흐, 기분 나쁜 웃음을 흘리며 사내 둘이 홍란에게로 다가섰다.

"날도 이리 어두워졌는데 등롱 하나 없이 어찌 가려고? 좀 있다 주인 장 오거든 불이라도 빌려서 가든가."

사내들이 한 발자국 더 홍란을 향해 내딛었다. 홍란이 물러서지도 않고 그들의 얼굴을 가만히 쳐다보았다.

'저 여인이 어쩔 셈이지? 당장 뛰어 도망가지 않고?'

내내 홍란의 뒤를 쫓다가 나무 위에 숨어 홍란과 두 사내의 모습을 못마땅하게 지켜보고 있던 그림자 사내가 꿈틀, 눈썹을 모았다. 어떻게 든 자리를 피해 줘야 저놈들을 해치울 텐데, 피할 생각도 않고 그저 상 대하고 있는 홍란이 이해가 가지 않았다.

"술은 누가 가져다 줄 건가요?"

조금 전까지 무뚝뚝하기 짝이 없던 얼굴에 묘한 미소를 띤 홍란이 사내들에게 눈을 깜빡거려 보이자 사내들이 저도 모르게 헤 하고 입을 벌렸다. 조금 전 술도가에서 언뜻 보았던 얼굴도 흔히 볼 수 없는 미색 중의 미색이었지만 미소를 띠고 색기 어린 눈빛을 보내는 여인의 모습 은 그야말로 아찔할 정도로 고왔다.

"무슨……?"

"설마 나를 천치라고 생각하는 건 아니지요? 거짓으로 빈 술도가를 알려 주고 뒤쫓아 온 사내들의 흑심 따위 모를 것 같아요. 후훗."

치마를 더 꽉 잡아 여미며, 노골적으로 제 몸의 자태를 드러내 보이 는 여인의 모습에 사내들의 숨소리가 급히 거칠어지기 시작하였다.

"이보게……."

처음 홍란에게 응큼한 눈빛을 보냈던 사내가 마치 여우에게 홀린 것 같은 얼굴을 하고선 홍란에게로 와락, 덤벼들었다. 하지만 사내의 행동보다 몸을 피하는 홍란의 몸짓이 더 빨랐다.

"술부터. 술을 안 받아 가면 주모한테 혼난다고요. 더 늦으면 술도가가 문을 닫을지 모르니 어서 받아 와야 해요. "

흥! 하며 새침하게 고개를 돌린 홍란이 여전히 넋이 빠져 저를 보고 있는 사내의 동무를 턱짓으로 가리켰다.

"저이를 보내든가, 아님 그쪽이 가든가. 둘 중 한 사람은 술을 받아 와요."

홍란은 사내들이 오해하는 대로 들병이인 척하였다. 날이 어두워지고 인적이 드문 빈 집에서 사내 둘과 마주하고 있는 지금 상황에서 나름 최선의 방법을 생각한 것이었다.

"완, 완경이, 우리 술도가에 가서 술 좀 받아 오게. 얼른!"

뿌루퉁한 모습마저도 색기가 넘치는 홍란의 모습에 넋을 잃은 사내가 제 뒤의 동무에게 말했다.

"내가 왜! 걸음은 자네가 더 빠르잖아. 내 이 계집이 도망 안 가나 잘 지켜보고 있을 테니, 얼른 자네가 가서 술을 받아 오게."

뒤의 사내가 제게 눈웃음을 지어 보이는 홍란에게 다가서며 그리 말했다. 하지만 앞의 사내가 두 팔을 활짝 벌린 채 돌아서 홍란에게 다가오는 동무를 저지했다.

"어허! 술 좀 받아 오래두?"

"내가 왜! 네가 이 계집의 서방이라도 돼? 아님 내 상전이라도 돼?! 니 놈이 뭔데 나더러 이래라 저래라야!"

"니 놈? 야 이 자식아, 내가 너랑 맞상대를 해주곤 있어도 엄연히 너보다 두 살이나 더 먹었어. 근데 니 놈?!"

"술도가엔 내가 니 놈보다 반 년이나 먼저 들어왔어! 따지자면 내가 네 사형(師兄)이나 다름없다고!"

"아니 그래도 이놈이?!"

한 치도 물러설 수 없다는 듯 두 사내는 서로의 멱살을 쥐고 한바탕 싸움질이라도 벌일 기세였다. 그때 "호호호!" 하는 홍란의 높은 웃음소리가 두 사내의 행동을 멈추게 했다.

"사내들이란 하는 수가 없다니까? 그리 둘이 다투고만 있다가 내가 도망치기라도 하면 어쩌려고 그래요?"

그제야 아뿔싸 싶었던지 사내들이 서로의 멱살을 쥔 손을 놓았다.

"두 사람이 영 결정을 못 하는 것 같으니 내가 결정할게요. 내가 선택한 사람은 나와 함께 이 안으로 들어가고, 나머지 사람은 술을 받아 오는 것, 어때요?"

사내들이 잠시 생각하는 듯하더니 입술을 굳게 다물고 고개를 끄덕였다. 그리고 홍란의 손이 누구를 향할 것인가를 뚫어져라 쳐다보았다.

잠시 후, 처음 홍란에게 음흉한 시선을 보냈던 사내가 "제길! 제에길!" 소리를 지르며 어둠을 가르며 뛰고 있었다. 그 뒷모습이 보이지 않을 때까지 미소를 지으며 다른 사내의 어깨에 고개를 기대고 있던 홍란이 사내의 옷소매를 잡고 빈 술도가 안으로 끌고 들어갔다.

'젠장! 뭘 하려는 거야?!'

나무 위의 사내가 그 모습을 지켜보고 있다가 술도가의 문이 닫히자 팔짝, 가벼운 걸음으로 나무 위에서 뛰어내렸다.

"풀어도 될까요?"

술도가의 낡은 헛간 안. 홍란은 달빛만 희미한 어둠 속에서 사내의 짧은 옷고름을 만지작거리며 속삭임을 흘렸다.

"어? 어, 어!"

사내가 꿀꺽, 침을 한 번 삼키더니 고개를 끄덕여 보였다.

"후훗……."

홍란이 교태 가득한 웃음을 흘리며 사내의 옷고름을 푼 후, 천천히 사내의 팔에서 소매를 빼내었다. 그리고는 사내의 등 뒤로 돌아가서 다른 쪽 팔에서 소매를 빼내 사내의 윗저고리를 완전히 벗겼다.

"이보게……웁!"

사내가 후끈 달아오른 욕정에 고개를 돌리다가 웁! 하며 소리 나지 않는 비명을 질렀다. 홍란이 사내의 윗옷저고리로 사내의 목을 휘감았기 때문이었다.

"웁……웁!웁……."

사내가 어떻게든 제 목에 감긴 옷자락을 벗겨 내려 하였지만 홍란이 더 빨랐다. 홍란은 사내의 목에 감은 옷자락을 쥔 채 사내의 앞으로 돌아와 한 겹을 더 두텁게 한 다음, 사내가 숨이 막혀 컥컥거리는 틈을 타 힘차게 발을 내질러 사내의 낭심을 후려 찼다.

"크흐…………윽!"

이번에야말로 제대로 끽, 소리도 내지 못한 채 사내가 눈을 까뒤집었다. 그것을 본 홍란이 쥐고 있던 사내의 옷자락을 놓아 주자 사내가 썩은 나무 그루터기가 쓰러지듯 힘없이 바닥으로 꼬꾸라졌다. 그 벌린 입에서는 뽀글뽀글, 게거품이 흘러나오고 있었다.

'쿡, 푸후후훗…… 전하! 전하의 여인은 참으로 대단하신 분이 아니옵니까?!'

내내 숨어서 지켜보다 하아, 하아, 거친 숨을 몰아쉬며 홍란이 헛간을 빠져나간 후에야 들어와 여전히 의식을 차리지 못하고 있는 사내를 내려다본 그림자는 새어나오는 웃음을 꾹 참은 뒤 사내의 배를 거세게 걷어차곤 얼른 다시 홍란의 뒤를 좇았다. 이번에야말로 홍란이 다른 사내와 마주치기 전에 임금의 여인을 탐하려 한 그 무엄한 작자를 찾아 한 칼에 베어 낼 참이었다. 왔던 길을 되짚어 가는 홍란은 길이 아닌 곳을 디뎌 갔다. 둘을 떼어 놓기 위하여 술도가로 보낸 사내가 되돌아오다 마주칠 수도 있기에 부러 어둠 속에 몸을 낮추고 수풀과 나무 그림자들에 제 기척을 숨기며 조심스레 한 발자국씩 전진하였다. 아직 그리 깊은 밤은 아니니 술도가를 지나, 옥루교 근처에만 다다라도 행인들이 제법 다닐 것이었다. 설마 아무리 무도한 작자라 하더라도 다른 이들의 눈이 있는 곳에서야 제게 시비를 걸진 못할 것이었다. 그러니 그놈과 마주치지만 않으면, 아니 놈이 지나쳐 가는 것을 숨어 보기만 하면 훨씬 더 쉽게 몸을 피할 수 있을 터였다.

하지만 이상했다. 조심조심 길을 거슬러 술도가가 있는 곳까지 다다랐는데도 놈과 마주치지 않았다. 홍란의 느리고 조심스러운 걸음으로 술도가까지 왔는데 놈과 마주치지 않았다는 건, 결국 놈이 제 동료가 게거품을 물고 뒹굴고 있을 빈 술도가로 아직 향하지 않았다는 뜻일 터였다.

'무슨 일이지? 혹시 술을 마련하지 못한 것인가?'

마침내 산등성이로 향하는 길을 거슬러 행인들이 많이 오가는 옥루교 인근에 다다른 홍란은 고개를 갸웃거리며 잠시 제가 지나온 길을 돌아보았다. 그때였다. 누군가의 손이 홍란의 어깨를 두드렸다.

"악!"

깜짝 놀라 어깨를 움츠림과 동시에 두 눈을 감고 비명을 지른 홍란 때문에 오가던 행인들이 일제히 돌아보았다.

"무슨 일이오? 누가…… 해코지라도 하였소?"

걱정스레 안부를 묻는 목소리는 홍란에게 너무나 익숙한 이의 것이 었다.

"의원님……."

등롱을 들고 근심으로 흐려진 얼굴로 저를 내려다보고 있는 성 의원을 보는 눈시울이 잠시 붉어졌지만, 홍란은 얼른 인사를 하듯 고개를 숙여 치밀어 오르려는 눈물을 참아냈다. 성 의원의 마음을 알면서 그 앞에서 눈물을 흘리는 건, 해서는 안 될 일이었기 때문이었다.

"놀라시게 해 죄송해요. 그저 갑자기 말을 걸어오시는 바람에…… 그런데 어딜 가시는 길이십니까?"

"……그냥 잠시 대동강변을 구경하러 나온 길이오. 마침 객주로 돌아가려던 참이니 함께 갑시다."

거짓말이었다. 성 의원은 부러 홍란을 찾아 길을 나선 참이었다. 상지낭자의 부탁으로 술을 구하러 나갔다는 홍란이 돌아올 시간이 넘었는데도 돌아오지 않았다는 진안댁의 이야기에, 등롱도 들지 않고 저녁참에 옥루교 인근의 술도가로 향했다는 주모의 이야기까지 전해 듣고는 곧바로 옥루교를 향해 온 참이었다. 그러기에 다리 위에서 홍란의 뒷모습을 보았을 때는, 뒷모습만 보고도 그 여인이 홍란임을 알아챈 자신이 조금 우습기도 했지만, 그 안전한 모습에 고맙기까지 하였다.

그러나 거기까지였다. 그 이상은 아무것도 할 수 없는 성 의원은 그저 홍란의 걸음에 속도를 맞춰 홍란의 발 앞에 등롱을 비추며 나란히 걸을 뿐이었다.

'또 저자인가?'

나란히 앞서 걸어가는 성 의원과 홍란을 보며 그림자 사내는 습관처럼 제 턱을 거칠게 쓰다듬었다. 성 의원의 존재가 자꾸만 거슬렸다. 자꾸만 홍란의 주변을 맴도는 성 의원을 어떡해야 할지 아직 가늠이 서지 않았다. 임금께서는 여인의 안위를 걱정하셨다. 홍란이라는 여인이 다시 무사히 조선 땅으로, 도성으로 돌아올 수 있도록 숨어서 지켜보고 또한 드러내지 않고 지켜달라는 것이 임금의 명이셨다.

　"내 여인이다."

　지켜야 할 이유로 임금께서는, 주상 전하께서는 오직 이 한 말씀만 하셨다. 짧고도 짧은 한 마디. 하지만 그 한 마디는 그림자 사내가 목숨을 걸 이유가 되기에 충분했다.

　'만약 네가 전하의 마음을 아프게 할 사내라면, 나는 너를 베겠다.'

　그림자 사내가 제 허리에 찬 칼집을 쓰윽 쓰다듬으며 성 의원의 뒷모습을 향해 눈을 빛냈다. 그리고선 얼른 돌아서 지나온 길을 다시 거슬러 갔다. 처리해야 할 일이 남아 있었기 때문이다.

　'이게 도대체 무슨?……!!'

　빈 술도가의 헛간 앞에 선 그림자 사내는 제 코를 찌르는 심상치 않은 냄새에 일순 긴장하였다. 익숙한, 그러나 언제 맡아도 기분이 더럽기만 한, 비릿한 피 냄새가 났던 것이다.

　'왜……?!'

　조심스레 헛간 안으로 들어온 그림자 사내는 희미한 달빛이 보여주는 광경에 말을 잃었다.

　홍란에게 선택되지 못해 술을 구하러 갔던 놈과 홍란에게 목이 졸리고 낭심을 차여 혼절을 하였던 놈이 각각 피가 잔뜩 묻은 낫과 칼을 쥔 채 죽어 있었기 때문이었다. 칼을 든 놈의 목은 날카로운 낫에 베여 살과 뼈가 반쯤 도려내져 있었고, 낫을 든 놈의 몸은 목에서 배에 이르기까지 장칼로 베인 채 갈라져 있었다. 얼핏 보자면 마치 두 놈이 서로 낫과 칼을 들고 싸우다 상대에게 치명상을 입히고, 저 또한 치명상을 입어 죽은 것처럼 보이기도 하였다. 하지만 관아에서 조사를 하면 금세 그것이 아님이 드러날 터였다. 두 놈의 몸에 난 상처들은 술도가의 일꾼들이 낼 만한 상처들이 아니었으니 말이다. 도혼(刀痕, 칼의 흔적)에는 그 어떤 주저함이나 조잡함이 없었다. 그저 막싸움이 아닌 처음부터 살의(殺意)를 가지고 찌르고 벤 자국으로 봐서는 분명 전문 칼잡이에 의해 목숨을 잃은 것이 분명했다.

'도대체 누가! 왜?!'

그림자 사내가 거칠게 턱을 쓸어넘기며 쓰게 입맛을 다셨다. 그리곤 죽은 놈들 중 한 명을 바닥에서 들어 올려 어깨에 들쳐메곤 헛간 밖으로 나갔다. 잠시 후 다시 헛간 안으로 돌아온 그림자 사내는 다시 나머지 한 명을 어깨에 메고 헛간 밖으로 나갔다.

그날 이후, 술도가의 젊은 일꾼 둘의 모습을 본 사람은 아무도 없었다. 하지만 그들이 일하던 술도가의 사람들은 누구도 그들의 일을 궁금해 하지 않았다. 일이 힘들다며 혹은 부역을 피해, 혹은 불미스러운 일을 저지른 뒤 밤도망을 치는 사내들이 적지 않았기 때문이었다.

거기다 그들이 사라진 그다음 날 술도가로 웬 노름꾼 하나가 찾아와 그들에게서 받을 노름빚이 기백 냥인데 어디로 내뺀 것이냐며 길길이 날뛰기까지 하여 사람들은 술도가의 일꾼들이 감쪽같이 밤도망을 친 것이라 그리들 믿었다.

오직 그들의 늙은 어미들만이 하룻밤 새 행방을 감춘 철없는 아들들을 기다리며 몇날 며칠을 눈물로 밤을 지새울 뿐이었다.

❧

"중전! 소용과 숙의도 드셔 계셨구려."

그 밤, 학이 대왕대비 전에 저녁 문후를 여쭈러 들렀을 때 중전 심씨
와 소용 정씨, 숙의 진씨까지 모두 한 자리에 모여 있었다.

"내가 모두 모이라 하였소."

"하하, 할마마마 한 분도 충분히 무서우시거늘, 어찌하여 소손의 처첩
들을 모두 모이라 하신 것이옵니까? 소손, 두려움에 몸 둘 바를 모르겠
사옵니다."

학이 짐짓 미소로 답한 후, 얌전히 고개를 숙이고 앉아 있는 비빈들
을 향해 말했다.

"뜻하지 않은 만남이 반가움을 더하는구려. 이렇게 한 자리에 앉은
아름다운 비빈들을 보니 이 몸의 복이 과함을 알겠소."

짐짓 학이 너스레를 떨었지만 그 말에 단 한 조각의 진정(眞情)도 담겨
있지 않음을 아는 여인들은 웃음으로 화답하여 주지 못했다.

"주상."

"예, 할마마마."

"내 이 사람들을 엄히 꾸짖으려 불러 모았소."

"할마마마, 그게 무슨 말씀이시온지?"

"주상은 잠시 가만히 계시지요."

대왕대비는 짐짓 엄한 얼굴로 좌우의 비빈들을 훑어본 뒤, 제 앞에
놓인 서안을 탁, 소리나게 내리쳤다.

"할마마마?!"

"중전 들으시오! 그리고 소용과 숙의도 듣거라!"

"예, 대왕대비마마."

"어찌하여 일국의 비빈쯤 되는 이들이 주상 한 분을 제대로 모시지 못하고 홀로 밤을 지내시게 하시는가? 어떻게 주상을 받들었기에 주상이 밤마다 취로정 앞만 서성이게 만드는 거냔 말이외다?! 그리 주상을 모시는 게 힘에 버겁거든 모두 첩지를 내어놓고 궁을 나가든지!"

"죽여 주시옵소서!"

대왕대비의 힐문에 비빈들이 모두 방바닥에 얼굴이 닿도록 납작 고개를 숙여 읍소를 하였다.

"모두 소첩들이 둔하고 어리석은 탓이옵니다. 죽어 마땅한 대죄를 지었사옵니다."

"암! 죽어 마땅하고 말고!"

"할마마마……."

눈에 띄게 불편한 기색으로 말을 거는 학을 무시하고 대왕대비는 짐짓 노기를 과장하여 더욱 엄하게 비빈들을 나무랐다.

"아직 주상에게 일점 혈육(血肉)이 없다. 모두 누구의 탓이더냐? 주상을 모시는 일에 성심(誠心)을 다하지 못한 비빈들의 탓이 아니더냐?!"

"소첩들을 죽여 주시옵소서!"

"중전은 무엇 하는 분이시오?! 후궁들이 주상을 모시는 일에 등한시하거든, 주상의 총애가 그들에게 미치지 못하거든, 다른 후궁을 들입사 새로운 궁인이라도 들입사, 그리 천거해야 하거늘 주상의 총애를 잃을까 두려워 앉은 자리만 보전하기에 급급한 것이요? 무자(無子)는 중전에게 있어 대역죄나 다름이 없거늘!"

"모두 소첩의 죄이옵니다."

"이 나라에 세자가 없습니다. 세자가 없어요. 이것이 무슨 뜻인지 정녕 모르시는 겝니까?!"

"할마마마!"

도를 넘는 나무람과 도를 넘는 자책의 고성이 오가는 가운데, 학이 소리를 높여 대왕대비의 관심을 제게로 돌렸다.

"주상."

"알았사옵니다."

"주상."

"소손이 할마마마께 큰 근심을 끼쳤사옵니다. 용서하시지요."

"이 할미의 뜻을 알아 주시는 거요?"

"오늘 밤…… 교태전에 들 것입니다."

벌떡, 학이 자리에서 일어섰다. 그리곤 죄를 청하며 엎드려 고개를 숙이고 있는 비빈들의 등을 내려다보며 말을 이었다.

"내일은 정 소용의 전각에, 모레는 진 숙의의 전각에, 글피는 다시 교태전에 들 것이옵니다. 그러니 더는 나무라지 마시지요. 소손은 이만 나가 보겠사옵니다."

학이 침통한 표정을 감추지 못한 채 용포 자락을 휘날리며 성큼성큼 방에서 나섰다.

"쯧쯧쯧쯧."

학의 뒷모습을 본 대왕대비가 비빈들을 보며 혀를 찼다.

"지아비의 마음 하나 잡지 못하고, 결국 늙은 할미가 욕을 먹게 만드는구나."

"송구하옵니다, 마마."

"쯧쯧쯧. 모두들 나가 보시게. 그리고 단장을 하건 무엇을 하건 당장 오늘 밤부터 어심을 잡을 방책들을 마련해 보시오. 무슨 비책과 방책을 쓰든 주상의 마음을 붙들란 말이오."

"예, 마마."

두 후궁은 반색을 하여, 중전 심씨는 조금 어두워진 얼굴로 대왕대비에게 허리를 숙여 보였다.

"전하, 교태전으로 가오리이까?"

대왕대비 전을 나선 학에게 상선이 여쭈었다.

"잠시…… 좀 거닐다 가자구나. 중전이 나보다 뒤에 나섰으니 급할 것이 없도다."

"예, 전하."

학의 걸음은 취로정 쪽을 향하였다.

후우, 후우. 누구에게도 제 속을 털어 낼 수 없는 학의 갑갑함이 엷은 한숨이 되어 밤공기에 스며들었다.

"전하? 어찌 한숨을 쉬시오니이까?"

늙은 상선이 걱정과 두려움에 학에게 다가와 긴히 물었다.

"전하, 무엇이든 소신에게 하명하시옵소서. 무엇을 그리 괴로워하시나이까?"

"아니다. 아무것도 아니야."

학은 걸음을 빨리하였다. 어디론가 뛰어 도망가고 싶은 마음을 꾹 누른 채 그저 추억이라도 더듬을 수 있는 취로정을 향해 걸음을 서두를 뿐이었다.

'보내는 게 아니었다. 너를 보내는 게 아니었다. 너 없는 하늘을 이고

사는 게 이리 힘에 부칠 줄 알았다면 너를 죽어도 아니 보냈을 것이다.'

문득 걸음을 멈추고, 학이 주먹을 쥐어 제 가슴을 탕탕, 내리쳤다. 그리 내리치지 않으면 숨이 막혀, 숨이 쉬어지지 않아 죽을 것만 같아서였다.

"전하!"

상선이 기겁하여 학의 소매를 붙잡고 만류하였지만, 학의 손길은 멈추지 않았다.

"전하! 소신을 때리시옵소서. 차라리 이 늙은 것을 때리시옵소서!"

늙은 상선이 주름 가득한 얼굴에 굵은 눈물을 흩뿌리며 학의 주먹을 잡아 제 뺨으로 이끌었지만, 학은 그 후로도 한참 동안 제 가슴을 죽어라 내리쳤을 뿐이다.

그리하여 그 밤, 교태전에 들어 중전 심씨의 곁에 누운 학의 가슴에는 시퍼런 멍이 들어 있었지만, 중전은 결코 그 사실을 알지 못했다. 다음 날 소용 정씨의 처소인 함인당, 그다음 날 숙의 진씨의 처소인 영화당에 들었을 때도 마찬가지였다. 어느 여인하나 학의 가슴에 든 멍을 보지 못하였다. 학의 옷깃 하나 젖히지 못하였다. 하지만 제 처소, 제 이부자리에 함께 눕고서도 합궁(合宮)을 하지 못했다는 치욕을 알리고 싶지 않은 한결같은 마음에 세 여인은 침소를 지키고 섰던 지밀과 상궁들에게 돈을 주어 그 밤의 비밀을 굳건히 단속하려 들었다.

"의원님, 의원님 안에 계십니까?"

며칠 후, 용천 객주 안. 그 즈음 사나흘, 계속된 비로 상단 사람들 중

351

에 고뿔 환자가 속출하고 있었다. 그 때문에 눈 코 뜰 새 없이 바빴던 성 의원이 묵는 방으로 홍란이 찾아왔다. 여인들 중에도 고뿔 때문에 힘들어 하는 이들이 있어 약재를 얻기 위해서였다.

성 의원은 대부분의 상단 사람들이 여러 명이 비좁은 방에서 부대끼며 묵는 것에 비해 좁지만 호젓한 독방을 쓰고 있는 중이었다. 상단 사람들의 잦은 병치레를 잘 다스려준 공을 인정 받은 덕분이었다.

"의원님……?"

성 의원의 방에선 아무 기척이 없었다. 홍란이 조금 더 목소리를 높여 보았다.

"의원님?!"

이상했다. 방에는 불빛이 없는데, 댓돌 앞에는 분명 성 의원의 신이 놓여 있었다. 다만, 들고 날 때 언제나 가지런히 정리해 놓던 것과 달리 아무렇게나 벗어 던진 것 같았지만 성 의원의 신이 틀림없었다.

"……들어가겠습니다."

무언가 짚이는 구석이 있어 홍란이 툇마루로 올라서 성 의원의 방문을 열었다.

"흐……으흐……."

홍란이 호롱을 찾아 불을 켜는 동안 방구석 쪽에서는 희미하게 거친 숨소리가 들려왔다. 어둠이 아직 눈에 익지 않아 몇 번의 헛손질 끝에 불을 당기고 나서야, 홍란은 그 소리가 성 의원이 앓는 소리임을 알아차렸다. 객주방의 이불이란 이불을 모두 덮어쓴 성 의원은 온몸에 진땀을 줄줄 흘리며, 꿍꿍 앓고 있었다.

얼른 그 곁으로 다가간 홍란이 성 의원의 이마와 제 이마에 각각 손을 짚어 보았다. 이마가 표현 그대로, 불덩이 같았다. 그야말로 절절 끓고 있었다.

"잠시만 기다리셔요."

찬 물수건이라도 만들어 오려는 생각에 홍란이 얼른 자리에서 일어나려 했다. 하지만 거의 의식을 잃은 것만 같았던 성 의원이 무슨 기운에서인지 벌떡 상체를 일으켜 홍란의 손목을 잡았다.

"의원님?"

홍란이 무어라 묻기도 전에 성 의원이 홍란의 손목을 잡은 채로 까무룩, 정신을 잃었다. 그리고 그 몸이 뒤로 벌러덩 젖혀지듯 쓰러지고 말았다.

"읏!"

성 의원에게 손목을 잡힌 채, 홍란은 성 의원이 쓰러짐에 따라 그 몸 위로 따라 쓰러지고 말았다.

"……괜찮으셔요?"

얼른 홍란이 제 몸을 일으키려 하는데, 성 의원이 영 손목을 놔 주지 않았다. 아니, 의식을 잃은 와중에도 더욱 힘주어 손목을 당기는 바람에 몸을 일으키려던 홍란은 다시 성 의원의 가슴 위로 엎어지고 말았다.

"놔 주……."

홍란이 말하려다 말고, 이미 의식을 잃고 있는 성 의원의 기색을 보고 다른 손으로 제 손목을 움켜잡고 있는 성 의원의 손을 떼어놓으려 애썼다. 하지만 그때, 성 의원이 희미하게 이를 가는 소리가 들렸다.

"……도망가지 마."

"의원님?"

"이대로 가기만 해…… 하아, 하아. 죽여 버릴 거야. 나만 두고 가기만 해…… 용서 안 할 거야. 죽여 버릴 거야. 흐으……."

성 의원이 홍란의 손목을 더욱 세게 쥐었다. 마치 뼈가 으스러질 것 같은 아픔에 홍란은 눈살을 찌푸렸다. 하지만 더는 억지로 손을 빼내려 하지 않았다. 대신 잡히지 않은 손을 들어 그 소매로 진땀으로 흠뻑 적셔진 성 의원의 얼굴을 닦아 주었다. 고통으로 일그러진 미간 사이며, 굳게 다물어 뿌드득, 뿌드드, 이를 갈고 있는 입매며 작은 주름을 만들며 굳혀진 턱에 이르기까지 찬찬히 닦아 주었다.

"……누이."

앙 다문 이 사이로 신음인 양, 애절한 속삭임이 스며 나왔다. 동시에 성 의원의 감은 눈에서 주르륵, 눈물이 흘러 내렸다.

"누이…… 가지 마! 가지 마아아!"

"미안…… 미안!"

향이는 이를 악물고 뛰었다. 비탈길을 엎어지고 구르며 그저 열심히 올라가기만 하였다. 멀리 가고 싶었다. 어떻게든 그 토악질 나는 동굴에서 멀리 떨어진 곳으로 도망가고 싶었다. 저를 옭아매는 굴레에서 도망치고만 싶었다.

그저께 배가 고프다 못해 쓰러 와 주워 먹은 뭔가가 잘못된 건지 겸이는 이틀 내내 앓았다. 움직일 힘이 없어 누운 자리에서 설사와 토를 반복하였다. 그 때문에 겸이와 향이의 집이 되어 주었던 어두운 동굴은 숨쉬기조차 역겨운 냄새로 가득 차 버렸다. 하지만 그 역겨운 냄새보다 향이를 더 견딜 수 없게 한 건, 저만 홀로 남겨 두고 도망갈까 내내 제 손목을 잡고 있던 여덟 살짜리 남동생이었다. 어미와 아비를 잃고 세상 천지에 오직 둘만 남은 처지에, 혹여 누이마저 저를 버리고 도망가면 어쩔까 겁이 난 겸이는 토사물이 묻은 더러운 손으로 죽어라 향이의 손목을 부여잡고 있었다.

향이는 기어이 그 손을 뿌리치고 나왔다. 혼자 두고 가면 죽일 거라고, 죽여 버릴 거라고 악다구니를 써대며 제 손목을 잡고 놓아 주지 않으려는 남동생의 가슴을 온 힘을 다해 발로 밀어 그 손아귀에서 도망쳤다.

하악, 하악, 하악!

동굴을 벗어나 비탈길을 다 올라 간신히 숨을 몰아쉬며 내려다보았을 때, 겸이는 땀과 눈물과 흙과 나뭇잎이 엉겨 붙어 엉망이 된 얼굴로 엉금엉금, 동굴 밖으로 기어 나오고 있었다. 겸이의 가슴을 찰 때 벗겨진 향이의 낡은 짚신 한 짝을 안고선 "누나! 나두 가! 나두 데리고 가아아!" 하며 울부짖고 있었다.

"죽어! 그냥 거기서 죽어! 제발 좀 죽어!"

향이도 울부짖었다.

짚신 한 짝만 신은 두 발을 동동거리며 앙상히 마른 나뭇가지를 부여잡으며 동굴에서 기어 나오는 동생을 보고 악다구니를 썼다.

겸이가 그 소리를 들었던 모양이었다. 눈물을 흘리다 말고, 울부짖다 말고, 겸이가 비탈길에 선 제 누이를 올려다보았다.

"겸아…… 누나는…… 누나는……."

뭔가 변명을 하려고 말을 고르려는 중, 향이는 기겁을 하고 놀랐다. 울음을 멈춘 겸이가 앙상히 마른 두 팔을 땅에 붙이고 어떻게든 일어서려고 용을 쓰고 있었기 때문이었다.

"쫓아오지 마! 오지 마!"

겸이가 일어나면, 일어설 수 있으면 금세 저를 쫓아와 잡을까 겁이 난 향이는 정신없이 뛰기 시작했다. 도망쳐야 한다는 본능만이 향이를 사로잡고 있었다. 그래서 향이는 보지 못했다. 일어나려다 흙바닥에 구르고, 다시 일어나려다 흙바닥에 구르기를 반복한 끝에 간신히 몸을 일으킨 겸이가 비틀대는 걸음으로 비탈길이 시작되는 부분까지 다가가 제가 손에 쥔 누나의 짚신 한 짝을 놓아 주는 것을. 그리고선 다시 비틀대며 돌아서 후적후적, 조금 전까지 저와 누이가 있었던 동굴로 향해 가는 모습을.

"청향, 오늘은 왜 이리 술이 급하지?"

일현이 또 다시 술잔을 입에 가져다 대는 청향의 손길을 막았다.

"몇 잔째인지 알아?"

"노기(老妓)가 걱정이십니까? 몸이 상할까? 아니면 취하여 주정을 할까? 우리 젊은 서방님은 뭐가 그리 항시 근심이 많으시오니까?"

후훗, 다시 야릇한 웃음소리를 내며 청향이 일현이 뺏어든 술잔을 도로 뺏었다. 그리곤 초로록, 술 한 잔을 다 비우고 일현의 가슴에 제 머리를 기댔다.

"오늘은 밤새 이 노기의 술상대가 되어 주시기로 약조하서 놓고선…… 벌써 싫증 난 것이어요?"

"……무슨 일이 있었어?"

"……아무 일도요."

아무 일도 없었다. 그저 이십여 년 전, 아비도 어미도 잃은 가난한 소녀가 살기 위해 아픈 제 동생을 버리고 도망쳤을 뿐이었다. 그로부터 이레 뒤에야 하필이면 그날이 동생의 생일이었던 것을 알아챘을 뿐, 별일도 아무 일도 아니었다.

정말 아무 일도 아니었다.

"청향?! 당신……?"

일현은 제 맨가슴에 기대어진 얼굴이 젖어 있음에 놀라 청향을 안아 일으키려 하였다. 하지만 청향은 그 손을 마다한 채, 더욱 깊숙이 일현의 가슴에 파고들어 성급한 손길로 일현의 옷자락들을 벗겨 나갔다.

제 6 장 ― 예측불허 (豫測不許)

가

"의주다!"

"드디어 의주다!"

상단의 상인들이 저마다 기쁨의 탄성을 질러댔다. 의주였다. 이 말인
즉슨, 도성에서 천리 길이 넘게 걸어왔다는 소리였다. 이제 의주에서 조
금 더 가 압록강만 건너면 바로 구련성, 즉 중국 땅이었다. 가을비가 유
난히 많이 내리는 바람에 예상보다 조금 더 지체된 길이었기에 상인들
의 기쁨은 더욱 컸다. 중국으로 들어가면 북경으로 향할 상단과 선양으
로 갈 상단 등이 각각 나뉘어 움직일 터였다.

"다들, 긴장들 늦추지 말고, 항시 조심하여 채비들 하시게!"

각 상단의 행수들은 자못 흐트러질 수 있는 상인들의 마음을 다잡기
위해 호령하며 단속을 하고 나섰다. 의주는, 조선과 중국의 국경 도시로
양국을 오가는 상인들이 맞닥뜨리는 곳이다 보니 예상치 못한 싸움이
나는 수도 있었고, 때로는 상인들끼리 해서는 안 될 은밀한 거래들이 오
가기도 하였다. 특히 경통패를 발급받지 못한 개성 상인들이나 의주 상
인들이 도성에서 오는 장사치들에게 커다란 웃돈을 주고 경통패를 사
는 일이 빈번하였다.

물론 나라에서 엄히 금하고 있기는 하나 경통패 하나만 지니고 있으
면 압록강을 건너 책문에서 벌어지는 후시(後市, 밀무역)에서 은과 인삼

등을 조선 땅에서보다 다섯 배에서 크게는 열 배를 넘는 가격에 팔 수 있었으니 위험을 무릅쓰려 하는 이들이 적지 않았다.

돈을 주고 경통패를 사려 하는 이들은 그래도 나았다. 조정에서 밀무역을 경계하기 위해 상인들끼리 경통패를 사고 파는 일을 엄단하기 시작하자 종당에는 상인들을 습격하여 경통패를 빼앗는 일당들도 생겨나기 시작했다. 하여, 중국으로 향하는 상단에서는 이를 막기 위해 여자 상인들은 반드시 남자 보부상들과 함께 움직이도록 하였고, 해가 떨어진 이후에는 보부상들도 객주에서 나가지 말 것을 단단히 주의시켰다.

"알겠나들? 각자, 물건들 잘 챙기고! 괜히 술을 마신다, 투전판을 기웃거린다, 뻘짓들 하지 말고 일찍 잠들이나 자게. 압록강만 건너면 한 고개 넘기가 지금보다 열 배, 스무 배는 힘들다는 거 명심들 하고!"

"예, 나리!"

저마다 으름장을 놓는 각 상단의 행수나 대방들에게 상인들이 일제히 머리를 숙여 보였다. 모두들 긴장 반, 흥분 반으로 얼굴이 조금쯤은 상기된 터였다. 하지만 단 한 사람, 성 의원만이 굳은 표정을 하고 멀리 떨어진 행렬 속 홍란의 모습을 보고 있었다.

'조선 땅을 벗어나는 즉시라 하였으니, 필경 압록강을 건너자마자 일을 꾸밀 것이 틀림없어.'

홍란을 납치한다고 하였다. 변 역관에게 데려갈 것이라고 하였다. 그것을 막기 위해 따라나선 것이었다. 이럴 때일수록 홍란의 곁에서 바짝 신경을 곤두세워 혹시 있을지 모를 불상사에 대비하여야만 했다. 하지만 성 의원은 홍란의 곁에 다가갈 수가 없었다. 홍란의 얼굴을 보면 어쩐지 볼이 붉어질 것 같아 멀찍이 떨어져 지켜볼 수밖에 없었다.

지난밤, 용천 객주에서 성 의원이 눈을 뜬 것은 사방이 온통 깜깜하기만 한 깊은 밤이었다. 머리가 깨질 듯 아프고, 온몸이 누군가에게 밤새 두들겨 맞은 것처럼 욱신욱신거렸다. 가슴을 짓누르고 있는 여러 채의 이불도 갑갑하고 무거웠다.

"으……."

목이 말랐다. 입술이 바짝 말라 입 안에서 잇몸과 철썩 달라붙으려 하고 있었다.

"자리끼가……."

쉽게 제 맘대로 움직여지지 않는 몸을 일으켜, 머리맡에 두었을 자리끼를 찾으려 어둠 속을 두리번거리던 성 의원은 생각지도 못한 광경에 끔뻑, 끔뻑, 눈꺼풀만 움직여 댔다. 한 여인이 제가 덮고 있는 이불 위에 엎드려 고개를 묻은 채 잠이 들어 있었다.

"왜……?"

얼굴을 이불 위에 묻은 탓에 뒤통수밖에 보이지 않았지만, 홍란임이 분명했다. 거기다 어느새 어둠에 익숙해진 눈에는 자신의 오른손이 홍란의 가는 손목을 단단히 쥐고 있음도 보였다.

"……!"

그제야 화들짝 놀라 손목을 놓자, "으흐음……" 하는 신음을 내며 홍란이 비스듬히 고개를 돌렸다. 계속 앉은 채 엎드려 잔 것이 불편했던지 미간에는 작은 주름도 잡혀 있었다.

'밤새 이러고 있어 준 것이오?'

성 의원은 아직도 제법 무거운 머리와 몸을 움직여, 이불들 속에서 살짝 빠져나왔다. 그리곤 몇 번을 망설이다가 살그머니 홍란이 기대고 있는 이불자락들을 살살 당겨 조금씩 홍란의 몸이 미끄러지게 하였다. 스르륵, 툭. 마침내 내내 앉아 엎드린 자세였던 홍란의 몸이 옆으로 기울어 쓰러졌다. 성 의원은 혹시 홍란이 잠을 깨지는 않나 긴장하여, 숨을 죽이고선 홍란의 기색을 살폈다. 다행히도 잠이 깬 것 같지는 않았다. 아니 되려, 내내 불편하기만 했던 자세에서 자유로워진 탓인지 홍란은 입가에 미소까지 띠운 채, 푹신한 이불들을 그러모아 안고선 그 이불자락에 몇 번이고 뺨을 문지르며 편안해진 잠자리를 즐겼다.

차가운 벽에 머리를 기댄 채 성 의원은 잠든 홍란의 얼굴을 원 없이 바라보았다. 다시는 오지 않을 기회임을 알기에 눈 한 번 끔뻑이는 것도 아까워하며, 얕은 숨소리를 내며 잠에 빠져 있는 아름다운 여인의 모습을 만끽하였다. 희미한 달빛이 어두워서 잘 보이지 않는 것이 아쉬웠다. 달빛이라도 문틈을 비집고 들어와 줬으면 좋으련만, 무정한 달님은 실낱같은 빛 한 자락 들여보내 주지 않고 있었다.

'잠시만…… 괜찮겠지?'

여전히 머리가 띵, 했다. 치밀어 오르는 열기 때문에 눈앞이 후끈후끈했다. 그래서 성 의원은 평소의 저라면 절대 하지 않을 행동을 했다. 홍란의 바로 곁에, 흡사 홍란을 마주 보는 것과 같은 자세로 옆을 향해 누웠다. 성 의원의 얼굴과 홍란의 얼굴 사이는 다섯 치(15cm)도 되지 않았다. 작게 열린 입술 사이로 홍란의 숨이 들어가고 나왔다. 감은 눈꺼풀 밑으로는 긴 속눈썹이 얌전히 드리워져 있었다. 버선코마냥 매끈하게 뻗은 콧날이며 그 밑의 도톰한 입술에 이르기까지 성 의원은 제가 연모하는 여인의 생김새 하나하나를 눈에 담았다.

그러다 다시 잠이 들었을 때, 성 의원은 누구에게도 말할 수 없는 꿈을 꾸었다. 실오라기 하나 걸치지 않은 홍란과 제가 운우지정(雲雨之情, 남녀가 육체적으로 나누는 사랑)을 나누는 망측한, 그러나 어쩌면 지극히 사내다운 욕망이 서려 있는 꿈이었다.

그래서 성 의원은 깨고 나서는 줄곧 홍란을 피해 다녔다. 아무 일도 없었던 듯 그렇게 무심히 홍란을 대하기에는 너무나 생생하고 망측한 꿈이었기에, 홍란을 보고 볼을 붉히지 않을 자신이 없어, 홍란의 곁에 가까이 갈 수조차 없었던 것이다.

의주의 사내가 그리 눈앞의 여인을 피하며 마음을 졸일 때, 도성의 사내는 유난히 별이 쏟아질 듯 총총한 밤하늘을 올려다보며 한껏 여인을 그리워하고 있었다.

'홍란, 의주는 도적이 많다네. 무뢰배도 많다 하네. 잘 가고 있어? 무사는 한 건가? 무정한 사람. 꿈에라도 잠깐 나타나 주지. 어찌 그리 매정해? 돌아오면 벌을 줄 거야. 무지무지 무서운 벌을 줄 테야. 그러니 빨리 돌아와. 어서 돌아와. 아니, 아니야. 서두르지 않아도 좋아. 조금 늦춰져도 좋아. 그저 몸 성히, 무사히, 안전하게……'

학이 밤하늘을 향해 두 팔을 뻗었다. 머리 위 높디 높은 곳에서 반짝이는 별빛이 제가 사랑하는 여인의 눈빛을 닮은 것만 같아, 손을 뻗으면 그 고운 빛에 닿을 수도 있을 것 같아, 한껏 높이 발뒤꿈치를 들고 두 팔을 길게길게 하늘을 향해 뻗어 보았다.

'어서 돌아와, 돌아만 와! 내 여인!'

의주에서 압록강은 단 오리 길(약 2km 남짓), 그야말로 지척이었다.
하지만 단숨에 압록강을 건너는 상인들은 아무도 없었다. 압록강 하류인 중강지역에서 벌어지는 개시(開市, 중국과의 공식적인 무역 장소)에서 지금껏 들고 지고 이고 온 물건의 약 삼할 정도를 팔아 장차 중국에서 상품을 구입할 때 필요한 자금과 조선과 중국의 국경을 통과하면서 낼 세금을 마련했다. 개시에서 적당한 거래를 하지 못한 상인들은 압록강 건너 책문에 가서 밀무역을 통해 자금을 마련하기도 했다. 물론 상인들에게 있어 이문은 책문의 후시(後市, 밀무역)에서 얻는 것이 훨씬 더 쏠쏠하였다. 그러기에 많은 상인들이 위험을 감수하고서라도 책문에 가서 거래를 하는 경우가 많았다. 밀무역을 단속하는 중국과 조선, 양쪽의 관리들이 있긴 하였지만 그들마저도 밀무역에 끼어들어 적지 않은 돈벌이를 하고 있었으니, 책문의 밀무역은 크게 동티가 나지 않는 한 그리 위험하지는 않다, 고 믿는 상인들이 많았다.

"하암, 아까 낮에 중국서 돌아온 여편네 말을 들으니까, 좀 힘들더라도 중강 가서 팔지 말고 책문까지 갖고 가라 그러대! 책문서 파는 게 두 곱절, 세 곱절 더 이문 남는다고."

좁은 객방 안, 홍란의 건너편에 앉은 여상인이 길게 하품을 늘어놓으며 곁의 장사치에게 말을 걸었다. 지금 객방에는 거의 열 명이 넘는 여상인들이 어깨를 다닥다닥 맞댄 채 들어 있었다. 서너 명이면 꽉 찰 방에 열 명이 넘게 들어차 있으니 발 뻗고 누울 만한 공간이 없는 것은 당연했다. 그러기에 다들 앉은 채 벽에 머리를 기대 잠을 청하고 있는 중이었다. 그중에는 홍란과 진안댁도 있었다.

"에이, 성님두?! 그걸 누가 모르나요? 근데 요즘 부쩍 책문 단속이 심하대요. 책문에서 몰래 사고 파는 것 때문에 걷혀야 할 나랏돈이 덜 걷힌다나 뭐라나 하면서 관리들이 눈에 불을 켠다던데?!"

"어이구? 지랄염병?! 지들이 앞장서서 할 때는 언제고?"

"홍란이, 자네는 어쩔 텐가? 자네도 책문 가서 팔려나?"

저들끼리의 수다 끝에 여인 중 하나가 홍란에게 말을 걸었다. 하지만 홍란은 답을 하지 않았다. 여인네들의 시선이 일제히 홍란에게로 향했다.

"이보게, 홍란이?"

분명 두 눈은 뜨고 있었다. 어느새 잠에 곯아 떨어져 벽에 열심히 머리를 비비고 있는 진안댁과 달리 벽에 등을 맞댄 채 무릎을 끌어안고 앉아 있는 홍란이었다. 그런데 바로 곁에서 말을 걸어도 들리지 않는 듯, 그저 멍하니 방바닥을 응시하고 있는 홍란의 모습이 수상하여 아낙들의 낯빛이 굳어지고 있었다.

"홍란이?"

홍란의 곁에 앉은 중년 여인이 홍란의 어깨를 슬쩍 흔들었다.

"무슨 생각을 그리 골똘하…… 아이구머니!"

여인의 비명과 함께 방 안 다른 여인네들의 입에서도 동시에 "엄마야!" 하는 비명이 터져 나왔다. 여인의 손길에 홍란의 몸이 힘없이 푹, 앞으로 꼬꾸라진 탓이었다. 그 소란스러움에 눈을 뜬 진안댁이 깜짝 놀라 얼른 홍란을 품에 안았다.

"이보시게! 이보시게! 눈 좀 떠 보시게! 이게 무슨 일이래?!"

진안댁의 팔에서 홍란의 고개가 힘없이 축, 늘어뜨려졌다.

"어유! 어유! 어유유! 누가 가서 의원을 좀 불러와야 하는 거 아닌가?!"

"문 대방 어른! 문 대방 어른 상단에 의원님이 계시네! 그분을 어서!"

여인네들의 방에서 한 여인이 뛰쳐나간 지 얼마 안 돼, 성 의원이 헐레벌떡 뛰어들어 왔다.

'고뿔에 걸리셨다 그러더니, 얼굴이 많이 상하셨네!'

진안댁이 그리 생각할 정도로 성 의원의 얼굴은 하얗게 질려 있었다.

"무슨 일입니까?"

감겨 있는 홍란의 눈꺼풀을 까뒤집어 살피며, 또한 벌겋게 열이 오른 얼굴 여기저기를 살피며 성 의원이 누구에게랄 것도 없이 물었다.

"저녁께부터 몸이 으슬으슬하다고는 했는데……."

"그러고 보니 어쩐지 밥술 드는 것도 시원찮았던 것 같기도 해."

"어쩐지 낮에 걷는 것도 좀 휘청휘청했던 것도 같고?"

"에이그, 의주까지 왔다고 긴장이 풀려서 길병 난 거 아냐?"

"그럴 수도 있겠네!"

물음 하나에 답이 여러 개가 돌아왔다. 그 답들을 신경 써 들으며 진맥을 위해 급히 챙겨온 제 짐 속에서 명주 천을 꺼내 홍란의 손목에 두르다 말고, 성 의원의 손길이 잠시 멈췄다. 소매를 걷어 올려서 나온 손목이 너무나 가는 것에 놀랐고, 또 그 새하얀 손목에 뚜렷이 남아 있는 멍 때문에 놀란 까닭이었다.

'내가 만든…… 자국이오?'

죄책감에, 또 걱정 반 호기심 반으로 저와 홍란을 유심히 보고 있는 여인네들의 시선을 피하고자, 성 의원이 얼른 홍란의 소매를 내려 보랏빛 자국을 감췄다.

"진맥을 위해 일단 병자를 조용한 곳에 뉘어야겠습니다. 다른 방은 없습니까?"

성 의원의 물음에 여인네들이 안쓰러운 얼굴을 하고선 일제히 고개를 저었다.

"우리 아가씨도 간신히 쪽방 하나 빌려 들었는걸요? 방이 남아 있을 리가 없지요."

진안댁이 울상을 하고선 답을 했다. 그 말에 여전히 의식을 잃고 있는 홍란을 내려다보며 암담해 하던 성 의원의 눈이 번쩍 빛났다.

"······좀 비켜 주시오."

성 의원이 엉거주춤 일어나 홍란의 등과 무릎 밑에 손을 넣고선 "홋!" 하며 힘을 주더니 홍란을 안고서 벌떡 일어났다.

"어머낫!"

"아이구머니!"

단번에 홍란을 안아 들고 선 사내의 모습에 방 안 여인네들이 부러움인지 놀라움인지 모를 탄성을 질렀다.

"아가씨 방이 어디요?"

성 의원이 놀라서 휘둥그레진 눈으로 저를 올려다보고 있는 진안댁에게 물었다.

"예? 아, 예······."

그제야 엉거주춤 일어나 먼저 방을 나서는 진안댁의 뒤를 성 의원이 홍란을 소중히 품에 안고 따랐다.

"괜찮아요?"

상지 낭자가 막 홍란의 진맥을 마치고 물러앉은 성 의원에게 물었다.

조금 전, 갑자기 진안댁과 함께 들어와 자리 좀 내어 달라고 청하는 성 의원에게 상지 낭자는 두말없이 아랫목을 내어주었다.

"왜요? 많이 탈이 난 거예요? 어쩌지?"

홍란을 안고 들어왔을 때보다, 진맥을 짚기 시작했을 때보다, 한층 더 심각하게 굳은 성 의원의 표정을 보고 상지 낭자가 근심에 차 물었다. 몇 번이나 진맥에 진맥을 거듭한 성 의원의 태도도 상지 낭자를 근심케

한 이유가 되었다.

"의원님……?"

대답 없는 성 의원을 상지 낭자가 다시 불렀다.

"아, 예."

"많이 탈 난 거예요? 더는 길을 갈 수 없을 정도로?"

"글쎄요…… 아마도 그래야 될 것 같습니다만."

"왜요? 무슨 병인데요?"

더는 장사 길에 나설 수 없다는 성 의원의 말에 상지 낭자도, 진안댁이고 많이 놀란 듯했다.

"어제까지도 멀쩡했었는데…… 도대체 무슨 병인데요?"

"어디가 아픈 겁니까?"

또 다시 물어 대는 두 여인에게 답도 하지 않고, 홍란의 목까지 이불을 꼼꼼히 잘 덮어 준 성 의원이 자리에서 일어났다.

"옮는 병은 아니니 방은 이대로 함께 쓰셔도 상관없습니다."

"어디가 아픈 건지 말씀 안 해 주실 건가요?"

진안댁이 엉거주춤 따라 일어서며 물었다.

"……깨어나면 그때 알려 드리지요. 번거롭겠지만 깨어나거든…… 부르러 와 주겠소?"

진안댁이 무겁게 고개를 끄덕이자 성 의원이 침통한 얼굴로 방문을 열고 나갔다.

그렇게 상지 낭자의 객방에서 멀어져 가는 성 의원의 뒷모습을 보며, 어둠 속에서 그림자 사내가 제 턱을 거칠게 쓸어 넘겼다.

'더는 길을 가지 못할 수도 있다? 병에 걸려서? 이것을 기뻐해야 하는 것인가, 슬퍼해야 하는 것인가?'

그림자 사내가 상지 낭자의 객방 쪽을 돌아다보며 눈살을 찌푸렸다.

한편, 두어 개의 마당을 지나 몇 채의 객방을 건너 제가 묵고 있는 방으로 향하는 성 의원의 걸음은 무겁기 짝이 없었다. 전날의 고뿔이 덜나아서가 아니었다. 몇 번이나 거듭하여 짚어 본 진맥의 결과 때문이었다. 처음에는 잘못 짚은 줄만 알았다. 처음엔 제 고뿔이 옮은 줄 알았다. 하나 고뿔이라고는 볼 수 없는 미묘한 맥이 신경 쓰였다. 그래서 다시 짚었다. 심상치 않은 결과에 또 다시 짚었다. 하지만 몇 번을 거듭하여 다시 짚어 보아도 미약하게 감지되는 맥은 분명 임신맥(姙娠脈)이 틀림없었다. 그랬다. 홍란의 뱃속에 아이가 자라고 있었다.

그간의 심신의 피로함을 모두 보충하려는 듯 수시로 깨었다, 다시 의식을 잃기를 반복하던 홍란은 이틀 후 늦은 저녁이 될 때까지도 완전히 의식을 회복하지 못했다. 그 사이 내내 홍란은 성 의원은 물론이요, 상지 낭자와 진안댁의 보살핌을 받았다. 성 의원은 홍란을 위해 부러 객주 인근의 약방에 들러 동충하초와 참당귀, 인삼 등의 재료를 구해 탕약을 끓였다. 우선 임신으로 인해 부쩍 약해져 있는 홍란의 체력을 키우고, 임신 초기에 빈번히 일어날 수 있는 유산을 방지하기 위한 약이었다. 물론 상지 낭자와 진안댁에게는 임산부를 위한 탕제임은 밝히지 않았다. 아직 홍란이 머리를 올리지 않은 처지인 만큼 섣불리 임신 사실을 밝힐 수는 없었다.

'왜……왜 그 사람은 이런 당신을 먼 길을 떠나게 둔 것이오?'

탕약을 수저로 떠 홍란의 입 안으로 조금씩 흘려 넣어주며, 성 의원은 누구인지도 모를 홍란의 정인(情人)을 원망하였다.

'정인(情人)이 생겼으면 그와 혼례라도 올릴 일이지, 어쩌자고 이 위험

한 길을 떠난 것이냔 말이오?'

답을 해 줄 리 없는 홍란을 보고서도 분통을 터트렸다. 제 몸 상태도 모르고 이리 험한 여정을 계속하고 있는 홍란이, 아이를 가진 것도 모르고 밤새 고뿔에 걸린 제 곁에 있어준 홍란이 참으로 둔하고 어리석은 여인이다 싶었다.

'빨리 일어나오. 누구인지 모르지만, 세상에서 가장 운이 좋은 그 사내에게 얼른 돌아가야 하지 않겠소.'

"의원님?"

"……!?"

홍란에 대한 복잡한 생각에 어두운 마당을 몇 갠가 거쳐, 제가 묵고 있는 방으로 가려던 성 의원의 앞에 웬 사내 하나가 불쑥 나타났다. 갑작스러운 사내의 등장에 성 의원은 일순 긴장으로 뻣뻣이 몸을 굳혔지만, 이내 사내 편에서 등롱을 들고 허물없이 웃는 낯을 보여 주자 순식간에 경계심을 풀었다. 등롱에 비친 사내의 얼굴은 성 의원도 익히 잘 알고 있는 얼굴이었기 때문이었다.

"……!"

뱃전에서 깜빡, 졸고 있던 홍란은 무슨 소리엔가 놀라 깨어 주위를 두리번거렸다. 어느새 밤이었다. 청둥오리의 머리 빛깔처럼 푸르다 하여 압록(鴨綠)이라 이름 붙여진 강은 제법 물살이 거셌다. 뱃사공들이 어이차, 어이차, 구령을 맞추어 열심히 노를 젓고는 있었지만 배가 앞으로 나가는 속도는 더디기만 하였다.

홍란이 깜빡 잠들기 전에 보았던 강 건너의 구련성 모습은 아직도 그리 가까워 보이지는 않았다.

371

"왜요?"

홍란의 곁에 앉아 다른 사내들로부터의 호기심 어린 시선을 막아 주고 있던 수평이가 홍란의 태도에 고개를 갸웃거렸다. 상지 낭자와 진안댁은 목 행수나 문 대방, 다른 역관들과 함께 더 규모가 큰 배에 올랐고, 홍란은 수평이와 함께 상인들이 오른 조금 작은 나룻배에 탄 참이었다.

"아, 아니요. 누가 부른 것 같아서……."

"참, 그러고 보니 말이요."

수평이 홍란의 곁에 고개를 기울이고는 목소리를 낮춰서 은밀히 속삭였다.

"저쪽 배 끄트머리에 앉은 사내 보이우? 수염이 덥수룩한 사람 말이오."

"어디요?"

홍란이 수평이 가리키는 쪽을 보려고 고개를 돌리려는데, 수평이 얼른 세차게 도리질을 하고는 눈짓을 끔뻑끔뻑하였다.

"티 나게 돌아보면 어쩌시오? 슬그머니 봐야지요, 슬그머니."

수평이 이르는 대로 홍란이 제 등 뒤의 짐을 챙기는 척하며, 슬며시 수평이 이른 사내를 보았다. 길 중에 몇 번 본 적이 있는 사내였다. 모자 장수라고 들었던 것도 같고, 종이 장수라고 들은 것도 같은데 머리가 멍한 탓인지 잘 기억이 나지 않았다.

"저 사내가 왜요?"

"어쩐지 심상치가 않소. 아까 관문에서 짐 검사를 받을 때부터 저 사내가 그쪽을 계속 흘끔거리는 것 같더란 말이오. 좀 전에도 그쪽이 조는 내내 눈을 이리, 가늘게 뜨고는 계속 노려보고 있지 뭐요?"

수평이 목을 움츠려 겁이 난다는 투로 혀를 내둘렀다.

"이제 두어 식경이면 구련성에 닿을 것 같은데, 배에서 내리더라도 내 뒤에 꼭 붙어 있으시오. 오늘은 암만해도 노숙을 해야 할 것 같은데, 중국 땅에는 댁처럼 곱상한 조선 여인들만 따로 노리는 무뢰배들이 적지 않다 하니 한 걱정이오. 저 사내도 건너편에 동패가 기다리고 있을 줄 어찌 알겠소?"

수평의 이야기에 홍란은 문득, 성 의원이 해주었던 이야기가 떠올랐다. 몸조심을 하라고 몇 번이나 주의를 주었던 성 의원이었다. 아파 누운 중에도 성 의원이 탕약을 달여다 주었다는 소리를 들었다. 긴히 할 말이 있는 것 같은 눈치였다는 말도 들었다.

'의원님은 무사히 배에 타셨으려나? 무슨 이야길 하시려고 했던 거지?'

흘끔, 등 뒤의 사내를 돌아보며 홍란이 보이지 않는 이를 걱정하였다.

"으아아!"

그 시각, 의주 땅의 외딴 산채에서는 사내의 짙은 고함소리가 터져 나오고 있었다.

"풀어 줘! 당장 풀어 달란 말이다!"

성 의원이 눈이 가려진 채 산채 곳집(창고) 기둥에 묶여 있었다.

"풀어 줘! 풀어 달라고! 으아아아!"

성 의원은 다시 몸을 뒤틀며 포효를 내지르는데, 삐거덕 소리를 내며 곳집 문이 열리는 기척이 들렸다. 자세히 귀를 기울여 보니 누군가 들어오는 소리도 들렸다.

"누구? 나한테 왜 이러는 거지?!"

성 의원이 점점 가까이 들리는 발자국 소리의 임자에게 물었다.

"얌전히만 있으면, 상하지 않을 거요. 이레, 이레만 이대로 얌전히 있으시오."

곳집 안으로 들어온 이가 나지막한 소리로 그리 말한 후, 성 의원의 입에 재갈을 물렸다.

"얌전해지면 재갈은 이내 풀어 주리다. 밥도 먹여 줄 것이고, 뒷간도 자유롭게 가게 해 줄 것이오. 단, 얌전해지면 말이오."

사내는 여전히 "읍읍!!" 하며 소리 내기를 포기하지 않는 성 의원을 잠시 내려다보더니 곳집을 나섰다. 성 의원은 홍란에게는 그리 조심하라 해놓고, 정작 부주의하게 함정에 빠지고 만 자신의 어리석음을 저주하며 기둥과 저를 하나로 묶은 밧줄을 풀기 위해 또 다시, 아무 소용없는 헛심을 쓰기 시작하였다.

가야 했다. 홍란에게 알리지 않으면 안 되는 일이 있었다.

"다 왔소!"

밤이 늦어서야 드디어 배가 구련성에 도착했다.

보통 의주에서 구련성까지는 예닐곱 시간이면 도착하고도 남았지만, 며칠 전의 빗물로 강물이 어지간히 불어난 통에 도강(渡江) 시간은 훨씬 더 길었다. 그러기에 뱃사공이 구련성에의 도착을 알리자마자, 장사치들은 저마다 졸린 눈을 비비며 서둘러 제 짐들을 챙겨 내릴 준비에 바빴다. 개중에는 서로 먼저 내리려고 어깨를 밀치는 작자들도 있었다.

그도 그럴 것이 오늘 밤은 천막 안에서 묵을 상단의 행수나 대방들, 그리고 역관들과 그 일행들을 제외하면 대부분 노숙을 해야 했기 때문이었다.

"어서 와."

앞배에 탔었던 상지 낭자와 진안댁이 배에서 내리는 홍란과 수평을 반겼다. 그 곁을 같은 배에 탔던 수상한 남자가 태평한 표정으로 슬그머니 지나쳤다.

"늦었네? 우리는 벌써 두 식경 전에 도착했는데."

상지 낭자는 홍란에게 강가에서 서른 걸음 이상 떨어진 곳에 쳐진 엎어진 종 모양의 천막을 가리켜보였다.

"저기가 우리 천막! 자네도 같이 가. 오늘은 저기서 같이 자자고."

"괜찮습니다. 그렇게까지 폐를 끼칠 수는 없어요."

천막은 기껏해야 서너 사람이 묵을 수 있을 만한 크기였다. 거기에 상지 낭자와 진안댁, 그리고 만만치 않은 양의 짐까지 부리고 나면 사람 하나 더 눕기에는 비좁을 것이 틀림없었다.

"폐는 무슨! 자네가 생강을 챙겨 준 덕분에 뱃멀미도 안하고 편히 왔는걸?! 아버지도 그러라고 하셨어. 실은 말이야,"

상지 낭자가 멀리에서 상인들을 지휘하기에 바쁜 목 행수를 가리키며 쿡쿡, 웃음을 흘렸다. 그리곤 아직도 파리한 안색의 홍란을 제 천막 쪽으로 잡아 이끌며 조잘조잘 수다를 떨어댔다.

"아버지도 멀미를 하셨지 뭐야?! 지금껏 사내는 멀미 따윈 하지 않는 법이라고 그리 자신만만하셨는데, 오늘 물살이 제법 거셌잖아. 그 때문에 뱃멀미가 났나 봐. 한참을 웩웩, 거리시다가 내가 들고 있는 생강을 보고는 어찌나 반색을 하시던지. 후훗."

"말도 마우. 우리 아가씨 진짜 지독한 분이시라니까요?"

진안댁이 홍란의 짐을 제가 대신 들어주며 말을 받았다.

"세상에 다른 사람도 아니고 행수 어른이 멀미를 하시는데, 그 생강 반쪽을 얼마 주고 사시겠냐고 흥정을 하더라니까요? 그래 놓고는 기어이 쌀 열 섬 값을 받고서야 생강 반쪽을 찢어 주신 거 있죠?"

생강은 아침 나절 객주에서 짐을 꾸릴 때, 홍란이 상지 낭자에게 가져다준 것이었다. 뱃멀미가 날 때 생강 냄새를 맡거나 생강 조각을 씹으면 한결 멀미 증세를 덜 수 있다는 충고를 덧붙이면서. 예전 송 대방에게 일을 배울 때, 귀동냥으로 들어 알게 된 것을 떠올렸던 것이었다.

"그러니까 미안해 하지도 말고 부담도 가지지 마시우. 그쪽이 준 생강 덕분에 아가씨는 멀미도 안 하고 더불어 큰돈도 버셨으니까. 어차피 밤새 시끄러워서 잠을 깊이 잘 수 있을지 없을지도 모르니, 우리 아가씨 말동무 한단 셈 치고 함께 갑시다, 응?"

"……마음 써 주셔서 고맙습니다. 그럼, 염치없지만 베풀어 주신 호의를 기꺼이 받들겠습니다."

홍란이 더는 고집을 피우지 않고 순순히 따르기로 하였다. 실은 여독과 고뿔이 아직 완전히 씻기지 않은 탓인지 몸이 천근만근이었다. 이 상태로 한뎃잠을 자다가는 다시 호되게 앓을 것 같은 예감이 들었다. 원래 몸을 아끼는 성격은 아니었는데도 이번만큼은 왠지 자꾸만 조심스러웠다. 선양까지는 아직 오백 리(200km) 길이 남았다. 그 길은 지금까지 온 길에 비해 짧은 거리이긴 했으나, 가는 시간은 훨씬 더 많이 걸릴 정도로 험난한 길이었다. 가파르고 험준한 언덕과 수없이 많은 강이 연속으로 이어져 있는 길이었다. 때로는 하루에 두 고개를 넘어야만 하기도 하고, 그 고개를 넘기 위해 하루에 몇 개나 되는 강을 건너야 하기도 했다. 새벽에는 자욱한 안개가, 낮에는 요동벌의 먼지가, 저녁에는 북방의 시린 찬바람이 길 가는 이들을 괴롭혔다.

모두 송 대방 어른에게 귀에 못이 박히도록 들어 알고 있는 사실이었다. 그때만 해도 힘들 거라고, 어려울 거라고 몇 번이나 충고를 들었을 때만 해도 그다지 겁이 나진 않았었다.

하지만 지금은 달랐다. 홍란은 어쩐지 남은 길이 자꾸만 버거워졌다. 이상하게 겁이 났다.

'몸 상태가 안 좋아서 그런 걸 거야. 그래, 하룻밤 푹 잠들고 나면 내일은 분명 달라질 거야.'

홍란은 쏟아지는 졸음을 애써 참으며, 제 자신에게 그리 일렀다. 내일은 부디 가뿐한 몸으로 길을 나설 수 있기를 바라며…….

"계집은?"

노숙을 하는 장사치들과 연달아 쳐진 천막들에서 떨어진 숲의 한가운데, 복면으로 얼굴을 가린 사내가 제 앞에 등을 돌리고 선 수평에게 물었다. 두 사람은 서로 반대편을 향해 돌아서 주위를 경계하고 있는 중이었다.

"목 행수 쪽 천막 안에 들었소."

"행수가 왜! 혹시…… 행수가 그 계집을 불렀던가?!"

사내의 음성이 날카로워졌다.

"아니오. 행수의 딸이 계집을 아껴 제 천막으로 부른 것이외다. 여기까지 오는 동안 간간히 그 딸의 시중을 들어준지라, 서로 간에 정이 제법 깊소."

"일은 어렵지 않겠는가?"

"어렵지 않소. 다만……."

"다만?"

"누군가 있는 것 같소. 상단의 일원으로 위장해 여기까지 동행한 이가 있소."

"누가……?"

"……정체는 알지 못하오. 다만 미리 손을 좀 써 줘야겠소. 그리만 해 준다면 예정대로 일을 진행하리다."

"필요한 게 뭔가?"

사내의 물음에 수평이 스윽 뒷걸음질로 사내의 곁에 가 섰다. 그리곤 그 귀에 무엇인가를 한참 동안 속삭였다.

"그자가 확실은 하고?"

다시 사내가 물었다.

"십중팔구."

수평이 짧게 답했다.

"계집은 책문에 닿는 대로 건네주리다."

수평이 제 서늘한 얼굴에 문득, 헤실헤실한 웃음을 지어 보였다. 사람 좋은 얼굴이었다. 겉과 속이 다르다고는 생각되지 않는 선한 웃음이었다. 하지만 복면 쓴 사내는 마주 웃을 수가 없었다. 비단장수에게 일을 배우는 얼치기 장사꾼인 양 하고 있는 눈앞의 청년이 실은 돈만 주면 제 혈육조차 눈 깜짝 안 하고 베어 낼 잔인한 인간임을 익히 잘 알고 있기 때문이었다.

쿵! 쿵! 새벽 일찍, 성 의원에게 아침거리를 가져다주려 곳집 쪽으로 향하던 사내는 곳집 안에서 들려오는 심상치 않은 소리에 얼굴을 일그러뜨렸다.

'무슨 소리지?'

사내가 얼른 곳집으로 달려가 문을 열었다.

쿵! 쿵! 재갈에 눈이 가려진 채 제가 묶인 기둥을 향해 연신 뒷머리를 내려찧던 성 의원이 문이 열린 소리에 잠시 동작을 멈추더니, 다시 조금 전보다 더 세게 기둥에 뒷머리를 찧었다. 언제부터, 얼마나 세게 그랬던지 몰라도 이미 뒤통수에서 흘러내린 피가 성 의원의 목깃을 시뻘겋게 적시고 있었다.

"이…… 이…… 이 사람이!"

사내가 들고 있던 개다리소반을 내팽개치고 얼른 달려들어 성 의원을 말릴 양으로 머리통을 잡았다. 하지만 성 의원이 세차게 도리질을 하여 사내의 손을 떨쳐냈다. 사내는 제 손에 묻어 나온 흥건한 피에 놀라 얼른 성 의원의 입에 물렸던 재갈을 풀어 냈다. 그리곤 조금 전 소반 위를 덮었던 상보를 가져와 성 의원의 뒤통수에 가져다 대었다.

"죽으려고 환장했소?!"

성 의원이 다시 기둥에 제 머리를 찧으려 하자 사내가 얼른 성 의원의 목을 잡아, 더는 움직이지 못하게 힘을 주었다.

"이렇게 나오면 손가락 하나, 발가락 하나 움직이지 못하게 꽁꽁 묶어 두는 수밖에 없소!"

"……그래 보시든가. 그런다고 내가 자진하는 걸 막을 수 있을 것 같아?"

성 의원이 어금니를 단단히 문 채 제 결연한 의지를 드러내 보였다.

"그런……."

"불가능할 것 같은가? 명색이 의원이라는 자가 제 목숨 하나 어쩌지 못할 것 같나?! 그럼, 어디 한번 두고 보시게. 내가 죽나, 안 죽나!!"

"……그쪽이 죽든 말든 내가 관심도 없다면 어쩌려고 이러오?"

짐짓 냉정을 가장해 사내가 물었지만 그 목소리에 깃든 작은 흔들림을 성 의원은 놓치지 않았다.

"죽이려 들었다면 진작 죽였겠지! 근데 아니잖아아!"

성 의원이 버럭 소리를 질렀다. 악밖에 남지 않은 듯, 곳집 지붕이 들썩거릴 정도였다.

"이레 동안 나를 잡아 두겠다고?! 차라리 죽여 버리면 훨씬 더 손쉬울 텐데?!"

"……정말 이러면 죽여 버릴 수도 있소!"

"그러니까아!"

다시 성 의원이 목에 핏대를 세워 가며 소리를 질렀다.

"이럴 거면 죽이라고오! 나를 못 가게 할 거면 죽이라고!"

사실 성 의원도 확신은 없었다. 과연 자신의 목숨을 가지고 도박을 할 때 그것이 먹혀들지, 아닐지. 하지만 다른 방도가 없었다. 홍란에게 닥쳐올 위험이 뻔한데, 여기서 죽치고 앉아 있을 수만은 없었다. 그러기에 사내가 아침밥을 가지고 올 때쯤을 노려, 기둥에 머리를 박기 시작했다. 혹시나…… 하는 생각에서였다.

한 가닥 작은 희망을 걸어 본 건, 바로 자신을 대하던 사내의 태도였다. 갑작스레 보쌈을 당하듯 납치를 당했지만 어쩐 일인지 사내는 제게 거칠게 굴지 않았다. 눈을 가리고 기둥을 묶고 재갈을 물리긴 하였지만, 저를 다치게 하지 않으려는 듯 조심스러워하는 기색이 엿보였다.

그거 하나에 전부를 걸었다. 죽기 살기의 내기를 걸었다.

"정말이야! 내 의지가 아닌 한, 살아서 이곳을 나갈 생각은 없어! 그러니 송장을 치고 싶지 않거든 풀어 주는 게 좋을걸?!"

'어쩐다? 이 작자…… 진짜 일을 칠 기센데? 아니 것보다…… 저렇게 피를 계속 흘리는데 그냥 내버려 둬도 되려나?'

자신이 처한 난처한 상황에, 사내가 얼굴을 찌푸렸다. 일을 맡을 때에는 이렇게 귀찮은 일이 될지 몰랐다. 그저 계집에서 성 의원이라는 작자를 떼어내 이레 동안 움직이지 못하게 맡아 두기만 하면 되는 일이었다. 절대로 다치게 해서는 안된다는 단서가 붙어 있긴 했지만, 시간이 될 때까지 그저 얌전히 데리고만 있으면 될 줄 알았다. 점잖은 의원이라기에, 설마 이렇게 제 목숨을 담보로 성화를 부릴 줄은 꿈에도 몰랐던 것이다.

"알겠소? 우리 행수가 각별히 당부하신 일이오. 절대, 절대, 하늘이 두 쪽 나는 한이 있어도 그 성 의원이라는 자를 상하게 하면 아니 되오!"

도성에서 온 자는 제 행수의 명을 전하며 한 마디를 더 얹었다.

"명심하시오. 역관 나리가 이 땅에 없는 지금, 돈줄을 쥐고 계신 분이 과연 뉘신지."

돈줄은 곧 목숨줄이었다. 목숨줄을 쥔 이의 명은 절대 거부할 수 없는 것이었다.

'놓아 주는 것과 죽게 내버려 두는 것.'

도성의 행수가 바라는 것을 미루어 짐작해 본다면 결국 답은 뻔했다. 하여 사내는 내키지 않는 손길로 성 의원의 몸통을 묶었던 밧줄을 풀어 주기 시작하였다.

"가린 눈은 내가 사라지고 난 뒤에 푸시오."

"……고맙다고 해야 하나?"

사내가 밧줄을 풀어준 후에도 성 의원은 사내가 시킨 대로 눈을 가렸던 천을 풀지 않고 가만히 앉아 있었다. 사내가 여전히 저를 보고 있음이 느껴진 까닭이었다.

"……왜?"

왜 아니 가고 있냐는 물음이었다.

"이 악물고, 배에 힘주시오."

사내가 말했다. 동시에 사내의 거친 발길질이 성 의원의 배를 향해 날아왔다.

"크흑……!"

예상치 못한 일격을 당한 성 의원이 배를 잡고 앞으로 꼬꾸라졌다.

"어쩐지 그냥 가기가 약 올라서 말이오."

그제야 조금 분이 풀린 건지 흥! 하고 코웃음을 날린 사내가 곳집 밖으로 나갔다. 사내의 발자국 소리가 멀어지자 성 의원이 그제야 눈을 가리고 있던 천을 풀고 제가 감금된 곳집의 문이 훤히 열려 있는 것을 확인했다. 그 열린 문틈 사이로 새벽의 푸른빛이 어스름하게 들어오고 있었다.

"……주먹밥이군."

사내가 팽개친 덕분에 바닥에 나뒹구는 주먹밥을 본 성 의원이 먼지와 검불이 붙은 주먹밥을 집어 들어 덥석 한 입을 물었다. 더럽고 자시고 따질 때가 아니었다. 먼 길을 가려면 배부터 채워야만 했다.

"웃……!"

주먹밥을 문 채로 일어서니 머리가 띵 하니 울렸다. 눈앞이 어질어질 도는 것 같기도 했다.

'피를 너무 쏟은 탓인가? 얼른 가야 하는데…….'

이마를 짚으며 애써 한 걸음, 한 걸음 걸어 보지만 금세 휘청 다리가 꺾였다. 그리고 새까만 어둠이 덮쳐 왔다.

"쯧쯧쯧…… 내 이럴 줄 알았지. 기세 좋게 소리는 버럭버럭 지르더니만."

성 의원이 혼절하여 바닥에 꺼꾸러지자마자 좀 전에 곳집을 나갔던 사내가 다시 들어왔다. 툭툭, 발로 성 의원을 등을 차 보고는 별다른 반응이 없자 성 의원을 들어 제 어깨에 짊어지고 성큼성큼 문을 나섰다.

아침 일찍 구련성을 나선 상단 일행들이 책문에 도착한 것은 이틀 뒤, 늦은 오후였다. 그 즈음 홍란은 보이지 않는 성 의원을 걱정하고 있었다. 지금껏 제게 해 온 걸로 봐서는 간다는 인사 한 마디 없이 행방을 감출 이가 아니었다. 그런데도 제가 앓고 있는 동안 사라진 성 의원은 지금까지 나타나질 않고 있었다.

뒷배나 그 뒷배 정도는 타고 올 줄 알았던 성 의원이 결국 오지 않았다는 것을 알게 된 건 구련성에서 밤을 보낸 이튿날 아침 무렵이었다. 문 대방 역시 혹시 생각보다 길이 힘들어 성 의원이 도망간 것 아니냐고 씁쓸해 한다고 했다.

'아냐. 그럴 리 없어. 분명 무슨 사정이 있으신 걸 거야. 그럴 분이 아니란 걸 알아.'

자꾸만 깃들려는 의혹을 떨쳐내려 상지 낭자가 거세게 고개를 저었다.

"아니. 그럴 리 없다. 다른 무슨 사정이 있었던 거겠지. 그럴 리가 없질 않느냐."

그 무렵 고개를 젓고 있는 것은 왕대비 한씨도 마찬가지였다. 한씨는 이제 막 제게 귀엣말을 전한 김 상궁에게 다시 한번 물었다.

"정말로 그리 전하더냐? 주상이 밤에 찾아간 곳이 매분구의 집이라고?"

"네에, 마마. 분명 그리 전했습니다. 그 매분구가 비운 집에 담을 타고 넘어가셔서는 한참이나 머물렀다 나오셨다고. 그리고도 몇 번이나, 몇 번이나 멈춰서 뒤돌아보셨다고……."

한껏 목소리를 낮춰 아뢰는 김 상궁의 말을 신경질적인 왕대비 한씨의 웃음소리가 끊었다.

"오호호! 드디어 주상이 미친 게로구나. 어디 계집이 없어서 천것 중의 천것을!"

"마마! 누가 들으면 어쩌시려고요."

너무도 불경한 언사에 김 상궁이 화들짝 놀라 얼른 방문 쪽으로 가선 확, 문을 젖혀 바깥의 눈치를 살폈다.

"듣기는 누가! 뒷방 늙은이 신세 된 지 두 해가 넘었거늘, 누가 나 따위에 신경이나 쓴다더냐?!"

"마마. 그래도……."

"얼른 와서 이야기나 마저 하거라. 그래, 그 계집이 누구라고?"

"솜씨가 신묘하기로 소문난 매분구라 합니다. 그리고 더 중요한 것은……."

다시 왕대비 한씨 곁에 다가앉은 김 상궁이 더욱 조심스러운 목소리로 제가 알아온 것을 전하기 시작하였다. 김 상궁의 오촌 조카쯤 되는 이가 궁궐 문지기로 일하는 까닭에, 김 상궁은 종종 궁궐 출입이 금지된 왕대비의 친정 일문과 남몰래 연통을 해 온 터였다.

전날, 임금의 잠행을 엿보았던 것은 그들의 사주를 받은 이였다. 궁궐 내에 임금께서 마음에 드는 여인을 입궐시키려고 한다는 소문이 돌 때부터, 왕대비 한씨는 바깥의 일문에게 사람을 시켜 언제 있을지 모를 임금의 잠행을 주시하라 명을 내린 터였다.

"기생 출신? 그것도…… 하필 현무군의 애기(愛妓)였던 계집이라고? 호호호…… 호호호호홋…… 일이 아주 재미있게 돌아가질 않느냐. 주상이 기생과 놀아나는 것도 만고의 수치이거늘, 하물며 제 종형제의 계집과 놀아나? 자알 하는 구나. 아주 자알 하는 일이야."

혼잣말처럼 한참을 중얼거린 왕대비가 문득 김 상궁을 보며 눈을 빛냈다.

"김 상궁."

"네, 마마."

"옥함을 꺼내 오너라."

김 상궁이 옥함을 가져와 왕대비 앞의 서안 위에 올려놓았다. 왕대비 한씨가 옥함을 열어 그 안에 있는 패물들을 그리운 듯이 하나하나 쓰다듬었다.

"아느냐? 이것은 선왕께서 내 생일선물로 하사해 주신 머리꽂이란다. 이것은 내가 중전의 자리에 올랐을 때, 어머니께서 보내주신 하례선물이지. 친정 조카가 준 이 옥가락지는 한 번 껴 보지도 않았던 것이고……."

탁! 예전에 누리던 영화(榮華)를 되짚는 듯 한동안 패물들에서 손을 떼지 못하던 왕대비가 옥함의 뚜껑을 소리 나게 닫았다. 그리곤 그대로 김 상궁에게 내밀었다.

"마마?"

"이것을 팔아 오너라."

"마마, 어쩌시려고요?"

"그래도 명색이 궁궐의 웃사람으로 내 그동안 아랫것들에게 너무 소홀하였느니. 겨울이 되기 전에 궁인들에게 솜버선이라도 한 켤레씩 안겨 줘야 하지 않겠느냐?"

"마마, 그런다고 이 귀한 것들을……."

"아깝지 않다. 이제는 하나도 아깝지가 않아. 아까울 것이 없어."

무슨 즐거운 상상이라도 하듯 왕대비 한씨의 입가에는 잔잔한 미소가 피어올랐다.

⁂

"그래, 이 나라 말은 좀 할 줄 아시오?"

책문에서 조선 상인들은 중국 관원들에게 검문을 받아야만 본격적으로 중국 내에서 활동을 할 수 있었다. 하여 검문을 받기 위해 줄을 서 있던 중, 홍란의 곁에 바짝 붙어 섰던 수평이 홍란에게 물었다.

"아니오. 그저 간단히 가격을 묻고 답하는 말만 알 뿐, 자세한 말은 알지 못합니다."

"내 그럴 줄 알았소. 내가 조금이나마 말을 듣고 할 줄 아니 좀 도와주리다. 곁에서 보고 눈치껏 배우시구려."

"고맙습니다. 헌데 비단 일은 아니 도와도 됩니까?"

"그쪽이야 뭐, 비단을 팔러 온 길이 아니라 사러 온 길이니 책문에서는 별다른 일이 없소. 우리 주인도 지금은 거의 유람 수준이니 신경 쓰지 마시오."

"네에."

드디어 홍란과 수평의 차례가 되었다. 수평에게는 이렇다 할 짐이 없었던 까닭에 몇 마디의 문답이 끝난 후, 책문 안으로 들어가는 것이 쉬이 허락되었다. 하지만 홍란은 달랐다.

[……! ……!]

염소 수염마냥 옹졸하게 수염이 난 중국 관원 둘이 저마다 제 가늘고 길다란 수염을 쓰다듬으며, 홍란을 향해 무어라 이야기하고 있었다.

그 모습을 보고 수평이 얼른 쪼르르 홍란 곁으로 다가와 관원의 말을 옮겨 주었다.

"처네를 벗어 보라고 하오. 왜 조선 여자들은 다들 얼굴을 그리 꽁꽁 숨기냐며."

그 말에 홍란이 벌써 통관절차를 마치고 책문 안으로 들어가고 있는 다른 여상인들을 보았다. 대부분 여전히 처네로 얼굴을 가린 채였다.

"왜 저만……? 욱!"

수평에게 묻다 말고 홍란이 헛구역질을 하였다. 가까이 다가선 중국 관원들의 체취가 갑자기 역하게 느껴진 탓에 욕지기가 치민 것이었다.

"괜찮소?"

"예. 그냥 속이 좀 울렁거려서……."

[……!! ……!!]

[……!!!]

홍란이 고개를 돌려 또다시 치미는 욕지기를 가라앉히려 애쓰는데, 다시 관원들이 사나운 말투로 무언가를 쏴붙였다.

"왜 얼굴을 안 보이냐고 화를 내는구려."

"……알았습니다."

크게 심호흡을 하여 속을 가라앉힌 홍란이 처네를 걷어 얼굴을 보였다. 급히 욕지기를 참아내느라 눈에는 눈물까지 맺혀, 초라한 차림에도 불구하고 평소보다 배는 더 아름다워 보인다는 사실을 알지 못한 채였다. 오죽하면 중국인 관원 둘이 초라한 처네 아래 드러난 홍란의 미색에 놀라 둘이 한 모양으로 성큼, 홍란의 앞으로 한 발자국 다가설 정도였다. 그러다 그중 한 놈이 홍란의 모습을 제대로 보겠다는 듯, 급히 제 좁은 소매로 두 눈을 비빈 후 수평을 향해 빠른 말투로 무언가를 물었다.

[저 여인이 누군가? 정말 저 여인이 평범한 장사치가 맞단 말인가? 내

지금껏 이 책문에서 수없이 많은 장사치들을 봐왔지만, 저렇게 아리따운 여인은 한 번도 본 적이 없다.]

[장사치가 맞습니다. 매분구라 하여, 여인들의 단장에 필요한 물건들을 팔고 다니는 입니다.]

[……네 여자냐?]

장사치가 맞다는 수평의 말에, 조금 전 경외에 가깝던 눈빛들이 탐욕스러운 그것들로 순식간에 바뀌었다. 그리고 두 놈이 누가 먼저랄 것도 없이 또다시 홍란을 향해 한 발자국 가까이 가려는데 수평이 얼른 그 앞을 막아섰다.

[비켜라!]

한 놈이 들고 있던 창으로 땅바닥을 툭툭 치며 위협적인 어조로 말했다.

[수상해 보이니 몸 검사를 해야 하지 않느냐!]

[암, 그것도 대강해서는 안 되지. 아주 구석구석, 찬찬히 훑어봐야 할 필요가 있을 것 같네. 흐흐흐.]

다른 한 놈이 수평의 어깨를 밀치고 조금 겁에 질린 표정을 하고 있는 홍란을 향해 다가가려 하였다. 하지만 수평은 다시 그 앞을 막아서고는 짐짓, 실없이 헤실헤실 웃어 보였다. 하지만 수평이 내놓은 말의 내용은 그 굽실거리는 태도와는 달리 노골적인 위협을 담고 있었다.

[그러지들 마시지요?]

[뭐얏?!]

[괜히 경들 치십니다. 욕심 내지 마시지요.]

비굴한 웃음을 짓는 낯과는 전혀 다른 내용의 말이었다.

[너 이놈의 자식! 감히 누구한테!]

창을 들고 있던 놈이 버럭, 소리를 지르며 수평의 멱살을 잡았다.

[따끔한 맛을 보여 주게. 버릇없는 개는 때려서 가르쳐야지!]

다른 놈이 제 동료의 말을 거들며 킬킬 재수 없는 웃음을 흘렸다. 그 모습에 뒤로 줄을 섰던 상인들이 일제히 "아이구!" 비명을 질렀다. 하지만 수평은 여전히 헤실헤실 웃는 낯으로 자신의 멱살을 쥔 관원에게 말을 걸었다.

[원홍린 대인의 덕이 책문에 퍼졌다 들었소만? 나리들은 어떻습니까?]

[워……원 대인?]

수평이 내놓은 이름에 관원들의 얼굴이 새파래졌다. 원 대인이라 하면 책문에서 북경에 이르는 수천 리 길을 비단으로 깔 수 있다는, 어마어마한 재산을 가진 중국 최고의 갑부 중 한 명이었던 것이다. 특히 조선과 중국의 무역에서 남기는 이문의 3할은 모두 원 대인의 주머니로 향한다는 이야기가 있을 정도로 어마어마한 부와 당연히 그에 못지않은 권력을 지닌 이였다. 책문에서 번을 서는 관원들 역시 알게 모르게 원 대인의 뒷돈을 받아온 터였기에, 수평의 입에서 나온 대인의 이름에 관원들은 놀랄 수밖에 없었다.

[네, 네깟 놈이 원 대인의 이름을 대면, 뭐, 뭘 어쩌겠다고!]

하찮은 장사치가 원 대인의 이름을 대는 것이 그저 허풍이려니 생각하면서도 멱살을 쥐었던 관원은 슬그머니, 쥐고 있던 멱살을 놓아 줄 수밖에 없었다. 그 곁에서 거들던 관원의 얼굴에서도 웃음기는 싸악, 걷혀 있었다. 수평은 그런 그들 앞에 마치 용서해 줘서 고맙다는 듯이 굽신굽신 허리를 숙이며 싹싹 손까지 빌면서, 또다시 비굴한 태도와는 전혀 다른 이야기를 늘어놓았다.

[내 주인이 원 대인과 형제의 연을 맺었고, 저 여인은 그분의 부름을

받고 가는 중이니, 어디 한번 잘 생각해 보시오. 과연 원 대인께서 형제의 수치를 모른 척하실 분이온지……]

수평의 말에 관원들 둘이 핏기가 가신 얼굴로 서로를 마주 보았다. 만약 보통의 여인이었다면 그냥 허세려니, 웃어넘길 수도 있었겠지만 처네 안의 얼굴이 보통의 미색이 아니다 보니, 참이라고 믿을 수밖에 없는 노릇이었다. 하찮은 옷과 낡은 처네로도 가려지지 않는 미색, 심지어 뺨의 상처마저 꽃이 핀 양 어여쁘게 보이는 저런 여인이라면 대인이나 그 의형제가 취하고자 하는 것도 충분히 이해가 됐기 때문이었다.

[대인께는……?]

관원 중 한 명이 슬그머니 수평의 눈치를 보며 물었다.

[책문을 통과하는 데, 두 분의 도움이 컸다 그리 전하겠습니다. 두 분의 존함을 가르쳐 주시지요.]

[아, 아니네. 존함은 뭐. 얼른 모시고 가게. 얼른!]

관원들이 혹시 이름을 가르쳐 줬다가 나중에 무슨 경을 칠지 몰라 두 손을 휘이휘이 저으며 홍란을 데리고 책문 안으로 가라고 했다. 수평이 그들에게 몇 번이고 굽신거린 후, 홍란에게 다가와 어서 들어가자는 듯 소매를 잡고 끌었다. 하지만 홍란은 쉽게 따라나서지 않고 무엇인가를 생각하는 듯 가만히 수평의 얼굴을 보고 섰기만 했다.

"왜 그러오? 얼른 들어갑시다. 저들이 또 무슨 트집을 잡기 전에……"

"……무슨 일인가요?"

홍란이 이제는 제게 얼굴도 돌리려 하지 않고 괜한 신경질로 뒷 사람의 짐을 수색하는 걸 보며 수평에게 물었다.

"아아, 그쪽이 혼인한 처자냐고 묻기에 앞으로 나와 혼인할 처라고 하니 괜히 질투를 하지 뭐요? 그래도 비는 데 장사 없다고, 아까 봤듯이 손이 발이 되게 열심히도 빌었더니 사내자식이 밸도 없냐고, 초라하고 불쌍타고 그냥 놓아 줍디다. 헤헤."

수평이 제 대답에도 가만히, 이제는 시선을 아래로 떨어뜨리고 선 홍란에게 물었다.

"왜, 나 같은 놈이 혼처 자리라고 나선 것이 억울해서 그러오?"

"……아니요. 잠깐 딴생각을 했을 뿐입니다."

홍란이 무엇인가를 결심한 듯, 단단히 표정을 굳히고는 성큼성큼 책문 안으로 걸음을 옮기기 시작하였다.

༈

"그럼, 내일 떠난다고? 동팔참 지나 요동까지는 같이 가는 것 아니었어?"

책문에서 간단한 몇 가지 거래를 마친 후, 밤이 되어 상지 낭자가 든 객주로 찾아온 홍란은 작별의 인사를 고했다. 상지 낭자는 예상보다 빠른 이별에 난감해 하며 홍란을 만류하고 나섰다. 목 행수와 문 대방의 상단은 책문에서 사나흘 더 머물렀다 떠날 참이었다.

"같이 가지. 아직 많이 피곤해 보이기도 하는데……."

"조금 전에 저희보다 먼저 책문에 당도했던 상단 사람들을 만났습니다. 책문 거래를 다 마치고 내일 새벽에 길을 떠난다기에 함께 가자고 청해 뒀어요. 마침 제 스승님과도 아시는 분이 있어서 그분 도움을 받기로 했으니 걱정 안 하셔도 돼요."

책문의 반은 조선 사람이요, 그중의 대부분이 장사치들이니 한때 조선 최고의 장사치라 불렸던 송 대방을 아는 이들도 적지 않았다. 그중에는 송 대방 밑에서 일을 배우던 홍란의 모습을 기억하고 있는 이들도 있었다.

"고맙게도 수레에 자리 하나를 내주시겠다고 하셔서, 염치 불구하고 받아들이기로 했지요."

"섭섭해서 어떡해. 이렇게 금방 헤어질 줄 몰랐는데."

그간 홍란에게 동기간의 정을 느껴 왔던 상지 낭자는 눈물까지 글썽였다.

"이렇게 헤어지면 이젠 다시 못 보는 거잖아."

"왜요. 도성으로 돌아가면 얼마든지 뵐 수 있어요. 그때 가서 괜히 저 같은 매분구는 본 기억이 없다며 내치시지나 마셔요. 참, 눈썹을 그리실 때는 팔을 단단히 괴어 손이 떨리지 않도록 하는 거 잊지 않으셨죠? 제가 드린 눈썹먹은 그대로 사용하면 너무 진한 것이니 한 번에 진하게 그리려 하지 마시고, 연한 칠을 두어 번 거듭하여 농담(濃淡)을 잘 조절하시고요. 진안댁 아주머니가 해 주시겠지만, 가끔은 혼자 하셔야 할 때도 있으니 미리 한 번씩 해 보시란 말씀, 드렸었죠?"

"자네…… 그렇게 안 봤는데, 참 잔소리꾼이네?"

상지 낭자가 제 섭섭함을 지우려 괜히 퉁명스레 말했다. 홍란이 무례한 줄 알면서도 그런 낭자의 머리를 쓰다듬었다.

"아가씨 덕분에 힘든 길 힘든지 모르고, 낯선 길 낯선지도 모르고 잘 왔습니다. 북경까지 무사히, 또 도성까지도 부디 무사히 가셔요."

"그럼 하다못해 오늘 밤만이라도 여기서 함께 묵고 가!"

이제 정말로 작별의 말을 내어놓은 홍란의 손을 붙잡으며 상지 낭자가 애원 비슷한 청을 하였다. 하지만 홍란은 그 손을 마주 잡아 주며 가만히 고개를 저었다.

"두 분 주무시기에도 비좁은 걸요. 저는 다른 아주머니들과 함께 천막을 빌렸으니 걱정 안 하셔도 돼요."

책문 역시 중국과 조선 상인들로 객주의 방이란 방은 가득 찼기에 홍란과 같은 여상인들이 묵을 방은 따로 없었다. 그래서 홍란은 다른 이들과 함께 돈을 주고 작은 천막을 빌려 놓았다.

"내일 새벽 일찍 가야 하니, 떠난다는 인사는 오늘 이것으로 대신하겠습니다. 괜찮겠지요?"

"응. 자네도 조심히 가. 그리고 혹여 어려운 일 있거든 꼭 찾아와. 북경으로든 도성으로든. 꼭이야! 알았지?"

두 처자가 이별의 아쉬움을 담아 서로의 손을 꼭 잡았다.

홍란이 상지 낭자가 챙겨 준 은자까지 받아 나간 뒤, "아이고, 내 정신 좀 봐" 하며 진안댁이 벌떡 자리에서 일어났다.

"왜?"

"수평이 놈에게 알려 주려고요. 저이가 내일 아침 일찍 떠나는 걸 그 놈은 모르고 있을 텐데?"

"수평이 놈한테는 왜에?!"

"그게요, 그 미련한 놈이 저이한테 은근히 맘을 둔 눈치더라고요."

"따로 정인이 있다는 소리는 안 했어?!"

"왜요. 했죠? 그랬더니 그놈이 그게 누구인지, 어떤 사이인지 도리어 꼬치꼬치 캐묻더라니까요? 분명 저이를 마음에 두고 있는 것 같은데…… 실연당할 땐 당하더라도 작별 인사는 할 기회를 줘야지요. 나중에 가고 나서 알게 되면 얼마나 섭섭하겠어요. 안 그래요?"

"……알았어. 얼른 다녀와."

내일 새벽 떠날 준비만으로도 바쁠 홍란일 귀찮게 하지 말라는 소리가 목구멍까지 나왔지만, 상지 낭자는 진안댁을 말리지 않았다. 저 역시 제게 아무런 기별도 하지 않고 자리를 비우고, 지금까지 모습을 보이지 않는 성 의원 때문에 애가 타고 있는 까닭이었다.

잠시 후. 다른 장사치들의 투전판에 끼여 눈도박을 즐기고 있던 수평은 제 귓불을 잡아뜯을 듯이 당기는 진안댁의 손에 객주 밖으로 끌려나왔다. 처음엔 짜증스럽게 인상을 쓰던 놈은 진안댁이 전해준, 홍란의 소식에 금세 낯빛을 굳혔다.

"내일 새벽 일찍요?"

"그래. 그러니까 지금이라도 가서 작별인사나 제대로 하라고. 괜히 혼자 애면글면 속 끓이지나 말고, 넌지시 도성에서 만날 약속이라도 잡으란 말이다. 맨날 쓰잘데기 하나 없는 투전판에서 뭐 떡고물 떨어지는 거 없나 기웃거리지나 말고! 뭐 정해 둔 작자가 있다고는 하나 아직 혼인도 안 한 처지니 한번 들이대 봐. 내 쭉 지켜봐 왔는데 그만한 처자 또 없다?!"

그리 말하며 진안댁이 매운 손으로 수평의 등짝을 철썩 소리가 나도록 크게 후려쳤다.

"아우! 내가 뭐!"

수평이 손을 뒤로하여 제 등짝을 벅벅 긁으며 저녁 나절 미리 봐 두었던 홍란의 천막 쪽을 향해 빠르게 걸음을 옮기기 시작하였다.

원래 예정대로라면 오늘 밤, 아가씨나 성 의원의 핑계를 대어 천막 밖 한적한 곳으로 불러낼 참이었다. 그곳에서 책문에 먼저 와 있던 변역관의 수하에게 건네받은 초오산(草烏散, 마취제)으로 혼절케 한 다음 대기하고 있는 가마에 태워 변 역관에게 바로 보내기만 하면 그만이었다. 그래서 좀 더 밤이 은밀하게 깊어지기를 기다리고 있었던 중이었다.

'일에는 차질 없겠지만, 그런데 왜? 갑작스레 장삿길을 서두르는 이유가 뭐지? 설마…… 뭔가 이상한 낌새라도 눈치챈 건가?'

제 생각에 바빠 점차 홍란의 천막 쪽을 향하는 걸음도 빨라지는 수평이었다.

"없는데?"

괜히 부끄러운 척을 하며 홍란을 불러 달라는 수평에게, 천막 안에서 아낙들이 대답했다.

"목 행수 어른 댁 아가씨께 인사를 한다고 간 후로는 아직 안 돌아왔는데?"

"아가씨 방에서 자는 거 아냐? 종종 그러잖아."

"하긴 이렇게 바닥이 배겨서 잠도 못 자는 천막보다야 좁아도 객주방이 낫기는 하지, 암."

"근데 총각이 이 야밤에 처자를 왜 찾아? 뭔 다정한 이야길 나누려고? 흐흐흐흐!"

"아이고, 알면서 뭘 묻남? 다 그렇고 그런 거지."

"하긴 내가 사내라도 그 인물에는 안 반하고 못 견디지. 거기다 심성 좋지, 손끝 야무지지, 제 일 착실하지. 그만한 처자도 없지, 없고 말고."

"흠이 있다면 그저 예전에 기생……."

"아이고, 이 여편네가 무슨 소리를 하는 거야? 밖에 사람이 기다리고 있는데. 하여간 수평이 총각! 아직 안 왔으니까 행수 어른네 아가씨가 묵으시는 객방으로 가 보지?"

"……예."

말로는 그리 순순히 답하면서 수평은 짜증스러운 얼굴로 거칠게 제 머리를 쓸어 넘겼다.

'이 계집이…… 설마?!'

혹시나 싶어 또한 저녁 나절에 봐 두었던 수염 난 사내의 천막을 향해 바짓자락이 휘날리도록 뛰어가는 수평이였다. 하지만 그곳에 있어야 할 사내 역시 보이지 않았다.

'이것들이!'

불길한 예상이 들어맞은 것이었다. 사내와 계집이 함께 도망을 친 것이 틀림없었다. 두 사람을 봤다는 사람들도 없었다. 뺨에 상처 난 아름다운 여인과 수염이 덥수룩한 건장한 사내의 모습이 흔할 리가 없는데, 누구도 그들을 보지 못하였다고 했다.

꽃

"주상이 어제는 교태전에서 침수를 드셨소?"

대왕대비는 아침 문후를 드리러 온 중전 심씨가 인사를 끝내자마자 간밤의 안부를 물었다. 벙싯벙싯 웃음을 감추지 못하고 연신 흐뭇한 눈빛으로 바라보는 대왕대비의 모습에 중전 역시 웃음으로 화답하였다.

"마마, 오늘은 유난히 기분이 좋아 보이시옵니다. 무어 좋은 꿈이라도 꾸셨나이까?"

"암요. 꿨지요. 꿨다 마다요. 왜요, 무슨 꿈인지 궁금하시오?"

"마마께서 이리 기꺼워하시는 모습을 보니 궁금하지 않을 수 없습니다. 무슨 꿈을 꾸신 것이옵니까?"

"후훗. 중전, 내가 말이오, 태몽을 꾼 것 같소."

"태……몽이요?"

중전의 얼굴에는 순간 그늘이 스쳤지만, 내색하지 않고 이어지는 대왕대비의 말을 귀에 담았다.

"지난 밤, 내 늦은 시간까지 잠을 이루지 못해 뒤척이던 끝에 깜빡 잠이 들었는데 누군가 나를 어마마마, 하고 부르는 것이 아니겠소? 하여 눈을 떠보니 대행대왕(죽은 왕을 이름), 즉 주상의 아비께서 나를 부르시지 뭐더이까? 내가 놀라 일어나니, 대행대왕께서 어마마마, 내 손자이옵니다. 하며 강보에 싸인 아이를 건네주기에 내 소중히 받아 안아 강보를 들쳤더니 그 안에 작은 용 한 마리가 날개를 퍼덕이고 있더란 말입니다."

대왕대비가 만면에 웃음을 가득 띤 채 손자며느리를 바라보았다. 어떠냐, 진짜 태몽이 아니더냐 하는 득의만면한 웃음이었다. 하지만 웃는 듯 마는 듯 얌전히 고개를 숙이고 있는 중전의 모습에 대왕대비의 얼굴에서 웃음이 가셨다.

"중전."

"네, 마마."

"왕자가 중전의 배를 빌어 세상에 나온다면 그 얼마나 축복된 일이겠소? 허나 설령 소용이나 숙의의 배를 빌어 태어난다 하여도 왕자는 중전의 아들인 것을요."

"……지당하신 말씀이옵니다."

"허니 오늘부터는 중전이 더욱 각별히 주위를 살펴 주시오. 중전 스스로는 물론 소용과 숙의의 일에 만전을 기해 달라는 말이요. 아시겠소?"

"명심 또 명심하겠사옵니다."

'누굴까?'

대왕대비 전을 나서는 중전 심씨의 발걸음은 무거웠다. 대왕대비의 꿈은 자신이 들어도 영락없는 태몽이었다. 하면 소용이나 숙의, 두 사람 중 한 명이 곧 회임을 하거나 이미 회임을 하였을지도 모르는 일이었다. 자신은 아닐 터였다. 자신에게는 그런 기적이 일어날 리 없을 터였다. 혼인한 지 두 해가 넘도록 주상 전하의 마음 한 자락 얻지 못한 자신에게, 이제는 명색이 합방이지 그저 한 이불을 쓴다는 것 외에는 어떤 의미도 없는 이름만의 합방을 계속하는 자신에게 그런 기적이 일어날 리 없었다.

"허 상궁."

"네, 중전마마."

"강녕전으로 가자꾸나."

"……마마, 이 시간이면 주상 전하께옵서는 강녕전에 아니 계시오니이다."

"허면, 벌써 편전에 드셨단 말이더냐?"

"아니옵니다. 취로정에 계실 것이옵니다."

또 그런 것이냐는 표정으로 중전 심씨가 제 옆에서 허리를 숙인 상궁 나인을 내려다보았다.

"취로정으로 뫼실까요?"

허 상궁이 물었다.

"그래. 아니…… 아니다. 됐다. 교태전으로 돌아갈 것이니라."

'전하, 전하의 그 마음속에는 누가, 어느 뉘와의 추억이 그리 가득하신 것이오니까?'

물을 수 없는 물음을 안고 교태전으로 향하는 중전의 등은 사랑받지 못하는 제 초라함을 애써 감추기 위해 더욱 빳빳하게 세워져 있었다.

제 7 장 ─ 붉은 난초

"그래서?"

들고 있던 금부채를 탁! 소리 나게 접으며, 변 역관이 제 발 앞에 무릎을 꿇고 머리를 조아린 사내를 노려보았다.

"아직도 못 찾았다고? 그 계집이 사라진 지 벌써 한 달하고 보름이다. 왈패며 검객이며, 네가 필요하다 해서 붙여준 것이 몇 명이고, 길 중간 중간마다 뿌려 놓은 사람이 몇이고 뿌려 놓은 돈이 얼만데, 아직도 그깟 계집 하나 못 찾아 죽는 소리를 하는 건가?"

변 역관은 언성 하나 높이지 않았다. 대신 그저 발 앞의 쓰레기를 걷어차듯, 제 앞에 엎드린 수평의 어깨를 걷어찼을 뿐이었다. 악, 소리도 내지 못한 채 옆으로 나가떨어졌던 수평이 얼른 몸을 추슬러 다시 바닥에 납작 엎드렸다.

"조금만 더 시간을 주시지요. 찾아오겠습니다. 찾을 수 있습니다요. 그 계집을 반드시 역관 나리 앞에 가져다 바치겠습니다!"

"아니."

변 역관이 다시 차락, 소리 나게 부채를 펴고는 부채에 새겨진 금사(金絲) 문양 하나하나를 손으로 어루만지며 차갑게 말했다.

"그럴 필요 없다. 계집이 향한 곳이 이 선양이 확실하다면, 이미 내 손바닥 안에 들어왔음이다. 더는 네깟 놈 손을 빌릴 필요도 없다."

변 역관의 말에 얼굴이 하얗게 질린 수평이 엉금엉금 기어 변 역관의 다리를 잡고 늘어졌다.

"나리, 나리! 한 번만 더 믿어 주십시오! 그래요! 계집, 계집은 둘째 치고 사내놈의 얼굴을 아는 자는 저밖에 없질 않습니까? 그러니 제게 한 번만 더…… 제발."

수평이 눈물콧물을 흘리며 간절히 호소했다.

여기서 이대로 물러나면 변 역관의 방에서 나가자마자 저는 죽은 목숨이 될 터였다. 무엇보다도 돈을 가장 끔찍이 생각하는 변 역관에게 그간 계집을 찾겠노라 받아낸 돈과 사람이 적지 않은 까닭이었다. 이리 될 줄 알았다면 그리 쉽게 돈을 내어 달라, 사람을 내어 달라 청하진 않았을 것이었다. 하지만 갑작스레 홍란이 사라진 뒤, 상지 낭자와 진안댁의 말에 장단을 맞춘 덕분에 홍란이 선양 어디쯤에 간다는 이야기를 들었기에 자신이 있었다. 간 곳을 아니, 말을 빌려 쫓아가면 찾아낼 수 있을 줄만 알았다. 허나 책문에서 선양에 이르는 육백 리 길 중 어디에서도 계집과 사내의 모습은 찾을 수 없었다. 길이 험하고 멀다 해도 결국 상인들이 가는 길은 늘 정해져 있었다. 중간에 수레를 빌려 탔건 말을 빌려 탔건, 분명 본 사람들이 있어야 했다. 하지만 아무리 수소문을 해 봐도 뺨에 꽃잎 같은 상처를 지닌 여인을 봤다는 이는 단 한 명도 없었다. 사람을 스물이나 썼고, 돈을 기백 냥을 넘게 썼는데도, 결국 선양에 오기까지 알아낸 것이 아무것도 없었다.

"나리, 나리. 정말입니다. 닷새, 제게 닷새만 시간을 더 주시면……."

제 콧물과 눈물이 변 역관의 신발에 묻은 것을 알고 허둥지둥 소맷자락으로 그 자국을 지우며 수평이 계속 사정을 하였다.

"아니, 더는 네게 줄 기회가 없어. 내가 네게 이번 일을 맡기려 한 것은 사람장수로서의 자네 능력을 믿었던 것이거늘, 내가 사람을 잘못 본 모양이다."

사람장수. 그것이 수평의 일이었다. 언제나 허허실실, 사람 좋은 웃음을 흘리는 그에게 경계심을 가지는 이들은 거의 없었다. 특히 누군가 어려움에 처할 때는 마치 제 일인 양 발 벗고 나서 도와주며 인망을 쌓기 때문에, 사람들은 수평을 종종 생긴 그대로 착하지만 실속은 없는 어릿 어릿한 이로 여기는 경우가 많았다. 그러기에 수평은 제 생김과 말주변을 이용하여, 그간 많은 사람들을 속이고 꼬드겨 원하는 이들에게 팔아넘겨 왔다. 필요하다면 직접 칼을 휘둘러 사람 목숨을 상하게 한 적도 많았다. 평양 인근에서 홍란을 탐내던 술도가 사내들에게 그랬던 것처럼.

"내 그간의 정리를 봐서 이번 실수는 모른 척해 줄 터이니, 그만 나가 보거라. 원 대인께서 곧 선양에 오실 예정이라 내 오늘은 무척 바쁜 날이 될 테니."

"……나리, 나리께 빌린 돈은 곧…… 금세……."

"아니. 그깟 것 몇 푼이나 된다고. 됐으니까 그만 가 봐."

뜻밖에 제게 베풀어진 호의에 수평이 금세 눈물과 콧물을 닦으며 자리에서 일어섰다. 그리곤 몇 번이나 굽실굽실 허리를 숙여 가며 감사의 인사를 전한 뒤 중국 특유의 네모난 정원이 있는 마당으로 나섰다. 하지만 수평이 마당을 다 가로지르기도 전에 정원 곁에 웬 사내 서넛이 뛰쳐나와 수평의 입을 가로막고, 수평의 어깨를 떠메다시피하여 어디론가 끌고 가 버렸다.

"읍! 읍! 읍……."

점점 희미해지는 수평의 기척을 귓가로 흘려 넘기며 변 역관이 금부채를 제 손바닥에 내리치고는 자리에서 일어났다.

"내 과거의 일로 배운 게 하나 있지. 한 번의 실수야말로 일을 그르치는 가장 큰 요인이 된다는 것이다."

붉은 문을 열고 이제는 조용해진 마당으로 나선 변 역관은 정원 가득 핀 붉은색 난초 앞에 섰다. 며칠 전 급히 선양으로 와 머물 곳을 둘러보던 차에 굳이 이 집을 빌리기로 한 이유는 정원의 이 붉은 난초 때문이었다. 흐드러지게 핀 붉은 꽃잎들 사이에 작고 노란 꽃술이 어여쁜, 이 꽃을 보는 순간 은월각에서 처음 보았던 홍란의 모습이 떠올랐다. 진홍빛 치마저고리 위에 늘어뜨린 노리개의 술이 유난히도 노랬던, 그때의 홍란이 떠올랐었다. 변 역관은 손끝으로 조심스레 난초를 쓰다듬다 말고 주먹을 쥐어 꽃잎들을 한 움큼 뜯어내었다.

'네가 온 것이다. 내 손바닥 안으로 네 스스로 온 것이야.'

이 년여 전, 중전 간택에 오를 처자들을 해치고 임금의 사촌 아우인 현무군을 죽이려 한 죄로 다시는 조선 땅에 발을 디딜 수 없게 된 몸, 그것이 바로 변 역관이었다.

조선 땅을 떠나오면서 마음에 걸리는 것은 없었다. 언제고 반드시 다시 돌아올 것이란 자신이 있었다. 하지만 홍란만이, 제게 마음 한 자락 내주지 않은, 그 거만한 기녀가 계속 변 역관의 마음을 어지럽히고 있었다. 홍란이 기녀를 그만두고 아파가 되고 다시 매분구가 되었다는 소식을 전해 들으면서도 내내 홍란이 보고팠다. 어떻게든 이번에야말로 홍란을 차지하고 싶었다. 청향을 시켜 홍란을 은월연의 일에 끼어들게 한 것은 조선 땅에 대한 미련을 확실히 없애 주기 위해서였다.

'네가 그토록 조선을 떠나고 싶어 하는 마음을 내가 모를 것 같더냐?'

제아무리 잘 나가는 매분구라 하더라도 조선 땅에서 매분구는 기녀

못지않게 천대받는 직업이었다. 특히 홍란처럼 지나치게 어여쁘게 생긴 계집이라면 더욱더 팔자는 기구하게 마련이었다. 변 역관은 알 수 있었다. 무현의 핑계를 대고 있다고는 해도, 홍란이 그토록 중국으로 오려 한 것은 조선 땅을, 조선 땅에서의 제 과거를 훌훌 벗어내고 싶은 마음이 컸으리라는 것을. 그래서 부러 청향을 시켜 홍란의 마음을 흔들어 놓으라 시켰었다. 혹시나 홍란의 아비가 홍란의 걸음을 막을까 두려워 따로 치워 놓으라 명을 내린 것도 변 역관이었다. 혹시나 날파리가 들끓지 못하게 중국으로 오는 길 내내 수평으로 하여금 보호 겸 감시를 하게 한 것도 제 딴에는 홍란을 생각한 결과였다.

다행히 모든 일은 순조로웠다. 다만 중국 땅에 들어서자마자 제게 넘겨 주기로 했던 놈이 실패만 안 했다면, 모든 일은 완벽했을 것이었다.

'너는 내 것이다. 기필코 내 것이 되고 말 것이다. 두고 보려무나.'

으드득, 변 역관이 이를 갈았다. 그리고 손에 쥔 붉은 꽃잎들을 차가운 땅바닥으로 팽개쳐 버렸다.

"아아아악!"

선양 중심지에 있는 변 역관의 집에서 한참 떨어진 기반산 중턱의 작은 오두막에서는 여인의 비명소리가 방문을 뚫고 마당에 선 두 남자에게로 들려왔다.

"아아아아악!! 악!"

"어쩌지? 어떡하지?"

얼굴이 하얗게 질린 남자가 방 안에서 여인의 비명이 들릴 때마다 어쩔 줄을 몰라 하며, 방문 앞으로 다가섰다가 다시 물러났다가를 반복하였다. 뺨에 수염이 가득한 남자가 팔짱을 낀 채 그런 남자의 뒷모습을 보며 절레절레, 고개를 저었다.

그때, 일순 정적이 찾아왔다. 계속되던 여인의 비명이 멈춘 것이었다.

"뭐, 뭐, 뭐지?"

하얘졌던 얼굴이 금세 흙빛으로 변한 남자가 방 앞으로 후다닥 뛰어가는데 작게 철썩, 하는 소리와 함께 응애, 하는 애기 울음소리가 터져나왔다.

이내 벌컥, 방문이 열리고 온통 땀과 눈물로 얼룩진 얼굴 하나가 문밖으로 고개를 디밀었다.

"딸이에요! 오라버니! 너무 예쁜 딸이 태어났어요!"

울면서 웃으면서 홍란이 멍하니 굳어 있는 무현을 향해 소리쳤다. 그리고 다시 방문이 닫혔다.

여전히 얼떨떨해 하고 서 있는 무현에게 다가선 수염 가득한 사내 — 홍란의 정인이 홍란의 호위를 부탁하며 중국까지 딸려 보냈다는 사내 — 음구가 가만히 어깨를 두들기며, 첫딸을 얻은 무현을 축하해 주었다.

오랜 난산 끝에 태어난 아기는 갓난아기인데도 머리가 검고 코가 오뚝한 것이 어미를 닮았고, 눈이 깊은 것이 아비를 쏙 빼닮았다.

"고마워. 고마워. 무사해 줘서…… 정말 고마워."

무현이 누운 제 아내 은호 곁에 엎드려, 한 손으로는 아내의 손을 꼭쥐고 다른 한 손으론 땀에 젖은 아내의 얼굴을 어루만지며 몇 번이고 거듭 감사의 말을 읊조렸다.

"우리…… 아기…… 예쁘죠?"

"어. 어! 어! 너무 예뻐. 선녀님이 하강하신 것 같아!"

무현이 소맷자락으로 눈에 고인 눈물을 닦아 내며, 제 아내 곁에 뉘인 갓난아이를 보며 헤벌쭉 웃었다.

"……나보다 더요?"

"어? 어. 그게……."

갑작스러운 아내의 물음에 당황하여 무현은 말을 더듬었다. 아내가 더 이쁘다고 하자니, 어쩐지 방금 태어난 제 딸이 서운할 것 같고, 그렇다고 딸이 더 이쁘다고 하자니 고운 색시가 서운해 할 것 같았다. 두 여인 모두를 만족시킬 수 있는 답을 내놓고 싶은데 얼른 좋은 답이 안 떠올라 당황하는 무현이었다.

"흐…… 봤죠? 이 사람이 이래요. 그냥 대강 아무 답이나 하면 좋을 걸. 언제나 이렇게 뜸을 들인다니까요? 이럴 때 보면 바보 같아요."

은호가 산실(産室)로 꾸며졌던 방을 정리하고 있는 홍란을 보며 제 남편의 흉을 보았다.

"그러게 말예요. 오라버니도 차암, 그럴 때는 어떻게 답해야 정답인지 아셔요?"

"어떻게 해야 하는데?"

"허엄, 당신이랑 똑같이 닮아 너무 예쁘니, 누가 더 예쁜지 고를 수가 없는걸?"

홍란이 부러 사내의 목소리를 흉내 내며 무현이 말했어야 할 답을 가르쳐 주었다. 그 모습에 웃음을 터트린 무현이 눈웃음을 짓고 있는 은호를 다정히 바라보며 물었다.

"맞아? 저렇게 말했어야 해?"

"……그럼요. 저보다 예쁘다고 했어도, 제가 더 예쁘다고 했어도 삐칠 테니까요. 전 아주 욕심 많은 지어미랍니다. 아셨지요? 앞으로도 내내 마찬가지여요?"

"알았어. 꼭 그렇게. 절대로 잊지 않을게."

무현이 제가 쥔 은호의 손에 맹세의 입맞춤을 하였다. 그리고 이제 막 한 아이의 부모가 된 사내와 여인이 서로를 깊은 은애의 눈빛으로 마주 보았다. 그들의 다정한 모습을 지켜보다 홍란은 살그머니 방에서 나와 문을 닫고 섰다. 가만히 제 배를 만져 보았다. 이제는 치마 위로도 어느 정도 윤곽이 생길 정도로 아랫배가 조금 나와 있었다.

'아가, 이제 조금만 더, 조금만 더 있으면 너도 네 아버지를 만날 수 있어. 아주 도깨비 같은 분이시란다. 놀려대기도 삐치시기도 잘 하지만, 아주 다정한 분이시란다. 너도 그분을 뵈면 좋아하게 되고 말 거야.'

감격에 겨워 제 생각에 취했던 탓인지 마루 아래로 발을 내려 신을 꿰던 홍란은 조금 비틀, 하였다. 그러자 그야말로 전광석화(電光石火)처럼 음구가 홍란의 곁으로 다가와 당장이라도 부여잡을 듯이 양손을 내밀었다. 하지만 차마 닿진 못하고 금세 팔을 거두는 음구였다.

"조심 좀 하십.. 하오. 아이를 가진 양반이 어찌 그리 경거망동하시는 거요?"

음구는 놀란 가슴을 쓸어내리며 홍란에게 잔소리를 하였다.

"훗, 죄송해요. 잠시 딴생각하다 발을 헛디딘 것뿐이에요."

미소를 띠고 홍란이 변명 비슷한 것을 늘어놓고는 얼른 부엌 쪽으로 향했다. 산모에게 먹일 미역국이 급했기 때문이었다.

'왜 딴생각을 하십니까! 그러다 엎어지기라도 하면 어쩌시려고! 그 복중의 아기씨가 어떤 분이신지나 아십니까?!'

홍란의 뒤를 따라가며 음구가 그저 속으로만 앓는 소리를 하였다.

음구가 홍란의 임신 사실을 알게 된 것은 홍란이 자신의 임신 사실을 알게 된 바로 그날이었다.

책문에 당도한 바로 그밤이었다.

상지 낭자가 든 객주방에 들러 인사를 하고 나온 홍란은 객주 마당에서 풍겨 나오는 고기 냄새에 저도 모르게 우웁, 하고는 헛구역질을 했다. 마당 저편에서 풍겨 나오는 고기 냄새와 술 냄새가 그날따라 너무도 역하게 느껴진 때문이었다.

'내가 왜 이러지?'

다음 날 새벽 일찍 길을 떠날 참이기에 홍란은 헛구역질을 계속하면서 긴장하여 제 몸을 걱정하였다. 전에 혼절하였던 일도 그렇고 제 몸에 배였던 향냄새를 자각하는 순간에 있었던 헛구역질이며 지금의 헛구역질까지 예삿일이 아닌 것만 같았다. 근래 들어 어쩐지 몸이 무거워지고, 유난히 더위와 추위를 번갈아 가며 타는 것 같기도 했다.

'설마……?'

홍란의 머릿속에 짚이는 것이 있었다. 자신도 몰래 슬며시 손을 배에 가져다 대었다. 평소와 다름없는 것 같기도 했고, 미묘하게 부푼 것 같기도 했다. 순간, 거짓말처럼 헛구역질이 멈췄다. 홍란은 근처에 의원이 있는지 알아봐야겠다는 생각에 마당을 분주히 오가는 객주 주인에게 다가가려다 문득, 걸음을 멈췄다.

'아니. 확인하는 건 급한 일이 아니다. 봉황성에 가서 해도 늦지 않아.'

우선 도망부터 가야 했다. 책문 앞에서 수평이 했던 말을 전부 알아들은 것은 아니었다. 장사 일을 시작한 후 송 대방 어른의 주선으로 전직 역관 나리에게 가서 말을 배우긴 했지만 완벽히 알아듣고 말할 정도는 아니 되었다. 그저 짧은 문장을 들어 알 정도의 수준이었다. 그러니 책문 앞에서 제게 대국 말을 할 줄 아냐고 묻는 수평에게 모른다고 한 것은 거짓이 아니었다. 하지만 수평이 겉으로 보이는 태도와 달리 중국인 관원들에게 협박과 비슷한 말을 하는 것은 대충 알아들었다. 원 대인이라는 이름이 나온 것도 알아들었다. 원 대인이라는 작자에 대해서는 조선 땅에 있을 때부터 귀동냥으로 들어 알고 있던 터였다. 누군가가 시켜 자신을 데려간다는 이야기도 알아들었다. 물론, 자신을 보호하기 위해 수평이 거짓 이름과 거짓 사연을 내세운 것일 수도 있었다. 하지만 정말 그런 것이었다면, 홍란이 물었을 때 수평은 사실대로 말했어야만 했다. 하지만 홍란이 책문 관원들과의 일을 묻자 수평은 여느 때처럼 사람 좋은 얼굴로 거짓을 말했다. 거짓을 말할 이유가 없는데 거짓을 말했다. 그것이 수상하였다. 수평이 왜 제게 거짓을 말한 건지는 몰라도 그 거짓말이 수상하다고, 도망쳐야 한다고 홍란의 본능이 홍란을 깨우쳤다. 그래서 수평에게 알리지 않은 채, 먼저 책문을 떠나기로 했던 것이었다.

"어쩌면…… 이 아이가 알려 준 것 같기도 해요. 수상하다고, 위험하다고, 도망쳐야 한다고."

나중에 홍란은 무현에게서 저의 긴 여정을 설명하며 그리 말했었다. 무현에게서 중국에 숨어 든 변 역관이 원 대인이라는 자와 의형제를 맺어, 여전히 떵떵거리고 잘 살고 있다는 이야기를 들은 후였다.

"착한 아이다. 장한 아이야. 먼저 위험을 알고 어미를 도망치게 해 주었으니."

무현이 뱃속의 아이를 칭찬해 주었다. 그때, 홍란의 곁에 입을 꾸욱 다물고 앉은 음구 역시 입 밖으로 소리는 내지 못한 채, 뱃속의 아이를 칭찬해 주었다.

'잘하셨습니다. 장하십니다. 아기씨. 아바마마께서 아시면 얼마나 기뻐하시겠습니까?'

책문을 떠나던 날 밤, 내내 숨어서 홍란을 지켜보던 음구는 상지 낭자의 방에서 나온 홍란이 돌연 헛구역질을 하고, 또 곰곰이 생각에 잠겼다 이내 가만히 배를 어루만지는 모습을 보며 고개를 갸웃거리다 불현듯 눈치챘다. 제 눈앞의 여인이 용종(龍種)을 잉태하신 것이었다. 온 조선 천지가 염원하던 주상 전하의 아기씨를 회임하신 것이었다!

"잠시만요."

아기씨를 가지신 분을 놀라게 하지 않으려, 어둠 속에 있던 음구는 부러 빙 둘러 홍란의 앞에 가서 천천히 말을 걸었다. 그리곤 제 모습에 긴장하는 홍란의 마음을 안심시키기 위해 홍란이 아는 이름을 대었다.

"백악산의 도깨비를 아시지요? 그분이 보낸 사람입니다."

백악산 도깨비. 이는 만에 하나, 정체를 드러내야 할 피치 못할 사정이 있을 때 대라며 주상 전하께서 일러준 이름이었다.

"……그 말을 제가 어찌 믿습니까?"

홍란이 그리 되물었을 때, 음구는 주상 전하가 제게 해준 한마디를 더 떠올렸다.

"만약 그래도 믿지 못하는 눈치거든, 한마디만 더 하게나. 그럼 두 번 묻지도 않고 믿어 줄 걸세."

그래서 음구는 아직도 경계심을 풀지 못하고 저를 보는 홍란에게 천천히 한 마디를 더했다.

"도깨비께서 말씀하시길, 남은 질문은 딱 두 개라더군요."

순간, 홍란이 제자리에 주저앉았다.

"……왜, 왜? 제가 무얼 잘못……?"

당황하여 묻다 말고 음구는 입을 다물었다. 객주 안의 환한 불빛 아래 여인의 굵은 눈물이 뚝뚝, 바닥으로 떨어지는 것이 보였기 때문이었다.

그 뒤, 음구의 도움을 받아 홍란은 중국 부인으로 위장하여 중국식 교자를 빌려 타고 급히 책문을 떠났다. 홍란의 화장술로 딴사람인 양 화장을 하는 것은 그리 어렵지 않은 일이었다. 특히 제법 많은 은자를 지니고 온 음구 덕분에 교자와 마차 등을 번갈아 갈아타며 비교적 손쉽게 동팔참과 요동을 지나 선양까지 올 수 있었다. 음구는 그때마다 교자꾼, 마부 등으로 위장하여 늘 홍란의 지근거리에 있었다. 도중에 연산관(連山關)에서 약방에 들러 임신임을 확인한 이후에는 음구의 태도는 더욱 극진하였다. 물론 이제라도 조선으로 빨리 돌아가자는 채근도 했다. 하지만 역부족이었다.

"선양까지는 이제 겨우 삼백 리 길입니다. 하지만 도성으로 돌아가려면 그보다 훨씬 더 멀리 가야 해요."

제 눈을 마주 보며 차분히 제 의견을 밝히는 홍란의 뜻을 꺾을 수는 없었다. 이제 겨우 임신 삼 개월, 중국인 의원도 아직 조심해야 할 기간이라고 했다. 거기다 어느덧 한겨울이 시작되고 있었다. 한겨울에 동팔참을 지나, 책문을 지나, 압록강을 건너는 건 사내들에게도 고행길이라 할 만했다. 아무리 교자를 빌리고, 마차를 빌린다 하더라도 도저히 임신을 한 여인이 지날 만한 길은 아니었다. 그러기에 음구는 홍란이 하자는 대로 함께 선양으로 향할 수밖에 없었다. 그것이 바로 한 달 보름도 훨씬 전의 일이었다.

그 무렵 예전 성 의원의 약방에 약초를 대던 약초꾼 장 서방은 간만에 들른 도성 거리에서 우연히 반가운 이를 만났다.

"의원님? 성 의원님! 언제 돌아오신 겁니까요? 중국으로 가셨다는 소식을 들었었는데?"

"……뉘신지?"

분명 성 의원임이 분명해 보이는 이가 고개를 갸웃거리며 장 서방에게 물었다.

"접니다요. 약초꾼 장 서방이요."

"후후훗."

제가 누군지를 밝히는 장 서방에게 성 의원이 조금 난처한 웃음을 지어 보였다.

"의원님?"

"겸아, 누구니?"

문득, 검자줏빛 아얌(여인용 방한모)을 쓴 여인 하나가 장 서방들 쪽으로 다가왔다. 짙은 청옥빛 치맛자락을 오른쪽으로 돌려 여미고 있는 것을 보니 기녀인 듯하였다.

"또, 예전의 나를 알던 사람인가 봐."

'또? 예전의 나?'

장 서방은 도통 이해할 수 없는 말에 고개를 갸웃거렸다. 도대체 성 의원이 무슨 말을 하는 건지, 벌써 몇 년이나 성 의원의 약방에 약초를 대어 주던 자신을 왜 성 의원이 모른 척하는 것인지 장 서방의 머리로는 쉬 이해가 가지 않았다.

"내가 설명하련?"

여인이 새하얀 얼굴 때문에 유난히 더 진하게 도드라져 보이는 붉은 입술을 움직여 성 의원에게 물었다. 여느 여인들보다 조금은 더 낮은 톤의, 하지만 마치 운율을 타는 듯한 말소리가 묘한 느낌이 들게 하는 여인이었다. 성 의원이 그 여인에게 다가가 다정히 어깨를 감싸 안았다.

"아무래도 또 그 경우 같으니까 내가 알아서 설명할게. 누이는 먼저 가 봐. 그분 오실 시간 됐잖아."

"겸아."

"어유, 됐어요. 내가 바보 천치도 아니고, 근 보름새에 벌써 열 번도 넘게 겪은 일이니 어련히 잘 설명할까? 얼른 가 봐요. 나도 금세 뒤따라 갈게, 응?"

사내가 여인의 눈을 지그시 내려다보며 눈웃음을 지었다. 여인이 새하얀 손을 들어 그런 사내의 뺨을 다정히 쓰다듬었다.

"……얼른 와?"

"알았어요. 길은 제대로 외고 있으니까 걱정 말고 얼른 가기나 하셔요."

그래도 쉬 걸음을 옮기려 하지 않는 여인의 등을 떠민 성 의원이 얼른 가라고 조금 전보다 더 밝게, 환히 시원시원한 웃음을 지어 보였다.

"자, 이제 정리 좀 할까요?"

여인의 뒷모습을 지켜보던 성 의원이 계속 저를 미심쩍은 눈길로 훑어보는 장 서방에게 돌아섰다.

"아마도 그쪽이 생각하시는 그 성 의원이 바로 제가 맞을 겁니다. 이름은 태겸이라 하지요. 방금 간 저이는 제 누이고요."

"아, 아니. 이게 다 무슨 소린지?"

장 서방은 눈을 휘둥그레 뜨고 제 앞의 선 성 의원을 새삼스레 아래위로 훑어보았다. 분명 얼굴은 저도 잘 아는 성 의원의 얼굴이 맞는데, 예전에는 늘 점잖고 소박한 옷차림이었던 데 비해 지금은 조금 과하다 싶을 정도로 값나가 보이는 비단 도포를 걸친 눈앞의 사내는 어쩐지 낯선 사람인 듯도 보였다. 제일 낯선 것은 눈빛이었다. 늘 자신보다 다른 사람을 먼저 살피던 선한 눈빛과 달리 눈앞의 사내는 웃는 낯을 하고 있으되 어쩐지 묘하게 눈빛이 거칠었다.

"하하하하! 왜요, 예전에 알던 자와 많이 달라서 놀란 거요?"

혼란스러워하는 장 서방을 보며, 스스로 태겸이라 이름을 댄 사내가 어깨를 으쓱해 보였다.

"뭐, 이제는 새삼스럽지도 않소. 이러는 것이 그쪽이 처음도 아니고, 또 분명 마지막도 아닐 테니까 하는 수 없는 일이지요."

"그게 무슨……?"

"사실은 말이요, 이 안에는……."

성 의원, 아니 이제는 태겸이 된 자가 긴 검지로 제 관자놀이 부분을 거칠게 탁탁 찔러댔다.

"사람들이 흔히 말하는 과거라는 것이 하나도 없다오. 다른 의원들 말로는 머리를 다친 후유증이라고 하던데, 뭐 하여간 과거에 대한 기억을 모두 까먹어 버린 그런 요상한 병에 걸린 것 같다고 하더군요. 그러니 먼저 아는 척 못 했다고 섭섭해 하진 마시오."

내내 못된 장난이라도 치듯 웃고 있던 태겸이 갑자기 정색을 하였다.

"혹시 예전에 내게 빚진 게 있지는 않겠지요?"

"아니오. 난 그저 약방에 드나들던 약초꾼인……."

"아! 그 허름한 약방! 뭐 내 것이라 하니 조만간 없애든 팔아넘기든 할 것이니, 나랑 더는 연이 없을 이겠구려. 그럼 그만 갈 길 가 보오."

태겸은 빠른 말투로 제 말만 늘어놓고는 제 갈 길을 가기 시작하였다.

"저이가 의원님이라고? 진짜?"

성큼성큼 걸어가는 태겸의 뒷모습을 보며 장 서방은 멍하니 입을 벌렸다. 귀신에 홀린 것만 같았다. 가죽은 분명 성 의원의 가죽인데 눈빛이나 하는 행동에서는 예전의 성 의원의 모습이 조금도 느껴지지 않았으니 말이다.

⟨2권에서 계속⟩